U0087913

七劍十三俠
（下）
中國古典名著
唐芸洲 著
張建一 校注
三民書局

國家圖書館出版品預行編目資料

七劍十三俠／唐芸洲著;張建一校注.－－初版一刷.－－臺北市：三民，2007
冊；　公分.－－(中國古典名著)

ISBN 978-957-14-4522-9　(平裝)

857.44　　96014451

© 七劍十三俠(下)

著　者　唐芸洲
校注者　張建一
責任編輯　蘇郁茜
美術設計　郭雅萍
發行人　劉振強
著作財產權人　三民書局股份有限公司
發行所　三民書局股份有限公司
地址　臺北市復興北路386號
電話　(02)25006600
郵撥帳號　0009998-5
門市部　(復北店)臺北市復興北路386號
(重南店)臺北市重慶南路一段61號
出版日期　初版一刷　2007年8月
編　號　S 856760
基本定價　陸　元
行政院新聞局登記證局版臺業字第〇二〇〇號

ISBN　978-957-14-4522-9　(平裝)

http://www.sanmin.com.tw　三民網路書店

回目

下冊

第九十一回　平逆藩論功受賞　避近幸決計歸田

話說楊元帥班師回京，在路行程非止一日，這日已到了京城，當將大隊人馬紮在城外。次日天明，楊元帥、張永便率領徐鳴皋等十位英雄，進城覆命。當有黃門官啟奏進去，卻好武宗早朝未罷，見說楊一清已班師回來，即刻宣進召見。黃門官傳旨出來，楊一清、張永即便帶領徐鳴皋等入朝見駕。到了金殿，楊一清等眾即俯伏金階，三呼已畢，武宗欽賜平身。大家又謝了恩，這才歸班，站立一旁。武宗先溫諭了一回，然後將討賊各情問了一遍。楊一清細細奏呈上聽，並云：「逆藩安化王現已押解來京，伏候聖上發落。」武宗聞奏，即命人將寘鐇送交刑部監禁，候旨處決。張永又將楊一清如何勤勞，徐鳴皋等如何奮勇，仇鉞如何設計討賊，非破格獎賞不足以酬功績奏了一遍。武宗聞奏大喜，當下即面賜加封楊一清為吏部尚書兼授武英殿大學士，仇鉞著傳旨加封咸寧伯，徐鳴皋等皆封將軍，俟後有功，再加升賞。各人謝恩已畢。武宗又傳旨：「著撥庫銀❶三萬兩，為犒賞三軍之用。所有隨征各軍，即著徐鳴皋暫行統帶。楊一清著即入閣，兼管吏部事務。」楊一清與徐鳴皋復又出班謝恩。武宗退朝，各官也即朝散。

次日，武宗傳旨：「寘鐇著即斬首示眾。」由此逆賊既平，朝廷便太平無事。又兼楊一清入閣問事，

❶庫銀：國庫的銀子。

更是內外嚴肅，君臣一德，同心共治太平天下。按下慢表。

且說宸濠自七子十三生、十二位英雄破了余半仙的迷魂陣，宸濠雖也稍為斂跡，但那謀叛之心，卻未嘗一日或忘。接著，又探聽得楊一清討平寘鐇，徐鳴皐等皆為朝廷所用，因此不敢倉卒舉兵，只得潛蓄叛黨，以待時日。這且不表。

卻說張永自隨楊一清討平寘鐇，武宗即寵幸異常，由此日與江彬用事。江彬欲攘永權，累導武宗遠遊。武宗為彬所惑，於是巡幸不時。又兼義子錢寧用事，朝政幾又濁亂。會正德九年正月乾清宮災，八月京師地震，十二年夏京師大旱。楊一清既入閣問事，見此連年災異，不敢隱忍；又因武宗巡幸不時，朝臣屢諫不聽，不得已上疏奏陳時政，譏切錢寧、江彬近幸等人。錢寧、江彬切齒痛恨，江彬因說道：「楊一清這老匹夫如此可惡！怎得設個法兒，將這老匹夫趕出，我輩才可為所欲為。」錢寧道：「這卻不難，可如此如此，包管那老匹夫不久就要見罪於聖上了。」

過了兩日，果有優人❷造成蜚語，妄說楊一清妄議國政，毀扈朝廷，奴隸廷臣，交通外黨。卻好這日武宗張樂飲宴，優人便將所造各蜚語乘間報之，武宗果相信不疑。次日上朝，面責楊一清各事。楊一清當下嚇得汗流浹背，即碰頭奏道：「臣世受國恩，雖肝腦塗地，不足報於萬一，臣又何敢毀扈朝廷，擅攬國政？尚乞聖上明查暗訪。果有前項各事，請治臣以不臣❸之罪；若無此事，必有近幸妄造蜚語，以惑主聽，亦請聖上務查造語之人，治以誣衊之罪，則國家幸甚，微臣幸甚。」武宗聞奏，便望楊一清

❷ 優人：藝人。

❸ 不臣：不符合大臣身分的行為。

笑道：「朕前言戲之耳，卿何必如此認真耶？朕豈不知卿之為人素稱忠直，而顧有如此之妄乎？卿毋介意便了。」楊一清當下又碰頭謝罪道：「臣誠有罪，惟願聖上親賢臣、遠小人，臣雖碎身粉骨，亦所願耳。臣不勝昧死以奏。」武宗聞奏，不覺微有不悅，道：「卿所奏『親賢臣、遠小人』二語，賢臣自宜親近，但不知朕所親小人者何在，想卿有所見聞耳。」楊一清見問，知武宗不悅，趕著碰頭奏道：「聰明神聖，莫如陛下，豈不知親賢臣、遠小人？原不足為臣慮。臣所以不得不奏者，欲陛下防之於將來，不必為小人所惑，臣亦庶幾報恩於陛下耳。幸陛下察之。」武宗見楊一清說得委婉，方才息了怒容，退朝進宮而去。

各官朝散，楊一清回至私第，心中想道：「現在聖上偏見不明，我若久戀朝廷，必難終局。不若乞休❹歸田，尚可克全晚節。」因與夫人田氏言道：「卑人現年已過花甲，日漸頹唐，兒子尚未成立。若久戀爵祿，殊覺非計。況當此閹宦專權，我又生性剛直，一舉一動，大半不滿人意。現在聖眷雖隆，卻不可恃。常言道『伴君如伴虎』，倘若一旦聖心偏向，敗壞晚節，反為不美。不若趁此急流勇退，解組歸田❺，做一個閒散農夫，以了天年，反覺得計。至於名垂青史，功在簡編，後世自有定論，此時亦不必計及。卑人立意如此，不知夫人意下如何？」田夫人聞楊相之言，便喜道：「老爺所慮甚是。現在錢寧、江彬一流，專權用事，眼見朝綱紊亂。聖上又寵幸異常，老爺又剛直不阿，難保不為若輩❻所忌。乞休

---

❹ 乞休：主動辭去官職。

❺ 解組歸田：辭去官職，回鄉務農。組，做官的代稱。

❻ 若輩：這班人。帶鄙視意。

之計，甚是保全之道，但不識聖上可能允准否？」楊一清道：「不瞞夫人說，今早上朝，聖上即責卑人數事，說卑人攬權專政，跋扈朝廷。卑人當奏告聖上，此必有小人妄造蜚語，上惑君聽，並勸聖上『親賢臣、遠小人』。哪知聖上不察卑人之言，反有不悅之意，問卑人所謂小人何在。幸虧卑人委婉奏對，聖上始覺轉怒為喜。因此卑人見此情形，惟恐聖上偏聽不明，讒口鑠金❼，事所必至。與其有失晚節，不如及早罷休，所以卑人才有這歸田之意的。若謂聖上不准，卑人逆料❽斷無此事。現在錢寧一流，只慮卑人不肯乞休，若果上了這乞休表章，即使聖上有留用之意，錢、江輩亦必慫恿聖明，准我所請。我於那表章上再說得委婉動聽，必然允准的。」

此時，楊相的公子名喚克賢，年方一十三歲，聽得楊相這番議論，也便恭恭敬敬的說道：「爹爹方才與母親所言，孩兒亦覺甚善。在孩兒看來，做官雖有光耀，卻是最苦之事。人家覺未睡醒，五更甫到，便要上朝。每天還要面皇帝碰頭，更要跪在那裡說話。少年人還可勞苦，如爹爹這偌大的年紀，早起睡晚，怎麼能吃這樣苦？官卻不可不做，古人有言：『顯親揚名❾』，正是這個意思。若長久做下去，也殊覺無味。不如依爹爹主意，辭去爵祿，安穩家居。每日又不須起早，無事的時節，或同朋友下棋，或自己看書，或與母親閒談閒談，或教授孩兒些古往今來之事，在家享福，何等不好？等爹爹過到一百歲，

❼ 讒口鑠金：流言蜚語能使金石為之熔化。形容流言蜚語的殺傷力。

❽ 逆料：預料。

❾ 顯親揚名：使父母顯耀，名聲傳揚於後世。語出孝經開宗明義：「立身行道，揚名於後世，以顯父母，孝之終也。」

那時孩兒也成人了，便看著孩兒去中狀元，再如爹爹這樣大的官做幾年，代皇上家立一番事業，建下些功勞，再學爹爹今日歸田的法子。」公子言畢，楊公大喜，便笑道：「我兒，為父的就照你這樣說，明日上朝面奏一本，絕計⑩歸田便了。」

少刻⑪擺上午飯，夫妻父子用飯已畢，即命家丁將徐鳴皐等請來，有話面說。家丁答應前去。一會兒，徐鳴皐等十位英雄齊集相府。楊丞相與徐鳴皐等分賓主坐定，徐鳴皐卻首先問道：「丞相見召，有何示諭？」楊丞相便歎了口氣，說道：「諸位將軍有所不知。現在朝廷閹宦專權，錢寧、江彬等頗得近幸。眼見朝綱紊亂，不可收拾，老夫目不忍視。聖上又偏聽不明。現在老夫年紀已大，不能顧全朝政，與其素餐尸位，不如解組歸田。因將軍等皆國家棟梁，忠義素著，所以老夫特請諸位到此，用告一言：老夫乞休之後，諸位將軍當以上報國家為重，鋤奸誅惡為心；而且宸濠叛跡雖未大明，終久必為大患，那時總賴將軍等竭力征討，以定國家磐石之安。老夫雖已乞休，亦屬不得已之舉，還望將軍等俯聽老夫一言，共相自勉，則老夫有厚焉。」楊丞相將徐鳴皐等勉勵一番，若有戀戀不捨之意。畢竟徐鳴皐等說出甚麼話來，且聽下回分解。

---

⑩ 絕計：即決計，拿定主意。

⑪ 少刻：過一會兒，猶少停。

第九十二回　楊丞相上表乞休　王御史奉旨招討

話說楊丞相將乞休的話告訴了徐鳴皋等十位英雄，又勉勵了他們一番，當下徐鳴皋等齊聲說道：「以丞相威望素著，聖上又寵眷❶極隆，朝廷正賴丞相匡扶，與同休戚，一旦歸田解組，在丞相固計之得，獨不念朝廷輔佐無人麼？尚望丞相收回成命，上為朝廷出治，下憫赤子蒼生，非特國家之幸，亦天下人民之幸。至於末將等荷承垂示，敢不竭忠報國，以副丞相提拔之恩。宸濠叛跡雖未大彰，數年內必有舉動。那時末將自遵守丞相訓言，竭力誅討，總期上不負國，下不忘本便了。」楊丞相聽罷大喜道：「難得將軍等忠義為懷，將來必為一代功臣，是亦老夫拭目而俟。至老夫歸田之意，雖承將軍等如此勸勉，其如老夫無心爵祿，不敢立朝，做一個閒散村夫，於心尚覺稍適。朝廷政事，老夫雖去，踵接者不乏其人，自能匡輔有功，勤勞王室。即使老夫心存戀棧❷，亦不過為朝廷之上一具臣❸而已，得失何關焉。其志已堅，牢不可破，明日當即上本乞休了。」徐鳴皋道：「丞相其志雖堅，特恐聖上不行，丞相亦不能過拂聖意。」楊丞相道：「近幸專權，如老夫剛直不阿，聖上雖明，究不免為若輩所惑。而且若輩望

❶ 寵眷：皇帝的寵信與關注。

❷ 戀棧：貪戀祿位，不願離開官職。

❸ 具臣：備位充數，徒有虛名的大臣。

老夫歸去久矣，老夫不上本乞休則已，既有此舉，斷斷乎無挽留之意也。」徐鳴皋等不便再言，只得告退而去。

楊一清到了晚間，便就燈下繕成表章，自己反覆看了一遍，覺得頗為委婉動聽，因自道：「此本一上，不患不准我乞休，從此可以世外優遊，不入軟紅塵土❹了。」當下又與夫人略談了一會，然後安寢。

到了次日上朝，文武百官朝參已畢，楊丞相便出班俯伏階上，將乞休的表章呈遞上去。當有近侍接過來，呈上御案，恭呈御覽。武宗將表章打開一看，只見上面寫道：

武英殿大學士兼吏部尚書臣楊一清跪奏：為微臣老邁，昏瞶糊塗，籲懇天恩俯准休退，恭摺仰祈聖鑒事。竊臣以樗櫟之才，荷蒙先帝知遇之恩，授臣總制三邊都御史之職，疊蒙寵眷，逐次升遷。迨我皇上御極以來，又復優加無已。涓埃未報，敢惜微軀？伏念相臣有燮理❺之權，吏部有察吏❻之責，非精明強幹之才，不足勝此重任。臣生質素弱，加以愚昧，已自兢惕時虞❼，近復老邁日增，身多疢疾❽，凡遇應辦之事，輒多昏瞶糊塗，倘再戀棧之心，必致憂深叢脞❾，敗壞朝政，

❹軟紅塵土：飛揚的塵土。此指繁華熱鬧的地方。
❺燮理：協調治理。
❻察吏：考察官吏。
❼兢惕時虞：心存戒懼，時時憂慮。
❽疢疾：疾病。
❾叢脞：繁瑣雜亂。

貽誤機宜，負國辜恩，莫此為甚。而此瀝陳下情，仰求我皇上俯念微臣老邁，難膺重任，准予告退，則國事幸甚，微臣幸甚，臣不勝感激悚惶之至。所有微臣老邁籲懇告休下情，理合恭摺具陳，伏乞皇上聖鑒訓示。謹奏。

武宗覽表已畢，便提硃筆批道：「武英殿大學士兼吏部尚書楊一清，現雖年過花甲，舉動尚見精強，何以無志功名，遽思引退？既據陳請各節，姑念兩朝元老，不忍強留，著加恩准予乞休，並著戶部撥給養贍田百畝，以供晚年，用篤朝廷軫念老臣之至意。欽此。」批筆擲下，楊一清敬謹捧讀了一遍，復又叩頭謝恩。武宗又慰勞了幾句，然後退朝。

在朝諸臣，知武宗准了楊一清告退的本章，並賜贍田百畝，無不互相議論。有羨慕他急流勇退；有說聖上待他恩寬的；更有那平時畏懼他，見他告退，便喜歡無限的；為最是錢寧、江彬等人，心中極為暢快，暗道：「這老匹夫到也知機⑩，知道我們將來定不饒他，便來告退，只是太便宜他了。」閒話休表。

且說楊丞相回歸私第，早有夫人、公子接著，跟進書房。楊丞相便換便服。用過早點，夫人便問道：「今日面奏乞休，聖上如何降諭？」楊丞相便將奉旨允准並賜贍田各節說了一遍，夫人、公子大喜。此時徐鳴皋等早已知道，便來道喜。接著各家公侯、六部九卿、朝詹科道⑪、將軍提督、親戚門生之類，

---

⑩ 知機：即「知幾」，有預見。

⑪ 朝詹科道：泛指政府官員。朝，朝官，此指中央政府官員。詹，詹事，指掌管王后、太子家事的官員。科道，掌管監察事務的六科給事中和都察院各道監察御史稱為科道官。

均來道賀。張永也前來賀喜。楊丞相俱各款待，曲盡殷勤。

到了次日，即將承辦的公文案卷，悉心檢點，交卸下任。又往各處往拜了一會，即率同夫人並家丁僕婦人等，收拾行裝。約有半月光景，便雇了二三十輛大車，將所有動用物件以及行囊細軟，俱於先一日裝上大車，由家丁押解前往。次日仍上朝陛辭，武宗又安慰了幾句，這才出朝。早有在朝文武諸臣前來送別，楊丞相又再三致謝，然後率領妻子出京，到北通州雇換民船。沿途水陸並進，直望鎮江原籍而去。

不一日到了鎮江，自有許多親戚故舊前來迎接。楊丞相進了府第，布置了好兩日，又至各處往拜了一回，然後與夫人、公子安居樂業，在鎮江府第安享清福，終日詠詩飲酒，種竹栽花。或遇美景良辰，便邀約幾個至好朋友，飽覽金、焦山色，及時行樂，好不逍遙。朝廷雖有天大的事件，他也毫不顧問，真個是林泉養志，富貴神仙。直至宸濠舉兵謀叛，武宗御駕親征之後，正德十五年閏八月武宗巡幸南京，避雨瓜洲，順道鎮江，幸楊一清私第，那時楊丞相尚精神矍鑠。此是後話。

王守仁在朝，不必細說。且說朝廷自楊丞相罷休之後，錢寧等就毫無忌憚，卻還有一個究竟有些不便，卻又慫恿武宗，將王守仁設法去放外任。卻好南安、橫水、桶岡諸寨賊首謝志山等，漳州、浰頭諸寨賊首池大鬢等，接連江西、福建、廣西、湖廣之交，方千餘里皆亂。兵部尚書王瓊特上薦書，保奏王守仁。武宗便命王守仁為僉都御史、巡撫南、贛、汀、漳兼總督兵馬招討諸賊事宜，由是錢寧、江彬等大快。

王守仁既奉旨巡撫招討江西各賊事務，便奏調徐鳴皋等十位英雄⑫隨征，並請將楊一清所部之兵撥歸統帶。武宗准奏，即降旨徐鳴皋等，均著派往王守仁大營效力，俟討賊有功，再行升賞。王守仁當即謝恩出朝，便將楊一清所部帶往江西討賊。畢竟後事如何，且聽下回分解。

⑫ 十位英雄：隨王守仁出征的英雄據第九十三回所記，為徐鳴皋、一枝梅、狄洪道、徐慶、周湘帆、包行恭、徐壽、楊小舫、羅季芳、王能、李武，共十一位，「十位」是錯的。據此，第九十一回首、末兩段和本回首段中的「十位」也是錯的。

第九十三回　料敵情一番議論　剿賊寨五路進兵

話說王守仁親統六師，仍以徐鳴皋為先鋒，一枝梅為行軍運糧使，狄洪道、徐慶為中軍左右翼，周湘帆、包行恭、徐壽、楊小舫、羅季芳、王能、李武為行指揮，督率精兵十萬，糧草不計其數，一路上浩浩蕩蕩，直望江西進發。早有朱寧、張銳密差心腹，到了南昌，告知宸濠，叫他且緩舉兵，以俟南、贛、汀、漳各路如何。若南、贛、汀、漳諸寨得利，便可乘機進取，以得不戰自走之利；萬一南、贛、汀、漳不利，即時再作議論。宸濠得著這個消息，便自按兵不動，望觀成敗，以為進退。按下不表。

且說南安、橫水、桶岡諸寨賊首謝志山，及漳州、浰頭諸寨賊首池大鬢等，於江西、福建、廣西、湖廣交界深阻的面方千餘里，共設賊巢五六十處，每處皆有賊眾千餘，至少也有七八百，橫亙綿延，聲勢連絡。大庾嶺為賊首池大鬢的老巢。這池大鬢係廣西人氏，年約三十餘歲，生得豹頭環眼，兩臂有千斤之力，慣用一柄三股點鋼叉，有萬夫不當之勇。手下有二十四個大頭目，七十二個小頭目，皆是個個慓悍，驍勇異常，卻分住浰頭諸寨。那南安、橫水為謝志山的老巢。這謝志山本係湖廣黃皮縣人氏，年約二十以外，也生得暴眼橫眉，異常奸險，慣用一柄虎頭大砍刀，也是萬夫不當之勇。手下也有百十餘個大頭目，分住桶岡諸寨，均與宸濠往來。

王守仁帶兵往剿，宸濠得信後，早有細作前往報信。因大庾路途較遠，卻差心腹前去南安、橫水寨，報知謝志山知道，叫他早早預備。這日，謝志山接到宸濠信息，他卻並未通知池大鬢，但只令自己各寨妥為防備。也是這一起惡賊惡貫滿盈，該應死在王守仁、徐鳴皋等手內。他以為王守仁前來征討，必先到南安，他卻自己趕為防備，保守自己。哪裡知道王守仁並不先到南安，卻間道輕騎，馳赴大庾，先攻池大鬢。大庾離京城較遠，消息不甚靈通，王守仁奉命出師征討江西各賊，池大鬢連這個消息尚未得悉。謝志山雖得著宸濠信息，又未前去池大鬢處報知，因此池大鬢連一些影兒都不知道。他卻又平時深恃地勢險阻，雖有官兵到來，斷不能得利。所以後來被王守仁分派徐鳴皋等潛兵入險，乘夜縱火，將他所有各處賊寨，皆燒得乾乾淨淨。且待我慢慢表來。

這日，王守仁所統大兵，行抵湖廣不遠，安下營寨，便聚集眾將商議道：「大庾路途較遠，消息較滯。南安離此甚近，消息靈通，又況近聞宸濠陰結各路賊寇以為外援。本帥此次統兵出征，宸濠必早得消息。宸濠既知消息，南安賊首謝志山巢穴橫水難保不知，且難保宸濠不暗通信息。謝志山既知信息，必然早作準備。現在進攻橫水，彼必負隅自固；又況南贛地多深阻，不易進攻，萬一曠日持久，不但虛糜餉項，抑且師老無功。本帥之意，與其先攻南安，不若先攻大庾。該處地勢雖同險阻，究竟路途較遠，消息多滯。若遣輕騎間道潛行，不過十日之內也可直抵。即使彼處得有消息，我兵已至，任他防備，究嫌湊手不及[1]。我便出其不意，攻其無備，似覺事半功倍。不識諸位將軍以為然否？如以為可行，本帥當即分兵與諸位將軍分道前往，各攻各寨，以分其勢，使彼首尾不能相顧。如此辦法，不過兩月，大庾各寨便可剿滅殆盡。然後再由大庾進攻橫水，則諸寨易破，賊眾可擒矣。」徐鳴皋等聞了這番議論，實

[1] 湊手不及：意同「措手不及」。湊，亦作凑。

為佩服，當下說道：「元帥所見，極其高明；逆料敵情，如在掌握，真所謂『運籌帷幄，決勝千里』。末將等敢不佩服，敢不惟命是聽！但冀早破賊巢，早為平定。元帥應如何派往之處，末將等當謹遵吩咐，星夜馳往便了。」

王守仁聽了眾將之言大喜，當即派令徐鳴皋、楊小舫道：「徐將軍、楊將軍可各帶輕騎三千，間道星夜潛入浰頭，進攻賊寨。但聞浰頭地勢深阻，必須潛兵入險，方能奏功。而且該處四面皆山，樹木叢雜，非深知路徑之人，不能前往。二位將軍到了那裡，可急急尋找數名熟諳路徑的土人，帶領前往。軍中再多備硫磺焰硝引火之物，最好各兵暗藏兵器火種，改扮土人裝束，潛入山中，能以兵刃破之好極，否則即縱火焚燒。先將樹木焚毀殆盡，然後賊寨不難破矣。」徐鳴皋、楊小舫得令。

又命一枝梅、王能道：「你二位將軍也各帶輕騎三千，星夜馳往漳州，進攻賊寨。惟漳州東界浙江、西界江西，南連湖廣，四通八達之地，攻此則竄彼，攻彼則竄此，聚散無常，測摸不定。必須於各路交界處所先屯伏兵，以斷彼此互竄之路；然後合兵撲滅，則賊寨可破，賊眾可擒矣，若過山深林密之處，尤須多帶火種，先焚林木，使彼無所藏身，我軍亦可長驅直入。」一枝梅、王能得令。

王守仁又命狄洪道、周湘帆道：「狄、周二將軍也各帶輕騎三千，星夜間道馳往大帽山，進攻賊寨。惟聞大帽山高聳半天，四面皆懸岩峭壁，非攀藤附葛，不能直上。山上亦多樹木，仍宜多帶火種，一至山上，即先縱火焚之，使賊眾自相踐踏。再能於該處，探聽山後，有無可通賊寨之路，便一面前進，一面後攻，前後夾擊，最為得勢。但此時不能預定，須至該處山後，相度地勢，見機而行便了。」狄洪道、周湘帆得令。

又命包行恭、徐壽道：「包將軍與徐將軍也各帶輕騎三千，星夜馳往華林，進攻賊寨。聞華林地勢深險異常，不特樹木叢雜，抑且惡獸甚多。此去進攻，務必多帶火種，先焚樹木，一面將所有各種惡獸驅除殆盡，一面合兵攻打賊寨，方易為力。不然，惡獸不先驅除，勢必畏首畏尾，何能成功？惟將軍善自為之，要緊要緊。」包行恭、徐壽得令。

王守仁又道：「本帥卻與徐慶、羅季芳、李武三位將軍，統率大兵，間道潛入大庾，進攻池大鬢巢穴。破賊之後，即在該處坐待。無論何路，一面克復，一面火速馳回。」徐鳴皐等無不個個爭先，想得頭功，奮勇前進。王守仁也就即日進兵。

話分兩頭，且說徐鳴皐、楊小舫二人各帶三千輕騎，真個是連夜趲趕，刻不容緩。不過五日，已至浰頭不遠，暗暗的下了營寨。當下二人即換了微服，先往該處探聽賊勢，並查詢浰頭寨的路徑。各處探聽了一日，已稍知大略。次日，又將本地村民招了幾名，來到大帳，細細問道：「你等可是本地人麼？」村民道：「我等皆是本地農夫。」徐鳴皐道：「聞得你們這裡有座浰頭寨，這寨內的強盜極其利害，但不知有多少強盜，如何利害？」那村民道：「你老人家不問這一起強盜，倒也罷了；若要問起來，真是令人害怕。那寨內有五個大頭目，十二個小頭目，二千多個嘍兵。這五個大頭目，卻不知他名姓，但知第一個喚作守山虎，第二個喚作出山虎，第三個喚作鎮山虎，第四個喚作臥山虎，第五個喚作飛山虎，皆是個個凶猛。惟有出山虎、飛山虎，尤其利害。我們這裡三四十里，他們並不搶掠我們的財物。可有一件：如有美貌婦女，卻要送進寨去，不然他要知道了，定是全家沒命，因此也就受害不淺。官兵雖屢次來剿，爭奈他那個地方四面皆山，官兵不知路徑，皆被他們打敗而回，所以極難剿滅。」徐鳴皐道：

「據你們說來，這洞頭寨的五虎賊是極利害了，你們可要官兵來殺這一起強盜麼？」那村民道：「怎麼不想？可就是求之不得。」徐鳴皐道：「我們就是奉了聖上的諭旨，帶了兵馬，前來剿滅他的。惟據你們所說，山路險阻，不知路徑的皆被他殺敗出來，所以官兵屢次來剿，皆不濟事。但不知你們可認得那山內的路麼？」那村民道：「我等皆不曾去過，不知路徑。我們莊上倒有一人，他是去過好兩次呢。除非把他找來，問了才得明白。」不知這人是誰，且聽下回分解。

第九十四回　詢土人將軍思破賊　獻野味獵戶暗行刁

話說徐鳴皋問明土人，可知洌頭的路徑，那土人答道：「我等未曾去過。我們村莊上有一人去過數次，他卻知道，可將他喚來問明，就可以曉得了。」徐鳴皋道：「你們就此前去，將那人帶來問明，本將軍就可前去剿滅，不但代你們除害，本將軍還要有賞。」那些村民答應前去。

不一會，已將那熟悉路徑的帶來，見了徐鳴皋。當下鳴皋將那人一看，只見他六十開外年紀，倒是精神滿足，因問道：「你喚作甚麼名字？」那人道：「小的姓尤，名喚保。」徐鳴皋道：「你怎麼知道洌頭寨的路徑呢？」尤保道：「只因小人常去，所以知道。」徐鳴皋又問道：「你為甚麼到他寨內去的呢？」尤保道：「小人在二年前，無意上山打獵，那時他寨內尚未有許多兵馬，只有五個頭目。他見了小人打得一隻獐子，他就要小人獻把他。小人知道他的厲害，不敢與他爭論，就獻與他了。他從此就叫小人在他山前山後各處打獵，打到獐貓鹿兔，就送把他，有時也給小人些銀錢。他那大寨內，小人也是常進去的。後來他那裡勢大了，他們這五虎又不似從前守著規矩，便去姦搶人家婦女，小人也就懶得上去。接著官兵來剿，他那裡也就不許閒人上山，恐防奸細，因此小人也就不上去了。」

徐鳴皋道：「他那裡究竟是怎樣的險阻？」尤保道：「他那大寨在深山之中，四面皆係崗嶺環繞，而且皆是峭壁懸崖。前面有條路，不知路徑的若從這條路上下，都難出來，因他東西皆是螺絲路，且又樹木叢雜，那些嘍兵皆藏在裡面，你上去卻不見他有行人影兒，他卻見著你是清清楚楚。所以前來剿滅的官兵，他也不阻他進去，偏讓官軍進入裡面那螺絲路上，他便出來前後夾攻，雖插翅也逃不脫，所以官軍皆屢剿屢敗。那山寨實是險固異常。」

徐鳴皋道：「你既從前常去，一定知道裡面的路徑，除了前面那條路，還有別路可通的麼？」尤保道：「他山後還有一條路，離此必須繞道前去。那條路可是崎嶇異常，由山下直至山頂，要走半日方可到頂，兵馬是萬難上去。若要由那條路上山，只能一人緩緩前進。幸喜這條路上並無人防守，為的是無人知道。卻有一件：兩旁荊棘甚多，稍一大意，即要戳傷身體。還有一條路，在他山的東首，面臨大河，非船不可前去。他們山上出入，皆從那條路去，寨內自備了十數條船隻，專為往來之用。此外再沒有別的路徑了。」

徐鳴皋道：「你現在可能再到山上去麼？」尤保道：「小人去是可去的，但隔了年餘，恐那些新招來的嘍兵不放小人進去。只是一層，就便進去，還要帶些野獸之類去送他，方有話說，不然怎能去呢？」徐鳴皋道：「這倒不難，你只要打兩隻野獸，就可去得的了。本將軍有句心腹話與你商議。現在大兵前來，為的是代百姓除害，你等皆是本處良民，料想沒有不恨他的道理。你如能將本將軍帶上山去，將那山內的路徑看明白了，不但本將軍重重賞你，將來平定了山寨，回朝之後，本將軍定在元帥面前給你保舉個功名，以為今日的勞績，但不知你可情願麼？」尤保聽說，忙答道：「將軍吩咐，小人焉敢推託？不過一件，今日可萬來不及。小人現在回去，就趕緊向別處打兩隻野獸，明日親送到他那裡，先打聽一回，然後再暗暗的與將軍上山，不知將軍尚以為然否？」

徐鳴皋道：「果能如此，我就等你兩日，但不可誤事。」尤保道：「小人等也甚望將軍早早將這座山寨平定了，就是小人們也可安居樂業；不然，他雖不搶劫我們的財物，即強姦婦女，卻也受害不淺。難得將軍前來，是小人們地方上的幸事了。將軍請稍待，小人後日定來回信。」說罷就要出營。徐鳴皋一心要買屬他，便叫人取了五兩銀子，交給尤保道：「這些須銀子，權當你那打取野獸的價值。待事成之後，再行奉賞，就煩你辛苦一趟罷。」尤保見了銀子，怎不歡喜？因道：「這銀子雖承將軍賞了小人，可實不敢領。但願事成，就是這地方上的福氣了。」徐鳴皋道：「你收了罷，這不過是本將軍一點意思，你不必再讓了。」尤保只得拿了銀子，又謝了一回，然後便出營而去。徐鳴皋見尤保滿口答應，甚是歡喜，這且不表。

再說尤保回到家中，並不告知別人。歇了一會，即日就提火槍，往各處去尋野獸。到了傍晚回來，居然打了兩隻白兔，一隻獐子，三隻野雞。到了次日一早，即將野味背在肩頭，也不告訴家人到哪裡去，他便出得門來，竟往湖頭寨去了。

走了一會，已至谷口，他就單身進內，走進螺絲路。約有半里光景，當有嘍兵喝道：「來者是誰，敢進來窺探！」尤保聽說，先將那嘍兵一看，當下笑道：「原來你不認得我，我不怪你阻攔，你家頭目王老么，可在家麼？」那嘍兵道：「王頭目現在寨裡，你問他則甚？」尤保道：「你可將他請出來，就說十里坡尤保要與他有話講。」那嘍兵道：「你有甚麼話講，可告訴我，等他出來，給你轉告便了。」尤保道：「你也認不得我，我也不認得你，可不是把話白說了嗎？」旁邊又有一個嘍兵說道：「李老三，你同他講甚麼白話，他既不肯將話告訴你，就將他打出去便了，何必在此同他囉嗦。」尤保聽說，即將眼睛一睜，向那個嘍兵發怒道：「你尊姓呀，敢是你不准我在此麼？我告訴你，不是我說句放肆的話，你這一起❶的人就配來阻我？你家大王初來到此地的時候，我終日在山上，你家大王是極看得起我的，常時將我寨內講說講說。那時你們這一起東西還不知道在哪裡做夢。不必說你們這一起後來的，便是你家王頭目，也不能如此狐假虎威，要將我打出去。你這一起算件甚麼東西，敢來呼喝我麼？我便與你前去，見你家大王說個明白，看你家大王是如何看待。」那兩個嘍兵見他說了這番話，也就大怒起來，便思上前去打。忽見那邊又走過一個嘍兵，前來說道：「王頭目來了。」尤保一聽，更大喊道：「既是王頭目來了，那更好說話。」說著，就忿忿的要走進去。那兩個嘍兵哪裡肯放他走，便上前將他一推，口中喝道：「你向哪裡走，不看你有了兩歲年紀，將你這忘八殺了，你到大王那裡告狀去！」尤保也就大罵起來。

正在吵鬧，王老么已走出來，一見尤保，便大聲喊道：「尤老兒，你幾時來的？咱們有一年多不見了。」尤保抬頭一看，見是王老么，也就答道：「王頭目，你來得正好。」因將那嘍兵攔阻的話告訴了一遍。王老么聽說，便將那嘍兵呼喝過去，同他兩人到了自己的小寨內。彼此坐下，便問尤保道：「你身上這些野味，從哪裡來的？」尤保道：「不瞞頭目說，近來家中貧苦已極，因此打了些野味，到來這裡，做個進見之物，欲想求大王收留在山，做個小頭目，借此餬口，不知大王可能賞收否？如不能收用，我想請你在大王面前說句好話，隨後如有野味，便送上山來，隨便大王賞幾個錢，仍如從前那樣，也就好了。不知你老可能答應我在大王面前方便方便？」王老么道：「老尤，我有句實話告訴你，若要做頭

❶ 一起：一夥；一群。

目，這可不能；若說送野味來賣，你可不要較量❷，或者可行，你自己斟酌便了。」欲知尤保說出甚麼話來，且聽下回分解。

❷ 較量：計較。

第九十五回　假奉承強盜入牢籠　真順從村民獻密計

話說王老么向尤保說道：「你若要做頭目，這可不能；若要送野味來賣，只要你不較量，或者可行，你自己斟酌罷。」尤保道：「我本來不敢較量，只要大王准我來賣就好了。」王老么道：「那就好說了。不瞞你說，現在大王甚想野味下酒，你來得正好。我便將你這野味送進去，你在這裡等我的回信。」尤保道：「煩你再代我在大王前請安，就說我一年多不見了，現在到此處，想見見大王。」王老么答應，即取了野味，進大寨內去了。不一會出來，向尤保說道：「恭喜你，大王不但收了你的野味，還叫你進去談談，你就跟我去罷。」尤保一聽，正中心懷，復又暗自想道：「我見著那強盜，我何不如此如此呢。」一面暗想，一面跟著王老么進去。

不一刻，已至大寨，當由王老么帶他進內。尤保一見，便給他五個強盜磕下頭去，口中說道：「小老兒一向不來給大王請安，甚是記念的狠；又因官兵屢次前來，小老兒也不敢上山。現在弄得家中貧苦難支，因此前來與王頭目說了，請他在大王前方便一句，求大王看念小老兒甚苦，隨後當常常進獻野味，給大王爺下酒。」那守山虎等一齊笑道：「你能常常送野味來，咱便與你的銀兩。可有一件，咱們這裡早晚又要開兵了。聽說京裡又派了官兵前來剿滅，如到那時，咱們山上可是不許閒人到的。你可趁此時官兵未來，將那野味多打些送來，防備著官兵到此，你不能上山。」尤保聽說，暗道：「何不奉承他兩句呢。」因道：「非是小老兒亂講，有大王等這個險固的山寨，不必說官兵前來，便是皇帝老子到此，也不能使他逃走。從前那些官兵來過好兩次了，總沒有一次勝的，皆是大敗回去，難道京城裡的兵就比官軍利害麼？而況有五位大王的神勇，就便他三頭六臂，也是沒用的，倒是不來剿滅的好。如果前來，只是自討其死，還想有多少活命的回去嗎？」這一番話，把那五虎強盜說得快活非常，因道：「你這老兒倒是有趣，咱們這樣的山寨，還怕有官兵前來麼？」尤保道：「別人不知道，小老兒是深知這裡埋伏的。」五虎強盜大喜，以為這山寨是天下少有的了，因命人取了二兩銀子，給與尤保道：「這二兩銀子賞了你罷。」尤保道：「小老兒今日獻大王的那些野味，可不敢領賞，實是些須進見之物；以後送來，再領大王的賞罷。」守山虎道：「你不要客氣，快拿去罷。下次送來，再說下次的話。」尤保道：「這就領大王的賞了。」

當下又給守山虎等磕了個頭謝過，因又向飛山虎等說道：「小老兒還有一事，大王容稟。小老兒只因有兩歲年紀，腿腳不甚便當，路稍遠些，就覺得吃力。小老兒有個外甥，名喚鄭才，這些野味，皆是他幫助小老兒的兒子打的。小老兒的兒子生來有些傻氣，只能打野味，不能令他做旁事。那個外甥倒極其伶俐。小老兒的意思，想明日送野味前來，就將那外甥鄭才，將他帶來，走一趟認認路，以後小老兒就可叫他送野味上山了，小老兒也就可免走十來里路，往返就是二三十里。若大王可憐小老兒腿腳不能多走路，大王就賞個臉答應下了；倘若不能，說不得還是小老兒上山進獻，求大王爺示下。」那五虎強盜聽說，齊道：「即是你腿腳不便，不能多走路，你明日就將你外甥帶上山來，指他認明了路，以後叫他送來也可。但是不能誤事，咱們可是每日都要送的。」尤保道：「小老兒還有一件要稟明大王。這野味可是不能包定每日送來，萬一這日不曾打到，就沒有野味送上山了。那時大王要等著下酒，小老兒的外甥又不曾打得到，未送上山來，大王豈不要怪小老兒的外甥誤事麼？所以要與大王說明了，只要打到都送上來，與大王下酒便了。」當下守山虎答應。

尤保便與王老么出來，又各處頑耍了一會，辭別下山。趕回家中，住了一宿，次日天才甫明，就命他兒子尤能各處去打野味：「務要多打幾隻，放在家中，我有用處。」尤能答應，便即各處去尋找。

尤保即來到大營，見了徐鳴皋，先將上山的話說了一遍，徐鳴皋已是大喜。尤保復又說道：「小人卻思得一計，已與那強盜說明，那強盜已答應了小人，只是小人不敢與將軍說知，說出來可要多多得罪。」徐鳴皋道：「只要計好，但說不妨。」尤保道：「既是將軍恕罪，小人可就放肆了。」因道：「小人與那五個強盜說，是小人因有了兩歲年紀，腿腳不甚便當，路途稍遠就走不動了。雖有兒子，又因他有些傻氣，只會在家打些獵，不能使他上山敬送野味。卻有一個外甥喚做鄭才，為人又伶俐，又老實。小老兒的意思，每日叫我外甥鄭才送野味上山，就可免小老兒往返要走二三十里路。如大王答應，小老兒下次送野味來，就將他帶上山認認路，隨後就可叫他一人送野味了；若大王不行，說不了還是小老兒來，不過多吃些苦罷了。那五個強盜聽了小人話，當下就答應了。小人心中甚是喜悅，合該這夥強盜惡貫滿盈，要死在將軍手內。小人因自暗想，擬把將軍扮作鄭才，明日同小人一齊上山，將上山路徑探明，隨後如有用小人之處，再來效力。小人今年已六十多歲了，還想做官不成？且沒有這福分。不過，普天之下，莫非王土；率土之濱，莫非王臣。將軍衝鋒打仗，為皇家出力，給小人們地方上除害，難道小人連這一點力都不能效嗎？所以小人是要力圖報效的，但不知將軍可能屈尊改扮？尚請將軍恕罪。」

徐鳴皋聽了這樣計策，又聽他許多的話，皆是深明大義，徐鳴皋不禁大喜，讚道：「難得你如此仗義，真是國家大幸。本將軍就照你這樣說，扮做鄭才便了。」尤保道：「難得將軍卑以下人，眼見得那強盜必死無疑了。小人今日出門時，已招呼小人的兒子多打些野味回來，以便明日前去為餌食之計。將軍可即改扮起來，好同小人一齊出營，先到小人家內暫住一宿，明早小人就同將軍一齊上山。還有一件，將軍到了小人家內，可不要說出真話。小人家內是再無洩漏的情事，究竟牆垣屬耳❶，不可不防，就便小人也不告知他們說是將軍，但說是小人的至好朋友。好在小人村上只有小人一家，算是個獨家村，原無他慮，但天下事沒有小心出亂子來的。」

徐鳴皋聽這番話，尤其佩服，當即謝道：「老丈所見極是，某當遵照台命便了。」尤保忽然聽見這樣稱呼，趕著謝罪說道：「小人是何等樣人，不過山野一個村夫，何敢當將軍這樣尊稱，豈不要將小人折死了麼？小人實在萬不敢當，千萬不可如此。」徐鳴皋道：「以老丈如此籌畫，如此設想，使某敢不佩服？即以『老丈』呼之，尚嫌不遜；雖以師事，有何不可？」尤保見徐鳴皋如此謙遜，心中更加敬服。徐鳴皋又請他坐下，令人備了些點心出來，與楊小舫二人陪他用過點心。徐鳴皋便留尤保在營內稍待，一會兒又擺上午飯。

大家用飯已畢，徐鳴皋換了服式，暗藏了利刃；又招呼小舫小心看守營寨，楊小舫答應。徐鳴皋出來，尤保將他一看，當下說道：「將軍改扮是改扮了，但這身上衣服，可不似我們獵戶穿的樣子。料想這裡斷沒有那樣衣服的。且到小人家內，待小人尋一件衣服出去，與將軍穿上罷。」鳴皋大喜。

---

❶ 牆垣屬耳：牆外有耳，被別人聽見。

當下二人即出了營門，一同前去。走了有五六里路，已經到了。尤保便指著說道：「那山窪子裡面便是小人的寒舍。」又轉了兩個彎子，已進了山窪。走到門首，尤保用手敲了兩下，門裡面有人將門開了，尤保便讓徐鳴皐進去。欲知徐鳴皐何時上山，且看下回分解。

第九十六回

改裝衣服將士潛行　巧語花言強人受騙

話說徐鳴皋同尤保一齊出了營門，到了尤保家內。但見他家那一座草房，雖不寬大，只有前後兩進，六間四廂，卻甚乾淨。尤保將徐鳴皋讓入上首一間坐下，他便進去拿出一把瓦茶壺，兩個粗笨茶杯，到了房內，當下便倒了一杯茶，送到徐鳴皋面前，說道：「粗茶請用一杯。」鳴皋持在手中，也就喝了一口。尤保自己也倒了一杯喝了。徐鳴皋正要問他的閒話，只見房外走進一人，年紀二十來歲，雖生得粗魯，倒像有些膂力。走進房來，尤保便命他道：「我兒，你給這位客人行禮。」尤能即望徐鳴皋磕了一個頭。徐鳴皋倒也還了半禮，又問過他名姓。尤能站立一旁。尤保問道：「我叫你打的野味，可曾打回來沒有！」尤能道：「打回來了，今日可打的不少，共有四隻山雞，兩隻白兔，還有一個獐子，一個小狗獾，都掛在對面房裡呢，聽爹爹取用。」尤保道：「這位客人是從遠方來的，你可將那山雞去燒一隻出來，晚間下酒。再將我從前穿的那件藍布夾襖尋出來，我另有用處。」尤能答應去了。徐鳴皋便問道：「令郎今年貴庚多大了？」尤保道：「二十六歲了，只沒有甚麼大用。」徐鳴皋道：「想是令孫曾討親沒有？」尤保道：「討了五年了，我那媳婦已經生了兩個小孩子了。」徐鳴皋道：「想是令孫麼？」尤保道：「一男一女。」徐鳴皋又問道：「老丈想是夫婦雙全？」尤保道：「小人今年六十三，老妻比小人大一歲，今年六十四。」徐鳴皋聽了，甚是企慕，因道：「夫婦齊眉，兒孫繞膝，真好福氣。」

尤保忙稱「不敢」。

正閒談間，尤能已送進晚膳，擺在桌上。但見一壺酒，四碟小菜，五碗大菜，無非雞、魚、肉、豆腐、青菜之類，這也不必細表。尤保便讓徐鳴皋坐了上首，因道：「盤飧市遠，樽酒家貧，未免怠慢了。」徐鳴皋謙道：「極承雅愛，好極好極。」尤保就命他兒子也坐下來，一齊用了晚飯。又叫尤能將床鋪料理妥當，便請徐鳴皋安歇，尤保即告別出去。一宿無話。

到了次日天明，尤保起來，拿出那件藍布夾襖，走到外面，卻好徐鳴皋也起來了。梳洗已畢，用了早點，尤保便請徐鳴皋將那件藍布夾襖穿上。自己來到對面房內，將野味取了出來，與徐鳴皋兩人各自背上。尤保此時才向他兒子說道：「我兒，你將門關好了，我同這位客人到個地方去走一趟。設若有人來問，你就說出去了，不許告訴人家昨日留這位客人在此住宿、今日一齊出去的。如果洩漏了出去，我回來曉得了，定送你的命。你再進去告訴你的母親與你妻子知道，五日後你們自然知道今日的事。我爽性告訴你，這件事作成了，你隨後還有好處呢。我就是與這位客人前去，也是為你的事，你不要看差了。」尤能唯唯答應。

尤保吩咐已畢，便與徐鳴皋出了大門，直望涮頭寨而去。走了有十二三里，遠遠見一座高山，真是峰巒疊翠，岡嶺拖青，峭壁懸崖，極其險峻。尤保便指道：「將軍，你看前面那座山，便是涮頭寨了。他的大寨，外面可瞧不出來，須進了螺絲谷，才看得見呢。」徐鳴皋看罷，心中暗想道：「若不知路徑，怎麼能破此山？」正想間，已到了螺絲谷口，尤保便帶著徐鳴皋進去。

走了半里多路，已有嘍兵呼喝出來。走到外面，見是尤保，便放他進去。再一看後面還跟著一人，便來阻攔。尤保道：「你不須攔得，前日我在山上，已與大王說明的。這是我的外甥鄭才。你們如不相信，可先進去問明白了，我在這裡等你。」那嘍兵見他這樣說，想是與大王說明白的，也就不來阻攔，因道：「既是你與大王已經說明，你們兩人就去罷。」尤保同鳴皐便慢慢走進。徐鳴皐也就各處留心，將那轉彎抹角的處所，細細記明。原來，這螺絲谷沒有甚麼難處，只要記清了進去的時節，都向右手轉彎；出來的時節，都向左手轉彎，那就毫無窒礙。若不知道，進去的時節，卻不難走；等到出來的時節，明明見前面是一條正路，哪裡知道反是人有埋伏的地方去了。而且樹木叢雜，深奧異常，所以令人往往走錯。徐鳴皐此時已將進去的路徑，切記在心。

不到一刻，已走出螺絲谷，尤保就同他先到王老么小寨內。見過王老么，當由王老么將他二人帶進大寨，一同到了聚義廳。王老么先代他兩人回明了寨主，那守山虎等五人即命他們進去。尤保即帶著徐鳴皐一同上了聚義廳。

尤保先給守山虎等人行了禮，又命徐鳴皐給他們行禮。此時徐鳴皐守定了那句「小不忍則亂大謀」的道理，也就忍著一肚子氣，給五個強盜行禮已畢，將野味交納下去，站在一旁。偷眼一看，見那五個強盜個個狀貌猙獰，真個是窮凶極惡。正在偷眼看時，忽聽上面問道：「這就是你外甥麼？」尤保道：「正是小老兒的外甥鄭才。」守山虎道：「怎麼你這外甥生得如此體面，不似你們村莊中的樣子麼？」這句話一問，把個尤保與徐鳴皐兩人直嚇得魂不附體，暗道：「可不要給他識破了才好嘘，不然，不但大事不成，連性命都難保。」尤保趕著說道：「大王爺又來說笑話了，難道我們村莊中應該都是粗笨人，不應有體面的？常言道，一母生九子，還各不同，而況當日西施生於苧蘿村，那種美貌，至今日人還稱讚他好看。他還是個女子，尚且生得那種絕色，何況是個男子？小老兒的兒子，就與我這外甥不同了，他就生得極其醜惡。小老兒所以不叫我兒子前來，恐怕大王爺看見他討厭，因此才叫我外甥來的。若大王爺不願意看我這外甥體面樣子，喜歡看那醜惡的形容，小老兒就叫我那兒子前來送野味。我這外甥未來的時節，還不敢上來，他說怕大王爺的利害，說不定將他綁了，那才無辜呢。後來還是小老兒再三與他商量，說大王爺待人最是好的，我同你先去，你見著那山上那許多熱鬧、許多好處，恐怕你還不肯回來呢。他被小老兒這些話騙了他，他才肯來的。小老兒的姐姐也是這樣怕，不肯讓他來，還被小老兒與我姐姐抬了半天槓，我姐姐才肯叫他來的。現在大王爺既如此說，以後如有野味，還是叫小老兒的兒子來罷，那時大王爺可不要憎他粗魯醜怪。」徐鳴皐在旁，聽了這許多話，心下實在好笑，暗道：「這老兒真個會說。」

正自暗想，只聽上面強盜又說道：「你這老兒實在討厭，咱們不過問了你一句，就引出了你這一篇話來。既是你的兒子醜惡，又是粗魯，以後還是叫你這外甥送罷。」尤保道：「既大王爺願意我外甥前來，並沒有甚麼別意，小老兒自然仍叫他來便了。但有一件要與大王爺說明，前日小老兒已領過大王爺的賞，今日這些須野味，就算給我外甥作個進見之禮罷。以後只要大王爺另眼看待些，小老兒就感激不盡了。若大王不賞臉，以後小老兒便不敢再叫他送野味來了，便請大王向別人再買。若大王賞臉，今日以過，隨後送來的，皆領大王的賞就是了。」守山虎等聽了他這番言語，甚是喜悅，因道：「你既這麼說，咱們就收了你的罷。你那外甥既不曾來過，你可與王老么帶著他，各處遊玩一回，早早回去罷。」這一句話，把個徐鳴皐說得樂不可支，暗道：「合該這惡賊死在目前了。」尤保心內也是那麼著想。

當下尤保便告辭了，帶著徐鳴皋與王老么一齊退下。出了大寨，便請王老么同他兩人各處遊玩。王老么當下說道：「咱可不同你去了，好在你山上是熟的，你便同你外甥耍一回罷。」尤保道：「還是請頭目與我去走一趟，便當多了，不然又有許多阻隔。」畢竟王老么是否與他同行，且看下回分解。

第九十七回　探路徑密記情形　發號令進攻山寨

話說尤保故意向王老么說道：「還是請你同我們各處去走一趟，不然又有許多阻隔了。」王老么道：「你得了罷，如有人攔阻你，你就說我叫你去的，有誰來說話！」尤保道：「既是這樣，我們就去了。」說著，就與徐鳴臯往各處遊玩。

徐鳴臯所到之處，無不將路徑切記在心。到了後山那條小路，徐鳴臯望下一看，果然險峻非常，真算得是蠶叢鳥道❶。望下走了一節，只見兩旁荊棘荒蕪，絕無人跡。徐鳴看了一回，心下暗想：「所幸這條路離大寨甚遠，還有法想，只須如此如此，便易為力了。」心中想罷，又同尤保到東首那條路去看。不一刻已到，二人走下山去，果見迎面一條小河，岸旁泊了十數支船隻。徐鳴臯當下便悄悄問尤保道：「這條河可通哪裡？」尤保道：「這河名喚七灣溪，離此十八里有座棗木林，就是這七灣溪的要道。由此出去，非走那裡，不能通到各處。」徐鳴臯聽罷大喜。山上的路徑俱已看過，將所有的要隘又緊記了一回，然後便與尤保下山。到得寨柵門口，還到王老么那裡說了一聲，這才下山而去。尤保又將出螺絲谷的路徑指點了一遍，徐鳴臯又切記了一回。然後二人慢慢走出谷口，仍到尤保家內住了一宿，徐鳴臯

❶蠶叢鳥道：險峻難行的山路。蠶叢，蜀地古稱蠶叢，因稱蜀道為蠶叢道。蜀道以難行聞名，故將難行之路稱為蠶叢。

這才回營。

進了大帳，當有楊小舫接著。徐鳴皋坐定，便將洳頭寨的路徑如何險峻，如何深固，細細說了一遍。又將螺絲谷如何進去，如何出來，又告訴一遍。楊小舫聽罷，說道：「若非那尤老兒仗義幫助，設計同行，如何破得此寨？為今之計，既知道那裡的情形，兵貴神速，不可久待了。」徐鳴皋稱是。當下已是日午，各人用膳已畢，徐鳴皋便在營內挑選了五百名校刀手，五百名長槍手，即刻又命心腹將尤保請來。

當下先將三軍勉勵了一番，然後便向尤保說道：「老丈，奉煩今夜三更時分帶領五百長槍手，前往棗木林暗暗埋伏，以防賊人暗渡，斷其出路。明日晌午時分，自有大軍前去接應。今有令箭一枝，與老丈帶去，如有各兵丁不聽號令者，即請老丈以軍法從事，老丈勿得推託。大事成功，當再重謝。」尤保欣然得令。

又與楊小舫道：「賢弟可撥輕騎一千，各帶引火之物，於三更時分銜枚疾走，直入螺絲谷放火。切記：進谷時皆向右手轉彎，不可舛錯；隨後出谷，務向左手轉彎。放火之後，山上必有人來接應，賢弟萬不可以力敵，臨時須設計擒之，不可有誤，要緊要緊。愚兄卻要帶領五百名校刀手，抄到山後，以攻其背。也約四更時分，賢弟在谷口，但見山內火起，紅光燭天，便掩殺進來。那時愚兄也可殺出，彼此夾擊，眾賊可擒矣。設若仍有漏網，該賊定從七灣溪暗渡，好在尤老丈已帶領兵丁在棗木林埋伏，斷其去路。你我一面將洳頭寨攻破，仍可分兵馳往棗木林接應。」楊小舫答應。

徐鳴皋又留一千名兵卒看守營寨。吩咐已畢，便命各營現在暫且安歇，黃昏造飯，初更出兵，如違令者立斬。各兵得令而去。徐鳴皋、楊小舫、尤保三人，也就暫去歇息，以便夜間奮勇爭先，前去殺賊，暫且按下。

諸君看到此處，就有人說我做書的不顧露出馬腳，但知說得高興。徐鳴皋與楊小舫帶了三千輕騎，前來征剿洲頭寨，這樣一座大營紮在那裡，洲頭寨的強盜連個影兒都不知道，一點防備皆沒有，就坐在寨裡，聽他們前去放火搗毀巢穴，那些強盜甘心束手待縛，你這做書的不是信口亂說？此話也甚有理。但其中有個緣故，說出來諸君就明白了，也不怪我做書的信口亂講，信筆亂寫了。你道那洲頭寨的強盜何以全無防備呢？只因徐鳴皋雖然帶了三千輕騎，一路上皆是銜枚疾走，又從間道潛入。及到了此地，離洲頭寨尚有五六十里，便安下營寨，又不虛張聲勢。洲頭寨上的強盜雖然知道有官兵前來剿滅他，又因前數次那些官兵到此，皆大敗而回，因此將這官兵視同一律，即使明明知道徐鳴皋已於五十里外安下營寨，他又自恃山勢深險，不知路徑者如何能來，就便進了谷口，只須將他引入埋伏的所在，不必說三千輕騎，便是三萬輕騎，也不能使他得勝，所以有恃無恐。不過那些強盜未免仗勢太甚，過於大意，也斷不料有個獵戶尤保肯代官兵作奸細，將徐鳴皋帶至山上，使他察看路徑。總之，這夥強盜惡貫滿盈，合該要滅，也就陰錯陽差，神差鬼遣，使他昏昧無知，死在徐鳴皋這一起人的手內了。

閒話休表。且說徐鳴皋到了黃昏時分，便傳令各營造起飯來，各兵卒飽餐一頓。時已初更時分，便令尤保率領五百名長槍手，暗暗的銜枚疾走，直望棗木林而去。接著，徐鳴皋親帶五百名校刀手，各藏火種，一個個皆短衣緊紮，徐鳴皋也不穿盔甲，一律緊身短襖，出了營門，間道疾走，便如風捲殘雲一般，直望洲頭寨背後而去。到了二更時分，楊小舫也就率領一千輕騎，各帶火種，望螺絲谷進發，也是銜枚疾走，不聞號令，但聞人馬之行聲。

話分兩頭，先說徐鳴皋與那五百名校刀手，走到二更時分，已至淛頭寨背後。徐鳴皋便身先士卒，拔出鋼刀，率領著五百名校刀手上得山來，沿路斬荊砍棘，皆削得一片平陽。眾兵丁急急走上。雖然如此，也還走了一個更次，才到山頂。徐鳴皋當先帶路，復由山頂上走下山來，真個是鳥道蠶叢，崎嶇突兀，亦不亞蜀道之難。又走了半會，已下了山頂，所幸一個嘍兵皆未遇見。徐鳴皋即帶了十數個心腹的小軍前去放火，便命大隊皆伏在山窪以內，但見火起，便一齊喊殺出來，以亂賊心，逢賊便殺，務要奮勇。各兵丁得令，便在僻靜山窪裡面藏躲起來。

徐鳴皋便與那十數個心腹小軍悄悄走到大寨後面。徐鳴皋便一縱身飛上屋頂，躡足潛蹤，直向聚義廳而來。到了廳屋上面，便輕輕的走到屋簷，一伏身將身軀倒掛下來，向廳上去看。只見那廳房以內並無燈火，也無聲息。徐鳴皋知道那些強盜已去睡覺，便又將身子一縮，復行上了屋面，直向廳後而來。越過一進房屋，來到後面，見是五開間一所高大的平房。徐鳴皋又將身子伏在簷口，倒垂下去，向裡觀看。但見左首房內尚有燈光閃爍，又聽有婦女喋褻之聲，徐鳴皋知道此處是強盜的住房。觀看已畢，急在身旁取出一大包硫磺焰硝之類，皆是引火之物。又將火種取出，正欲將那一大包硝磺點著，就在屋上放起火來，忽見下面一片聲喊報進來：「大王爺，大事不好！不知哪裡來了無數的官兵，進入螺絲谷，殺進來了。」徐鳴皋在屋上聽得清楚，知道楊小舫已進了谷口。又聽那房裡喊道：「快去再探是哪裡來的官兵。」一面說，一面好似起來。徐鳴皋還未放火，又見下面一片聲喊道：「大王爺速速出去迎敵，螺絲谷內四面火起了，官兵全殺進來了。」話又未完，只聽吱的一聲，各處房門俱已開了，從上首房內跳出一人，正是守山虎，手執鋼刀，喊聲如雷，潑口大罵。此時徐鳴皋看得真切，一縱身跳到對面屋上，即將那一大包的硝磺引著火，認定守山虎劈面打來，徐鳴皋也就隨著跳下。守山虎正向外走，忽見迎面拋下一個火球，有碗口來大，就這一嚇，不覺望後一退。徐鳴皋已到了面前，舉手一刀，直向守山虎砍去。欲知守山虎性命如何，且看下回分解。

第九十八回

徐鳴皐火燒淛頭寨　臥山虎被圍棗木林

話說徐鳴皐在聚義廳屋上，見對面房間裡跳出守山虎，手執鋼刀，正欲出去，徐鳴皐急將那一包硫磺焰硝之類，取了火種引著，認定守山虎劈面拋去。徐鳴皐也隨著火種，跳下屋面，拔出刀來，急急砍去。守山虎正望外走，忽見對面屋上拋下一個火球，有碗口來大，直向自己面門打來，不覺一驚，望後便退。那時可實在飛快，徐鳴皐也就跳到守山虎面前，舉起一刀，連肩帶背砍下。守山虎先被那火球一嚇，已是吃驚不少，瞥眼間徐鳴皐的刀又到，急欲招架，哪裡來得及，早被一刀連肩帶背劈分兩半。徐鳴皐方將守山虎砍死，那屋內火已大著。正欲冒火跳出，早見從右首房內連接又跳出兩人。徐鳴皐急跳至院落，大聲喝道：「俺乃總督軍務征討江西草寇都御史王大元帥麾下先鋒將軍徐鳴皐在此！爾等眾寇向哪裡走！」眼見死無葬身之地，那右首房內跳出兩個強寇，正是飛山虎、鎮山虎，一聽此言，急急跳到院落，正欲舉刀與徐鳴皐對敵，忽聽寨後喊聲大震，自己的住宅火又著了。又見一陣嘍兵急急跑來，高聲喊道：「大事不好，各處火皆起了。寨前寨後，不知有多少兵馬殺到。螺絲谷房屋已燒得乾乾淨淨，請大王速速定奪。」飛山虎、鎮山虎這一聽，可實在吃驚不少。徐鳴皐聽得真切，復又喊道：「徐將軍在此，速速前來授首！」說著舞動鋼刀，只望飛山虎、鎮山虎殺來。飛山虎與鎮山虎也就急急招架。徐鳴皐力戰兩賊，毫無懼色。三個人且戰且走。

一霎時，聚義廳又復延燒著了，只聽見滿山內喊聲震地，火光燭天。飛山虎與鎮山虎正與徐鳴皋拚命死戰，又見一起嘍兵高聲喊道：「出山大王在螺絲谷口被敵將殺死了。」接著又有一起報道：「守山大王也傷命了。」飛山虎、鎮山虎一面與徐鳴皋死戰，一面聽了此話，心中暗道：「我等五虎，已傷二虎，恐怕今番不能取勝了。」正各暗想，飛山虎稍一出神，手中的兵器略慢一慢，徐鳴皋看得真切，早一刀將飛山虎砍倒在地。鎮山虎知道不妙，不敢戀戰，急急向外逃走。此時俱已出了聚義廳，那廳屋已變成灰燼。徐鳴皋見鎮山虎逃走，也就急急追殺出來。

合該鎮山虎惡貫滿盈，萬難逃脫此難。正往外跑，不料迎面來了一陣嘍兵，也是狂奔進來報信的。鎮山虎只知性急向外逃命，就這一出一進，皆是跑得飛快，兩下一撞，不提防將鎮山虎撞跌一跤，栽倒在地。那些嘍兵不曾看得清楚是自家寨主鎮山大王，反誤認為敵將，當下不分皂白，合力將他按住，群起亂毆。鎮山虎倒在地下，也不知是自家嘍兵，也誤作官兵前來廝殺，便大聲喝道：「你等這一起牛子，潛入山來，各處放火，咱爺爺誤中你等詭計，不要走，吃咱一刀。」說著，一轉身從地上爬起來，手舞鋼刀，才砍死了兩個嘍兵，徐鳴皋早又趕到，見他們在那裡自相踐踏，實在好笑，卻又不敢怠慢，冷不提防飛至面前，認定鎮山虎一刀，早結果了性命。當下便大聲喝道：「爾等嘍兵聽著：現在山中共有精兵兩萬，大將十數員。你家五虎已被我軍殺死四虎，尚有一虎，大概也被殺死了。爾等此時順我者生，逆我者死。要命的快快請降！倘若仍然執迷，本將軍定然殺你雞犬不留，那時悔之晚矣。」

正在招呼眾嘍兵歸降，楊小舫已帶領各軍掩殺進來。接著，那五百名校刀手也一齊殺到。徐鳴皋一見楊小舫，彼此歡喜無限，當下合兵一處。

徐鳴皋說道：「這山中五虎，愚兄已殺死三虎，聞得賢弟殺死一虎，還有那臥山虎，賢弟可曾將他捉住麼？」楊小舫道：「那臥山虎，小弟當放火燒螺絲谷時候，他與出山虎前來抵敵。出山虎被小弟一刀砍死，那臥山虎與小弟戰了十數合，聽見嘍兵報知大寨火起，守山虎被敵將殺死，他就無心戀戰，望著小弟虛刺一槍，撥馬逃走。小弟急急趕去，只見他轉了幾個彎，不知去向。小弟因此地路徑不熟，那時螺絲谷的樹木尚未燒毀盡淨；又因火光燭天，照得各處一色通紅，不辨路徑，小弟不敢深入險地，因此不曾追去，只督率著小軍各處放火，吶喊助威，並搜尋那些嘍兵砍死。現在，山上的嘍兵，十分之中已殺有八分了，還剩二分，小弟實在不忍再殺，故此急急來與吾兄合兵一處，聽候調遣。」徐鳴皋聽說大喜，復又說道：「那臥山虎雖未捉獲，他定由七灣溪暗渡去了。賢弟可辛苦一趟，急急帶領所部馳往棗木林，前去接應尤保，吾料臥山虎必至此處。棗木林雖有五百名長槍手在那裡埋伏，怎奈該處沒有主將，尤保恐不能督率眾兵。又聞臥山虎本領也非平常，但有五百長槍手，恐不足以攔截。賢弟急往該處，俟彼到來，務要將他捉住，萬不可讓他脫逃，以免遺孽。」楊小舫當下答應，也就急急率領所部精兵一千，如風捲殘雲一般舞下山去，直望棗木林去了。

且說臥山虎與楊小舫正在酣戰之際，忽聽守山虎又被殺死，當下不敢戀戰，急急虛晃一槍，撥馬便走。沿路遇著敗逃的嘍兵，聞說鎮山虎、飛山虎俱已殺死，大寨燒得乾乾淨淨，他這一嚇，真個是魂飛天外，魄散九霄，哪裡還敢耽擱。便帶了數十名敗殘嘍兵，急急走到七灣溪，上得船，飛棹而去。

此時已有四鼓，七灣溪離棗木林尚有五六十里，又是逆水。常言道：「順水行舟。」行船走順水，要快得多了；若是逆水，比如順水每日可行百里，逆水只能行六七十里；那時又當落潮的時候，更加行不快。看看已是日出，只不過行了十餘里光景。臥山虎恐防有人追下來，即命嘍兵併力向前盪去。他斷不料棗木林那個地方有了埋伏，實指望走到棗木林便有了生路，因此急急直向棗木林盪去。

約有晌午的時候，已離棗木林不遠。那樹林內的伏兵，遠遠聽見搖櫓之聲，漸聞漸近，知道是賊人逃走來了。當下一聲暗號，五百名長槍手便預備起來。不到片刻，只見有五六隻小船泊至近岸，船內的人，大家紛紛棄舟登岸。尤保在樹林內看得真切，便道：「那濃眉怪目、矮短身軀的，便是臥山虎。」眾兵丁一聽，立刻一聲吶喊：「不要將強盜放走呀！」喊聲未完，那五百名長槍手早出了樹林，一字兒擺開，攔住去路，大聲罵道：「你這狗強盜的臥山虎！咱們奉了將令，在此等候多時。你向哪裡走，快快俯首受縛！」臥山虎正自暗想：「到了此地，有了生路了。」忽聽一聲吶喊，從林子內衝出這許多兵來，這一驚可實在不小。復又想道：「不如與他決一死戰罷。」心中想定，便大喊一聲，口中罵道：「爾等鼠輩，敢攔截爺爺的去路，看爺爺的刀罷！」說著，飛舞前來，勢不可當。眾兵丁一見來勢凶猛，復發一聲喊，將臥山虎團團圍住，手執長槍，奮勇來刺。臥山虎一見，毫無懼怯，只見他飛動鋼刀，將長槍削斷的不少。怎奈各兵丁圍繞甚嚴，如鐵桶一般，左衝右突，只是不能殺出。官兵卻也不敢近身，只是那裡圍裹著，不放他走。臥山虎殺得性起，大喊一聲，急將鋼刀一擺，向四面一陣亂砍，只見那些槍桿紛紛拋落在地。各兵丁看看有些要望下退，忽聽背後人喊馬嘶，當先一騎飛入陣來，舉戟就刺。不知此人是誰，且聽下回分解。

第九十九回 棗木林臥山虎喪身 大庾營徐鳴皋報捷

話說臥山虎在棗木林被官軍圍困得水洩不通，他便左衝右突，奮力死戰，將官兵長槍砍截了無數。官兵漸漸有些要退下來，忽聽後面人喊馬嘶，如翻江倒海一般殺到，彼此吃驚不小。在官兵疑惑涮頭寨的強盜前來接應，臥山虎卻知道是官兵前來。那官兵正在疑惑，忽見一騎馬飛入陣來，舞動方天畫戟，便向臥山虎刺去。官兵一見，認得是楊小舫。大家見有了主將，個個精神陡長，齊聲喊道：「咱們殺啊！不要把強盜放走呀！」一片聲喧，復又圍繞上來，奮力爭殺。

臥山虎見楊小舫殺入陣內，暗道：「我命休矣！在前並無大將，方且衝突不出，現在又添了這一員大將，隨後還不知有多少軍馬，即使我再勇猛，常言道『一手難抵雙拳』，而況這千軍萬馬，前後不能活命，不如與他拼了罷。」一面暗想，一面招架楊小舫的畫戟。只見他兩人一個馬上，一個步下，臥山虎的那把鋼刀，只不離楊小舫的馬前馬後，團團的亂砍；楊小舫那枝畫戟，也是顧前顧後，顧人顧馬，絕不使臥山虎的刀近身。二人這一場惡戰，只殺得煙塵蔽地，日色無光。

彼此戰了有二三十合，臥山虎忽然一刀，從馬腹下搠進。楊小舫看得真切，說聲「不好」，兩腳急離了踏鐙，左腿一會，一躥身已跳落馬下，腳踏實地。再轉頭一看，臥山虎的那把刀已洞穿馬腹，那匹馬跌倒塵埃。楊小舫一見大怒，當即一戟向臥山虎當胸刺來。臥山虎即將鋼刀架住。楊小舫心中暗想：「他是短刀，我是長戟。若在馬上，是我取巧；現在步戰，我這畫戟許多不便。不若也與他短兵相接，才可取勝。」主意想定，急急虛刺一戟，回身一轉，說時遲那時快，已將畫戟拋在一旁，急掣腰間所佩的龍泉劍。這劍卻是楊小舫防身之物，寸步不離，而且鋒利異常，也不亞青釭之類，真可削鐵如泥。楊小舫將龍泉劍執在手中，一轉身復又殺來。臥山虎見楊小舫拋了畫戟，知道他要短兵相接。就在這點工夫，便想送楊小舫性命，急急一刀砍來。卻好楊小舫轉過身軀，接著又戰。臥山虎遮攔格架，楊小舫漏空抽當，二人又戰了十數個回合。到底臥山虎不能抵敵，只見楊小舫一劍砍來，臥山虎將刀望上一架，不期用力過猛，楊小舫的劍又鋒利，兩般兵器向上一靠，只聽「當啷」一聲，臥山虎的刀已削為兩段，拋落在地。楊小舫見臥山虎的刀被自己的寶劍削為兩段，便急抽回寶劍，復一劍砍去。臥山虎躲避不及，正中肩背，就將臥山虎一隻右膊割了下來。臥山虎跌倒在地，楊小舫割了首級，掛在腰間，便大喊道：「有嘍兵願降者，早早前來受縛！」喊了兩聲，無一個答應。原來，臥山虎所帶的敗殘嘍兵，全被這一陣殺了個盡絕。再點所部兵丁，幸喜有十數個受傷，其餘俱尚無恙。

此時，尤保已從樹林內出來，當下望楊小舫賀道：「將軍神勇，小人敢不佩服！但不知洌頭寨那一夥強人，全行掃滅了不曾？」楊小舫道：「徐將軍力斬三虎，那出山虎某已螺絲谷斬了。此時所斬者，乃臥山虎也。山上的大寨巢穴，已被搗毀一空，焚燒殆盡。現在徐將軍還在那裡搜尋餘孽，撲滅餘火。因老丈在此，恐逆賊經過，眾兵丁不能奮勇，老丈又難於壓服，因此急遣某前來接應。幸喜逆賊既除，山寨亦毀，非老丈暗助之力，這逆賊尚不知何日就擒呢。逆賊蕩平，不留餘孽，此皆老丈之功也。」尤保趕著謙謝道：「將軍等上為皇家出力，下為百姓施恩，搗破賊巢，以安黎庶，皆將軍等神勇所致，與小人何與哉！今而後，這周圍百里，可以高枕無憂矣。小人方謝之不暇，何敢勞將軍掛齒。」楊小舫又謙遜了一回，這才收軍回營而去。按下不表。

再說徐鳴皐在洌頭寨焚毀了山寨，又帶了所部五百名校刀手，各處搜尋了一回。所有投降的嘍兵不足七八十名，其餘殺死的殺死，燒毀的燒毀，還有那被刀砍傷的有頭無足，被火燒壞的爛額焦頭，不可言狀。但是這一起被刀傷火傷的，雖尚未死，亦絕難活命。徐鳴皐看罷，實在也有些不忍，因命所部兵丁，先將已死者掩埋起來，其將死未死者再作計議。看看已將日午，那些已死的屍身俱已掩埋清楚，再來看那些將死未死的，亦皆全行死了。徐鳴皐又命人掩埋起來。又去盤查寨內的銀錢糧草，卻也燒毀殆盡。諸事已畢，徐鳴皐即命所部拔隊回營。各兵士得令，即刻排齊隊伍，按隊下山，回營而去。

日已西下，才到大營。徐鳴皐即命掌起得勝鼓來。只聽戰鼓鼕鼕，角聲嗚嗚，好不得意。徐鳴皐下了馬，進入大帳，早見楊小舫、尤保二人迎出帳來。彼此一見，好不歡喜。徐鳴皐即向尤保謝道：「今日得以蕩平山寨，搗毀賊巢，皆老丈指點之力也。某見了元帥，當竭力言之，請元帥奏知聖上，以嘉其勞。」尤保道：「將軍神勇，蕩平賊寇，小人已受福多矣。何況妄邀曠典，請將軍無煩掛心。」徐鳴皐道：「非老丈無以有今日，今日之所以我戰則克者，皆老丈之力。老丈既有此力，而不加其功，何以酬勳勞、勵士氣乎？老丈幸毋固讓，某當力贊之。」尤保道：「雖蒙將軍厚愛，恐小人無福消受耳。且小人已將就木，何必擔此虛名？」徐鳴皐聽了這話，知道尤保的用意，要想給他兒子尤能請賞。徐鳴皐道：「老丈之意，某已知之。俟某回見元帥，當代賢父子一併請賞便了。」尤保大喜，當時便謝了徐鳴皐，又謝了楊小舫，這才坐下。後來徐鳴皐回至大營，見了元帥，便將他父子兩人一併保舉，王元帥也就代他奏請聖上，賞賜了兩個指揮的官職，趁此交代。

徐鳴皋此時心下十分喜悅，一面寫了捷書，飛差往大庾報捷。並呈明養兵三日，即拔隊回軍。當日便大排筵宴，犒賞三軍。合營將士，無不歡呼暢飲，直至二鼓方才席散。到了次日，周圍百里之內所有村莊鎮市，皆知道官兵破了湫頭寨，殺死五虎，燒毀賊巢，各處便聚集了多人，牽羊擔酒，前來勞軍。徐鳴皋也再三相讓，並慰勞了一番。眾百姓個個歡呼，人人喜悅，爭頌徐鳴皋等破賊之功。怎見得？有詩為證：

蠢爾[1]荒山賊，將軍一掃平。
閭閻從此樂，雞犬永無驚。
旗捲風雲疾，弓開日月明。
凱歌齊唱處，歸路馬蹄輕。

卻說徐鳴皋見合境鄉耆，牽羊擔酒，前來勞軍，當下再三相讓，慰勞了一番，眾鄉民歡呼而去。徐鳴皋又留尤保在營盤桓了一日，尤保不便推卻盛意，便耽擱一日。次日天甫黎明，即辭了徐鳴皋，奔回家中，將上項事說了一遍。他妻子兒媳，這才知道那日來的是個將軍，合家無不歡喜。尤保即命兒子尤能立刻出去，在各處打了許多野味，連夜的率領著兒子，帶了野味，趲趕到大營而來。卻好到了大營，前隊才走，徐鳴皋、楊小舫尚未起程。尤保便命尤能謝了徐鳴皋、楊小舫二人代他保舉，然後將野味獻

[1] 蠢爾：無知妄動的樣子。

上，聊作犒軍之敬。徐鳴皋見他來意甚殷，不便推卻，只得收了。當下拔隊起程，直望大庾進發。欲知後事如何，且聽下回分解。

第一百回　諮諏野老元帥尊賢　試探賊情將軍誘敵

話說徐鳴皋焚毀淛頭寨，殺死五虎，周圍百里鄉耆人等，皆牽羊擔酒，前來犒師。尤保亦獵取許多野味，帶領兒子尤能前來，半為犒勞之意，半為致謝徐鳴皋、楊小舫二人，答報保舉他父子。徐鳴皋見他來意甚殷，當將野味收下，隨即升炮拔隊起程，直望大庾進發。

話分兩頭。且說王守仁自在半途分別飭令各將，各帶輕騎，分馳淛頭、華林、漳州等諸賊寨進攻去後，便自統大軍，帶領狄洪道、周湘帆、李武、徐慶、羅季芳五人，進攻大庾，也是間道潛入。這日已離大庾不遠，當即傳令安營。也不升炮擂鼓，為的是不使池大鬢知道，可以暗暗進攻，出其不意，攻其無備。哪裡知道早有細作報進山去，池大鬢當即傳集寨內大小頭目，說道：「現在王守仁帶領大兵，前來攻打山寨，現已離此不遠，我等當合全力抵拒，不能使官兵得勝。先給他挫動銳氣，使他不敢小視我等。」當有胡大淵說道：「大哥但請寬心，如王守仁這廝前來，我等當合全力，殺他個片甲不回，都要使他知我等的利害。」池大鬢大喜道：「皆賴眾位兄弟的大力，同為幫助。」大家聽了，個個摩拳擦掌，專等王守仁兵到，以便廝殺。

原來池大鬢寨內，有五個大頭目，十個小頭目。那大頭目就是胡大淵、任大海、郝大江、卜大武，連同池大鬢五人，卻皆結拜為兄弟，個個皆有萬夫不當之勇。還有十個小頭目，亦皆武藝超群，率領著合山嘍兵，共有三五千人，在此打家劫寨。其餘如洌頭、漳州、華林等寨，亦皆大庾寨分布各處，總以池大鬢為首。故此王守仁分兵進攻，以期神速。

這日王守仁安營已畢，暫歇一日。次日，即令狄洪道向各處搜尋土人。不一回，狄洪道尋了兩三個有年紀的土人，帶進大營，見了元帥。王守仁當即賜以酒食，殷勤問道：「爾等是本地的良民，本帥今使爾等前來，有兩句要話，要與爾等問個明白，爾等可不要含糊。」只見那些土人稟道：「元帥有話，但請吩咐，小民等知道不知道，總是直言不諱，不敢撒謊的。」王守仁道：「本帥此次奉旨督兵，前來剿滅大庾賊眾，為爾等地方上除害，但不知這大庾嶺如何上去，究竟山勢如何險峻，池大鬢如何利害，爾等須一一說明，好使本帥知道，以便定計攻山。」內有一個年紀最大的，喚作王遠謀，當下稟道：「承元帥動問，小民等知無不言，言無不實。但有一件，元帥若但以兵力進攻賊巢，非小民仗賊之勢以滅元帥威風，恐仍不足濟事。原因大庾山地勢深險，極易負隅，而況池大鬢驍勇非常，更加他四個兄弟皆有萬夫不當之勇。元帥帶兵遠來，各將士究竟不免辛苦，彼卻以逸待勞，以主待客。勞逸之形既別，主客之勢又殊，再加不識地理，深入險地，若徒以兵力從事，雖謀士如雲，猛將如雨，恐亦難勝。所幸池大鬢等勇則有餘，謀則不足。元帥若設計以餌之，先使其大勝，以驕其氣，使彼輕而無備，然後再以火攻之，則山寨可破，巢穴可搗，賊眾可擒矣。小民盲瞽之論❶，尚乞元帥主裁。」

王守仁聽說，正合心意。又見王遠謀出言不俗，議論明通，知非平常庸碌之輩，遂改容讓道：「老丈尊姓，某尚未請教。頃聞老丈這一番議論，使某茅塞頓開，欽佩之至，足見老丈胸儲經濟❷，養志山

---

❶ 盲瞽之論：謙詞，不明事理的話。盲、瞽，盲人。

林。某不識高明，多多得罪，尚望寬宥為幸。」王遠謀見說，因道：「老民姓王，名喚遠謀。僻處窮鄉，識見淺陋，雖曾讀書，亦不過粗知大意。既無仕進之志，又無榮辱之心，惟疏懶性成，素有酒癖。既置理亂❸於不問，復以寒素❹為可安。平日家居，惟與野老村夫日逐酒市，沽甕頭春，領略壺中歲月。頃者又復買醉❺，不期為元帥呼喚，故冒昧言之，乃即見重於元帥，極蒙獎譽。老民毫無知識，何敢邀此謬獎哉？」王守仁聽了這番話，知道他是個隱士，更加器重，因道：「老先生隱居求志，必能行義達道。高賢在側，某不能盡待賢之禮，是某之罪也。」說著，便與王遠謀行下禮去，王遠謀亦再三謙遜。彼此行禮已畢，王守仁又命設宴款待，並令同來的一齊入席。同來的那三四個士人，再三告辭，不肯入席。王遠謀也再三辭卻，王守仁哪裡肯行。王遠謀只得暫留大營，先命那三四個士人回去，於是便與王守仁入席。

三巡酒過，王守仁又問道：「既蒙老先生賜教，已將大庾情形大略見示，但如何設策驕敵，如何縱火焚攻，還請逐細指教，俾某得以法守，使悍賊從速剿平，皆仗老先生相助為理，幸勿吝教為幸。」王遠謀見王守仁虛心下士，情不可卻，只得說道：「元帥可如此如此，不患悍賊不擒矣。」說罷，又索紙筆。王守仁即命人取出紙筆來，王遠謀立刻將大庾山形勢繪成一圖，注明何處進兵，何處埋伏，何處截

❷ 經濟：經國濟世。
❸ 理亂：社會的安平與動亂。
❹ 寒素：清苦儉樸的生活。
❺ 買醉：買酒痛飲。

斷去路，一一注寫明白，遞與王守仁看視。王守仁接過，細細看了一遍，當下大喜，說道：「某但知大庾山勢險惡，路徑深阻，尚不知有如此艱險。今觀此圖，天既生此險阻之地，無怪悍賊藉此負隅，官兵屢剿不易。非先生明以示某，便是某也要復蹈故轍的。現既有此圖本，又得先生注明方略，某便可易於措手，而悍賊亦可就擒。惟先生臂助之功，俟某平賊之後，再當具奏請獎。但某此處剿平之後，還須進剿南安、橫水、桶岡諸寨賊首謝志山等，彼時尚擬請先生一行，俾某得以敬聞方略，不知可否俯允？」王遠謀道：「此事卻不敢便允，容與老妻商之，再定行止便了。」王守仁唯唯。

當下復又入席，殷勤勸酒。彼此雖然邂逅相逢，卻皆情投意合。在王遠謀，見王守仁虛懷下士，不愧大臣之風；在王守仁，見遠謀求志隱居，實有高士之概，而且胸儲韜略，實非碌碌者流，是以王守仁更加欽佩。二人直飲至日落，方才席散。當時王遠謀即欲告辭，王守仁道：「現已日落，尊居距此尚遠，回府恐已不及，何如暫屈一宿，借作長夜之飲，某亦可多領教言。」王遠謀道：「老民本可奉陪，奈老妻稚子毫無知識，而又膽小如豆，聞老民為元帥見招，想已恐懼萬狀。再見諸父老業皆回去，而獨有老民留在此間，更不知恐懼何似。若老民再留此不歸，則老妻稚子恐不免有意外之想。今與元帥約，五日後當來與元帥慶功便了。」王守仁也就不敢不從，勉強相送出營而去。一宿無話。

次日，即命狄洪道帶領一千人馬，進攻大庾山東山盤谷，以李武為後應；羅季芳也帶領一千人馬，進攻大庾山西山夾谷，以徐慶為後援；周湘帆帶領一千人馬，進攻大庾山前山。皆要虛張聲勢，許敗不許勝，如違令者斬。眾將得令，當即帶隊出營，直望山前進發。

且說周湘帆到了山前，所部人馬一字排開。周湘帆立馬橫槍，向山上喝道：「爾等眾嘍囉聽者：速報爾賊首池大鬍知道，現在王元帥奉旨督兵，前來剿滅，速令池大鬍下山受縛。若再遲延，本將軍即刻衝上山來，踏平爾等巢穴了。」三軍聽了主將這一番話，也就吶喊起來。山上嘍兵不敢怠慢，便即刻報進大寨，稟道：「啟大王：山下現有官兵到來，聲稱奉旨到此剿滅，若再遲延，便欲衝上山了。請大王速速定奪。」池大鬍正欲回答，又見東、西兩山守山嘍兵報來。池大鬍大怒，即命胡大淵、任大海拒敵盤谷兵馬，郝大江、卜大武拒敵夾谷兵馬，自己迎敵前山兵馬。五弟兄提了兵器，上馬飛下山來。畢竟勝負如何，且看下回分解。

第一百一回 運籌帷幄三次騎兵 決勝疆場一番出令

話說池大鬢等五個賊首，一齊分頭下山，迎敵官兵。先說池大鬢一馬飛到山前，但見周湘帆立馬橫槍，率領著所部官兵，在山前叫罵。池大鬢一見大怒，便飛舞點鋼叉，如旋風般向周湘帆刺來。周湘帆趕著將槍接住，喝道：「來者可是賊首池大鬢麼？」池大鬢也喝道：「既知咱爺爺大名，何故前來送死？」周湘帆怒道：「好大膽的逆賊！今日天兵到此，爾就該俯首受縛，本將軍或可免爾等一死。爾不知悔罪，反敢前來抗敵，只是自討其死了。」池大鬢也大怒道：「爾這狗官無須多言，快報名來，咱爺爺叉下不殺無名之卒。」周湘帆喝道：「逆賊聽了：若問本將軍姓名，乃王元帥麾下隨營指揮使周湘帆是也。」話猶未完，池大鬢舉起點鋼叉，已當頂刺下。周湘帆趕即招架，覺得頗為沉重，果然利害。周湘帆使勁將叉掀在一旁，也就還了一槍。池大鬢將叉望下一磕，周湘帆見他來勢凶猛，這一磕下來，槍桿子雖不折斷，也就要抛落下去，當下趕緊將槍收回。池大鬢一槍磕了個空，因他用力過猛，險些從馬上傾跌下來。此時不覺大怒，隨即又是一叉，望周湘帆刺來。周湘帆也不迎敵，便將馬一拍，望刺斜裡而走。池大鬢一叉又刺了個空。周湘帆見池大鬢一叉又落個空，急急將馬兜回，就在池大鬢右肋下刺進一槍。池大鬢並未防備，見槍已刺進，說聲「不好」，趕將手中叉望槍桿上一隔，撥在一旁。周湘帆怕他回叉來刺，必然勇猛，又把馬一拍，直跳到池大鬢的左邊，順手又是一槍。池大鬢急切不好轉身招架，也只得將馬一夾，望前跑了十數步，讓過周湘帆的那一槍。於是彼此一來一往，約戰了有十數個回合。周湘帆見池大鬢殺得興起，竟有死戰之意，心中暗道：「這死賊囚果然勇悍非常，只可智取，不能力敵。莫若且敗下去，再回明元帥，明日以計擒之。」主意想定，便虛刺一槍，撥馬便走。池大鬢哪裡肯捨，急急追來。周湘帆跑下有四五里遠，卻好羅季芳、狄洪道、徐慶、李武等五個人也一齊詐敗下來，便合在一處，回營繳令。

池大鬢見周湘帆已跑得甚遠，追趕不及，也就回山。到了大寨，胡大淵、任大海、郝大江、卜大武四人也得勝而回，聚合一處，大喜說道：「我道奉旨的官兵有甚麼三頭六臂、萬夫不當的本領，也不過是一夥小卒，他也要前來征剿咱等。今日且饒了這一些犬羊的性命，明日若再前來，定然殺他個片甲不回。」於是五個賊頭即命擺酒慶賀，大家歡呼暢飲，這且不表。

再說狄洪道等五人回至大營，繳令已畢，便將接戰情形說了一遍，大家因道：「池大鬢等果然有勇無謀，只可智取，不能力勝，王遠謀之言一些不差。末將等擬於明日再去索戰，還是詐敗，爽性將這夥悍賊的心志驕足，然後改設奇計，便可一鼓而擒了。」王守仁道：「諸位將軍之言，正合本帥之意。且回本帳歇息，明日再行出戰便了。」狄洪道答應著，當即退出大帳，各回本帳去了。

到了次日，王守仁即命狄洪道攻打前山，羅季芳、徐慶攻打盤谷，周湘帆、李武攻打夾谷。三路兵出了營門，直奔大庾山而去。不一會皆至山下，守山嘍兵飛報進寨。池大鬢仍令胡大淵、任大海去盤谷迎敵，郝大江、卜大武去夾谷迎敵，自己仍迎敵前山兵馬。

下得山來，池大鬢一見來將，見非昨日那個姓周的，又換了一個，當下喝道：「來者快通下名來，好使咱爺爺取爾的狗命。」狄洪道便喝道：「逆賊聽了：本將軍乃狄洪道是也。爾亦通下名來，本將軍刀下不斬無名草寇。」池大鬢喝道：「爾問爺爺名姓，可認得本山大王池大鬢麼？昨日被本大王殺敗一個，今日又換一個，終久是無名小卒，不是咱爺爺馬前數合之將。爾快放馬過來送死！」狄洪道大怒，舉刀飛馬，直奔池大鬢一刀砍來。池大鬢急用手中點鋼叉相迎。二人一來一往，約戰了八九個回合，狄洪道故意賣個破綻，虛砍一刀，撥馬就走。池大鬢哈哈大笑道：「如此無能之輩，也要前來進剿，豈不可笑！咱爺爺不追爾了，爾可回去，叫你家有本領的前來會我。」狄洪道雖然聽說，實在心中氣忿，卻抱定了「小不忍，則亂大謀」的話，只當不曾聽見，先自敗回大營。

周湘帆與李武攻打西山夾谷，與郝大江、卜大武戰不數合，也是詐敗而走。羅季芳、徐慶攻打東山盤谷，與胡大淵、任大海接戰，也是如此。四人詐敗回營，繳令已畢。

次日，王守仁又命羅季芳攻打前山，狄洪道、李武攻打夾谷，周湘帆、徐慶攻打盤谷，還是只敗不勝。戰不數合，敗走回營。話休煩絮，一連三日，皆是如此。卻好池大鬢等五人正中其計了。

且說池大鬢等戰了三日，見一日換一個，皆是本領平常之輩，於是大家議道：「照這樣的官兵，不必說這幾個人，就便來有兩萬，也不足為懼。但是實在討厭，每日前來攻山，卻又不能取勝。明日不來則已，如果再來，必得將這起無名小卒擒捉過來，早早送他歸陰。免得每日前來煩絮。」因此池大鬢等便將狄洪道等人毫不放在心上，以為總是無能之輩，他哪裡知道是用的誘敵之計。這且不表。

且說王守仁見詐敗了三日，當即派了細作，前往探聽池大鬢等情形。細作回報：「大庾眾賊因官兵連敗三日，以為皆是沒有本領，賊眾便毫不防備。現在寨中殺牛宰馬，大吹大擂，大擺筵宴，飲酒取樂。」

王守仁聽說，大喜道：「果如此，破賊必矣。」

到了次日，又密令細作前往探聽，回報仍如前言。王守仁愈加喜悅道：「此天助我成功也。」因命狄洪道道：「將軍可帶精銳三千，各藏火種，由山後羊腸谷而進。進入山谷，即命小軍分頭去各處放火，無論樹林寨柵，皆放起火來。復由山內殺出，裡外夾擊。今夜四更拔隊，五更馳抵谷口，天明進谷，辰牌時分各處放火，不得有誤。」狄洪道得令退出。

又命周湘帆道：「將軍可帶精銳二千，以一千各藏火種，一千為護軍。五更拔隊，天明馳抵東山盤谷挑戰，務要將賊目誘出，遠離谷口，便命各藏火種之一千精銳，於盤谷四面放火。賊目見谷內火起，必然驚恐，無心戀戰，趕回谷內救火。那時可急急殺之，不得有誤。」周湘帆得令而去。

又命徐慶：「也帶二千精銳，以一半各藏火種，一半為護軍，前往進攻西山夾谷。也是五更拔隊，天明馳抵，務要誘出賊目，遠離谷口，然後於夾谷四面各處放火，再於此時急急反擊賊眾，不得有誤。」徐慶得令退下。

又命羅季芳、李武道：「二位將軍可各帶精銳二千，分為兩隊，也是五更拔隊，天明馳抵，務要與池大鬢輪流交戰。譬如羅將軍戰十合，急急退下；李將軍便去接戰，約戰十合，羅將軍再去相換。如此輪戰較為省力，又可使池大鬢久戰不歇，究竟不免吃力。若果池大鬢拼命力戰，二位將軍萬萬不可與他死敵，仍宜詐誘為是。但聽山內及東、西兩谷有人來報火起，池大鬢必然驚恐，趕緊回山救火，將軍等那時可再合全力反擊之，乘其無備，逆賊可擒矣。」羅季芳、李武得令退下，各去預備。

王守仁也就退回後帳，獨自想道：「若再得一枝兵為往來接應，則更萬無一失了。」正自暗想，忽見探馬進帳稟道：「啟元帥：探得徐將軍已克復洑頭寨，大隊離此不遠了。」王守仁見報大喜。欲知徐鳴皋何時可到，且聽下回分解。

第一百二回　徐鳴皋奉令助三軍　池大鬢楞腹敵二將

話說王守仁見報徐鳴皋已由洌頭寨得勝而回，心中大喜，即令原探持了大令，飛馬調取徐鳴皋，限今夜五更，率同所部馳抵大寨。探子持令而去。

不到二鼓，徐鳴皋、楊小舫已到，當即安營已畢，進帳見元帥繳令。王守仁先慰勞了一回，復又問了前情，徐鳴皋也細細說了一遍。王守仁大喜，復獎勵道：「非將軍神勇，不能如此神速，真乃國家之福也。」徐鳴皋又謙遜道：「承元帥栽培，末將何勞足錄。」因問道：「此間勝負如此，池大鬢想已就擒否？」王守仁便將以上各節又告訴了一番，因道：「本帥刻已分別派令各位將軍，於今夜五鼓進攻，惟慮尚少一枝兵往來接應。正慮無人可使，卻好將軍馳回，再沒有如此巧法。今夜便煩將軍與楊將軍二位，仍率所部各兵，亦於五更拔隊，天明馳抵大庾山。楊將軍可分兵一半，抄出大庾山後，在羊腸谷一帶往來接應狄洪道。但看山內火起，便催兵入谷，與狄洪道合兵一處，殺出前山。徐將軍卻於前山及東、西兩山盤谷、夾谷往來接應，但看山內火起，及東、西谷火勢大熾，便令各兵吶喊助威，遙為聲應，使賊眾驚疑不定。卻再與周湘帆、羅季芳、徐慶、李武合兵一處，併力夾擊。賊眾見各處火起，必然驚惶，將軍等可乘其亂而擊之，則賊眾不難立殺矣。本帥靜候捷報。如首先殺賊，馳報進營者，便為頭功。務各奮勇爭先，本帥是所厚望。」徐鳴皋、楊小舫一聲得令道：「元帥放心，末將等當效死力。」當下退出大帳。

此時已將三鼓，不及與狄洪道等人敘別，只往各處略一看視，隨歸本營。傳令各兵：四更造飯，五更拔隊，天明馳抵大庾山剿賊。又與各兵激勵一番，令其不可退縮，總要奮勇爭先，滅賊之後，自然論功升賞。各兵也歡聲雷動，個個願效死力。本來徐鳴皋與楊小舫所帶部下，深得兵心，故此所部亦願同甘苦，毫無退縮之意。

閒話休表。且說狄洪道帶領精銳三千，各藏火種，先自進發，個個銜枚疾走，直望羊腸谷而去。接著，楊小舫亦率領所部一千五百兵作為後隊，也是銜枚疾走，望羊腸谷而來，暫且按下。

再說周湘帆等人各率所部前往大庾山及東、西兩谷前進，卻好天明均已馳抵，便將所部擺成陣勢，向山上挑戰。當有守山嘍兵飛報大寨。池大鬢等五個賊目方才起身，一聞飛報進來，連飲食都來不及吃，池大鬢便往前山迎敵，胡大淵、任大海前往東山盤谷，郝大江、卜大武往西山夾谷，各自分頭率領嘍兵，一齊衝下山去。

池大鬢到了山下，一見羅季芳，哈哈大笑道：「你等這一起雜種，不必說一日換一個，就便都來與爺爺廝殺，又何足懼哉！」羅季芳聽罷大怒，也不打話，立刻舉槍就刺，池大鬢趕著用點鋼叉去迎。這番來戰，卻不比前三日那種情形。在官兵，務出死力，總要今日破山；在賊眾，也想今日將官兵殺個盡絕，免得日日討厭。因此。羅季芳便用盡平生之力，一槍刺去，恨不能就將池大鬢挑下戰馬來。無如池大鬢猛勇過人，羅季芳不易為力。池大鬢見一槍刺進，趕著用手中叉向上一磕，也是用盡平生之力，恨不能將羅季芳的槍就這一叉磕下，折為兩段，然後復一叉結果了性命。無如羅季芳的本領雖然不能如徐嗚臯等人，也還可以戰十數個回合，所以池大鬢也不能易於為力。兩個人交上手，叉來槍往，各盡平生之力，死門了有十二三合，羅季芳漸漸抵敵不住。

李武在旁看得清楚，一聲大喝道：「羅師伯，你老可退下，待咱來取這狗賊的性命！」說著催開坐馬，搖動大刀，直殺過來。羅季芳見李武前來助戰，他便虛刺一槍，撥馬退下。李武即趕上前去，掄開大刀，望池大鬢砍來。池大鬢正欲追趕羅季芳，見李武殺上，也就撇了羅季芳，來迎李武。彼此交上手，你一刀，我一叉，只殺得喊聲大振，塵土沖天。兩個人又戰了十數合，李武仍不是池大鬢的對手。羅季芳在旁，見李武有些支持不住，也就搖動長槍，復殺上。李武又虛砍一刀，撥馬退下。由此輪流接戰，池大鬢卻毫無懼怯之意。

卻好徐鳴臯接應的兵已到，一見羅季芳與池大鬢對敵，深恐羅季芳非敵人對手，便大喝一聲道：「羅大哥，你且暫歇，待徐鳴臯取這逆賊的首級！」話猶未完，馬已到了陣上來，即從刺斜裡手起一槍，向池大鬢刺來。池大鬢見來勢甚為利害，趕著撇了羅季芳，來接徐鳴臯。兩人接上手，這才是棋逢對手，將遇良材，卻好殺個對敵。若論池大鬢的勇力，卻比徐鳴臯勝。因他固是枵腹❶，又兼與羅季芳、李武戰了好一會，究竟有些力乏。徐鳴臯卻是才到，又是飽餐而來，所以比池大鬢占了二分便宜。彼此殺了有二三十合，羅季芳、李武不肯使徐鳴臯一人用力，恐怕力敗不能取勝，因又各舞兵器，齊殺過來，將徐鳴臯換下，使徐鳴臯退在一旁，暫且歇息。

池大鬢見羅季芳、李武二人復又上來換戰，當下怒道：「爾等這一起無名小卒，不必說是輪流接戰，

❶ 枵腹：餓著肚子。

就便一起圍擁上來，咱爺爺若有半點懼意，也不算是池大鬢的本領膽略。好小子，看爺爺的家伙！」說著用了十二分力，飛起一叉，直向羅季芳刺來。羅季芳見這一叉來得凶猛，如泰山壓頂磕了下來，知道自己的力量斷難迎敵。說時遲，那時快，趕著將坐下馬緊緊一拍，向刺斜裡跑出圈外。池大鬢這一叉刺來，實指望將羅季芳刺於馬下，不料不曾刺中，反因用力太猛，在馬上連搖了兩搖，險些兒傾跌下來。李武看得清楚，就趁池大鬢湊手不及，復進一刀，當頂砍到。池大鬢說聲「不好」，趕忙將叉望上一架，也就趁手撇在一旁。

池大鬢正欲還刀，只見一騎馬如旋風般從山上飛到，高聲喝道：「請大王速速回山，現在山內各處火起，不知有多少兵馬從羊腸谷殺進來了。」池大鬢聞報，這一嚇非同小可，幾乎在馬上跌落塵埃。正要回山，接連的幾報：東山盤谷火起，西山夾谷火起，請令定奪。池大鬢接連聞報，格外驚慌，到了此時，也就無心戀戰。知道山寨已毀，無路可歸，便思逃走。爭奈李武、羅季芳二人聞說山中火起，心中大喜，一聲呼喝，即令所部各兵圍擁上來，將池大鬢困在當中，任他左衝右突，衝不出去。更兼羅季芳、李武兩人抖擻精神，併力死戰，池大鬢已是強弩之末，漸漸的就有些支持不住。

正在危急，忽見胡大淵衝入重圍，手執兩柄六角銅錘，逢人便擊，意欲將池大鬢救出。爭奈羅季芳、李武二人雖然力不能敵，卻拼命死戰，哪裡肯將池大鬢放走。又兼各兵卒個個爭先，無一人退後，雖然胡大淵出其不意殺進重圍，所部各兵卻不肯因此稍退。正在喊殺連天之際，池大鬢手起一叉，擊中羅季芳馬腹，那馬負痛，當即狂奔衝出重圍。李武又被胡大淵的銅錘，打傷右臂，也就敗逃出來。池大鬢、胡大淵見羅季芳、李武二人受傷敗下，此時哪敢怠慢，也就跟著衝出。並非有心追趕羅季芳、李武二人，卻是要趕緊逃命。徐鳴皐在旁看得清楚，說道：「若於此時再將這兩個惡賊逃走，見了元帥，何以繳令？」因即將馬一催，殺入陣來。迎面見著羅季芳、李武帶傷敗出，當下也來不及問話，放過二人，急急迎了上去。正遇池大鬢、胡大淵二人欲殺出來，徐鳴皐大喝一聲：「逆賊望哪裡走！」手起一槍，直刺過去。

畢竟池大鬢、胡大淵性命如何，且看下回分解。

第一百三回　徐鳴皋力斬二寇　任大海獨戰三人

話說胡大淵、池大鬢正欲衝出，卻好徐鳴皋掩殺過來，大聲喝道：「逆賊往哪裡走！本將軍前來取你的首級。」話猶未完，手起一槍，直望池大鬢刺到。池大鬢正向前跑，忽被徐鳴皋攔住，已是心急如焚。又見一槍刺到，真個是措手不及，欲待招架，萬萬無此閒空；欲待躲讓，徐鳴皋的長槍已近胸前。只得拚命一著，急將右手認定徐鳴皋的槍桿一把抓住，說聲「不要走」，那枝槍桿已被池大鬢執在手中，用足十二分力量，先向自己懷內一拖，滿想將徐鳴皋拖下馬來。哪知徐鳴皋見手中的槍被池大鬢奪住，也即雙手執定槍桿，亦用足十二分勁，就此一抖，只見池大鬢手略一鬆，那槍桿便有斗大的花頭，直射得池大鬢眼花撩亂，二目一瞪，早被徐鳴皋分心一槍，挑於馬下。胡大淵急急來救，已被官兵梟了首級。

胡大淵見池大鬢已死，也就手舞雙錘，拚命來敵徐鳴皋。鳴皋此時殺得興起，見胡大淵搶殺過來，他便舞動花槍，直望胡大淵捲殺進去。胡大淵先還可以遮攔隔架，到後來不知從何著手，只見一片白光，如梨花飛舞，渾身罩定，知道不妙，急急格開一槍，便想舞動雙錘殺透重圍而去。哪知徐鳴皋是何等神勇，已將敵人戰到這步地位，還肯讓他逃走麼？正戰之間，忽見胡大淵虛晃一錘，知道他不敢戀戰，急急欲待敗走，徐鳴皋也急急緊了一槍，大喝一聲：「好惡賊，還不下馬，等待何時？」一聲未完，那槍桿已刺殺進去，正中胡大淵咽喉，落馬而死，當由官兵急急割了首級。

徐鳴皋將兩顆首級掛於馬下，一面使人先往大營報捷，說賊首池大鬢、賊目胡大淵業已刺死。手下人當即馳往報捷。徐鳴皋復又督率所部精銳，馳往東、西兩谷接應徐慶、周湘帆二人。

卻說徐鳴皋到了東山盤谷，遠遠在馬上望見，只見狄洪道、楊小舫、周湘帆三人圍住一個賊目，在那裡混戰。徐鳴皋見周湘帆已得著接應，料不至有失，遂即捨了此地，撥轉馬馳往西山夾谷，接應徐慶去了。暫且按下。

先說狄洪道與楊小舫二人，何以來至盤谷接應周湘帆、混戰任大海呢？原來狄洪道自從進了羊腸谷，卻好正交天明，便令各軍取出火種，節節放火。凡遇樹林深處以及房屋，只要引得著火的所在，皆放起火來，一霎時已有十數處火起。那時，賊首池大鬢已得著前山消息，分頭去下山接戰，所以狄洪道率領各軍在後山放火，如入無人之境，只燒得各處房屋、寨柵一律焦土。及至前山、東西兩谷得著信息，胡大淵急急下山，與池大鬢報信，見池大鬢已被官兵圍在那裡廝殺，他便突入重圍，前去接應，現在兩人已被徐鳴皋殺死。當胡大淵馳往前山之時，盤谷尚未有火。走未一刻，周湘帆所部各軍見後山火勢滔天，也就於盤谷四面樹林放起火來。任大海知道不妙，便思逃走，卻好周湘帆拚命力戰。正在危急之際，狄洪道已由山內殺出，正遇周湘帆與任大海對敵，漸漸抵敵不住，他便搶殺過來，在那裡混戰。

楊小舫率領後隊馳到羊腸谷，已見山內火焰騰空，當下便命各軍蜂擁而進。走入山內，但見狄洪道所部各軍，有的還在那裡四處搜尋放火，有的任意趕殺嘍囉。楊小舫見著這般光景，也覺有趣。正要率領所部四處搜掠，忽見從山外衝進一騎馬來，馬上坐著一個賊目，手執爛銀鏜，一見楊小舫，也不打話，舞動爛銀鏜，即便交戰。反是楊小舫問了那賊目的名姓，原來是郝大江。他本在西山夾谷，也因聞報山內火起，他便急急趕回，準備救火。哪知他才入山來，夾谷四面又是火起，卻又遇見楊小舫接住廝殺，戰不數合，被楊小舫一戟刺於馬下。若論郝大江的武藝，並不亞楊小舫。怎奈此時是驚弓之鳥，又是心懸兩地，記念著前山池大鬢不知勝負如何，又不知山上大將共有幾人，精兵若干，因此心慌意亂，所以戰不數合，被楊小舫刺死。如果平心定氣與楊小舫對敵，不但楊小舫不能取勝，還恐戰不過郝大江。這也是這夥強盜惡貫滿盈，應該今日遭劫。

當時楊小舫將郝大江刺死，隨即梟了首級，從裡面直殺出來。本意殺往前山，爭奈路徑不熟，卻誤殺到盤谷，正好遇見狄洪道、周湘帆在那裡混戰任大海，他也就衝殺下去，與狄、周二人合兵一處，三個人混戰。

哪知任大海的本領果然出類超群，真有萬夫不當之勇。手持兩條竹節鋼鞭，上下左右飛舞盤旋，真個如生龍活虎。雖有狄洪道、周湘帆、楊小舫三人戰他一個，他卻毫不懼怯，仍是猛勇異常。只見他那兩條竹節鋼鞭，架開刀，撇開槍，格開戟，遮攔格架，將自己的身軀、坐下的戰馬，保護得風雨不透。四個人，四匹馬，只殺得塵頭大起，日色無光，兩邊小軍吶喊之聲震動山岳。狄洪道等三人見他如此悍勇，卻是暗暗喝道：「有如此神勇，若果不入邪途，真是國家一員大將。可惜甘心為賊，也算是明珠暗投了。」一面暗道，卻一面廝殺，足足戰了有一百個回合，仍是不能取勝。狄洪道、周湘帆、楊小舫三人殺得興起，便各人抖擻神威。只見狄洪道擺動大砍刀，用了個泰山壓頂的架式，直望任大海當頭砍來。任大海將右手鞭向上一架，掀開大砍刀，左手一鞭，認定狄洪道右背打下。狄洪道正要招架，那邊楊小舫已一戟刺來，任大海收回右手鞭，復將右手鞭望戟上一磕，趁勢用了水中撈月，將楊小舫那枝畫戟格在一旁。正要翻起左手鞭來打小舫，不料周湘帆的槍又分心刺來。任大海即將左手鞭望上一翻，卻好正碰在周湘帆那枝槍桿上面。只聽一聲響亮，周湘帆那桿花槍已被任大海的鞭打折兩段。周湘帆在馬上這一驚非同小可，所幸狄洪道的大刀又砍了進來，接著楊小舫的畫戟又復刺到。周湘帆急急將手中折斷的半段槍桿拋在一旁，便從腰間掣出雙股寶劍。原來周湘帆這口寶劍，雖不能削鐵如泥，也還鋒利無匹，當下便舞動雙股劍，復殺上來，只見兩道寒光，不離任大海前後左右。

此時任大海料難取勝，滿想打死他們兩個，就便自己死於非命，也還扯過直抵。爭奈只有招架之功，並無還刀之力，任他勇猛，徒喚奈何。看看抵敵不住，便虛擊一鞭，撥轉馬頭便走，打算殺出重圍，落荒而走。不料戰馬氣力已乏，忽然馬失前蹄，將任大海從馬上翻跌下來。狄洪道一見好不歡喜，也就急急趕到前面，手起一刀，正要砍殺下去，只見任大海大喊一聲：「馬失前蹄，此天亡我也！」遂拔出佩劍自刎而死。當時有小軍上前割了首級。狄洪道、周湘帆、楊小舫三人見任大海已死，便傳令所部各軍，直望夾谷接應徐慶。

再說徐慶力戰卜大武。這卜大武固然驍勇，他還有個絕技，使兩柄軟索銅錘，能於百步之內打人，百發百中。徐慶與他戰了有四五十合，彼此皆不分勝負，只急得徐慶暴跳如雷：「如此一個強盜，我都戰他不過，還算甚麼一員大將，豈不可恥！」當下便大喊說道：「逆賊聽了：本將軍若不將你這潑賊碎屍萬段，誓不回營！你敢與本將軍戰一百合麼？」卜大武哈哈大笑道：「好小子，莫說一百合，就便一千合何妨！只要勝得我手中刀，我便甘心受縛。」徐慶聞言，便又大殺起來。畢竟徐慶果能取勝否，且看下回分解。

第一百四回　徐將軍義勇兼施　王元帥恩威並用

話說卜大武與徐慶力戰，不分勝負。徐慶殺得興起，便要與卜大武戰一百合，卜大武也就答應說道：「你能勝得我手中的刀，我便甘心下馬受縛。」徐慶聞言，心中暗道：「我若將此人勝了，他能甘心受縛，或者可以在元帥前討情，請元帥寬恩，赦其死罪，將他留在營中效力，也可為國家一員猛將。不知這人果肯改邪歸正否？若能如我所願，那就大幸了。」心中想罷，便舉起金背大砍刀，復與卜大武殺起來。

你來我往，又戰了有四十餘合，忽見陣外一騎馬飛來，高聲喊道：「好大膽的潑賊，還敢在此抗敵，你家賊首池大鬌及賊目胡大淵已被本將軍殺了，現有首級在此，你可細細觀看。若知進退，早早下馬受縛，免得目前死於非命。」說著已經飛入陣中。徐慶聞言，急視之，乃徐鳴皋也。心下大喜，見有人來接應，膽量愈壯，即刻精神百倍，掄動大砍刀，奮力殺進。卜大武正與徐慶力敵，忽聞徐鳴皋這番言語，又見他馬下掛著兩顆首級，確係池大鬌、胡大淵的頭顱。又因徐慶一人尚難取勝，禁不得再加一人，料非敵手，不免心中一慌，不覺手中的刀略慢一點，早被徐慶一刀砍中馬足，那馬登時壁立❶起來，將卜大武掀翻在地。卜大武手中的刀已拋落一旁。當有小軍急急上來，割取首級，徐慶急止道：「且將他捆

❶ 壁立：像牆壁一樣直立。

了罷，解進大營，聽元帥發落，此時不得有傷性命。」卜大武見徐慶如此，心中暗道：「難道這人有釋我之意麼？不然，我已跌下馬來，不必小軍前來割取首級，就是他再緊一刀，已可結果我性命，為何他既不殺我，又令小軍不得傷我性命，解請元帥發落？此中定有用意，且到大營看是如何。若果元帥有釋放之心，我便歸降便了。」當下小軍就將卜大武捆綁起來。

正要解往大營，忽又見三騎馬如旋風般飛來。徐慶視之，乃狄洪道、楊小舫、周湘帆三人，率領著所部前來接應，瞥眼間已到陣上。一見徐慶，便齊聲問道：「賊目曾捉住麼？」徐慶道：「現已捆了，正要解往大營，候元帥發落。諸位所辦如何？」狄洪道就將任大海落馬自刎情形說了一遍，又道：「現有首級掛在馬下。」楊小舫又將郝大江殺死的話，也說了一遍，大家大喜。卜大武在旁，知道五弟兄已殺死四個，因復暗想道：「我就便不為所縛，還在這裡與他們力戰，也落得個孤掌難鳴，而況終久不免一死，能此去大營饒我不死，我當甘心投降便了。況且這『強盜』兩字，終久不妥。」主意已定，專候解往大營，聽候發落。只見上來幾個小軍，將他抬起來，隨即解往大營而去。

徐慶、徐鳴皋、狄洪道、周湘帆、楊小舫五人，也就合兵一處。計點人馬，死者不過數人，傷者亦不足百十名。惟有嘍兵死傷甚眾。當下徐鳴皋就派了一千名精銳在此守山，並監守未死的嘍囉，然後命各軍掌起得勝鼓，一同回營繳令。

此時已日過午，大營內元帥早已得了頭報，知道徐鳴皋將池大鬢、胡大淵兩個賊首殺死，心中甚是歡喜。頃又接著探子去報，聲稱楊小舫殺死郝大江，狄洪道、楊小舫、周湘帆三人合戰任大海，又經該賊戰敗，落馬自刎身亡。元帥更是喜悅。惟有西山夾谷徐慶，尚未來報。正在盼望，只見探子報道：「稟元帥：賊目卜大武在夾谷力戰，經徐將軍奮殺敵，已將該賊目擒住縛了，少時即解回大營，聽元帥發落。」王守仁見報，好生暢快，因暗道：「多年巨寇，一旦成擒，固為地方上除害，也可免朝廷宵旰之憂了。真乃國家之福，得此徐鳴皋等這一般英雄，不然，這夥巨寇尚不知何時才可剿滅。」正自暗想，忽聞金鼓齊鳴，各軍已經收隊。王守仁即出營門，親去迎接。

卻好徐鳴皋等已到，一見元帥親迎出來，大家一齊下馬。王元帥上前慰勞道：「諸位將軍克奏膚功，未免辛苦了，且請帳內歇息罷。」徐鳴皋等謙遜一番，當下隨著元帥進了大帳。王守仁便命人先給徐鳴皋立了頭功，然後挨次錄功已畢。徐慶便鞠躬說道：「賊目卜大武已為末將擒獲，現在營外聽候元帥發落。惟該賊目猛勇異常，末將微窺該賊情形，頗有投誠之意。若蒙元帥加恩，免其死罪，收錄營中，令其效力，命他將功折罪，末將看卜大武似不致再有異心，將來或可為國家收一猛將。且不日往剿南安，可令其作為奸細。剿滅之功，即得於此人身上也未可料。末將為愛才起見，是否有當，尚乞元帥主裁。」王守仁見徐慶如此說項❷，心中也有收服之意，當命將卜大武帶進帳來。

只聽一聲答應，不一刻已押解進來，跪在下面。王守仁將卜大武上下一看，見他身長八尺，虎背熊腰，豹子頭環眼，兩道長眉，一雙大耳，大鼻梁闊口，黑漆漆面皮，生得頗為不俗。王守仁看畢，不覺暗暗羨慕道：「此人若肯歸順，將來不愧為國家棟梁。」因道：「卜大武，本帥看你有這樣一表人材，理應一心向上，圖個出身，為國家建功立業，才不愧天地生人的道理。為何甘心為寇，顯干國法？今既被捉，你尚有何話說？」即喝令推出營門，斬首來報。只聽手下吆喝一聲，走上前來推卜大武。當有徐

❷ 說項：為別人說好話；替人求情。

慶上前，代他討饒道：「元帥且請息怒，末將冒死有一言容稟。卜大武甘為強寇，本應罪不容誅，姑念現已就擒，請由末將勸令歸降，令他在營效力，將功折罪，以觀後效。尚望元帥賜以不死，卜大武定然仰感元帥開活❸之恩，死心圖報，勉為國家出力。」王守仁見說，因轉言道：「本帥雖可看將軍一再求饒，免其一死，特恐他志向不專，反覆無常。與其將來多費周折，不若直截了當將他斬了，免留後患。今既據將軍如此討情，可問明他來投誠之後，是否死心死力，圖報國家，勉立後功，藉贖前罪？」

徐慶正欲向問，只見卜大武跪在下面說道：「罪犯如蒙元帥寬某既往，勉某將來，賜以不死，人非草木，豈不知感仰元帥之恩，元帥但請寬心。某倘蒙開恩，自當竭力報效，以期贖罪。況某當日亦非甘心為賊，只因我父為奸臣所害，一家九口，死亡殆盡，某無處棲身，只得到此，暫為落草。身雖為寇，心實難甘。其跡雖惡，其情可憫。」王守仁聽了卜大武這番話，因問道：「據爾所言，爾父為何人所害，爾祖居何處，爾父何名，可細細稟來。」卜大武道：「某祖籍河南固始縣，父親名喚卜建仁，曾為甘肅知縣。因那年旱荒，擅開義倉賑濟百姓，平時又與本省督撫不善逢迎，因此督撫嫁詞奏參，還勒令賠償倉穀。某父親居官清正，一貧如洗，因此自盡身亡。彼時一家九口，見父親已死，以為此項倉穀可以免追。無奈上憲❹追呼，迫不可緩，仍勒令家屬賠補，因此全家悉數自盡。某因此仇不共戴天，只得逃亡在外，以期將來報復。現聞該督撫已死，某又無家可歸，所以甘就大庾山託足。今者天兵所指，已將大庾巢穴焚毀殆盡，某又為擒縛。本非所願，而況就擒，自當革面洗心，勉為好人，尚不失官家之後，尚

---

❸ 開活：使其活命。

❹ 上憲：上司。

請元帥寬宥。」

王守仁聽說這一番話，因道：「你既如此，本帥姑念你從前為寇是迫於無可如何。今既有心歸誠，本帥當免你一死，以觀後效。」說著，便命人代他解縛。當有徐慶上前解開繩索。卜大武又謝了元帥。王守仁即令隨營效力，俟後有功，再行賞職。欲知後事如何，且看下文分解。

第一百五回　卜大武矢志投誠　王遠謀現身說法

話說王守仁准其賊目卜大武歸誠，以觀後效。卜大武自然感激，當下謝了元帥不殺之恩。隨即出了大帳，又謝了徐慶義釋之意，並與徐鳴皋等各人相見已畢，從此就隨著徐鳴皋等人立功。看官要知徐慶雖保了卜大武隨營效力，以後王守仁督兵剿南安諸賊寨，若非卜大武作為內應，賊首謝志山尚不能就擒。此是後話，暫且休表。

再說王守仁見卜大武矢志歸誠，滿心歡喜。當傳令各營，犒賞三日，專候華林、漳州兩處捷報一到，便合兵進攻南安，當下無話。次日，又傳卜大武進帳問道：「現在山寨雖已焚毀，所有嘍兵以及銀錢糧餉尚有若干，你可即日到山查明來報。」命徐慶一同前去，查明之後，所有嘍兵願降者准其投降，不願降者即著一體解散，各回本籍歸農。

徐慶得令，即同卜大武一同前去大庾山盤查錢糧、稽核嘍兵數目去了。一日，回來報道：「錢糧共有三千，嘍兵不足二千，願降者約有千餘，其餘盡皆遣散。」王守仁見說，即命將錢糧全數悉解大營，以充軍餉；所有嘍兵亦即編入隊伍，即命卜大武管帶，以便收駕輕就熟之力；其前留守山部卒，亦即調回大營。徐慶、卜大武答應，又至山上，將所有錢糧，悉數飭令小軍運回大寨；已降之各嘍兵，亦即編入隊伍，仍由卜大武管帶，一同馳歸大營，合兵一處，專等華林、漳州兩處捷報。由此卜大武就在王守仁部下，實心實力，任勞任怨，以圖後報不提。

且說王遠謀這日又來慶賀，到了營門，當有小軍傳報進去。王守仁見報，即刻親自迎出營門。王遠謀一見，拱手賀道：「元帥神威，指日剿平山寨，真乃國家之福，某等地方之幸也，今特竭誠前來慶賀。」王守仁也笑謝道：「山寨蕩平，非某之力，實先生指畫之功也。」說著，就讓王遠謀進入大帳，彼此分賓主坐下。元帥又命人大擺筵宴。

一會子酒席擺上，王守仁邀王遠謀入席。三巡酒過，守仁問道：「前者某欲求先生同往南安，借聽方略，先生以欲與尊夫人商議，邇來當有定議，不卜❶可蒙賜教否？尚求一言，俾免懸念。」王遠謀道：「承元帥盛意，某焉敢不遵？但日來與老妻熟商❷，滿擬隨鐙執鞭，藉覿韜略，奈老妻苦苦相留，不放前去。某當以富貴爵祿動之，告以南安距此並不過遠，且蕩平山寨之後，元帥必以某隨營效力，不無微勞，足錄章奏。肅清之時，某亦可蒙元帥保奏，仰荷天恩，大小得點功名。將來回家，雖不能謂衣錦榮歸，亦可借此為親戚交遊❸光寵。若老於株守，伏處草茅，但不過問舍求田，日與田舍翁為伍，雖曰自適，終為野老一流。富即不能，貴又不得；庸庸一世，不幾與草木同腐乎？某說了這一番話，以為老妻必以富貴為可慕，以功名為可榮，以親戚交遊光寵為可羨。哪裡知道他另有一副心腸，說來殊覺可笑。究竟婦人見識與鬚眉志向不同，卻以可慕者為可厭，以可榮者為可辱，以可羨者為可恥，且與某言道：

❶ 不卜：不知。

❷ 熟商：反覆商量。

❸ 交遊：朋友。

『方今之時，所謂富若❹貴者，動輒驕人，其實可恥之至。在不知者，以為某也富，某也貴。本非親戚，至此而強與往來；本非交遊，因此而欲求接納。推其意，皆欲藉若人❺之聲勢，為自家光寵。而富若貴者，亦因此夜郎自大，欺壓鄉鄰。究其所以既富且貴之由，實皆由搖尾乞憐、俯首帖耳所致。與其有此富貴，徒覺外觀有耀，不若求田問舍，做一個野老農夫，雖沒世無聞，草木同腐，尚可得清白終身，不致與富若貴者齷齪卑污，在外面看來似覺可慕、可榮、可羨，即令他自己問心細想，實在有許多不能對父母、妻子之處。我看你不必慕此富貴罷。至於功名一節，更可不必妄想。不必說你生成一副寒乞相❻，就便命中應得貴為天子，位極人臣，及至一旦無常❼，依舊一抔黃土。此就命有應得者而言；若本無此命，勉強而求，不必說勉強不來，即使勉強得來，亦未免徒費心血。而況當今之世，舉世皆濁，權貴當朝，正直者反屈而不伸，卑污者卻得以重用。即以軍營而論，有那身經百戰、功績昭然的，當時自問，將來蕩平之後，必可榮膺懋賞，藉此酬功，初時未嘗不以此自幸；及至奏章既上，身經百戰的，不盡濫竽之輩，其中亦有十之二三；更且黑白混淆，是非倒置，甚至坐觀成效的，竟得邀上賞，身經百戰的，不過得微榮。在天子高拱九重，何由盡悉？而保奏者或因私意，或為夤緣❽，以致顛倒是非，致使有功

❹ 若：連詞，而且。
❺ 若人：那個人。
❻ 寒乞相：寒酸的樣子。
❼ 無常：去世。
❽ 夤緣：攀附；巴結。

者抱屈莫伸，無功者坐受上賞。人情如此，已莫可挽回。雖王元帥為一代名臣，亮節高風，原非苟且貪污者可比，有功必錄，有過必懲。我雖女流，亦甚欽佩。然而你年已花甲，何必再入迷途？即使富貴功名皆如所願，曾幾何時，又將就木，也覺無趣味了。在我看來，還是株守田園，以老妻稚子相對，終身雖無功名，也還不失天倫之樂。若徒以功名為重，免不得拋妻撇子，背井離鄉，受些旅況淒涼，風塵擾攘。而況隨征之事，更覺難堪，你又非身受國恩，何必自尋苦惱呢？若以元帥之意不可卻，定欲從事征途，我便請從此死，好使你趲趕功名便了。』某給老妻這一席話，說得甚覺有理，且某本與老妻伉儷甚篤，朝夕不離者已四十年，一旦遠離，情固有所不忍。加以稚子幼孫，牽衣頓足，啼號交集，相與咨嗟。某見此情形，又不免兒女情長，英雄氣短了。因一轉念間，終覺富貴如雲，功名似水，還是與老妻稚子伏處草茅，作一個田舍翁了此終身，反覺計之為得。元帥的盛意，某當銘感不忘。非某有心逃世，實為老妻所累，不忍暫離，尚乞原諒。」

王守仁聽了王遠謀這一番議論，因自歎道：「老先生現身說法，足使某萬念俱灰。誠哉富貴如雲，功名似水，本無可樂之境。惟某身受國恩，不能不勉盡臣道，然撫衷自問，雖欲如先生求田問舍，共得天倫之樂而不可得。老先生雖非富貴，實是神仙，可羨可慕！」說罷，嗟歎不已。不一會酒筵已畢，王遠謀又再三相謝，即便告辭而去。王守仁仍依依不捨，爭奈他無心世事，不可勉強，只得送出營門，一揖而別。

又過了十日光景，一枝梅、王能已肅清漳州賊寨；包行恭、徐壽已肅清華林賊寨，皆得勝回營繳令。王守仁當即傳進大帳，問明一切。一枝梅、包行恭等便將漳州、華林兩處如何進攻，如何縱火，如何力殺漳州賊目鄧武、陳如虎、韓韶、伏水龍，華林賊目孫有能、李志海、孟銘山、周尚勇等人，並所得器械糧餉若干件，收服嘍兵若干名，細細說了一遍。王守仁聽了大喜道：「似此多年巨寇，官軍屢剿失利，今不過三月之功，一律肅清，此非本帥之功，實賴諸位將軍之力也。明日當馳奏進京，既慰朝廷宵旰之憂，借表諸位將軍之績。」一枝梅等又謙遜了一回，這才退下。安營已畢，又與徐鳴皋等敘了闊別。王守仁當晚寫成表章，次日著人馳奏進京。又命各營養軍三日，拔隊起行。三日之後，仍命徐鳴皋為先鋒，其餘各人均安本職。三聲炮響，金鼓齊鳴，督領大軍，離了大庾，一路上浩浩蕩蕩，直望南安而來。畢竟攻打南安、橫水、桶岡諸寨，剿滅賊首謝志山勝負如何，且聽下回分解。

第一百六回　獻妙計卜大武陳詞　去詐降謝志山受騙

話說王守仁收服了卜大武，一枝梅等已剿滅了華林、漳州等寨，便合兵一處，進攻南安。一路上浩浩蕩蕩，真是秋毫無犯，不愧王師。在路行程非止一日，這日已離南安不遠，即命安營。

當有各將進帳參見。王守仁還禮已畢，便問卜大武道：「爾可知南安、橫水、桶岡三寨，何處最為險要，何處次之？這三寨之中，以何寨最易攻剿？你可細細談來。」卜大武道：「南安、橫水、桶岡三寨，以桶岡最為險要。這岡嶺四面皆山，環抱如桶，所以起名桶岡，賊首謝志山就住在這裡面。四面山上皆有擂木炮石；並高設煙墩，以為號令。守山嘍兵見有官兵前往，便於煙墩內放起煙來，裡面就知道預備。且不識路徑者，往往遭彼埋伏，因那岡外四面，在外面遠看，皆有大路可通裡間，其實那些大路皆是死路，萬不可進。如果由大路進去，必遭埋伏無疑。岡內出入，皆由小路。那小路實不易行走，不但羊腸曲折，而且荊棘橫生。官兵屢剿失利，亦皆由此。賊首謝志山又多謀有勇，凡有官兵前來攻剿，他類皆以逸待勞，不肯輕於接戰；就便兵將奮勇進攻，他將擂木炮石打下，任你再驍勇，總使你不能前進；再不然，將官兵誘入大路裡面，只要進了谷口，他便放起地雷、火炮，將官兵轟死殆盡，他仍安然無恙。地勢之險，莫險於桶岡；埋伏之多，亦莫多於桶岡。能先將桶岡攻破，其餘橫水、南安，皆不足慮。」

王守仁道：「據你所說，桶岡是最難攻了？」卜大武道：「不但難攻，而且謝志山手下有兩個賊目。一喚飛天虎馮雲，慣用兩柄生鐵虎頭拐，有萬夫不當之勇，更兼他能半空飛走，又有二十四枝袖箭，能於半空中施放，打人百發百中。一喚賽花榮孟超，慣用一桿爛銀槍，雖不比馮雲驍勇，卻也不弱，惟最他的弩箭極其利害。他平日在山中無事，專以飛禽作為箭靶。他這弩箭，不但百步之外射人百發百中；而且是連珠箭，一箭不中，連著射出來，任你會讓，總要中的。若中一箭，七日之內，必然送命。原來他那弩箭上是用毒藥煮過，只要射中敵人，受傷之處登時發癢起來，然後潰爛，七日之內，爛見心肺而死。元帥若要攻剿，必先將此兩人擒獲過來，然後此寨即不難破。再不然，能將他兩人袖箭、弩箭盜出，使他無此暗器，也就易於為力了。」王守仁道：「本帥就差你前去，盜那件暗器何如呢？」卜大武道：「元帥之命，本不敢辭，怎奈平時只會馬上，不會飛簷走壁，盜那暗器須有飛簷走壁的本領，才能盜得出來，不然，不但徒勞無功，且恐有誤大事。某卻有一計，元帥主裁。如果可行，當竭力報效。」王守仁道：「你既有妙計，不妨說來。如果可行，也不負你投誠之志。將來剿滅之後，本帥當奏知聖上，論功行賞。」卜大武道：「現在某雖已投誠，謝志山那裡必不知道，某即擬率領所部，抄出桶岡之後，前去詐降，即說大庾為元帥攻破，諸人已死，無處可歸，因此盡殺嘍兵，前來投奔，望他安止❶，他必可相留。那時某即作為內應，一面請元帥揀眾將中有能飛簷走壁者，至少四人，扮作嘍兵模樣，暗藏利刃，雜入某所部以內，一齊上山，得便行事。如此而行，似覺較為妥當，不識元帥意下如何？」王守仁聽罷，當下說道：「所言正合吾意，即照爾所說去辦便了。惟最爾宜機密，不可洩漏。本帥卻有一

❶ 安止：安頓；安置。

件可慮，爾雖絕無異心，但不知爾所部嘍兵，到了那裡，可否不生他意？」卜大武道：「此事某雖可保，惟慮元帥不能深信，莫若就於元帥部下撥發一千精銳，充為嘍兵，在元帥既可放心，某亦放膽前去。但元帥必須堅屬所部，若山上有人盤問，萬萬不可稍露馬腳，要緊要緊！」王守仁道：「此計最善，本帥即挑撥精銳一千，給你帶去便了。」當下便命徐鳴皋、一枝梅、狄洪道、周湘帆、包行恭、徐壽六人，扮著嘍兵，各藏利刃，隨同卜大武前去。「務要小心，將袖箭、弩箭盜出，能再就近行事更妙；設若不能，萬萬不可躁進，可趕即回營，再設良計。」徐鳴皋等一面答應，一面說道：「元帥但請寬心，末將等只患不能入山，既到山內，自可見機而作，能隨時就近將賊首捉住、搗毀巢穴更妙；萬一不能，末將等自當遵命，斷不敢因躁進而致誤大事。」王守仁見說大喜，徐鳴皋等亦即退出大帳，回至本帳。

徐鳴皋與大家計議道：「我等既然前去，必須將他兩件暗器盜回，方顯我等本領。慕容賢弟與包賢弟可去盜馮雲的袖箭，我與徐壽去盜弩箭，狄大哥與周賢弟作為接應。包賢弟可再將那雞鳴斷魂香分給與我與慕容賢弟兩人一用，以便易於著手。」一枝梅道：「我可不要。我自有一種薰香，你帶便了。」六人計議已畢。一宿無話。

次日，即挑選了一千精銳，又扮著委頓情形。徐鳴皋等也就改扮停當，外穿嘍兵號褂，內襯緊身衣靠，各藏利刃暗器，即於當日拔隊，故意抄由桶岡後路而進。走了一日，已到桶岡山後，當由卜大武打了暗號，守山嘍兵知道是自家人，即問明來歷。卜大武在山下喊道：「你快去與你家大王說知，你就說大庾山卜大武前來，有要話面說。」那嘍兵趕即飛奔大寨，去報謝志山知道。謝志山一聞是大庾山卜大武前來，有要話面說，也就即刻相請。那嘍兵得令，隨即飛奔下山，向卜大武說道：「咱家大王有請。」

卜大武聞言，即命所部一千精銳暫在山下等候，他便一人上山。走到半山，已見謝志山率領馮雲、孟超迎接出來。謝志山一見卜大武那種情形，便問道：「賢弟如何這等狼狽？」卜大武道：「一言難盡，且進裡面細談便了。」

謝志山等三人當邀卜大武進入大寨，彼此行禮已畢，各人分賓主坐下。謝志山問道：「賢弟到來，莫非大庾有甚麼意外之變麼？」卜大武見問，登時二目圓睜，雙眉倒豎，發怒罵道：「只因那王守仁這狗官，帶領大兵前去剿滅。第一日官兵分三路進攻，一路打前山，兩路分打東、西盤谷、夾谷。大哥即率我等，也就分頭下山迎敵。及與官兵交戰，見那些將士皆非我等敵手，不過數合，已將各將士打得大敗而回。大哥與我等見此情形，卻毫不介意，以為仍如前次官兵。第二日官兵又來索戰，我等下山迎敵，還是如此。一連三日，皆如此情形，我等更加不以為意。哪知王守仁這狗娘養的，卻用了驕敵之計，將我等暗暗穩住，使我等無心防備，他卻暗使猛將於第五日分了四路：三路來攻前山東、西兩谷，一路暗暗抄出山後，由羊腸谷而進。沿路縱火，先將寨柵焚燒起來，斷了我等歸路；然後由山內殺出，裡外夾擊。就此一陣，可憐我大哥以及胡、任、郝三位兄長，皆死於非命。小弟幸虧逃得快，率領了千餘敗殘兵卒，逃出境外。因想此仇不報，何以為人？又思無處可奔，只得率領嘍兵投奔到此。還望兄長可憐眾家兄弟死於非命，看顧小弟無路可歸，收留帳下，一同報仇雪恨。聞說王守仁那狗娘養的，不日即要進攻到此。等他來時，皆要仗兄長大力及馮大哥、孟大哥二位神藝，併合迎敵，務要將他殺得個片甲不存，一來為小弟那裡眾家兄弟雪恨，二來也可使他知道兄長的神威，不敢藐視。」說罷納頭便拜。謝志山聽罷，只氣得三尸冒火，七孔生煙，跌倒地下，昏暈過去。畢竟謝志山有無性命之憂，且看下回分解。

第一百七回　一枝梅盜箭斬馮雲　賽花榮暗器傷徐壽

話說謝志山聽了卜大武這番話，登時三尸神冒火，七孔內生煙，大叫一聲，跌倒在地，昏暈過去。當下卜大武即與馮雲、孟超將他扶起。停了片刻，蘇醒過來，大怒說道：「卜賢弟，你不必著急，咱給你代眾家兄弟報仇便了。就便這王守仁狗娘養的不來，咱也要興兵下山去殺。」卜大武道：「兄長，你不必患王守仁不來，只愁這山上人少，非他的對手。」謝志山道：「賢弟，你何以長他人志氣，滅自己威風？不必說咱山上尚有三四千人馬，就便沒有，咱又何足懼哉！」卜大武道：「小弟現尚帶有不足一千人，雖係殘敗嘍兵，只要養息數日，也還可以使用。」謝志山道：「現在哪裡？」卜大武道：「現在山下候示。」謝志山道：「可即命他們上山便了。」當有小嘍羅下山招取。不一刻，所有一千精銳全上山來。在山嘍兵繳令已畢，謝志山仍命卜大武管帶。卜大武又再三相謝。

當下謝志山即命大排筵宴，與卜大武洗塵壓驚，四個人暢飲起來。直飲到日落，謝志山即令卜大武在偏寨安住，然後各歸本寨而去。原來這桶岡寨卻有三座寨柵，謝志山居中寨，馮雲居左，孟超居右。平日卻各就本寨居住，有了大事，始在聚義廳會議。

卜大武當就偏寨安住下來，故意命徐鳴皐、一枝梅、周湘帆、包行恭、狄洪道、徐壽六人在偏寨上宿。徐鳴皐等會意，當即到了偏寨。等到三更將近，各寨業經睡宿，徐鳴皐等即至卜大武房內，低低問道：「那馮雲、孟超兩個賊目的臥房在哪裡，我們便可前去行事。」卜大武忙止道：「今日尚不可動手，且等一日。明日可至各處將路徑看明，至明夜再行動手。」徐鳴皋等聞說，也覺有理，隨即出了臥房，仍就寨內安歇。一宿無話。

次日，即雜在本山嘍兵內，各處去看路徑。所有出路及那有埋伏的地方，全行看過，切記在心。到晚間又至偏寨，歇息了兩個更次。等到三更時分，徐鳴皋等六人各脫去外面衣服，取出利刃暗器，招呼了卜大武，又將脫下的衣服在僻靜地方藏好，然後徐鳴皋、徐壽使出夜行手段，直奔孟超右寨而去，一枝梅、包行恭直奔馮雲左寨而去，狄洪道、周湘帆往來接應。只見他們六個人身子一縮，並無一點聲息，但見六條黑影子飛出寨外，登時已不知去向。卜大武看得清楚，暗暗讚道：「原來他們尚有這樣的手段，我幸虧識時務早早歸降，不然，即不死於陣上，也說不定為他們暗中刺死。」

不言卜大武暗地自語，且說一枝梅與包行恭來到左寨，兩個人由屋簷上倒掛下來，向左寨一看，但見臥房內尚有燈光。一枝梅與包行恭便將身子垂下，手執單刀，輕輕的將窗紙戳了一個小孔，就此兩腳一會，已落在平地，真個一點聲息沒有。先向四面一望，見無人影，便走近窗格，將一隻右眼從窗格內小孔上望了進去。只見房內坐著一人，尚未睡覺，在那裡做八段景❶的工夫。一枝梅看罷，也不驚動，即從身旁取出薰香，復又跳遠了一丈多地，取出火種，將薰香燃著，又來至窗腳下，將薰香由窗戶小孔中透至裡面。他這薰香可與眾不同，他人所製的都有一種香味，他這薰香卻一點香味沒有，好似若有若無一股熱氣而已。不論何人，只要觸著這一點熱氣，登時就骨軟筋酥，坐立不住。一枝梅將薰香透送進

❶ 八段景：一種健身術。約創始於北宋年間。亦作「八段錦」。

去，過了一刻，料已散開氣味，便將薰香取回悶熄，仍收在身旁，又立在那裡靜聽。又過了片刻，只聽裡面呵欠之聲，一枝梅知道馮雲已觸著香氣。復從窗眼內望了進去，只見馮雲已睡床上。一枝梅看畢，便向屋簷上擊了一掌，包行恭也就將手掌一拍，當時跳下房簷。一枝梅又將單刀向著窗格輕輕撥開，便一竄身進了臥房，直奔馮雲床前。手起刀落，先將馮雲殺死，取了首級，然後四面來尋袖箭。尋了半會，只是尋找不出，又復在馮雲身上去搜。哪知這馮雲袖箭是隨身攜帶，此時卻在他腰內搜出。取過來就燈下觀看，卻是一個八寸長的竹筒，內有消息，中藏二十四枝連珠鐵箭，只要一枝打出去，接連著二十四枝一齊發出，果然利害。一枝梅從前也學過此藝，他也會用。後因暗器傷人，終非正道，以此不用多年。現在見了此箭，卻愛他製造精工，便於攜帶，又係絕好防身之器，因即藏在身旁。復行出房，將窗格仍然倒關起來，會同包行恭跳上房屋，直奔右寨而去。

卻說徐鳴皋與徐壽二人到了右寨，也是從簷口倒垂下來，側耳聽聲，向房內聽去。只聽裡面並無鼻息之聲，知道孟超還未睡覺，便輕輕的跳落下面，也從窗格紙上用津唾舐濕，戳了小孔。孔內望了進去，只見迎面設著一張床鋪，垂著帳門。徐鳴皋也不知裡面的人曾否睡熟，卻又不敢進去，便欲取雞鳴斷魂香，打算取出香來，燃著透進去，使裡面人觸著香氣，昏迷過去，他好動手。哪裡曉得卻不帶得，包行恭也不曾給他。兩人雖說過這句話，卻都忘記了。徐鳴皋見不曾帶來，欲去尋找包行恭，恐來不及，只得放著膽，執定手中刀，去撥窗格。輕輕的撥了幾下，居然將窗格撥開；又聽了聽，好似帳內有鼻息聲音。他便招呼徐壽小心在外等候。徐壽答應，他就縱身入臥房，借著燈光四面觀看。看了一會，並不見有弩箭，心中暗忖道：「我何必如此？只要將賊囚殺死就完了事，不必一定要盜他弩箭。與其盜箭尋不出，不若將他殺了，反而直截了當。」主意已定，即手執單刀，撲向床面而來。掀開帳門，手起一刀，砍了下去。哪裡曉得並無人睡在裡面，只聽一聲響亮，只將床鋪砍成兩段。徐鳴皐說聲「不好」，急待要走，只見從床後已跳出一人，手執流星錘，大聲喊道：「何來雜種，敢到爺爺這裡來盜何物，這不是老虎頭上撲蒼蠅？不要走，吃爺爺這一錘。」說著，一流星已打將過來。徐鳴皐實在手段高強，急將手中刀向錘上一架，登時隔開；一個箭步，急急退至房門口，復一腿將房門踢落，就勢已竄出房門。孟超見一錘未曾打中，又被他逃出房外，登時也就追趕出來，兩人就在寨外接戰。

徐壽此時也就上來助戰。孟超雖然勇猛，究竟敵不住兩人。看看抵敵不住，正待要走，卻好周湘帆又到，登時從屋上跳下，大喊一聲，手舞雙刀，直奔孟超撲來。孟超力戰兩人，已自不能取勝，何況再添一個，心中一想：「若再戀戰，必然吃虧，不若急急跳出圈外，用暗器傷他便了。」主意已定，即便虛晃一錘，跳出圈外。徐鳴皐見他跳出圈外，知道他必取弩箭射來，卻早為防護。只見孟超一轉身，便向腰中取出一張弩弓，左手執錘，右手將弩箭執定，認準徐鳴皐射來。鳴皐是早已防備的，便急急一縱身竄上屋簷。徐壽、周湘帆卻不曾防備，正自趕來，不提防徐壽面門上已中了一箭。接著，又一箭望周湘帆射來，所幸讓得快，不曾射中。徐鳴皐在屋上看得清楚，說聲「不好」，正要從孟超背後跳下去，給他個出其不意，打算將孟超一刀砍死。忽見迎面一條黑影遠遠飛來，又聽「嗦」一聲響，從面前飛過去，即隨著聲音去望。只見下面「咕冬」一聲，徐鳴皐再仔細一看，孟超已跌倒在地。欲知孟超如何跌落塵埃，以及徐壽、周湘帆二人有無性命之憂，且聽下回分解。

第一百八回 一枝梅得箭還箭 玄貞子知災救災

話說孟超忽然跌倒在地，你道這卻為何？原來一枝梅盜了袖箭，斬了馮雲，便與包行恭直奔右寨。剛走至右寨屋上，見徐鳴皋等三人在下面與孟超接戰，正欲上前助戰，只見孟超跳出圈外，手一揚，一枝弩箭射出，幸虧徐鳴皋早有防備，跳上屋簷，卻中在徐壽面上。一枝梅說聲「不好」，即將所盜得馮雲的袖箭取在手中，正欲向孟超去射，又見孟超手一揚，又是一枝弩箭向周湘帆射來，不曾射中。一枝梅此時可萬萬不能再緩，也就一箭認定孟超右手腕射去。孟超卻實在意料不到，因此正中手腕，登時一驚，跌倒在地。周湘帆卻不曾中箭，一見孟超跌倒下去，隨即搶上一步，舉起一刀向孟超砍下。哪裡知道，孟超雖然跌倒在地，卻受傷不重，忽見周湘帆舉刀砍來，他便將左手流星錘從下翻起，認定周湘帆手腕打到。周湘帆也不曾防備，以為孟超既跌倒在地，定然手到擒拿，卻不料他受傷不重。這一錘急難躲避，正中手腕，只聽「噹啷」一聲，手中的刀拋落下去。孟超此時卻不敢戀戰，急急的奔出右寨，直望中寨而去。周湘帆也不敢追趕。

此時徐鳴皋、一枝梅、包行恭俱已跳下房簷來看徐壽，只見徐壽兩隻手抱定面門，在那裡盡抓。徐鳴皋當下說道：「萬萬抓不得，你忍著些兒罷。」徐壽道：「實在忍不住，癢不可言，是不能不抓的。」一枝梅道：「似此如之奈何？」徐鳴皋道：「周賢弟也是受傷，莫若我等急急尋了狄大哥，一同保護著他二人殺出山去，且回營中，再作計議。」一枝梅道：「徐大哥與包賢弟護送他二人回營，我與狄大哥且慢下山，再混入嘍兵一起，在這裡探聽消息，或者有甚麼主意可將弩箭盜出，那可易於著手了。」徐鳴皋當下答應，即刻與包行恭保護徐壽、周湘帆二人，一路穿房越屋，飛跑下山。

剛到柵門口，正要砍開柵門下山而去，只見山內嘍兵已追趕出來。原來此時謝志山已得著孟超的信，即命合山嘍兵點起燈籠火把，將所有惡隘嚴加防守，一面著人去到左寨呼喚馮雲。不一會，去的人來報馮雲已被殺死。謝志山一聽，這一驚非同小可，便去喊了卜大武，一齊提了兵器，出得大寨，沿路追趕下來。卻好遙見徐鳴皋正欲砍開柵門逃下山去，登時如旋風一般一齊趕去。徐鳴皋一見，哪敢怠慢，也就急急的將柵門亂砍開來，與包行恭二人，急將徐壽、周湘帆各人背上，撒開大步，直望山下逃回。

及至謝志山追出柵門，徐鳴皋等已跑到山下，追趕不及，只得仍然回山，吩咐各處嘍兵嚴加防守，仍恐有奸細前來。吩咐已畢，即與卜大武同至左寨，去看馮雲屍首。不見猶可，這一見怎不傷心？但見馮雲只有一段身軀橫在床上，那顆首級已不知去向。謝志山看畢，大哭一場，便命人掩埋去訖。

又至右寨來看孟超。只見孟超雖受傷不重，卻睡在那裡養息。當下謝志山問道：「孟賢弟，你這會兒覺得傷勢如何？」孟超道：「受傷倒不甚重，只須養息一兩日就可痊癒。惟有我受傷之處，卻是被袖箭打中。方才將袖箭拔下，細細觀看，這袖箭明明是馮二哥的防身之器，為何他又來打我，難道他反了不曾？此事須得查明方好。」謝志山聽說，便道：「賢弟你尚不知道，馮賢弟如何肯有異心？但是他現在不知被誰人已經害死，只剩著半段身軀放在那裡，那顆腦袋已不知去向。你說這袖箭是他的，必是有人前來盜他的袖箭。」孟超聞言，當下驚詫道：「兄長如此說來，我們山上定有了奸細，必得查明方好。

不然，恐誤大事。」這句話，把謝志山提醒道：「賢弟此話果然不差，倒要細細到處訪查。」說罷，又叫孟超好生養息，這才出寨而去。

回到本寨，又與卜大武道：「卜賢弟，我看我們山上定然有了奸細，不然，馮賢弟的袖箭如何被人盜去？」卜大武聽說，即暗暗著急道：「他既知道有了奸細，萬一他查明出來，必致誤事，不若如此回答，且將他掩飾過去，再作計議。」因道：「兄長此話果然不差，但是小弟聞得王守仁手下能人甚多，皆是來往無形、走壁飛簷之輩。在小弟看來，馮大哥定為王守仁手下的人所算。若說山上有了奸細，兄長這裡的人，全是心腹，自然可以放心的；就是小弟帶來的，也是心腹，在小弟甚覺放心得下。最好兄長明日就於小弟帶來這起人內訪查明白。如果查出奸細，即請照兄長這裡的定例，從重治罪便了。」謝志山聽了這番話，卻不疑惑山內現放著一枝梅等人，反深信王守仁手下的能人暗暗到此，因道：「據賢弟所說，馮賢弟被害，定是王守仁手下的人了。他既作了此事。斷不會仍在山上，況且我們方才追趕的那四人，一定就是那一起了。雖然如此，在山的人是不須查得，倒是明日要格外防備，怕他們還要再來。」卜大武道：「此話甚是有理。」彼此議論一回，也就各去安歇。此時已經天明，一枝梅、狄洪道二人也不便與卜大武會話，只得暫等一日，再作計議。暫且按下。

再說徐鳴皋、包行恭二人將徐壽、周湘帆保護下山，飛奔回營，見了王元帥，說明一切。王元帥道：「馮雲雖已殺死，爭奈徐壽被毒箭所傷，如何是好？周將軍受傷有無妨礙？」徐鳴皋道：「周湘帆雖中一錘，卻無性命之虞，惟有徐壽傷勢甚重，但恐毒氣攻心，性命便不可保，卻不知用何藥解救。」王元帥聽說，又道：「現在徐壽究竟如何？」徐鳴皋道：「說也奇怪，自中毒箭之後，人事到也清楚，也不叫痛，只是叫癢，儘管將兩隻手向那傷處亂抓。現在已經抓破，還是口稱癢不可言。不但傷處甚癢，並據他說好似心也癢的。末將卻有個主意在此，必得費幾日工夫，尋到傀儡生師叔，問明緣故，或者徐壽有救。」王元帥聽說道：「這傀儡生現在何處呢？」徐鳴皐道：「來往無常，雲遊莫定。末將且到一個地方先問一問，就知明白了。」王元帥也不知這傀儡生究是何人，也只得答應，准他前去。

徐鳴皐才出帳來，只見有個小軍進來，說道：「徐將軍，現在營外有個道士，說要見將軍，有要話面說，小的特來稟知。」徐鳴皐一聽，暗喜道：「莫非我師叔傀儡生預知徐壽有難，前來相救麼？」一面暗想，一面走出營門。只見那道士喊道：「徐賢侄別來無恙，我等又相隔年餘不見了。」徐鳴皐再一細看，並非傀儡生，卻是玄貞子。當下大喜，趕著上前行禮道：「原來師伯到此，小侄有失迎迓，多多得罪。」說著即邀玄貞子進帳，分尊卑坐下。有人獻茶已畢，玄貞子問道：「諸位賢侄與我徒弟現在哪裡？」徐鳴皐見問，便將別後情形詳細說了一遍，又告知徐壽誤中毒弩，現在傷勢甚重，因道：「小侄本擬尋訪傀儡師叔，問明原委，有無解救之法。難得師伯惠臨，這徐壽定然有救了。」玄貞子笑道：「徐壽慣使弩箭，百發百中，怎麼今日也誤中人家毒弩？現在哪裡？可帶我前去一看。」徐鳴皐當即帶領玄貞子去看徐壽。不知徐壽有無解救，且聽下回分解。

第一百九回　一枝梅再盜弩箭　卜大武初下說詞

話說徐鳴皐帶領玄貞子來到徐壽帳內，只見徐壽此時已有些神智昏迷，兩隻手還向著箭傷的步位，在那裡盡抓。徐鳴皐因喚道：「徐壽，你醒來！玄貞子大師伯在此，特來看你。」徐壽聞言，將兩眼睜開，果見玄貞子立在面前，便喊道：「師伯，小侄這箭傷甚是奇癢，不知是何緣故，請你老人家看看。把這癢給我治好了，小侄給你老人家磕頭。」玄貞子笑道：「誰叫你平日慣用弩箭，今日你也受弩箭之傷，正所謂『即以其人之道，還治其人之身』。」說著前來，看見那箭傷已是潰爛，因道：「你且養息，我給你醫治便了。」說著便走出來。

此時王元帥已經知道，也就出來與玄貞子接見。當下二人行過禮，接著徐慶等一班兄弟也上來見禮已畢，王元帥即邀玄貞子進入大帳，分賓主坐下。王元帥道：「久仰丰姿，如雷貫耳，今得相見，真乃三生有幸。」玄貞子也讓道：「便是某也久仰元帥高風亮節，緯武經文，真乃國家柱石。徐鳴皐等得蒞麾下，真是千萬之幸了。」王元帥又謙讓一回，因問道：「仙師方才見徐將軍箭傷，究竟如何，尚可解救否？」玄貞子道：「此乃毒弩所傷，這毒弩是用爛首草之汁煮透，若射中皮肉，必然奇癢難忍，抓見筋骨而死，甚是利害。所幸徐壽雖中此毒，不過甫經三日，尚可能救。若至七日，雖靈丹妙藥，也不可挽回。貧道已帶有丹藥，只須表裡兼治，不過兩個時辰，便安然無恙了。元帥但請放心，這是不妨的事。」

說罷，便從身邊掏出一個小小紅漆葫蘆，將塞子拔開，倒出兩顆丹藥，即交與徐鳴皐道：「賢侄可將此丹藥用陰陽水❶和開，以一粒敷於傷處，一粒服下，但看吐出黃水，就安然無恙了。」

徐鳴皐接過丹藥，隨即走了出去，來到徐壽帳內，如法用陰陽水和開，先與他敷上，然後又與他服下，便坐在一旁，等候徐壽將丹藥服了下去，箭傷處又敷好。說也奇怪，登時就止了癢。不多一刻，覺得腹中呼呼聲響，並不難受，反覺得痛快異常。又過了一會，就吐出許多黃水，此時人事也不昏迷了，面門上也不癢了，即刻爬了起來，就向大帳而去。徐鳴皐大喜，也就跟著他出了本帳，竟望大帳而來。

徐壽進了大帳，只見元帥與玄貞子及諸位兄弟皆坐在那裡談閒話，當下便走到玄貞子面前，納頭便拜，口中說道：「謝師伯救命之恩。」玄貞子也讓了一回。此時王元帥見徐壽箭傷已癒，甚是歡喜，因向玄貞子謝道：「多蒙仙師解救，便是某也感謝不盡。」玄貞子謝道：「此事何足掛齒！惟徐壽尚須養歇三日，方能交兵，不然恐防中變。」王元帥聽說，又道：「多蒙仙師指示，某當遵命。」說著即命擺酒，玄貞子也不推辭，入席暢飲。

酒席之間，王元帥便問道：「仙師法術精明，能知過去未來之事，但不知此間何日可以肅清，以後有無意外之事否？」玄貞子道：「貧道看來，此間不日即可蕩平，並無意外之慮。惟一波未平，一波又起。現在逆藩宸濠已有躍躍欲試之勢。此間賊勢未清，該逆賊尚可稍緩；一經剿他，便乘機而動了。但是宸濠一經起兵，即有一番大大的周折，不但元帥要勤勞王師，惟恐聖駕還須親征，那時才可平定。彼時貧道等七子十三生還要前來保駕剿滅宸濠的。」王元帥見說，因道：「以仙師如此法術，豈不可以預

❶ 陰陽水：中醫指涼水和沸水，或井水和河水合在一起的水。

為前去，將逆賊殺死，以免後患，何必定要聖駕親征方可剿滅呢？」玄貞子道：「氣數使然，必須如此，不可勉強的。」王元帥見說，也不便追問，仍然大家飲酒。席散之後，玄貞子告辭，王元帥仍欲挽回，玄貞子堅辭不肯，只得相送而去。出了營門，王元帥才與他一揖之後，登時便不知去向，王元帥讚歎不已。當時回轉大帳，即命徐鳴皋、徐慶、羅季芳、王能、李武、周湘帆等人督領大兵，於次日清晨前往進剿桶岡賊寨。

且說一枝梅、狄洪道二人在賊寨中細探情形，作為內應，當夜未及與卜大武會話。等到次日晚間，才悄悄的問明卜大武各節，當即約定卜大武，於次日三更舉火為號，先燒大寨，然後裡應外合。卜大武答應。一枝梅當夜即潛往大營，面見王元帥，告明一切。又約定三更裡應外合，共破賊寨，但見山內火起，即便猛力進攻，裡面自有接應。王元帥大喜。

一枝梅復又出了大營，仍回桶岡，專等次日三更行事。忽然心中一想：「孟超毒弩尚未盜出，留在那裡，終久貽害。不若就此前去，將他毒弩盜來，使他毫無所恃；若再能就近將他殺死，更妙。」主意已定，當即來至右寨，仍從簷口倒垂下去，向孟超房內偵探。合該這夥強盜惡貫滿盈，要死在一枝梅等手內。一枝梅正望裡探，只見孟超急急的從房內走出。一枝梅一見，趕緊縮身上屋，潛伏瓦櫳。等孟超走過，他便躡足潛蹤，穿房越屋，跟了下去。轉了幾個彎，只見孟超進入一間小屋內。那小屋並無窗格門扇，卻是一間廁所。原來孟超忽然腹痛，到此大解。一枝梅一見大喜，暗道：「不趁此時前去盜箭，卻待何時？」急轉身軀，仍跑回右寨，當即飛身進房。四面一看，並無弩箭，心中正自著急，忽見孟超床鋪上枕頭邊擺著一件東西。一枝梅上前一看，不覺大喜。只見那物是一個八寸多長的竹筒，上面有一張小弓，弓弦緊按竹筒口，弦上扣著一枝竹箭，半段在竹筒裡，半段在外。一枝梅道：「原來此物就如此毒法。」當下即將弩箭收藏起來。正要出房，忽聽門外腳步聲響，知道孟超已解手回來，一枝梅當即將弩箭拿在手中。原來一枝梅早已看得清楚，知道那弩箭用法，等孟超將進房來，他便一箭發出，正中孟超額上。孟超向後一退，大喊一聲道：「有奸細！」說時遲那時快，一聲未完，第二枝箭又到，孟超即便讓過。一枝梅就趁這個空兒，已出了房門，身子一縮，早竄上屋頂。復一連幾縱，早已不知去向。等到孟超出去喊人，一枝梅已到了自己帳內。

孟超喊起嘍兵，並到謝志山那裡送信，登時合山嘍兵及謝志山等，均出來擒拿奸細。卜大武也就出來，各處尋找，卻好一枝梅、狄洪道也混在裡面幫著喊，奸細哪裡查得到。整整鬧到天明，謝志山等才算沒事。孟超雖中了自己毒弩，卻有解藥可救，當下回至臥房，取出解藥，用水調敷上去，頃刻無恙。不過弩箭被人盜去，暫時製造不成，只得悶悶不樂。你道他的弩箭本來隨身攜帶，如何誤放枕畔？原來他因腹痛，急切要去大解，放在身旁，恐怕誤觸機關，自有不便，因此取下放在枕畔。不期被一枝梅盜去，這也是他合該如此。

這日合山嘍兵及大小頭目，防備甚嚴，惟恐再有奸細。到得晚間，更加嚴防。卻好徐鳴皋等所領的大軍已抵山口，向山上討戰，守山嘍兵當即報入大寨。謝志山聞報，即傳令堅守不出，俟等明日天明再行開兵。這一起嘍兵才得令出去，又一起嘍兵報入寨來說：「官兵現在攻打甚急，若再不出去迎敵，寨柵即難保了。」卜大武此時也在大寨，當下說道：「兄長，自古兵來將擋，水來土掩。若不出去，官兵尚疑惑我等懼他。兄長若不去，小弟前去會他。」不知謝志山可否答應，且聽下回分解。

第一百十回 棄邪歸正獨力鋤強 陽助陰違雙刀殺賊

話說卜大武向謝志山道：「自古兵來將當，水來土掩，此一定不移之道。今官兵既來攻打甚急，若不前去，萬一被官兵攻打進來，如之奈何？兄長如不出去，待小弟去敵官兵便了。」謝志山道：「賢弟有所不知，非愚兄好為濡滯❶，退縮不前，只因官兵詭計甚多，日間不來攻打，反到夜間前來，卻是何故？」卜大武道：「原來如此。在小弟看來，官軍此時前來，正以為我軍無甚防備，且料他夜間必不前來，他便出其不意，攻其無備。我等即行前去迎敵，奮力廝殺，偏使他料我所不料，雖不能將他殺得片甲不回，也可傷他些人馬，稍挫他的銳氣。若能一鼓作氣，必獲大勝，兄長可勿多慮。」謝志山道：「據賢弟如此說，是能前去迎敵的。」卜大武道：「兄如不去，弟當願往。」謝志山道：「兄尤有慮者，孟賢弟傷勢未痊，不能令其出戰；若兄一人之力，恐又不能取勝；若令賢弟同去，又恐寨內無人，萬一隱藏奸細，變生倉猝，則更兼顧不及，必致如大庾之敗，所以猶豫不決。」卜大武道：「兄長勿憂，小弟有兩說，聽兄擇之。或小弟前去迎敵，兄長便堅守大寨，以防萬一；或兄長前去迎敵，小弟堅守大寨，二者孰得，兄可酌之。不過小弟雖蒙兄長相留，特未嘗久處，恐兄長見疑小弟耳。」謝志山聽說，登時笑道：「賢弟何太多心。既是一家人，愚兄又何疑之有？果有疑惑，當日亦不相留了。既如此說，還請

---

❶ 濡滯：遲緩；延滯。

賢弟留守大寨，兄便去迎敵官軍便了。但賢弟既守內寨，責任亦頗重大，萬勿疏忽。」

彼此說定，謝志山正欲提兵出馬，忽見一枝梅扮作本山嘍兵的模樣，故意倉皇失措，進來報道：「啟大王爺：大事不好！現在官兵已將山下頭道寨柵攻打開了，請大爺速速定奪。」謝志山聞言大驚，立刻提了虎頭槍上馬而去。一枝梅見謝志山已去迎敵，當下即會同卜大武走入大寨，取出火種，就寨內放起火來，登時火穿屋頂。狄洪道在寨外看見火起，也就喝令帶來的一千精銳即刻吶喊起來，往各寨去喊救火。各寨嘍兵一聞火起，立刻倉皇不定。所有一千精銳官兵便雜在裡面，互相踐踏，渾殺起來。卜大武提了爛銀槍，急急奔到孟超寨內送信。此時孟超已經得報，知道內有奸細放火，當下帶著箭傷，飛馬出得寨來，向山上嘍兵大聲喝止道：「爾等無須錯亂！此係奸細放火，就中取事。若為他所惑，是中他的計了。若有不遵號令、妄自亂動者，立斬。」爭奈喝止不住，還是自相踐踏。加之那一千精銳官兵虛張聲勢，揑造謠言，互相喊說：「我們快逃命呀！官兵不知多少，又從後山殺進來。」這句話說出，那些嘍兵更加驚恐，真個是抱頭鼠竄，不知如何是好。又見火勢甚燃，紅光燭天。大家正無主意，又見一枝梅在亂軍中大喊一聲道：「官兵已殺到寨內了，你們大家看呀！右寨內火又起了，也是官兵放的火呀！」眾嘍兵抬頭一見，果然右寨火勢又復騰空，更是驚慌不已。

孟超知事不妙，便拍馬趕往山前與謝志山送信。正往前飛跑，忽見卜大武提著爛銀槍飛馬前來。卜大武一見孟超，故意喝道：「好大膽的狗官，你膽敢偷越後山，前來放火，亂我兵心！不要走，咱卜爺爺在此，吃我一槍。」說著便當胸刺來。孟超見卜大武如此，疑惑他誤認官兵，正要一面舉刀相迎，一面告訴他是自家人，不可誤會。哪知兩匹馬皆是飛快，卜大武是有意，孟超是無意，只聽孟超喊道：「卜賢弟，是自家人，不要認錯了。」這一聲還未喊完，卜大武的槍已到了胸前。孟超萬萬躲閃不及，正中一槍，刺於馬下，當即割了首級。一枝梅、狄洪道見孟超已被卜大武殺死，大喜。登時二人即提了短刀，一路竄跳迸縱，直望山前而去。

不一刻，已到山口。只見謝志山與徐鳴皋等一班人在那裡渾殺，一枝梅、狄洪道二人齊聲喊道：「謝大哥不要慌忙，咱等前來助你！」謝志山正殺得不能逃脫，忽聽有人前來助他，心中甚是大喜，當下便抖擻精神，預備力戰。哪裡知道不是前來助他，正是前來殺他。他卻不知道，還大喊道：「哪位賢弟前來助我，速速殺進。」一聲未完，只見左右兩個黑團子飛到面前，一聲喝道：「咱來也！」說著，一刀就望謝志山當頂砍來。謝志山一見不是自家人，心中已驚慌不已，正欲舉槍相迎，又見右肋下一刀刺進。謝志山真個兼顧不及：一枝梅的刀已從頂上砍下，狄洪道的刀已從肋下刺進，兩把單刀雙管齊下，登時將謝志山殺死馬下，那馬溜韁而去。

狄洪道即刻割了首級，於是一聲大喝道：「爾等眾嘍兵聽者：謝志山、孟超俱被咱老爺殺死，山內的大寨亦被全行燒毀，爾等怕死的速速解甲棄戈，納首投降，本將軍等尚可免爾等一死。若道半個不字，再思負隅，本將軍等即率領大兵，將爾等殺個雞犬不留了。」那些眾嘍兵聽見如此，又知寨主全行殺死，大寨全行焚毀，誰不要命，大家也就喊道：「求將軍格外寬恩，我等情願歸降，但冀免我等一死。」說著，這山上山下已密密的跪下有千餘嘍兵哀求免死。當下徐鳴皋等即喝令起去，聽候定奪。那些嘍兵一聞此言，登時站起來排立兩旁，迎接徐鳴皋等上山。

走至山腰，只見迎面一騎馬飛來，高聲叫道：「諸位將軍辛苦了！」徐鳴皋一見，正是卜大武，大家謝道：「多蒙卜大哥暗助，成此大功，可感可感。」惟有徐慶更加得意，當下跳下馬來，上前要去執卜大武的手相慶。卜大武見徐慶下馬，他也就跳下馬來。徐慶便執手說道：「難得賢弟棄邪歸正，今日成此大功。此番回營，元帥必然給賢弟保奏的，可喜可喜。」卜大武道：「小弟何功之有？若非兄長日前在元帥前保救，早已刀下斷頭了。今日微效薄力，不過聊報元帥不殺之恩，兄長及諸位將軍相救之力，何敢自詡其功，妄邀保奏呢？」大家聽說齊道：「非卜大哥相助之力，我等何能有如此快速，不到半日工夫，竟將這座山寨全行毀滅、賊首全行誅戮呢？」卜大武又謙遜一番，當與眾人進得山來，在各處先看視一回，然後在那未經焚毀的處所先歇一會。又查點已經被殺嘍兵，共有四百幾十名，受傷的有二百多名，尚有一千餘名皆情願歸降。徐鳴皐當即命眾嘍兵，將已死的屍首全行掩埋去訖；又將山內錢糧查明數目；那些受傷的各給銀兩，使其回家歸農；已降的仍駐紮山中，聽候稟知元帥，再行發落。

諸事已畢，徐鳴皐即與一枝梅、狄洪道、卜大武三人說道：「愚兄現在率領所部回營繳令，三位賢弟可仍督率所部及新降嘍兵暫駐此地，俟元帥如何發落，當即命人前來招呼，再行率隊回營。」一枝梅等三人齊道：「徐大哥此言正合某等之意，當靜候示下便了。」徐鳴皐等也就別了一枝梅三人，率領所部回營而去。畢竟王元帥如何發落，且聽下回分解。

第一百十一回　馳奏章元帥報捷　論戰績武宗加封

話說徐鳴皋留一枝梅、狄洪道、卜大武暨所部一千精銳仍駐桶岡，聽候元帥發落，自己便率領所部回營繳令。到得大營，門官稟報進去，王元帥一聽大喜，即刻傳見。徐鳴皋等人便一齊進帳。參見已畢，王元帥嘉勞一番，徐鳴皋又將留兵駐守桶岡並新降嘍囉各節情形，聽候元帥發落的話，說了一遍。王元帥當下吩咐一枝梅等三人仍駐守桶岡，俟將南安、橫水兩處剿滅以後，再行合兵回營復命。所有降卒，即著編入隊伍，仍歸卜大武管帶。吩咐已畢，當有隨營差官飛報前去。

大營內養兵三日，王元帥又命徐慶、徐壽、狄洪道三人率領精銳三千，進攻南安；徐鳴皋、周湘帆、羅季芳三人統率精銳三千，進攻橫水，均限一月內將兩處悉數剿滅，先回營者便為頭功。徐慶、徐鳴皋等得令已畢，料理一日，次日即各拔隊前行，分頭而去。話休煩絮，果然不足一月，已將南安、橫水兩處賊巢全行搗毀，殺斃賊首八名，賊兵二千餘名，招降賊兵一千餘名。徐慶首先回營繳令，王元帥便代他立了頭功。徐鳴皋稍遲一日，也就回營繳令，王元帥也代他上了功勞簿。江西各賊悉數討平，王元帥大喜，當日無話。

次日，王元帥又傳令三軍及一枝梅等，聽候馳奏進京，奉旨何日班師，再行拔隊，現在暫且駐紮此處，所有各兵卒務宜嚴加約束，不准擾擾百姓，搶奪民財，以及賣買不公，橫行無忌。如違者定按軍法斬首示眾。各營得令，果然各遵約束，克守營規，於民間秋毫無犯，專候奉旨班師。閒話休表，當即寫了表章，差弁馳奏報捷。

這日武宗接著章奏，當就龍案上展開細看，只見上面寫道：

欽命督理江西軍務、僉都御史、巡撫南、贛、汀、漳等處臣王守仁跪奏，為馳報剿滅江西南安、橫水、桶岡，大庾、浰頭、華林、漳州各賊寨，殲戮各賊首謝志山、池大鬢等，現在一律肅清，恭摺具陳，仰祈聖鑒事：

竊臣於七月間，欽奉諭旨，以南安、橫水、桶岡諸寨有賊首謝志山等，漳州、浰頭、大庾諸寨有賊首池大鬢等，在於江西、福建、廣西、湖廣交界處所，方千餘里，轉徙嘯聚，為害地方，實非淺鮮，若不迅速剿滅，何以靖寇賊而安閭閻？即著僉都御史、巡撫南、贛、汀、漳等處王守仁親統大兵，就近迅速進剿，毋任蔓延。欽此欽遵。臣遵即擇日率領前總督軍務、右都御史、臣楊一清所部前部先鋒隨營都指揮徐鳴皋、隨營指揮慕容貞、徐慶、楊小舫、羅季芳、狄洪道、包行恭、周湘帆、徐壽、王能、李武等，暨大小三軍，無分曉夜，趲趕前進，於八月初六日行抵江西、湖廣交界之處。當經臣詢悉土人，南安各寨地多深阻，大兵不易直入，臣即設計分兵，分令先鋒徐鳴皋、指揮楊小舫進攻浰頭寨，指揮慕容貞、王能進攻漳州寨，指揮包行恭、徐壽進攻華林寨。臣自親統大軍，隨帶指揮狄洪道、周湘帆、徐慶、羅季芳、王能、李武進攻大庾寨。蓋大庾為賊首池大鬢之巢穴，是以臣親率大兵進剿。各將弁分頭去後，九月初二日據徐鳴皋馳報，於八月二十夜購線❶間道，暗攻洌頭，縱火先焚賊寨，殺斃賊目鎮山虎等五名，賊兵二百餘名，招降賊兵八百餘名，奪獲糧草器械五百餘件，於九月二十日馳回大庾，與臣合兵一處。先是，臣馳抵大庾，賊首池大鬢恃險負隅，臣又因不識路徑，屢戰不克。後經臣密訪高士王遠謀，再三諮詢，知其大略。復經王遠謀將大庾山路及進攻各法，繪圖立說，細意陳明。臣即按圖進攻，仍用火攻，幸一戰而克。又得先鋒徐鳴皋、指揮楊小舫由洌頭馳抵，當即奮勇爭先，會同指揮徐慶等力戰，殺斃賊首池大鬢、賊目郝大江、任大海、胡大淵等四名，收伏賊目卜大武一名，招降賊兵一千餘名，所有糧草器械，悉數付之一炬。臣正擬回軍進攻南安、橫水、桶岡諸寨，十月初四日據指揮包行恭馳報，華林寨於九月二十三日剿滅。臣據報後，當即按兵不動，專候華林、漳州兩處回軍前來，合兵一處，再行進攻南安等寨，以厚兵力。十月二十、二十二等日，指揮慕容貞、包行恭等先後馳抵大庾，當經臣即日拔隊，進攻南安。旋據降賊卜大武稟稱，桶岡係賊首謝志山盤踞之所，桶岡一破，南安、橫水不戰自下，並稱情願親為細作，以作內線，借償前罪。當經臣派令前往，復令徐鳴皋、慕容貞、徐壽、周湘帆、包行恭等改扮嘍兵，隨同卜大武前往。先後由徐鳴皋、慕容貞殺斃賊目孟超等，復經卜大武約期十一月十八日裡應外合，縱火焚毀寨柵，當將賊首謝志山等眾殲滅殆盡，並招降賊兵一千餘名。復經臣派令徐慶、徐壽、狄洪道率領精銳三千進攻南安，徐鳴皋、周湘帆、羅季芳三人率領精銳三千進攻橫水。未及一月，先後將南安、橫水兩寨一律剿除，計殺斃賊首八名，賊兵二千餘名，招降賊兵一千餘名。現在各處已一律肅清。此次進攻，各將弁

❶ 購線：尋找提供敵情、充當嚮導的人。此指尤保（見第九十四回）。

無不身先士卒，奮勇爭先，洵屬異常出力。卜大武雖在先曾為賊目，一旦棄邪歸正，矢志投誠，即能設計立功，實心助戰，亦屬可嘉之至。所有臣督剿各賊寨，先後剿滅，一律肅清，並隨征各將士轉戰情形，可否籲懇天恩嘉獎及破格錄用之處，理合恭摺具陳伏乞皇上聖鑒訓示。再臣現在駐兵桶岡，是否即日班師，伏候旨示，以便遵行。謹奏。

武宗將這道表章閱後，龍顏大喜。當即硃批加封王守仁為兵部尚書，徐鳴皋等為游擊將軍。卜大武矢志投誠，戰功卓著，著加恩封為指揮，仍派往大營效力，俟後有功，再加升賞。所有各軍，即著王守仁即日班師，另候調用。批畢，正欲發出，忽見黃門官又呈進一道表章，武宗展開一看，只見龍顏失色，吃驚不小。欲知為著何事吃驚，且聽下回分解。

第一百十二回　擊殺命官宸濠造反　奉旨征討守仁督師

話說武宗見黃門官呈進一道奏章，展開一看，不覺龍顏失色。你道為何如此？原來宸濠打聽南安各寨諸賊悉為王守仁、徐鳴皋等剿滅盡淨，他便決計起兵。這日會宸濠生日，當有都御史孫燧、兵備副使許逵等，明知宸濠蓄意謀反，但係藩王，亦不得不前往拜壽。當日即親至藩邸祝壽，宸濠亦留孫燧、許逵等飲宴。

次日，孫燧、許逵親往謝宴。哪知宸濠早將甲士埋伏停當，擬先殺孫燧等，然後起兵。一聞孫燧、許逵前來謝宴，即刻命人傳進。孫燧、許逵到了廳上，正欲與宸濠謝宴，忽見宸濠命人將前後門重重關閉起來。孫燧、許逵不知何意，便向宸濠道：「王爺何故令人閉門？」宸濠見問，一聲大喝，只見壁內埋伏的那些甲士，個個執刀，由壁內出來，環立左右。宸濠指孫燧、許逵道：「本藩奉太后密旨，說汝等在官不法，命本藩捉拿爾等。」孫燧聞言，不服道：「太后果有密旨，巡撫大臣安有不知的道理？王爺何得假傳懿旨，卻是何故？既是太后有密旨前來，請王爺將密旨請出，給我等一看。」宸濠聞言，也不與辨白，遂大喝一聲：「爾等還不給我拿下！」當有左右甲士奮勇爭先，立將孫燧按翻在地，登時取出繩索捆綁起來。

此時，兵備副使許逵見孫燧無辜被縛，知道宸濠有變，便大罵道：「逆賊！爾之詭謀潛蓄已久，我等豈不知道？爾昨日生日，我等不過因爾係朝廷的苗裔，不能不看聖上金面，前來與爾祝壽。爾不思盡忠報國，上報朝廷大恩，反思謀為不軌，假傳懿旨，執縛大臣。我等係聖上臣子，豈容爾這逆賊執縛？爾既謂太后有密旨，何不取出使我等一觀？果有此事，我等也甘願受縛。爾又取不出來，豈非有意造反麼？聖上待汝不薄，爾今如此，有何面目見太祖、太宗於地下乎？」許逵大罵一頓，宸濠聞言大怒，即命甲士擊殺之。許逵至死猶罵不絕口。孫燧見許逵被殺，也就大罵起來。宸濠又命甲士擊殺孫燧。

由是宸濠便帶領鄴天慶、殷飛紅等一干死士，並護兵千餘名，直往布政使❶胡濂、按察使❷楊璋衙門而來。那胡濂、楊璋知孫燧、許逵被殺，料敵不過，當即請降。宸濠得了胡、楊二人，又將致仕官❸李士實、在籍舉人劉養正二人收入門下，為左右副參謀。宸濠見胡濂、楊璋皆降，當下率領新收參謀李士實、劉養正，及原帶之殷飛紅、鄴天慶暨護兵一千餘名，仍回藩邸。當有軍師李自然迎接出來。

宸濠進內坐定，便命李士實、劉養正與李自然相見已畢，宸濠便與李自然說道：「孤前往布政使、按察使兩處衙門，那胡濂、楊璋頗知孤意，當即請降，孤亦隨時允准。現在當復如何行事？」李自然道：「在臣之意，莫若先遣各將分頭帶兵，前往省內所有監牢，全行打開，放出死囚，屬令充當兵卒。一面將府庫錢糧搜括出來，作為軍餉。先將此兩事行過，再行遣將分兵，奪取鄰境州縣，以為根本。然後再統大軍進攻南康。只要南康一得，我便占了大勢，即使朝廷派兵前來，我卻進則可戰，退則可守，又有

❶ 布政使：明代省級行政長官。

❷ 按察使：明代省級司法長官。

❸ 致仕官：退休的官員。

各州縣錢糧器械可以接濟，何患大事不成麼？」李士實即從旁說道：「李軍師之言是也。南康錢糧富甲一省，而且殷實之家亦復不少。只要將南康得來，先將府庫錢糧搜括殆盡，設仍不足，即責令殷實之家計產均分，情殷報效。彼時南康既得，何患那些富戶不肯輸將？彼時錢糧既富，兵餉又足，然後長驅直入，大事成矣。」宸濠大喜，即命波羅僧率領護兵五百名，前往本城斬監劫獄，搜括錢糧；又命雷大春統率各將，分往進攻豐城、進賢、奉新、靖安、武寧、義寧各州縣；又命鄴天慶率領各將進攻南康。當下各賊將分頭前往而去，暫且不表。

就此一來，不到十日，湖北巡撫與安徽巡撫早已知道，當即一面傳令本標各營嚴加防守，一面會銜告急，馳奏進京。接著，南康府早有探馬報去，知本省都御史、兵備副使被殺，布政使、按察使又皆降賊，現在賊將已帶兵進攻南康。此時南康知府也就一面加兵守城，一面馳奏進京告急。

武宗所接那本奏章，就是湖北、安徽兩省巡撫告急的奏本。當下武宗看畢，不覺大驚失色，顧謂在殿諸臣說道：「不料逆藩宸濠竟舉兵造反。據湖廣、安徽兩省巡撫告急前來奏稱，宸濠已將都御史孫燧、兵備副使許逵，假傳太后密旨，就逆藩府邸執縛擊殺；布政使胡濂、按察使楊璋甘心降賊。現在宸濠又分兵進攻南康及南昌所屬鄰境各州縣，猖獗異常，請旨飛速派兵前往剿滅。諸卿有何妙策，可即奏來。」當有武英殿大學士楊廷和出班奏道：「現在宸濠既已舉兵起事，擊殺朝廷命官，復又分兵進攻各處。據湖廣、安徽巡撫馳奏前來，請旨派兵火速剿滅。臣意京師距南昌甚遠，即使派兵丁星夜前往，此事亦復緩不濟急；若再耽延時日，必致蔓延。南康一失，賊勢更加浩大。莫若請旨火速加派王守仁親統大兵，就近剿滅。乘方勝之師，剿叛逆之賊，似覺事半功倍。臣意如此，不識聖意何如，尚求聖裁為幸。」武宗聞奏喜道：「如卿所言，正合朕意。」當即傳旨，加派王守仁總督軍務，就近親統所部星夜馳往南昌，剿滅宸濠，務使剋日殲除，毋任漏網。所有應需糧餉器械，亦著就近於湖廣、安徽兩省便宜❹撥用。又傳旨湖廣、安徽兩巡撫，預籌餉需，聽候王守仁撥用。當即文與兵部，由兵部出了火票❺，每日八百里，加緊飭差，分頭馳往。

不日，已到王守仁大營，馳報進去。王守仁見有聖旨到來，當即排設香案。跪迎已畢，然後恭讀一遍。一道是加封的聖旨，一道是命他就近征滅宸濠。此時王守仁已風聞宸濠舉兵，今見聖旨到來，他哪裡敢稍怠慢。當下打發來差去後，即刻傳齊眾將，先將加封旨意說了一遍，眾將又各各望闕謝恩。然後即將宸濠造反、奉旨加派就近征剿的話，又說了一遍。當時徐鳴皋等無不咬牙切齒，齊聲罵道：「宸濠你這逆賊，不思盡忠報國，上報朝廷大恩，反敢謀反，殺死朝廷命官。指日大兵親臨，不將你這逆賊擒住碎屍萬段，何以為百姓除害、為朝廷誅奸？」大家罵了一頓，即向王元帥道：「元帥意在何日拔隊❻？」王守仁道：「逆藩勢甚猖獗，現已分兵進攻南康。若再遲延，恐南康一失，必成蔓延之勢，而且生靈必遭殺戮。本帥既奉旨促令火速進兵，擬即明日拔隊前進，剋日進攻。諸位將軍意下如何呢？」徐鳴皋道：「元帥為國為民，所見甚善，明日即可拔隊。末將還有一言，望元帥容稟，不知元帥意下何如？」王元帥道：「將軍有何言語，不妨說來大家斟酌。」徐鳴皋道：「在末將之意，元帥可統大軍進赴南昌，以

❹ 便宜：可以不拘成規，自行處理。
❺ 火票：官府遞送緊急公文的憑證。
❻ 拔隊：軍隊拔離駐地。

攻逆藩根本之地。末將與慕容將軍請撥三千精銳，星夜間道，直往南康馳救，能保救下來。逆賊雖據有南昌，究竟錢糧不足，恐亦不能作虎之負隅。元帥如以為可行，請即分兵，俾末將等星夜趲趕前去。」

不知王元帥是否可行，且聽下回分解。

第一百十三回　徐鳴皋分兵馳救　鄴天慶督隊進攻

話說徐鳴皋擬請分兵往救南康，與王守仁商議。王元帥聽了此話，因道：「將軍之言甚善，可即與慕容將軍率領精銳前往便了。」當下徐鳴皋得令，即與一枝梅連夜挑選了三千精銳，直往南康進發。王守仁亦即親統大軍，趲趕望南昌而來。

話分兩頭。且說南康知府郭慶昌自發了告急文書之後，便會同本城參將趙德威、守備孫理文，趕緊調齊合城兵卒，日夜梭巡，加意防守。又將各城門添設擂木炮石，以備堅守。

這日有探子報道：「探得逆藩宸濠派令鄴天慶率領大兵五千，猛將十員，前來攻取，現在已離南康七十餘里，今晚便要兵臨城下了。」郭慶昌聞報，當即將參將趙德威、守備孫理文請來商議保守之策。郭慶昌道：「頃據探馬來報，聲稱賊將鄴天慶統領大兵五千，猛將十員，已離城只有七十餘里，今晚便要兵臨城下。所幸城內早有預備，雖不能與之對敵，尚可堅守。惟望二兄合力死守，只要保得一月，便可有大兵前來援救。某再一面修成告急文書，差人馳往鄴省；一面修書往王御史守仁營內，請其就近分兵援救。計算時日，兩處均須一月方可有兵前來，所以這一月之內，萬萬不可失守。好在城內糧餉尚足，民心尚固，某料這一月之內尚可堅守得住，還請二兄合力同心，日夜輪流防備，全城幸甚，生靈幸甚！」趙德威、孫理文齊道：「同有守城之責，敢不竭忠報國，死守此城？太尊但請寬心便了。」說罷，便與郭慶昌一同出了衙門。先到四門周閱一交，又將各處細意查點，見有疏忽之處，又隨時加添擂木炮石等類。又與守城各兵說了許多一體同心、堅守此城的話。眾兵卒亦復眾志成城，誓以死守。

郭慶昌大喜，正要與趙德威、孫理文二人下城，忽見又有探子飛跑上來，跪下報道：「探得僉都御史巡撫江西等處總督軍務招討南安各賊大元帥王守仁，現在已奉旨就近統領大兵征討宸濠，即日便由桶岡拔隊了。」郭慶昌聞報，不覺心下為之一寬，當即飭探前去再探，並與趙德威、孫理文道：「據探子所報，王御史既奉旨征討，必然剋日進征。宸濠向懼王元帥，並聞王元帥部下多劍俠之士。果能剋日前赴南昌，大兵一到，宸濠必然喪膽。宸濠既心存畏懼，又恐兵力單薄，難與爭敵，勢必將這枝兵調回，那時南康就可保全無恙了。所慮王元帥所部大兵不能迅速前去，此處賊兵又攻打甚急，因此愈不能不併力死守。」趙德威、孫理文道：「太尊瞭如指掌，某等當竭盡人力便了。」於是一齊下城，各回衙門而去。

當日賊兵並未臨城。直至次日，郭慶昌見賊兵未來，便暗自疑道：「賊兵此時未到，難道昨日探子所報不確麼？」正在疑惑，忽聽一聲炮響，金鼓齊鳴，吶喊之聲，震動天地。郭慶昌聽得清楚，知是賊兵已到。一面飛飭細作前去探聽，一面上馬馳奔上城。走至半路，卻好遇著參將趙德威、守備孫理文，也是聞得喊殺之聲，飛馬前來。

三人一齊上了城頭，望城外一看，只見賊兵如傾山倒海一般，蜂擁而來。賊兵中軍高撐一面大纛，旗上寫著一個斗大的紅「帥」字，旁邊有一行小字是「值殿武威無敵大將軍鄴」。郭慶昌看罷，知是鄴天慶，便與趙德威道：「逆賊如此僭越，賊將居然膽敢自稱值殿大將軍，你道可殺不可殺麼？」趙德威也是怒不可遏。正談之間，賊兵已臨城下。

此時吊橋久已拽起。只見那些賊兵一字兒排開，列成陣勢。不一刻，從中軍飛出一騎馬來，上坐一人，身長八尺相開，一副長馬臉，兩道掃帚眉，目若流星，面如重棗，頷下一部短鋼鬚，手執方天畫戟，足有碗口粗細，坐在馬上，望著城上高聲喊道：「爾等守城兵卒，速報爾家本官，就說咱值殿無敵大將軍鄴天慶，奉了寧王之旨，特地前來取城，速令郭慶昌開城納降便了。」郭慶昌聞言大怒，在城上指著鄴天慶罵道：「該死的逆賊，逆藩宸濠心謀不軌，皆是爾等這一班逆賊慫恿而成。爾膽敢假逆藩之勢前來攻城，須知此城係國家的城池，非逆藩所可奪取。爾等若知正道，速速退兵，勸令逆藩即早歸正，或者聖上念先王之苗裔，格外施恩，不加誅戮。若一味不知好歹，居心造反，指日天兵所指，免不得碎屍萬段。」鄴天慶見說，也大怒道：「爾好大一個知府，膽敢亂罵寧王！須知咱家王爺正因當今皇上巡幸不時，不理朝政，萬民怨恨，因此咱家王爺應天順人，救生靈塗炭之苦。現在布政使胡濂、按察使楊璋俱已投降，爾敢抗敵王師麼？」郭慶昌道：「好大膽的逆賊，敢自嘐嘐❶為口舌之辯！本府雖為知府，卻是朝廷命官，受國家俸祿，當盡忠節於皇家，何能如胡濂、楊璋甘心順逆，為萬人唾罵。爾休得多言，速速退兵，方是正理；若再饒舌，本府便即刻要爾的狗命。」

鄴天慶直氣得三尸冒火，七孔生煙，喝令各賊丁奮力攻城，務在必破。眾賊兵一聲答應，即刻蜂擁上前，併力進攻。到了城下，城上所有的擂木炮石一齊打下，只打得各賊兵頭破血流，骨碎筋斷，不能前進。鄴天慶見了如此，即命團團圍住。眾賊兵又一聲吶喊，登時將一座南康城圍得如鐵桶一般。郭慶昌見城已被困，便與趙德威、孫理文督率兵卒，日夜巡防，合力死守。

❶ 嘐嘐：口出狂言，誇誇其談。嘐，音ㄒㄧㄠ。

鄴天慶一連攻打十日，只是攻打不下，心中甚是焦躁。這日又在那裡攻打，忽見探子報道：「稟將軍：今有王守仁部下先鋒、游擊徐鳴皋、一枝梅帶領精銳三千，前來援救，現已離三十里下寨了。」鄴天慶聞報，一面著探子去訖，一面暗道：「此城攻打不下，又有救兵前來，此雖不懼，惟慮此城何日攻破呢？況且徐鳴皋、一枝梅等智勇足備，卻是個勁敵，必須奮力爭殺。先將徐鳴皋、一枝梅二人殺敗之後，然後此城便不難攻打了。」主意已定，當命所部將士，如果救兵前來，務各奮勇廝殺，先挫敵軍銳氣。各賊兵自然答應，專等救兵前來，與其死戰，暫且慢表。

且說徐鳴皋、一枝梅所帶三千精銳，到了南康城外三十里，便分為兩營，立下營寨。當命細作進探南康如何情形，曾否失守。細作回報：「現在南康堅守甚固，賊將鄴天慶督率各賊兵攻打甚急，一連十日尚未攻打得下。但南康四面俱被賊兵困得個水洩不通，雖未攻破，也甚岌岌❷。」徐鳴皋、一枝梅聞言，即命細作去訖，便計議說道：「南康如此堅守，吾料賊將雖攻打甚急，旦暮未必能破。我等既已到此，明日即可開兵，能將鄴天慶擒獲過來，那些賊兵自然不戰而退；即使難獲全勝，也必須併力征剿，挫他的銳氣。好在我輩以戰勝之師，敵他的疲乏之卒，似乎不難獲勝。」一枝梅道：「不然，我軍雖是戰勝而來，但是在路行程，不免風塵勞瘁，吾料賊軍見我等長途跋涉，趲趕前來，他必然乘我暫時之憊，奮力死鬥，挫我銳氣。在小弟看來，明日開戰，但須與他略戰數合，便自收兵，然後再設計策，較為穩妥。若與之死鬥，雖可勉力獲勝，我軍必然受傷。且彼眾我寡，亦未必能操必勝之權，莫若從緩計議為是。」不知徐鳴皋聽了此言以為何如，且聽下回分解。

❷ 岌岌：很危急的樣子。

第一百十四回　一枝梅獨奮神勇　鄴天慶誤聽人言

話說徐鳴皋聽了一枝梅一番議論，當下亦甚以為然，因道：「賢弟之言甚合我意，且俟明日開戰後，看是如何情形，再作計議便了。」一宿無話。

次日即傳令開兵。所有部下各兵，無不爭先恐後，但聽一聲炮響，齊向南康賊營而來。此時鄴天慶知救兵已到，但留一半精兵圍城，其餘一半已立下營寨，準備與徐鳴皋、一枝梅對敵。城中知府郭慶昌、參將趙德威、守備孫理文等，亦早有細作去報，也知道徐鳴皋等分兵來救，於是更加防守。雖有賊兵攻城，哪裡有懈可擊。

徐鳴皋督率所部，到了賊營不過有半里之遙，當下排成陣勢，一枝梅首先出馬討戰。賊營中早有人飛報進去，鄴天慶聞報，也就披掛出營。彼此二陣對圓，一枝梅大聲罵道：「好大膽叛賊，趙王莊破了爾等迷魂陣，也該知道本將軍等的利害，從此洗心革面，勉為好人。乃敢怙惡不悛，又慫恿叛王殺害朝廷命官，舉兵公然造反，前來攻取城池，實屬罪大惡極，愍不畏法。現在天兵到此，須知本將軍所部人馬所到之處，戰無不勝，攻無不克，逆賊爾亦該耳有所聞。若再不早早受縛，還要抗敵，可莫要怪本將軍踹進賊營，將爾這逆賊擒住碎屍萬段了。」鄴天慶聽罷，直氣得三尸冒火，七孔生煙，「哇呀呀」一大叫一聲，也就罵道：「好小子，休得逞能！須知今上昏暗已極，寧王仁義過人，合當身膺大寶❶。正天與人歸之際，爾等不知時務，反敢抗敵仁義之師。不要走，看戟！」說著便一戟刺來。一枝梅趕著將點鋼刀架住，一來一往，便大殺起來。兩下戰了十數合光景，彼此不分勝負。鄴天慶殺得興起，便虛刺一戟，將戟梢一指，只見那些賊將率領各兵，一聲衝殺過來，個個奮勇爭先，拚命死鬥。

徐鳴皐在本陣中看得清楚，即命所部各兵不准接戰，待等賊兵來得切近，一齊用箭射去，將賊兵射住。各兵答應一聲，立刻將刀箭取在手中。看看賊兵逼近，即將所有的箭射出，真是萬弩齊發，箭如飛蝗，各賊兵中箭者不知其數，哪裡能衝殺過來。此時一枝梅仍與鄴天慶力戰，看看抵敵不住，只得虛砍一刀，敗回本陣。只見本陣中萬弩齊發，射住賊兵，他便大喊一聲，舞動手中點鋼刀，從賊隊背後奮勇殺進。那些賊將、賊兵哪裡抵敵得住，只見他如砍瓜切菜一般，將那些賊兵亂砍亂殺，只殺得賊兵紛紛向兩邊退讓。本陣內各兵見賊兵退讓不迭，知是一枝梅殺進，也就住箭不射。一枝梅殺回本陣，鄴天慶業已追來，各兵復又將箭射了一陣。鄴天慶這才鳴金收軍，徐鳴皐也收隊回營。即此一陣，賊兵中箭受傷、被刀砍殺的亦復不少，也算勝了一陣。

南康知府郭慶昌等在城上見兩軍對陣，先見一枝梅敗走，頗代他捏著一把汗。及見賊兵衝殺過去，更加憂慮。比及箭如飛蝗，將賊兵射回，又見一枝梅從賊隊背後殺入進去，大獲全勝，心中大喜，即與參將趙德威等道：「賊勢雖大，得此一枝軍前來救援，而又大獲全勝，非特賊將大挫銳氣，不免膽寒，即這一座城諒也可以保得住了，真乃國家之福，萬民之幸也。」說罷，仍命各兵嚴加防守：「不可因賊兵敗了一陣，即有所恃，頓生疏忽之心。勝負乃兵家之常事，萬萬不可因此稍懈。」各兵亦齊聲答應。

---

❶ 身膺大寶：登上帝位。

於是郭慶昌與趙德威先行下城，留守備孫理文暫行督率，稍俟一刻，再來相換。

鄰天慶收兵回營之後，聚集隨營各將弁說道：「不意今日敗了一陣。本將軍實指望衝殺過去，就這一陣，可將官兵殺得個片甲不留；即使不然，也可大獲全勝。不料他用亂箭射住陣腳，使我兵不能前進；又被一枝梅衝殺進去，殺死兵卒不少。南康又攻打不下，曠日持久，這便如何是好？」當有裨將張爾銑上前獻計說道：「將軍勿憂，末將有一計在此。某料敵軍今既大獲全勝，必有驕矜之意。莫若乘他戰勝之餘，今夜前去劫寨，敵軍必不防備。就此一陣，可以殺得他片甲不存。如將軍以末將之計為然，某請為前部。」鄰天慶聞言，因道：「張將軍之計雖善，特恐徐鳴皋、一枝梅二人非一勇之夫，難保不慮及到此。萬一早有防備，則更畫虎不成，反受其害，那時更覺不利了。若能一戰而勝，自是妙不可言，仍須從長計議。」

鄰天慶正在猶豫不定，忽又有裨將陳如謀上前說道：「將軍勿疑，張將軍之言是也。今夜前去劫寨，如果不勝，某甘軍法從事。某逆料敵軍絕無防備，失此機會，未免可惜了。」鄰天慶道：「既二位將軍皆言可行，某當依計行事。」當即密令張爾銑、陳如謀率領所部精兵一千，於二更時分抄出敵軍之後，但聽吶喊之聲，即便掩殺進來。又令裨將王志超、呂英俊率領所部精兵一千，於三更時分急急銜枚疾走，到了敵營，便從左右殺入，使他腹背受敵。自己便親率大兵前往接應。分撥已定，各賊將得令而去。按下慢表。

且說徐鳴皋、一枝梅二人大獲全勝，回到大帳，彼此互相議道：「今日大勝他一陣，也可使逆賊喪膽了。」徐鳴皋道：「彼雖喪膽，必不甘心，明日定與我等決一死戰。」這一句話，忽將一枝梅提醒過來。當下一枝梅道：「誠如兄言，鄰天慶必不甘心，定要報復。兄所慮者在明日，弟所慮者在今夜。」

徐鳴皐聽說，也忽然悟道：「非賢弟所言，某幾誤事。為今之計，必須加意防守，方可保全。但彼眾我寡，萬一前來劫寨，只有你我二人，如何對敵？賊將除鄴天慶而外，尚有裨將，雖不必皆如鄴天慶猛勇，常言道『眾志成城』，而況兵將？必得善為計議，方保無虞。」

一枝梅道：「小弟有一計在此，說來彼此商量。可暗使所部各兵，即刻將營門內左右挖下深坑，兩旁各埋伏撓鉤手二百名，短刀手二百名，皆暗藏火種，陷坑一帶堆列乾柴火種等。賊兵到來，進入寨內，便令放起火來，斷他歸路。再將營帳預先讓出，亦暗藏引火之物，俟賊軍殺進，亦放起火來，使賊兵互相踐踏。雖不能將他全數燒死，也可令他燒死一半。此處不遠有座土山，名喚獨孤嶺，我等可於二更時分，暗暗率領所部潛出大營，盡往獨孤嶺埋伏。但聽喊殺之聲，或號炮聲響，便令各軍一齊將火箭射入本寨去引火。然後由獨孤嶺抄出賊營之後，再奮勇殺出，使他倉猝不能兼顧。某料如此，不識大哥以為何如？」徐鳴皐道：「妙是妙極了，但不識賊將果如我等所算，且不識今夜是否必來，必得探聽清楚，方好行事。」一枝梅道：「此事不難探聽。大哥可一面暗令所部，趕挖陷坑及所需各物，以便備而不用。等到初更時分，小弟即暗往賊營，探聽動靜。如果不出我之所料，隨即趲趕回營，尚來得及。設若賊將並無此意，那時小弟便羈留賊營，等到夜靜之時便各處放火，大哥但見賊營火起，也可率領所部前去劫營。總之，都要使賊將鄴天慶為我等所算。能早得手，將南康解圍之後，還可趕緊馳往南昌，與元帥合兵一處，併力去殺宸濠。」徐鳴皐道：「賢弟如此謀畫，賊將必為所算。但是賢弟前去，務要小心。能如所算好極；設若賊營防守甚嚴，不能得手，賢弟可急急回來，不可貪功，要緊要緊！」一枝梅答應。

欲知後事如何，且聽下回分解。

第一百十五回　設妙策令派官兵　因劫寨火焚賊眾

話說一枝梅等到天將黑暗，便脫去長衣，換了夜行衣靠，手執單刀，暗藏火種，別了徐鳴皋，竟自出了大營，暗暗直望賊營而去。這裡徐鳴皋也就密令各軍趕挖陷坑，堆積乾柴火種。又令撓鉤手、短刀手於營內左右埋伏妥當，專等一枝梅回信。

且說一枝梅暗暗到了賊寨，方值初更時分。真是他們劍俠的武藝，身輕似葉，體捷如風，偌大個賊營防備得不為不密，竟是人不知鬼不覺，任憑一枝梅在賊營中各處探聽。只見鄴天慶傳出令去，命各寨火速預備。一枝梅一聞他傳出此令，早已明白，以下也不要打聽了，當下暗道：「鄴天慶呀，今番要使爾中吾之計了。」說著即一躥身，出了賊營，趕即回奔大寨。

徐鳴皋正在那裡盼望，忽見一枝梅從半空飛下。此時尚未二鼓，徐鳴皋早已明白，因復問道：「賢弟前去打聽如何？」一枝梅道：「果不出吾之所料，兄長可以行事預備便了。」徐鳴皋聞言，即刻密令各軍道：「方才慕容將軍前往賊寨探聽，賊眾今夜前來劫寨，爾等可將各營帳即刻讓空，內藏引火之物，自有妙用。一面隨本將軍速速暗出大營，前去埋伏，專待賊眾到來，殺他個片甲不回。」各軍齊聲答應：「得令。」徐鳴皋又密令營門左右那四百名撓鉤手、四百名短刀手，叫他依計而行，不可有誤，如違者定斬。這撓鉤手與短刀手也是唯唯聽命。於是徐鳴皋、一枝梅即各分兵一半，暗暗偷出大寨，往獨孤嶺而來，以便埋伏。所有大營竟是一座空寨，惟有乾柴火種，暗藏各處而已。

話分兩頭。再說鄴天慶到了初更時分，即命各軍飽餐戰飯，預備前往敵營劫寨。賊兵哪敢怠慢，隨即飽餐已畢。先命張爾銑、陳如謀兩枝兵暗暗出了大寨，直望敵軍後營抄出。又命王志超、呂英俊帶了精銳，直向敵軍左右兩營進發。這四個賊將領著二千賊兵去訖，鄴天慶便自統大軍，率領偏裨將佐，亦出了營門，前往進發。

且說張爾銑、陳如謀領著一千人馬，人銜枚，馬疾走，迅速抄出敵營後面，卻值二更以後，便按兵不動，專等前營消息。王志超、呂英俊所領一千人馬，也是迅速馳往，銜枚疾走。到了敵營，大喊一聲，奮勇爭先，搶殺進去。王志超、呂英俊二人進了營門，分望左右殺入，只聽一聲響亮，如山崩地裂一般，連人帶馬跌入陷坑以內。這一片吶喊之聲，真個震動山岳。左右八百名撓鉤、短刀手見此情形，也就一面近者刀砍，遠者鉤擒，只殺得喊聲震地。一面取出火種，急急將那些乾柴引火之物全行引著，登時烈焰騰空，不可向邇。所有賊兵知道中計，急急欲想退出，哪裡知道鄴天慶自統的大軍已到，一見敵營內火起，以為本部軍馬從敵寨內放起火來，也就大喊一聲，率領各賊將、賊兵一齊奮勇衝殺進去，不分皂白，只顧逢人便殺，只殺得人喊馬嘶，哭聲震動遠近。此時張爾銑、陳如謀在寨後聽得人馬之聲，又見火起，亦以為官軍中計，也就率領所部從後面掩殺過來，也是不問情由，逢人便殺，哪裡分得出是自家人與敵軍，真個是互相踐踏，自家人殺自家人。

正殺得難解難分，徐鳴皋、一枝梅在獨孤嶺看得清楚，也就急急命所部各軍，將火箭直望營中亂射。各軍一聲答應，立刻將火箭向營中射去。只見無數紅光，如火龍一般在半空飛舞。頃刻間，大寨內所有暗藏的火種一齊燒著，只燒得煙霧迷空，火光燭地。

鄴天慶等還在那裡自相亂殺，難解難分，後來還是陳如謀看出，知道中計，忙傳知各軍急急退出，已是遲了。鄴天慶此時也知道中計，深恨張爾銑、陳如謀獻計，致有此敗。於是傳令各軍，火速退兵。正要殺出後營逃命，又見營中各處遍地皆火，不能殺出，陳如謀當被燒死。張爾銑趕緊前來，預備保護。鄴天慶冒煙突火，殺出營門。剛走至張爾銑面前，鄴天慶一見，不由的火高三丈，大聲罵道：「總是爾這無知鼠輩，獻甚麼劫寨之計。我計不成，反受其害，爾尚有何面目來見我耶？」說著，不覺咬牙切齒，深恨不已。張爾銑見了如此，心中暗道：「我本來要好起見，不料誤中敵人之計。前後均是一死。即便逃得出去，鄴天慶也斷不能容我。不若乘此將他殺了，割取首級，前去獻納，不但不致死命，或者還可有功。而況鄴天慶自恃寵信，狂詐妄為，將來也斷難信任。即使寧王大逆無道，指日也就要殲滅，我何勿及早去邪歸正、作一個好人？且有我這樣本領，歸順朝廷，也可博得個功名，何必定要俯順逆賊？」

主意想定，便大喊一聲道：「鄴天慶，爾休得恃強責罵於我，我也是為好起見。現在誤中敵計，又與我何干？而況曾與你熟商，你當時絕意不行，誰來強你？既爾視我如此，料想爾也不久於人世了，我也不能從賊叛逆，看刀罷！」說著手起一刀，便砍殺過來。鄴天慶聽了他一番話，也知道他有變，又見他一刀砍來，也就大罵一聲：「好大膽的匹夫，竟敢中變！不要走，待本將軍送爾狗命。」說著一面將張爾銑的刀架開，一面刺進一戟。張爾銑哪裡能敵，當即刺中前胸，翻身落馬，鄴天慶復一戟結果了性命。

此時各處的火仍未熄滅，鄴天慶心中暗想：「若待火勢滅後再行殺出，萬一敵軍再掩殺來，更加掣附，不若冒火殺出，再作計議便了。」主意已定，即喝令眾賊兵冒煙突火，衝出營來。才到營門，卻好徐鳴皋從左殺入，一枝梅從右殺來，即著八百名撓鉤短刀手也奮勇當先掩殺過來。鄴天慶萬萬不敢戀戰，只得左衝右突，奮勇拚命，好不容易殺出重圍，手下各裨將又被徐鳴皋、一枝梅殺死幾個。鄴天慶此時也就不敢回營，只得落荒而走。等到天明，見追兵未至，才暫就樹林中坐下，稍為歇息。計點人馬，只剩得一千餘人，其餘的兵卒並非為敵軍所殺，皆是自相踐踏而死。當下鄴天慶只得收拾敗殘兵卒，逃回南昌不提。

且說南康城中，早有細作報進：徐鳴皋殺退賊兵。南康府這一聞，歡喜自不必說，當即開城，預備出城勞軍。這裡徐鳴皋與一枝梅二人率領所部殺退賊兵，大獲全勝。等到天明，查點本部兵馬，死傷有限。只見本營內外那些已死的賊兵，有的被火燒得焦頭爛額而死的，有的互相踐踏、自家殘害、骨斷筋連、倒在地下的，也有有頭無足、有足無頭的，還有洞穿胸腹、身體支解的，真個是屍橫遍野，血流成河，而且一種臭味，真要掩鼻。徐鳴皋等一見如此，也就目不忍視，只得在附近又擇了一片空地，安下營寨。一面傳令各軍，將所有賊兵屍首火速掩埋去訖。諸事吩咐已畢，又去賊營中，將所有旗幟器械、糧餉號衣等件，全行運回本營；又傳報進城，屬令居民照常生業。南康府也就出榜曉諭居民，略謂：賊兵已經官兵殺退，所有紳商士庶，應即各安本業，毋得驚惶。合城居民見了此榜，無不歡喜安懷，於是就有在城的紳士，率領居民集資殺牛宰馬，牽羊擔酒，稟請南康府，請率同一起出城，前往大營勞軍。南康府亦即應允，也就備了許多犒賞之物，預備次日出城。畢竟後事如何，且看下回分解。

第一百十六回　牽羊擔酒太守犒師　折將損兵逆賊請罪

話說南康府見合城紳士率領居民，殺牛牽馬，擔酒牽羊，預備出城勞師，南康府也就備了許多犒賞之物，即於次日約同參將趙德威、守備孫理文，率領紳士居民齊出城來，前往徐鳴皋營中犒賞三軍，兼謝徐鳴皋等援救之力。當有差官報進營去，徐鳴皋便與一枝梅親迎出來。南康府郭慶昌等眾一見徐鳴皋、一枝梅二人親迎出來，趕即下馬迎上，拱手稱謝道：「徐將軍、慕容將軍請了，敝城危在旦夕，幸蒙將軍馳救，得以保全，合郡生靈，幸免塗炭。今者聊具不腆❶，率領合郡紳士，前來犒賞三軍，並竭誠趨謝保救之德，尚求笑納勿卻為幸。」徐鳴皋、一枝梅二人一面謙讓，一面向後面一望，只見攜老扶幼，牽羊擔酒，手執瓣香，歡呼笑道：「我等合城百姓，若非將軍等親領大兵前來，殺退逆賊，我等生靈不免塗炭了。現在合城生靈性命得以保全無恙，皆將軍等所賜。茲特各竭微忱，聊具薄物，為將軍壽❷，並兼犒勞王師。幸蒙將軍俯念愚誠，賞賜收納，轉給各軍，用慰勞苦於萬一。」說罷，大家又齊跪下去，稱謝不已。徐鳴皋、一枝梅便與百姓還禮已畢，即命各兵將所有犒勞之物全行收下，又再三答謝。南康府見收下犒賞禮物，即命眾人回城。眾百姓答應，隨即歡呼而去。

❶ 不腆：謙詞，意為犒賞三軍之物不豐厚。

❷ 壽：祝福。

徐鳴皋、一枝梅這才將南康府郭慶昌、參將趙德威、守備孫理文讓進大帳，彼此又行了禮，然後分賓主坐下。南康府復又謝道：「某等久仰威名，如雷貫耳。當逆賊宸濠舉兵之時，某即馳書於鄰省告急，遲之又久，並未見有一兵一卒到來。某等正在憂慮，深恐此城不保，及聞王元帥已奉旨就近征討，某等即私相喜道，以為宸濠雖據有南昌，究竟兵力不足，雖曾派令各賊將分往鄰境各府州縣攻取城池，某料他一聞王元帥有就近征討之權，又兼諸位將軍神勇，大兵所指，戰無不克，他必然膽寒，不敢分兵外出。哪裡知道他已派令鄴天慶前來攻取南康。某等見賊將臨城，毫無計策，雖云兵來將當，其如兵力素薄，萬難與之抗衡。所幸民心尚固，不得已而思其次，惟有『守』之一字，尚可勉力而行。於是與合郡人民相約：閉關自守，以待救兵前來。不料鄴天慶竭力攻打，相持已逾半月，而兵民登陴死守，勞瘁不堪。再逾十日，救兵不到，真有岌岌可危之勢。正深憂慮，盼望彌殷，乃得將軍馳救前來，某等已喜出望外。又復一戰而勝，殺退賊兵，保我城池，傷彼兵卒，非將軍神勇素著，智謀兼人，何能救斯民於水火之中，保此城有完全之績？今者萬民完聚，各保身家，合郡安然，斯城無恙，非特國家之幸，抑亦萬姓生靈之福也。」徐鳴皋讓道：「太守說哪裡話來！某等一介武夫，毫無知識，幸而戰勝，殺退賊兵，此皆某等分內之事，敢蒙掛齒稱道？而況此城保全，皆太守之策，參戎之力。設平日不能深得民心，一旦賊兵忽至，閉關自守，必致萬姓居民爭相遷徙。一經騷動，便疑草木皆兵。雖太守禁止之不遑，何能全力合作？是可知太守平時德政勿衰，入人已深，雖至兵臨城下，猶能眾志成城，處倉猝而不驚，臨大難而不懼，非有賢太守，又何堪克保斯城麼？某等真是佩服之至，欽仰之至。今者又蒙犒勞，雖皆出於萬姓至誠，然某等何德何能，敢蒙厚貺❸！而又不敢有負良意，只好且代所部兵卒為之道謝了。」郭慶昌又謙遜了一回。

徐鳴皋、一枝梅當命差官將所有犒勞各物，悉數分派士卒，俾各兵咸沾德惠，並准其大飲三日。差官答應，當即前去，按名分賞已畢。是日合營便大吹大擂，歡呼暢飲起來。一連三日，皆是如此。果然營規齊肅，軍令森嚴。三日之後，又皆肅靜無譁，各守軍令。徐鳴皋與一枝梅又親往城中，參將趙德威、守備孫理文留在營中筵宴，是日盡歡而散。

次日，徐鳴皋也就將南康府郭慶昌謝步❹；南康府等也就大排筵宴，留徐鳴皋、一枝梅二人在署宴飲。到了第四日，徐鳴皋便傳出令來，次日一齊拔隊，前往南昌。及至拔隊這日，南康府暨合郡官紳士庶，又親送官軍至十里之外，然後回城。徐鳴皋等督隊星夜趲趕，往南昌進發。按下慢表。

且說鄴天慶率領敗殘兵卒回至南昌，當即進入王府，先與宸濠請罪。宸濠見他敗得如此而回，便問明一切。鄴天慶就將如何攻城，南康堅守太嚴，攻打不下，後來徐鳴皋如何帶兵前去援救，如何對敵，如何張爾銑設策劫寨，如何誤中詭計，張爾銑如何中變，如何將張爾銑刺死，前後細細說了一遍。宸濠聞言，也不免大怒道：「孤令你前去，原為你素來勇猛，必能不負孤意；乃竟不自審察，聽信張爾銑之言，雖張爾銑死有餘辜，爾又有何面目前來見我？」喝令推出斬首。當有軍師李自然說道：「千歲且請息怒，臣有一言，求千歲容納。鄴天慶大敗而回，本當斬首，然勝負乃兵家常事，不可因此一敗，便喪一員猛將。而況鄴天慶雖難辭咎，在臣看來情尚可原：若非張爾銑獻計，陳如謀決策，鄴天慶似不致大敗如此。今張爾銑、陳如謀已死，亦復死不足惜。所幸王守仁大兵現尚未到，徐鳴皋、一枝梅見已將南

❸ 厚貺：豐厚的贈禮。

❹ 謝步：客人前來拜訪，事後赴客人處回拜表示感謝。

康保救下來，必然即日拔隊趲趕到此，以為王守仁之兵現已馳抵，他便好合兵一處，合力進攻，且臣料徐鳴皋等必然間道前來。南康守城各官見徐鳴皋、一枝梅大獲全勝，我兵大敗而回，必料我等業已喪膽。且料王守仁已到此處，然兵力甚單，斷不敢再分兵前往報復，南康必然毫無防備。臣卻有一計，乘王守仁大兵未到，南康無備之時，急急再撥三千人馬，仍使鄴天慶倍道而馳，星夜從大路火速向南康進發，出其不意，攻其無備，剋日襲取南康，將功贖罪。若再不能取勝，二罪併罰，按軍法從事，罪不容誅。」

鄴天慶跪在下面，聽李自然這番話，當下磕頭說道：「千歲若俯如李軍師所請，再撥精銳三千，使臣星夜馳往襲取南康。若再不能取勝，占奪該城，臣即提頭來見，尚求千歲恩准。」宸濠見說，因道：「姑念軍師苦苦說情，免汝初犯。今再付你三千精銳，趲趕前去。若再不將南康攻取，汝亦不必前來見孤，汝便自尋死地便了。」鄴天慶見宸濠已允，當即叩頭謝恩退出。隨即挑選三千精銳，次日即帶領所部，拔隊起程，星夜復向南康進發。

鄴天慶去後三日，即有探馬報道：「王守仁親統大兵十萬，隨帶猛將多員，現已離南昌九十里了。」當有差官稟報進去，宸濠即命再去探聽。不到半日，又有探馬來報：「徐鳴皋、一枝梅分領精銳三千，由南康間道星夜趲趕到此，已離城八十里了。」差官又報進去。宸濠聞報，當與李自然道：「大兵臨境，孤所有大將均尚未回，一至兵臨城下，如何抵敵？」李自然道：「千歲勿憂，可就近差人一面飛往進賢，將雷大春調回，以拒敵軍；一面差人飛調鄴天慶，屬令暫緩進攻南康，即日改從間道星夜馳回，聽候調用。」宸濠只得依允，當即差人飛馬分頭調往去訖。忽又有探馬報道：「王守仁所統大兵，現已離城三十里下寨，請旨定奪。」欲知宸濠如何抵敵，且聽下回分解。

第一百十七回　分雄師急救南康城　刺降賊夜入按察署

話說宸濠聞報王守仁大兵已離城三十里下寨，便與李自然議道：「大兵現已壓境，所有雷大春、鄴天慶尚未調回，似此如何是好？」李自然道：「千歲可即一面傳旨胡濂、楊璋，令他趕速統領合城兵卒，堅守四門；一面令波羅僧率領護軍前往西門，以備禦敵；再火速加差馳往進賢，飛調雷大春趕緊回城。某料王守仁雖統大兵前往，兵卒勞瘁，即日未必開兵。即使隨到隨攻，我卻以逸待勞，等他攻守力乏之際，可命波羅僧奮勇出城，殺他一陣，務要獲勝，先挫他銳氣，然後緩緩圖之。旬日之內，南昌必不致失守。那時雷大春已回，即使鄴天慶無論南康得與未得，他一聞飛調，亦必星夜馳回。彼時有此二將，雖王守仁兵力再厚，猛將極多，亦不足慮也。」宸濠沒法，只得如此依計而行。按下不表。

且說王守仁安營已畢，即與徐慶等議道：「徐鳴皋、慕容貞二人往救南康，不知勝負如何，南康有無失守。本帥之意，大兵雖已到此，擬俟南康馳報前來，再行開兵，不知諸位將軍意下如何？」徐慶道：「元帥之意雖屬不差，但兵貴神速，既已到此，何不即日開兵，前去討戰？或者宸濠無甚防備，來此可以一鼓而擒；若從緩下來，等他防備已嚴，那時便難得手了。請元帥斟酌。」王守仁尚未回言，只見探馬報進：「探得徐將軍、慕容將軍往救南康，現已殺退賊將鄴天慶，救了南康，不日即要馳抵了。」說罷，飛身上馬而去。王守仁見報，知徐鳴皋大勝，歡喜無限。正要議及開兵，忽又見探馬報來：「探得南康雖經徐將軍馳救，殺敗賊將鄴天慶，得以未失，現在鄴天慶又復帶領精兵，間道馳往，出其不意，攻其無備，乘徐將軍離了南康，他又將該城襲取了。」說罷，又復飛身上馬而去。王守仁聞報大驚道：「似此南康得而復失，這便如何是好？」沉吟一會，隨命徐慶、周湘帆即刻率領精銳三千，馳往南康克復，務須剋日前進，不得有誤。徐慶等得令下來，正要率兵即刻拔隊，又見探馬報道：「探得宸濠因元帥大兵已到，城中兵力甚微，現已飛馬分往兩路調取兵馬：一路往進賢調取雷大春，一路往南康調回鄴天慶。」徐慶聞報，當即進帳，報與元帥知道。王元帥聞言，卻又大喜，因道：「如此說來，南康雖失，不難復得了。」因秘授徐慶妙計道：「將軍前去，可如此如此，則克復南康，指日間事也。一經克復，可即趲趕回營，要緊要緊。」徐慶得令，這才拔隊前行。

一日無話。次日王元帥率領眾將，親統大兵，前往攻城。三聲炮響，金鼓齊鳴，不一會直抵南昌城下。只見吊橋高掛，城門緊閉。王元帥並令各軍排成陣勢，親自出馬，帶了眾將，來到城下，喝令護軍高聲喊道：「城上聽者：速令逆賊宸濠前去答話，若有遲延，我家元帥便督率大兵，併力攻城。」喊了一陣，並無人答應。王元帥又喝令罵戰，眾兵卒又大罵了一陣，只見城頭上有一人應道：「王元帥請了。」王守仁抬頭一看，不是宸濠，卻是按察使楊璋。王守仁一見，也就答道：「爾受朝廷不次之恩❶，不思報效盡忠，為何甘心從賊耶？」楊璋道：「元帥之言差矣。當今巡幸不時，昏暗已極，任用閹宦，讒害忠良，萬民怨恨，眼見大明江山屬於他人。寧王係帝室宗親，不忍使祖宗基業改歸異姓，因此弔民伐罪，應天順人，以帝室宗支接承大統，何謂賊耶？以元帥經文緯武，智略過人，何乃計不及此，而亦人云亦

❶ 不次之恩：破格提升。

云，竊為某所不取也！若蒙俯聽鄙言，將來也不失封侯之位。」王守仁不等他說完了，潑口罵道：「忘恩豎子，背義匹夫，爾不思朝廷待汝之恩，反敢阿附逆賊，已是罪不容誅，乃又嘐嘐忤毀朝廷，爾若祖若父在九泉之下，當亦恨爾不但甘為逆臣，抑亦不孝的孽子，爾又何面目見乃祖乃父乎？」楊璋被王守仁這一頓罵，只罵得頓口無言，羞慚無地，因即惱羞成怒道：「王守仁，爾休得逞能，看箭罷。」說著，便喝令守城兵一齊放下箭來。頃刻間萬弩齊發，王守仁只得命各軍向後退下，鳴金收軍。回到大營，王守仁恨恨不已。

次日正要復去攻城，卻好探子報來：「徐鳴皋、一枝梅已率領所部，離此只有五里了。」王守仁聞報大喜。不一會徐鳴皋、一枝梅已進帳來，王守仁一見，便將南康爭戰情形問了一遍，徐鳴皋便細細回覆。王守仁又將鄴天慶二次襲取南康，並已派徐慶、周湘帆馳救的話，說了一遍。徐鳴皋聽了，又將南康府如何深得民心告訴王守仁，王守仁也甚欽佩。彼此先將已往之事說了一遍，徐鳴皋復又問道：「元帥到此，與逆賊戰過數次，勝負如何？」王守仁道：「一陣尚未開戰，只昨日楊璋被本帥罵了一陣，本帥本擬即時就要圍攻，不料楊璋惱羞成怒，反喝令各兵放下箭來，不能進攻，只得收軍，暫作計議。」一枝梅道：「楊璋這廝背義從賊，斷不可饒。末將今夜定往城中，將這廝先自殺了，然後再作計議。」王守仁道：「惟恐他那裡防備甚嚴，不能下手，還是明日開戰，就陣上擒之。」一枝梅道：「元帥此言差矣，楊璋係文士，向不知『武藝』兩字為何物，如何親臨陣前？還是末將前去殺他。」王元帥道：「慕容將軍既要前去，須得格外小心才好。」一枝梅道：「元帥放心，末將城裡是熟路，絕不妨事的。」王元帥也就答應。

這日即按兵不動。到了晚間，一枝梅就改扮行裝，紮束停當，等到二更時分，便藏好兵刃，竟自向南昌城裡而去。真是他們劍俠的手段與眾不同，任憑南昌守城的兵那樣嚴緊，竟沒有一個知道。

一枝梅已進了城，直奔按察使衙門而來。一路皆是穿房越屋。走到按察使衙門上房，伏身細聽，只聽裡面已打三更。又向各處一看，見燈火尚明，不便下去。正在探望，又見更夫遠遠的敲著三更而來。等他走到切近，一枝梅便從屋上一個箭步跳落下來，拔出單刀，向那更夫面上一晃，口中說道：「你嚷，就是一刀。」那更夫正走之間，忽見屋上跳下一個人，手執單刀，向他砍來，已是魂不附體，哪裡還喊得出？只得跪下來磕頭，卻一句話說不出。一枝梅道：「我且問你，楊璋的住房在哪裡？你若告訴我，便饒汝狗命；若有半字虛言，登時一刀將爾砍為兩段。」那更夫道：「大王饒命，小人願說。」一枝梅道：「我非大王，我實告訴你，我乃王元帥麾下游擊將軍，外號一枝梅的便是。因楊璋背反朝廷，甘心從賊，特來殺他。快說出來，他現在住在何處？」那更夫聽說，更加嚇得要死，只得戰兢兢說道：「小人有眼無珠，不識將軍大駕前來，尚求免我一死。」一枝梅道：「誰同你說這閒話，爾快講楊璋住在哪裡。」那更夫道：「走此一直過去，末了一進上房，便是他的內室。」一枝梅道：「你這話可真麼？」那更夫道：「小人何敢撒謊，只因楊大人本來住在第三進，不久討了個姨太太，甚是美貌，卻住在末了一進，因此楊大人與姨太太同住在那裡。」一枝梅道：「現在兵臨城下，還住在那裡麼？」那更夫道：「聽說今日不是楊大人上城守夜，是布政使胡大人守夜，所以我家大人今夜無事，才進去了不多一會，此時多半尚未睡覺呢。」一枝梅聽罷，手起一刀，將更夫殺死，隨即前去。不知能否刺殺楊璋，且聽下回分解。

第一百十八回　勸兒夫妻妾進良言　殺從賊英雄留首級

話說一枝梅將更夫殺死，隨即竄上屋面，依著更夫的話，直至末了一進，伏身屋上，將身子倒掛在簾口，輕輕的用刀尖在窗戶紙上戳了一個小孔，聚定目力望了進去。只見裡面燈燭輝煌，坐著一男兩女。男的便是楊璋，一個女子約有四五十歲左右的年紀，那一個卻只有二十歲上下。那半老的婦人卻生得端莊大雅，是一位夫人的樣子。那二十歲左右的，雖是個小家氣度，美貌天然，卻也生得不俗，不像那風騷一派。一枝梅看罷，心中想道：「這老的想是楊璋的妻子，那個大約是他的妾了。」

正欲竄身進去，只聽那半老婦人說道：「據老爺說來，鄴天慶與雷大春不日便要回來了？」楊璋道：「至遲再有五日，他兩人總有一個回來。只要他二人回來一個，便可與王守仁這匹夫開戰了。卑人不恨王守仁別事，我勸他的好話，他不相信，反將我大罵一頓。現在當今任用閹宦，讒害忠良，我輩雖做著他的臣子，終是栗栗危懼。寧王雖然是個藩王，待他的手下那班人極其寬厚，我今日歸順於他，將來他成了大事，我亦不患無封侯之位。可恨王守仁計不及此，反罵我背叛朝廷，甘心從賊，你道可恨不可恨麼？若能將王守仁這匹夫擒住，我定將他碎屍萬段，以消前日之恨。」

說罷，只見那半老婦人歎道：「老爺但顧目前富貴，不顧將來禍患。寧藩雖然待人寬厚，究竟是有心背叛，非若當今名正言順。老爺也要撫心自問，就是今日做了這按察使司，若非朝廷厚恩，哪裡有這地步？寧王擅殺朝廷命官，居心造反，此時正是人臣盡忠報國之日。老爺不能討賊，已是落於下乘；再欲阿附逆王，於情理兩字究嫌違背。在妾看來，宸濠雖然勢大，終不能成其大事。一旦遭擒，必按國法從事。妾雖不明，似從賊究嫌不順。老爺若俯念夫妻之情，追想祖宗遺訓，雖不能出人頭地，做一個討賊忠臣，也當及早回心。或暗約王元帥即日進兵，作為內應，將來賊敗之後，也可免身受國法。若但圖目前，妾恐賊勢既敗，即老爺也不能置身法外。與其悔之於後，不若慎之於前。而況王元帥麾下，能征慣戰之士，武術超群之人，何可勝數，且皆是忠心亮節，扶弱鋤奸。寧王雖有鄴天慶、雷大春之流，卻皆一勇之夫，不足與論。就是那余半仙、余秀英兩個，也是旁門左道，邪術欺人，何能如王元帥亮節孤忠，為一朝名臣？老爺請自計議。在妾愚賤，本來有夫唱婦隨之道，但事關大逆，不得不苦口陳詞。若其不然，妾恐將來不但有殺身之禍，且有夷族之災。以老爺一人而上累祖宗，下連妻子，這是何苦呢？」說罷，又見那少婦勸道：「老爺不必疑慮，太太這一番話實在不錯。寧王雖是個藩王，他現在造反，就是個反叛。老爺從他，不也是個反叛了嗎？能殺這個反叛更好；不能殺他，就是自己拼著一死，總比從反叛好多著呢！賤妾雖是個小家女子，蒙老爺做作側室，本不敢拂老爺的意，但是老爺要從反叛，賤妾也覺得不在理，還請老爺三思。」

楊璋聽了他妻妾這一番話，在那稍明大義的，也要羞慚不已。哪裡知道他不但不知羞愧，反而怒不可言，潑口罵道：「你這兩個賤貨，知道甚麼時事，敢來忤逆老爺的意見！若再多言，先將你這兩個賤貨置之死地，好給你們去做忠臣節婦。」他妻子見他如此，當下哭道：「你不聽良言，眼見得身首異處，連累家人。」楊璋的妾也就哭了起來，還是苦苦極諫。楊璋越發大怒，便要上前向他妻妾相打。

一枝梅聽得清楚，此時也就無明火起高三丈，立刻跳下屋來，用了個燕子穿簾的架落，將右手一起，這一掌先將窗格打開，身子一晃，就跟著進了臥房。「噗」一聲響，跳落在地。即將手內的刀向楊璋面上一晃，口中喊道：「楊璋，爾這逆賊！當今皇帝何曾薄待於汝，爾不思盡忠報國，反要從順逆藩。爾妻妾苦苦相勸，實係一派良言，爾不知羞愧，反而惱羞成怒，要去向他們相打，爾可認得本將軍一枝梅麼？本將軍今夜到此，本來殺汝，後聽爾妻妾那番相勸的話，以為你一時糊塗，經這一派良言，當可自知悔罪。或如爾妻所說之話，暗約王元帥相助討賊，本將軍就可寬恕於你，不加殺戮。誰知爾不聽良言，怙惡不悛。與其待到後來賊勢既敗，爾不免有夷族之慘，不若本將軍先將爾殺了，將爾妻妾的這番話回稟元帥，好使爾妻妾尚不至因爾株累。」說著即走上前，將楊璋提過來，按倒在地。正要一刀送他性命，只見他妻妾跪在旁邊求道：「請將軍暫為息怒，再讓妾等苦勸他一番。若再不從，聽憑將軍處治便了。」一枝梅說道：「爾等休得多言，本將軍還是因爾等深明大義，才如此看待，不然連爾等一齊殺死，不免令爾等有屈。楊璋實係大逆無道，罪不容誅。他死之後，本將軍自為爾等於元帥前表明一切，斷不難為爾等便了。」說罷手起一刀，立將楊璋殺死。當即割了首級，一竄身上屋而去。

這裡楊璋的妻妾眼見丈夫被殺，雖是他罪不容誅，咎由自取，也免不得大哭起來。此時前後的家人僕婦聽見上房裡哭聲，大家趕緊起來，跑到後面一看，只嚇得個個魂不附體。內中有兩個膽大的，忙問了緣由。楊璋的妻妾因即告訴一遍，卻不敢說出諫他不從，致被殺死，只說被刺客刺死，割去首級。於是合署的家人便各處尋找刺客。不必說尋不到，就便尋著，還有哪個敢上前麼，只得鬼鬧了一頓，預備次日去寧王府報信。按下慢表。

再說一枝梅提著楊璋的首級，出了按察使衙門，心中想道：「我何不就此順至奸王府一行，將這顆首級送與他看看，好叫他知道我等利害。」主意想定，即向宸濠府內而來。一枝梅本來是熟路，他們從前七子十三生大會江西的時節，他卻來過好幾次，因此毫無阻擋，穿房越屋，直至奸王的殿上，將這顆首級擺在宸濠坐的那張案上。一枝梅將首級擺定，這才出來回營繳令。

你道一枝梅既然入得奸王府，為甚麼不就此將宸濠刺死，豈不免了許多大事？諸君有所不知，宸濠的內宮卻是防備甚嚴，左右護從亦皆是超超等、頂頂好的武藝，若果能將他刺死，也等不到今日，當日七子十三生在江西的時節，早將他刺死了。一來因他防備甚嚴，二來因他氣數未終，勢必要等到那個時節，才能將他置之死地。不必說一枝梅不敢擅入險地，就便能獨力而行，他們行俠的人也不肯逆天行事，所以一枝梅只能將楊璋的首級擺在宸濠平日所坐的那張案上，使他一見魂消，不敢小覷。

看看天明，當有值殿的差官將殿上打掃清潔，以便宸濠臨殿。及至收拾到案上，忽見一顆血淋淋的人頭，擺在案上正中間，面向裡，準對著宸濠坐的那張交椅。那差官一看，只嚇得魂飛天外，因道：「這顆首級是從哪裡來的？」卻又不敢細看，只得報了進去。宸濠聞報，也是吃驚不小，當即起來，梳洗已畢，即傳齊護從，來到殿上。只見案中間那顆首級還擺在那裡，宸濠大著膽便走近案前，細細一看，但見鮮血淋淋，一雙眼睛還自睜著。宸濠看了一回，只聽「阿呀」一聲，嚇倒在地。畢竟宸濠性命如何，且聽下回分解。

第一百十九回　見首級嚇倒奸王　發彈子打傷賊將

話說宸濠見案上擺著一顆血淋淋人頭，兩隻眼睛還睜著，近前一看，始則分辨不出，再一細看，只聽「阿呀」一聲，嚇倒在地。大家見宸濠嚇倒，趕忙上前將他扶起。只聽宸濠說道：「楊璋被何人所殺，卻將他的首級送到孤這殿上？」一面著人將首級拿開，一面傳值殿的差官問道：「爾等昨夜在這殿上，見有誰人到此，可速言明。」那差官跪下說道：「小人們委實不曾見有人來。」宸濠正在疑慮。忽見宮門官進來報道：「啟王爺：現有按察使楊璋家屬差人來報，說楊璋於昨夜三更時分被一枝梅行刺，割去首級而去，現在首級不知去向。」宸濠聞報，心中明白，當即命人將楊璋首級交還他的來差帶回，令他入殮。一面向左右近侍說道：「既然是一枝梅前去刺了楊璋，這首級一定是他取來擺在案上，似此孤所住之處倒要更防備了。但一枝梅等現在王守仁部下，王守仁的大兵又逐日前來攻打，所謂之鄴天慶、雷大春二人又未回來，好不令孤焦急。」左右近侍也只得隨著他說了兩句，當下退入內宮。暫且不表。

再說徐慶、周湘帆奉了王守仁之命，令他二人帶領三千精銳，前往南康馳救，他二人哪敢怠慢，星夜火速前進，不數日已抵南康，也不安營下寨，即催兵將南康城圍困起來。此時鄴天慶已得著調他回南昌的信，正要拔隊，忽被徐慶這一枝兵將南康圍得個水洩不通。鄴天慶好生著急，只得開城奮勇衝出。徐慶、周湘帆二人見他殺出來，也就與他力戰。一連戰了三日。這日夜間，徐慶等稍有疏忽，竟被鄴天慶帶領賊兵衝出城來，趲趕望南昌而去。徐慶等見他已經逃走，即刻進城安民已畢。所幸南康府郭慶昌雖然失了城池，卻未喪命，現在一聞克復，他又出來，即向徐慶營中謝罪。徐慶當下安慰了幾句，還請他刻刻防備。南康府感激不已。徐慶見城中民心已定，他也就即日拔隊起程，仍回南昌，合兵一處。

再說一枝梅既將楊璋殺死，回營繳令已畢，又細細說了一遍，王元帥大喜。到了次日，即出了全隊攻城，真是個個爭先，人人奮勇。爭奈南昌堅固，防備甚嚴，攻打不下。一連又攻打了三日。這日正在攻打之際，忽見後面西南角上，所有攻城的各兵紛紛退讓。王元帥等再一細看，只見一匹馬上坐一人，手執方天畫戟，逢人便挑，見馬即刺，只殺得那些攻城兵卒紛紛讓出一條路來。他那一枝戟飛舞起來，便如入無人之境。徐鳴皋看得清楚，便即飛馬過去，接著鄴天慶大戰。鄴天慶一見徐鳴皋，真是恨如刺骨。因被他在南康一把火，幾乎將他燒死；及至見了宸濠，又幾乎送命，你道他可恨不可恨。於是二人奮勇大戰起來。只見一個手執爛銀槍，飛舞處如蛟龍戲水；一個方天戟搖擺時，不亞臥虎翻身。一往一來，足足戰了有二十餘合。鄴天慶見不能取勝，便大喝一聲：「匹夫休得逞能，看本將軍的戟！」說著，一戟分心刺來。徐鳴皋趕著迎住，用足了十二分力架在一旁，也就大喊一聲：「逆賊，還不代我下馬受縛！」說著，一槍認定鄴天慶肋下刺來。鄴天慶哪裡肯捨，緊緊在後進來。鄴天慶當即撥開，趁勢一戟，向徐鳴皋左腿刺來。徐鳴皋躲閃不及，正中一戟，撥馬便走。鄴天慶哪裡肯捨，緊緊在後進來。

周湘帆看得清楚，恐防徐鳴皋有失，隨在身旁取出彈子。一聲喊叫：「逆賊休得追趕，看本將軍的法寶！」話猶未完，彈子已經發出。鄴天慶一聽周湘帆大喝，便抬頭來看究竟是何物件，就在這個時節，面門上已中了一彈。鄴天慶不敢戀戰，撥馬便走。

一枝梅看他逃走，也就飛馬趕來。此時南昌城裡已是賊兵迎接出來。一枝梅追至吊橋，正欲搶殺上去，忽然城內衝出一騎馬來，馬上坐著一個和尚，手執禪杖，迎上來就殺。一枝梅一看不是別人，正是波羅僧，兩人也不打話，當時就對戰起來。只聽兩邊喊殺之聲，真個震動山岳，一來一往，又戰了有二十餘合。波羅僧殺得興起，飛舞禪杖，向一枝梅橫掃過來。一枝梅也飛舞點鋼刀，招攔隔架，上砍下剁，只殺得塵土沖天，旌旗蔽日。周湘帆遠遠見一枝梅不能取勝，也就將馬一拍，搶殺過去。賊隊裡見有人助戰，又飛出一騎馬來，更不打話，敵住周湘帆，兩人也殺了十數合。周湘帆暗道：「我何不如此如此。」主意已定，便虛刺一槍，撥馬而去。那賊將緊緊趕來，周湘帆轉身一彈，打了過去，正是彈不虛發，又正中賊將面門。周湘帆見他已經中彈，撥轉馬頭又殺過去。那賊將正要負痛逃走，周湘帆的馬已到面前，手起一槍，正中敵人咽喉，落馬而死，隨有小軍上前割了首級。波羅僧還在那裡與一枝梅對敵，城上見他不能取勝，恐怕波羅僧有失，趕著鳴金收軍。波羅僧一聞金聲，撥馬進城去了。這裡官兵也就收隊回營。

大家繳令已畢，便去看視徐鳴皋，所幸槍傷不重，毫無妨礙，大家也就各去安歇。

鄴天慶早中了一彈，回到城中，仍然血流不止，趕急用藥敷上，將血止住，隨來至宸濠宮內。宸濠此時早知他回來，一聞宮門官報進，即刻傳他進去。一見他血流滿面，即問：「將軍何以如此？」鄴天慶就將中彈子的話說了一遍。宸濠切齒痛恨。又問了南康何如，鄴天慶道：「臣已經襲了南康，後來奉到千歲的諭旨，正要趲趕回來。忽又被王守仁手下的將官徐慶、周湘帆二人率領精銳三千，將南康困得個水洩不通。臣衝殺數次，不能突出。又與徐慶等戰了三日，皆不分勝負。臣又不敢戀戰，深恐南昌有失，後來還是夜間率領所部，奮勇衝殺出來，急急趕回前來繳旨，所幸人馬並未損傷。但是徐鳴皐等這班人現為王守仁所用，個個皆奮勇爭先，臣一人之力，恐不能與之對敵，千歲還得早設妙計，將王守仁殺敗，方可長驅而進，不然終久不妥。」宸濠道：「孤也飛調雷大春回來，不知他何以至今未到。」

正說之間，只見宮門官進來報道：「雷大春由進賢回來，現在宮門候旨。」宸濠即命傳他進宮問話。差官答應出去。不一刻，雷大春進來，先行了禮。宸濠見他形容憔悴，狼狽不堪，因問道：「將軍為何如此，何以至今才回？」雷大春道：「臣奉了千歲之旨，當即攢趕回兵，不料半途忽然生起病來。一病十日，不能行動，終日臥困，也不思飲食，直至前日始覺稍好。惟恐千歲記念，只得帶病勉強回兵，現在尚不能用力。」宸濠聽說道：「原來如此。但有鄰境各縣，現在得了幾城？」雷大春道：「所有南昌所屬外六縣，只有進賢未下。因進賢知縣鮑人杰、守備施必成兩人堅守甚固，施必成又超勇絕倫，因此十分難得。其餘五縣，皆毫不費事，有的是情願投降的，有因攻破的。臣在進賢逐日攻打，若不奉千歲調回的論旨，再攻打五日，也就要攻打開了。因為奉了千歲諭旨，不敢戀戰，趕急回來，聽候調用。」宸濠聽說，當下便命他與鄴天慶出外安歇，俟病痊好，再行出戰。

二人退出，宸濠好生納悶，又與軍師李自然議道：「似此兵微將寡，何日才可退得王守仁的大兵？軍師有何妙計，可即說來，以便孤依計行事。」不知李自然有無計策，且聽下回分解。

第一百二十回　挾異端余七保逆賊　仗邪術非幻敗王師

話說宸濠因王守仁率領徐鳴臯等十二英雄，並有十萬大兵，終日在城外攻打，鄴天慶、雷大春兩人雖曾調回，一因身受彈傷，一因身抱大病，尚未全癒，不能即日出戰。雖有波羅僧及裨將等人，終非敵人對手，而且寡不敵眾，甚為憂慮，因與李自然商議，請他籌設良策。李自然此時亦覺束手無策，只得勉強說道：「可恨前者趙王莊一戰，被甚麼七子十三生破了余半仙迷魂大陣，余半仙逃走。若非他受此大創，現在這裡，不必說王守仁這十萬兵馬，就便再加一倍，也不足為慮。為今之計，千歲何不將余秀英小姐請來，與他商議，看他有何妙策可以退得敵人。」宸濠聽說，因道：「孤非不想到此，爭奈余小姐終是女流，他哥哥又不在這裡，恐他不肯相助，因此孤未去請他。」

兩人正在計議，忽見宮門官進來，跪下報道：「啟千歲，前者逃去的那個余半仙，並同著一個非幻道人，現在宮門外候旨，說要見千歲，有要話相稟，特使小人稟知。」宸濠聞報，一聽余半仙到來，又同著一個非幻道人到此，心中暗思：「這非幻道人定是有法術的，今既到此，孤無憂矣。」不覺喜出望外，即命宮門官請他們上殿。

宮門官下去，不一刻，已領著余半仙進來。宸濠遠遠看見，即刻下殿相迎。但見余半仙在前，後跟著一個道士，頭戴華陽巾，身穿鶴氅，身背葫蘆寶劍，面容秀麗，體骨清超，飄飄然頗有神仙氣概。宸濠看罷，即拱手讓道：「余道長別來無恙！後面莫非非幻道長麼？」余半仙也就答應道：「臣保護來遲，多多有罪，後面正是非幻師兄。」說著上殿。

當與宸濠見禮已畢，大家坐下。宸濠道：「余道長一別兩年，孤時深記念，不意今日又見仙顏，真是意料不到。但不知這非幻道長仙鄉何處，尚望示知。」余半仙道：「這位非幻師兄與臣同門學道，是敝師的首徒，法術高超，道行深奧。臣因王守仁率領徐鳴皋等前來攻城，臣一再哀求我師尊下山同心扶助，爭奈敝師尚有己事，未便即日下山，因令這非幻師兄與臣同來。一來保護千歲共成大事，殺退敵軍，二來幫臣以報昔日迷魂陣之仇。」宸濠聽了這一番話，實在大喜，因道：「近日王守仁攻打甚急，雖經孤將鄴天慶、雷大春由南康、進賢兩處調回，其如鄴天慶被周湘帆彈子打傷，雷大春又自己得病未癒，只靠著波羅僧等人出戰，已是寡不敵眾；又兼徐鳴皋等武藝超群，眼見南昌不能保守。孤正深憂慮，方才尚與軍師念及，若道長在此，莫說王守仁這十萬兵馬，徐鳴皋等這十二三人，就便再加一倍，也難逃道長的掌握，可恨不在此處，只弄得莫展一籌。哪裡知道天助孤成功，忽蒙道長遠臨，又得非幻仙師相助，孤從此無憂了。」說罷，又喊著王守仁罵道：「王守仁呀，孤與爾毫無仇隙。孤舉兵起事，是謀奪我朱家的天下，與爾何干？爾偏與孤作對，帶兵前來征討，仗著徐鳴皋等這一班鼠輩，任意猖狂。余道長不來，孤尚懼爾三分；余道長既來，眼見得爾全軍覆沒了。看爾這匹夫有何妙計良策，能敵得住余道長與非幻仙師麼？」獨自罵了一陣。

當下非幻道人躬身說道：「貧道聞余賢弟常道千歲仁義過人，寬厚無匹，真乃英明之主，貧道惟恨相見太晚。今見龍顏，果然名實相副。王守仁及徐鳴皋等雖然猖獗，非貧道敢自誇口，只須聊施小技，便令他等死在目前。千歲請放寬心。待貧道明日出陣，以觀動靜，即作計議便了。」宸濠聞言，更加大喜，當即命人大排筵宴，便在殿上暢飲起來。

當日賓主聯歡，互相痛飲。席散之後，便留余半仙、非幻道人在偏房安歇。余半仙又將他妹子余秀英著人喊出來，敘談了些別後之話，又命與非幻道人見禮已畢，然後各回臥房安歇。

次日一早，即有人報進說：「王守仁督率全隊，又來攻打。」宸濠即請余半仙、非幻道人出陣，宸濠自己也陪著他二人出去觀陣。三人來到城上，望外一看，只見敵軍耀武揚威，在那裡罵戰。非幻道人見了大怒，因與宸濠說道：「待貧道前去會他。」宸濠道：「有勞仙師，若能一陣成功，當再重謝。」非幻道人又謙了一回，隨即辭了宸濠，又望余半仙說了一聲：「賢弟，愚兄去去就來。」說著，背上葫蘆蓋揭開，傾出一個紙鹿，執在手中，喝聲道：「疾！」向地下一放，頃刻變了一匹梅花鬬鹿。非幻道人即刻上了坐騎，手持寶劍，下得城來，喝令升炮開門，直望城外而去。

王守仁正在外面催督三軍奮勇攻城，忽聽炮聲響處，城門大開，知有賊將前來拒敵。當即抬頭一看，並非賊將，卻是一個妖道。只見他頭戴華陽巾，身穿八卦袍，背後葫蘆，手中仗劍，坐下一匹梅花鹿，形容古怪，面目可憎，滿臉的妖氣。王守仁看畢，心中暗道：「此人定有妖法，不可不防。」即傳令各將小心防備。

當下非幻道人已到陣前，大聲喝道：「王守仁聽者：爾等身為大將，不識天時，現在寧王天命攸歸，爾等偏要逆天行事，豈不知順天者存，逆天者亡？爾等若識時務，若知天命，可即早收兵，免致三軍塗炭。倘仍執迷不悟，爾可認得非幻仙師麼？」王守仁聽罷，大怒道：「妖道休得亂言，待本帥命人取爾狗命！」說著，顧謂左右道：「哪位將軍前去會他？」只見羅季芳一聲應道：「末將願往。」說著手舞虎頭槍，直殺過來。

非幻道人笑道：「來將休得逞能，且通過名來，待本師取爾狗命。」羅季芳喝道：「妖道聽了：咱老爺乃王元帥麾下游擊將軍羅季芳是也。不要走，看槍！」說著一槍刺來。非幻道人急將手中劍架住，接著廝殺起來。戰不數合，忽見非幻道人執劍在手，向羅季芳喝聲道：「著！」羅季芳不知不覺，兩眼發昏，在馬上坐不住，登時跌下馬來。非幻道人哈哈大笑，正要取他首級，卜大武看得清楚，飛馬提刀，接殺過來。羅季芳當被小軍救回本陣。

非幻道人與卜大武戰未數合，仍用前法，將寶劍一指，喝聲道：「著！」卜大武也就登時跌於馬下。徐鳴皋、一枝梅看了大怒，即刻大聲罵道：「好妖道，膽敢用邪術惑人，本將軍徐鳴皋、一枝梅前來取爾狗命！」此時卜大武已被小軍救回本陣。

非幻道人見徐鳴皋、一枝梅二人齊殺上來，復又哈哈大笑道：「徐鳴皋、一枝梅，爾休得逞能。不必說你兩人齊來廝殺，就便再添兩人，也不是本師的對手。爾等來得好，看劍！」說著，手中的寶劍劈面砍來。說也奇怪，分明見他一口劍，及至到了面前，卻是兩口。徐鳴皋、一枝梅兩人分頭敵住，殺了一會，並不見非幻道人動手，只見兩口寶劍在空中飛舞。徐鳴皋、一枝梅看了，卻暗暗吃驚。正在奮力遮攔隔架，忽聽非幻道人喝道：「寶劍寶劍，還不與我擊下！」一聲才完，那兩口劍一齊飛了下來。徐鳴皋、一枝梅二人說聲「不好」，趕即躲讓，哪裡讓得及？徐鳴皋左肩上著了一劍，一枝梅右肩上著了一劍，當下二人負痛逃回。非幻道人見他二人敗走，乘勢將葫蘆蓋揭開，口中念念有詞，喝聲道：「疾！」

頃刻狂風捲地，亂石飛天，半空中有無限人馬捲殺過來，只殺得王守仁十萬雄兵，許多勇將，抱頭鼠竄，敗下三十里，始各驚魂稍定。查點人馬，已折傷不少。徐鳴皋、一枝梅雖中了兩劍，卻不妨事。卜大武、羅季芳此時也醒了過來。當下安立了營寨，王守仁好生憂悶。非幻道人大獲全勝，宸濠接進城中，自然稱謝不已。

隨後非幻道人大擺非非陣，七子十三生議破非非陣，徐鳴皋等十二位英雄大破離宮，武宗御駕親征，宸濠明正國法。許多熱鬧，且看下集書中分解。

第一百二十一回　劉養正議圍安慶　王守仁再打南昌

話說王守仁自統大兵被非幻道人大敗了一陣，退下三十里下寨。徐鳴皋、一枝梅、羅季芳、卜大武雖被妖劍著傷，幸不妨礙。王守仁安營已定，徐鳴皋等四人也就蘇醒過來，再用了些絕妙的敷藥敷上，只須一兩日，自然就痊癒起來。暫且不表。

再說非幻道人大獲全勝，宸濠將他接入城中，當即大排筵宴，歡呼暢飲。酒過三巡，宸濠謝道：「孤自從王守仁帶兵到此，徐鳴皋等這一班匹夫，仗著自己的武藝，孤家屢被他所敗。設非仙師駕臨，這座城池危在旦夕了！今日大獲全勝，已足令王守仁喪膽了。但是，他雖然敗走，尚未全軍覆沒；而徐鳴皋等那十二個人，皆是勇敢力戰之輩，毫不畏死之徒，難保他不重整殘兵，再決死戰。在仙師之意，又當何如呢？」非幻道人道：「非是貧道誇大口，諒他這一班毛卒有多大本領！若他等能識時務，早早罷兵，還是他們的造化，這三十萬生靈，尚可免就死地。若再執一不悟，貧道只須聊施小技，管教他這三十萬人馬，皆死在貧道手中，不留片甲便了。」宸濠聞言大喜。

當下副參謀劉養正在旁說道：「仙師之言固是好極。以仙師法力之高，視敵猶如草芥，毫不足慮。但某有一言，不識大王尚堪容納否？」宸濠道：「卿有何言？請即說出，以便大家商議。」劉養正道：「某所慮者，以得地為先，以爭戰為後。若圖目前與王守仁日角勝敗，即將他三十萬大兵全行覆沒，後起之兵，難保不陸續而來。是徒以角力勝負，殘虐生靈，而於土地、人民毫無所得。土地、人民既不我屬，則軍需糧餉又何自而來？即使今日勝一戰，明日勝一戰，而援兵紛至，吾恐亦不能任意屠戮，以傷上天好生之心。且僅恃南昌一城，又有幾何糧餉可以堅持日久？一旦軍需不足，糧餉空匱，人民勢必變心。民心一變，雖有仙師在前，雄兵在後，軍無餉需，馬無糧草，其又何能保乎？某是以為大王慮也！」

宸濠聽了這番話，便悚然說道：「非卿之言，幾使孤坐守孤城而不思闢地了。為今之計，卿有何策以為根本，庶使軍無匱糧，庫無匱帑，而有以自固乎？」劉養正道：「某之意，以為南昌旋得旋失，既未得其錢糧，而所屬各縣，雖經雷將軍得了幾城，卻亦斷不可恃。為今之計，莫若一面與王守仁對敵，一面潛師間道徑趨下游，先取九江，進圍安慶，以固根本。九江與安慶既得，仍宜分兵下攻蕪湖。然後大王自統大兵，親出長江，順流東下，取金陵以為根本之地，然後大勢成矣！若圖目前之勝敗為榮，某竊為大王不取焉！」

宸濠聽罷大喜道：「卿這一番議論，真是言言金石！孤當照卿之言，分兵前往便了！」李自然在旁也就說道：「劉參謀之言是也！」宸濠因即斟酌道：「現在孤此間大將惟鄴天慶、雷大春二人，若再使他二人分兵前去，孤身旁又無大將可以保守了。」李士實道：「大王可使雷大春為統將，率兵三千先往九江。好在九江一城此時定然空虛，即有防備，亦不過是些老弱而已。得雷將軍一人統領，再帶些偏裨牙將，取九江如在掌握之中。九江一得，安慶自必驚慌。雷將軍可急急率兵星馳而去，安慶亦斷不難取也。卻宜速不宜遲，則兵力一厚，急切便不可得矣。」宸濠當下大喜。酒筵已散，隨即命雷大春率兵三千，星夜間道潛師直取九江，然後進攻安慶。這枝令傳出，雷大春疾已好，當即奉令挑選了三千精銳，真個是潛師間道、星夜飛馳往攻九江去了。按下慢表。

再說王守仁自退下三十里，安營已定。停下兩日，徐鳴皋等劍傷已各全癒，王守仁便齊集諸將於大帳前議道：「前日為那妖道用了邪術，我軍大敗了一陣，幸喜徐將軍等刻已全癒。士卒雖折傷不少，細查實數，亦不過傷去二三千人。我軍銳氣尚未大挫，若不併力攻取，未免有失諸位將軍從前英勇忠義之名。即妖道雖然利害，亦不過所仗邪術。自古邪不勝正，理之必然。本帥擬多備烏雞黑犬血，於臨陣時，妖道若再恃術，即移穢物噴去，或可破其邪術。諸位將軍意下如何？」徐鳴皋等齊道：「末將等亦思如此，但未奉元帥之令，不敢擅自專主。今元帥慮及至此，末將等當謹遵鈞命，準備與逆賊決一死戰。但冀攻破南昌，早擒逆賊為幸。若久久不下，不但師老無名，且上遺宵旰之憂，下累三軍之苦，末將等亦所不願也。」王守仁大喜道：「諸位將軍既有此忠義之心，真乃國家大幸！即煩將軍等各命本營士卒，連夜在於就近鄉村等處，多尋烏雞、黑犬。萬一尋找不出，准其備價向畜養之家購買，毋得強自搜索，致遺民怨。」

各營士卒得了令，也就即刻出營，分往就近村落中尋找。到了天未黎明，各兵卒帶了許多烏雞、黑犬回來繳令。王守仁一見大喜，即命取了雞犬血，又命人分貯噴筒之內，以便臨陣時噴打出去，以破妖法。安排已定，王守仁又命眾三軍大家再養一日，將精銳養足，好去決戰。眾三軍無不歡歌跳躍，擦掌摩拳，準備攻城擒賊。

過了一日，到了晚間，王守仁又傳令出來，命各軍四更造飯，五更出隊。眾三軍奉了將令，哪敢怠慢，真是個個戎裝紮束，只待將令一下，即便出隊前往攻城。不一刻，元帥令下。營門開處，金鼓齊鳴，炮響三聲，一隊隊如熊如虎之師，直往南昌進發。

徐鳴皋先到南昌城下，即命排齊隊伍，便自出馬向城上討戰。這日卻是布政使胡濂守城，當有守城賊兵飛報進去。胡濂聞言，當即上城，望外面一看，只見那二十餘萬雄兵，遮天蓋地而來，聲勢好不可畏。又見徐鳴皋坐在馬上，耀武揚威，罵不絕口，聲稱捉住宸濠，定然碎屍萬段。胡濂哪敢怠慢，也就飛命守城官馳報進宮。宮門官聞報，也就即刻報知宸濠，請遣將出城迎敵。宸濠聞言，一面先著胡濂開城迎敵，一面飛命鄴天慶即刻出城。又請非幻道人與余半仙觀陣。此時非幻道人早已得著了信息，宸濠的人尚未到，他已走了過來，因與宸濠道：「千歲不必驚疑。貧道已早算到今日王守仁欲帶兵前來覆戰。王守仁今日不來，貧道明日也要請旨前去。難得他自來送死，免得貧道又費跋涉了。只此一番，定要將王守仁殺得個片甲不回，把徐鳴皋等那一起匹夫，個個殺得粉身碎骨，以報我師弟迷魂陣之仇，以為千歲長驅直入之地。便請千歲觀陣，看貧道指揮三軍便了。」宸濠大喜，即刻與非幻道人、余半仙上了坐騎，直望城外而來。

且說徐鳴皋在城外罵陣，罵了一會，見城中並無賊將前來迎敵，正是焦躁不堪，卻好大隊已到，一字兒列成陣勢。徐慶、一枝梅、狄洪道、羅季芳、徐壽、包行恭、周湘帆、王能、李武、卜大武、楊小舫等人也飛馬到了陣上。只見徐鳴皋還在那裡指著胡濂大罵不止。又見胡濂也在城上望下罵道：「爾等眾軍休得威武，眼見得死在目前，尚不知覺。頃刻仙師一到，就要送爾等一齊歸陰。我雖有志歸降，終不失封侯之位，何若爾等碎屍在野，碧血成河，拋父母而遠離，棄妻孥而不顧。魂飛天外，磷磷秋草之場；魄散空中，渺渺無依之鬼。未免可惜。何事矯情？豈如我等安富尊榮，家人團聚麼？」胡濂正在城頭上指著徐鳴臯等大罵，只見徐鳴臯一聲大喝，將馬一夾飛到城下，率領眾三軍併力攻城。正在激勵三軍，忽見胡濂應弦而倒。不知胡濂被何人所射，究竟性命如何，且聽下回分解。

第一百二十二回　擅絕技一箭射降賊　仗邪術二次敗官軍

話說胡濂正與徐鳴皋相對而罵，徐鳴皋聽了他那一番無恥的話，直氣得暴跳如雷，率領眾兵丁衝殺過去，忽見胡濂應弦而倒。你道這是為何？原來徐慶在馬上聽見胡濂那一番話，也是氣不可忍，當下拈弓搭箭，使出神箭手本領，颼的一箭射去，正中胡濂咽喉，應弦而倒，當即送命。

徐鳴皋見胡濂被箭射倒下去，立刻催督三軍奮力攻城。眾兵卒正在猛攻之際，忽見城門開處，衝出一枝兵來，為首賊將不是別人，正是鄴天慶。徐鳴皋一見，更不打話，兩下便廝殺起來。二人鬥了有十餘合，徐慶在後見徐鳴皋戰鄴天慶不下，也就將馬一夾，飛出陣來夾擊。鄴天慶見有人來助戰，他也抖擻精神獨戰二將，毫不畏懼。三個人殺作一團，兩邊鼓角齊鳴，喊聲震地。

正殺得難解難分，忽又見非幻道人與余半仙從城裡出來。非幻道人坐下梅花鬮鹿，手持寶劍，背繫葫蘆，一聲說道：「鄴將軍且暫息少時，待貧道處治這一起孽畜。」鄴天慶聞言，即便虛晃一戟，退入陣後。非幻道人便向徐鳴皋等喝道：「爾等乳牙未長，胎毛未乾，但知仗自己的武藝，違背天心，逆天行事。本師前者聊施小技，即殺得爾等棄甲抛戈，逃走不及，也就該知本師的利害，不敢再恃己能，前來爭鬥。爾等乃妄自尊大，不識時務，復又膽敢將胡大人射死，種種逆天，實在罪無可逭。爾等休走，看本師的寶劍來了！」說著，即將手中劍向徐鳴皋砍下，徐鳴皋急架相迎，還不見非幻道人動手，只見那口劍在空中飛舞。

徐慶在後看徐鳴皐戰非幻道人不過，也就趕殺上來。非幻道人見徐慶也來助戰，只見非幻道人哈哈笑道：「來得好，愈多愈妙，好讓本師早些送爾等歸陰！」說罷，喝一聲：「變！」只見那寶劍登時變了兩口，望著徐鳴皐、徐慶二人飛砍下來。一枝梅看得真切，也就從斜刺裡向非幻道人殺去。非幻道人見一枝梅又來助戰，復又一聲道：「疾！」那寶劍又變了一口，在半空中飛舞盤旋，有欲望下砍之勢。

此時包行恭、狄洪道、周湘帆、羅季芳、王能、李武、卜大武、徐壽等人見了非幻道人如此邪術，也就合力齊衝出來，圍住非幻道人廝殺。非幻道人見了眾英雄齊來助戰，將自己圍在當中，他便大笑不止，口中說道：「爾等來全了麼？如未到齊，尚有幾人？可著令他趕速前來，好試本師的法寶。」說著，復又一聲道：「疾！」向那法寶說了兩句：「速變速變！快取首級見吾！」話猶未了，只見那寶劍一變兩，兩變三，三變四，頃刻之間，變了十幾口出來，認定各人，一人一口，直望下砍。

王守仁在陣上看得真切，說聲：「不好！」當即喝令三軍，將所有的噴筒一齊將烏雞黑犬血速速噴出。三軍得令，立刻將烏雞黑犬血噴打出來。說也奇怪，就這一陣亂噴亂打，那十幾口寶劍竟是紛紛落了下來。眾軍近前一看，原來皆是些紙做成的。

徐鳴皐等一眾英雄見非幻的飛劍已破，無不歡喜，更加併力圍裹上來，恨不能立刻將非幻道人碎屍萬段。此時非幻道人見自己的法術已破，便大怒道：「爾等敢破本師的法寶，今日不送爾等的性命，本師誓不回營！」徐鳴皐等一眾英雄也就大怒，罵道：「好妖道，不知羞恥，敢將紙劍前來嚇誰？本將軍等若不將爾這妖道擒住支解起來，也算不得本將軍等的利害！」一面說，一面你一槍、我一刀、他一錘、我一戟殺個不住。

賊陣上余半仙看見如此光景，恐怕非幻道人有失，也就大喊一聲道：「師兄休得驚疑，我來助你！」說著，也即衝出陣來。包行恭、周湘帆正要去敵余半仙廝殺，忽見非幻道人將坐下梅花關鹿的頭一拍，那梅花關鹿將口一張，登時從口中噴出煙來。那煙見風一吹，又變了許多烈烈烘烘、一片通紅的烈火，直望徐鳴皋等捲燒過來。王守仁看見，說聲：「不好！」又命眾軍齊將雞犬血噴去。哪知已經噴盡，三軍皆束手無策。只見那烈焰騰騰的火，趁著風威直捲過來。徐鳴皋等見事不妙，也只得抱頭鼠竄，率領三軍向本陣中奔逃。只聽那一片喊哭之聲，真是震動天地。

此時，王守仁也知道立腳不住，即命後隊改前隊，望後速退。三軍士卒真個是棄戈拋甲，各顧性命，望後而逃。非幻道人還在後面督率著賊兵一路追殺。所有那些官兵，有的被火燒得焦頭爛額的，有的自相踐踏因而喪命的，有的被刀著槍殺死的，有的逃走不及跌倒下來被賊兵踏死的，有的被馬衝倒死於馬足的，就此一陣，官兵傷了有五六千人，真殺得血流成河，屍橫遍野，王守仁直退至五十里下寨。非幻道人見官軍敗走已遠，方才收了火，鳴金收軍。

宸濠在城頭上看得親切，好生歡喜。當即下了城來，一見非幻道人，即執手相謝，邀至城中，並馬回去王府。此時眾賊將皆來慶賀，宸濠即命大排筵宴，犒賞三軍。

酒席中間，又向非幻道人說道：「孤前次見仙師的寶劍被王守仁破去，徐鳴皋等一眾狐群狗黨圍繞仙師亂殺起來，孤那時好不為仙師擔憂！正要派鄴天慶前去助戰，已見余道友出去陣前。不知如何，瞥眼間仙師又行出那噴煙吐火的妙法，將王守仁等以及三軍燒得個棄甲拋戈，捨命而走，這真是仙家妙法，奇術難知！王守仁疊敗兩陣，料他也該膽慴了。但不知仙師的寶劍何以為他等破去，這是甚麼道理？」非幻道人道：「千歲有所不知，貧道所練的飛劍，本是仙家妙法，無論他有多少大將，可以取他性命。只有一件，不能經染穢物。一染穢物，立刻變成紙劍，紛紛落下塵地。今日陣上所以不能取他等性命者，恐怕王守仁暗用穢物噴打出來，以致寶劍為他所破。是以貧道一見寶劍破去，不能取他等性命，只好另用他法，使貧道的坐騎噴出火來，將他三軍燒得個焦頭爛額，雖不使他片甲不回，我們也算大獲全勝了。」宸濠道：「若非仙師協力幫助，妙術無邊，又何能使王守仁大敗而回、心驚膽落，徐鳴皋等抱頭鼠竄、爛額焦頭呢？孤只恨得遇仙師尚嫌稍晚！若早兩年相遇，余道友固不致為甚麼七子十三生所敗，而孤亦得橫行於天下了。」非幻道人道：「吾料王守仁經此一番大敗，斷不敢再來搦戰了。貧道之意，乘他驚魂未定之時，今夜前去劫寨，只要將王守仁擒住，徐鳴皋等武藝雖是超群，既見主將為人所擒，哪有心不搖動之理？然後千歲再以甘言美語勸他歸降，徐鳴皋等感千歲不殺之恩，念千歲招降之德，豈有不心悅而誠服，為千歲所有？千歲既得徐鳴皋等一干人眾，然後再分兵各處，奪城爭地，則大事定矣！」宸濠聽了這番，好不歡喜，當下謝道：「蒙仙師相助之力，孤若位登九五，定再大大加封，以酬相助之績。」非幻道人道：「貧道非敢望千歲賞賜，這不過上應天心，下舒民力，順天而行耳。」一會子酒席既定，宸濠即傳出密令，分屬各營今夜三更前去劫寨。賊兵將得了此令，自然預備起來，等到夜間好去劫寨。

且說王守仁退到五十里紮下營來，查點人馬傷了一萬有餘。再看徐鳴皋等被火燒傷的甚夥，王守仁好生不樂。即命徐鳴皋等趕緊醫治，等諸傷全癒，再行計議進兵。徐鳴皋等亦只得遵命，趕為醫治。但是，各人皆悶悶不樂，都道如此看來，這妖道如何制服？一枝梅道：「除非玄貞子大師伯及眾位師伯、師叔到來，方可破得這妖道。」徐慶道：「好在我傷勢不重，明日回明了元帥，將我師父尋到，請他老人家用飛劍傳書，將眾位師伯、師叔請來滅這妖道，共擒叛王，以安社稷。」大家議論一番，看看已將天黑，於是眾人也就預備安歇。忽見大帳前從半空中飛下一個人來。欲知此人是誰，且聽下回分解。

第一百二十三回　解藥施丹救全軍士　反風滅火敗走妖人

話說徐鳴皋等正要預備去安歇，忽見大帳內從半空中落下一個人來，大家嚇了一跳，群相喊道：「拿刺客！」話猶未完，只見那人一聲喚道：「你等休得驚慌，特地前來救爾等性命！」徐鳴皋等一聞此言，大家近前一看，原來是傀儡生。此時眾人歡喜無限，即刻上前給他施禮。傀儡生道：「諸位賢侄休得鬧此浮文。元帥現在哪裡？速將我帶領去見元帥，有大事商量，萬不可遲。遲則合營的性命難保！」徐鳴皋等一聽，知有異事，哪敢怠慢，當即先自進了後帳與王元帥稟明一切。王元帥一聽此言，即刻具了衣冠，升坐大帳，請傀儡生相見。由徐鳴皋出來將傀儡生迎入，王元帥降階相迎。

彼此相禮已畢，王元帥邀傀儡生上座，向傀儡生道：「久聞仙師大名，如雷貫耳。今幸惠臨見教，某有失迎迓，歉罪之至。」傀儡生亦謝道：「貧道四海雲遊，迄無定止。久聞元帥忠義，亟欲趨教，以未得便，故爾來遲，實深抱歉。今者元帥為妖人非幻道人兩番擅用邪術，致元帥大敗至此。雖為妖人作惡眾多，亦是眾軍等應遭此劫，元帥到不必過慮以後之事，所謂惡貫滿盈，自難逃其法網。所慮者，頃刻間有一非常之變，元帥得毋知之乎？」王守仁聽了此言，登時大驚失色，避席而問曰：「某不敏，不能察過去未來，乞仙師正告之。」傀儡生道：「妖人將有劫寨之舉，賊兵已在半途，若不趕緊預備，必有非常之變。」王元帥道：「仙師何由得知？」傀儡生道：「貧道路經此地，見逆賊宸濠宮中妖氣甚旺。

貧道即潛入宮中探聽一番，哪知宸濠正與非幻道人在那裡議論。非幻又勸宸濠出其不意，攻其無備，趁元帥驚魂未定之時，於今日三更前來劫寨。貧道一聞此言，知元帥必無防備，故特趕緊前來為元帥報信，望元帥急速準備，以救三軍性命。」

王守仁一聞此言，更是大驚失色。道：「諸將受傷，三軍疲困，以言禦敵，萬萬不能，似此如之奈何？尚望仙師憫諸將之顛危，救三軍之性命，為某亟思良策，以禦賊氛。不獨某感激無窮，即眾三軍亦銜感再生之德了。」傀儡生道：「元帥勿憂，貧道設法以禦之。但是孤掌難鳴，必藉諸位將軍之力。」王守仁道：「諸將甫受重傷，尚未痊癒，如何抵敵呢？」傀儡生道：「是不難。諸位將軍所受之傷，無非為妖火所熾，貧道有藥可治。但即請傳諸位將軍到帳，俟貧道一一治之，包管立時無恙。雖衝鋒陷陣，執銳披堅，不難也。」王守仁聽說大喜，即刻將受傷諸將士傳齊，進入大帳。傀儡生先將諸將細看一遍，分別受傷輕重，然後在腰間取出一個葫蘆，傾出二三粒丹藥，命人取了清水，將丹藥和開，與諸將士分別敷上。果然，頃刻間生肌長肉，登時痊癒。

諸將傷勢已痊，便請王守仁發令，四面埋伏，以待賊軍前來劫寨。王守仁當下便命徐鳴皐、徐慶、王能帶領兵卒，在於大營左邊埋伏；一枝梅、周湘帆、李武帶領兵卒，在於大營右邊埋伏；徐壽、包行恭、楊小舫帶領兵卒，在於營後埋伏；狄洪道、羅季芳、卜大武帶領兵卒，往來接應。諸將得令而去，王守仁與傀儡生坐守大營，以待動靜。

吩咐已畢，看看將近三更，並無動靜。王守仁正在疑惑：「賊兵既來劫寨，何以到此時仍無消息？」正疑慮間，忽聞金鼓喧天，喊聲震地。那一片喊殺之聲，真個如地裂山崩相似。傀儡生道：「元帥信否？

若非先事預防，這億萬生靈，定要遭此塗炭了。」王守仁道：「三軍之所以不遭此厄者，皆仙師仁慈所賜也！」

且說非幻道人督率鄴天慶及偏裨牙將，帶領眾賊兵銜枚疾走，來到大營，以為王守仁當驚魂甫定之餘，將士敗亡之後，必然計不及此，預為防備。鄴天慶一馬當先，衝入營內。才進了營門，只見燈火通明，旌旗環列，知道有了準備，當即回馬便走。尚未走出，忽聽一聲炮響，左邊徐鳴皋、徐慶、王能殺出，右邊一枝梅、周湘帆、李武殺出，當即將鄴天慶圍在當中，奮力廝殺。鄴天慶也就抖擻雄威，力敵六將，左衝右突，預備殺出重圍。哪知他本領雖然高強，爭奈寡不敵眾，怎禁得六將降龍伏虎的生力軍，圍住他一人死鬥？看看已力不能敵，居心望非幻道人前來接應。

哪知非幻道人在後面押著隊伍，以為鄴天慶必然殺入官軍大寨，將官軍殺得馬仰人翻，正擬往前助戰，以期一戰成功。哪知狄洪道、羅季芳、卜大武三人聞得賊兵已到，他便出兵前來接應，卻好遇見非幻道人率領賊眾向大營馳往。狄洪道等當即上前截殺，將賊兵衝為兩截，死命力鬥，不容非幻道人進前。此時非幻道人也不敢遽行妖法，惟恐有傷自家兵將，因此只與狄洪道等併力戰鬥，又不能直衝進前。雖然狄洪道等勝他不過，他卻也不能取勝於人。

那裡鄴天慶被徐鳴皋等六人圍在垓心，衝殺不出，急望後隊的兵前來接應，卻又不見前來。好容易將王能刺傷一戟，這才捨命衝出，逃入後隊。哪知才到後隊，只見非幻道人也被官兵圍在那裡廝殺。鄴天慶一見，望非幻道人大聲喊道：「還不快走，等到何時？今番上了你的當了。」非幻道人正與狄洪道等力戰，不分勝負，一見鄴天慶大敗出來，又聽他說「上了你的當」這一句話，非幻道人好不慚愧，因此惱羞變怒。又見徐鳴皐等隨後緊緊追來，若再不行妖法，更要大敗而回，因此也顧不得傷及自家人馬，只得將坐下梅花鬬鹿頭頂一拍，登時鹿嘴一張，噴出煙來，一霎時變成烈火，直望官軍隊裡燒去。那些官軍於日間經過利害的，誰人不怕？就便徐鳴皐等也知道火勢甚猛，身上的傷痕才經傀儡生治好，今又燒來，也是栗栗危懼。因此官兵官將又是抱頭鼠竄，望本營中亂逃。非幻道人見官軍已退，即便催督鄴天慶率領眾賊將兵卒反殺過去，那一片喊殺之聲，更加驚天動地。

傀儡生正在帳中與王守仁議論非幻道人的妖法，忽見營外煙霧迷漫，一霎時紅光照耀，又聽那一片喊殺之聲震動天地，知道又是妖人作法，說聲：「不好！」也來不及與王守仁說明，當即出了大帳，將手中的寶劍向空中一放，口中說道：「寶劍寶劍，將這一片妖氛掃回賊隊，使他自燒其身，毋得有誤！」傀儡生說罷，那寶劍果然在半空中飛舞了一回，登時一道白光如一條白龍相似，飛出營外，竟將那一派妖火掃了回去。

非幻道人正督率賊將鄴天慶催趕官兵官將殺入大營，忽見一陣狂風向本隊捲來，接著那一片烈火亦向本隊中燒來，非幻道人好生詫異。當下一面傳令，命所有賊眾休得趕殺，速速收隊；一面念念有詞，收那妖火。哪知賊眾正趕得高興，非幻道人雖然傳令收隊，爭奈眾賊軍不及收兵，只顧迎著火光趕殺過去。非幻道人即便收火，哪知再念真言，火也收不回來。眾賊軍正望前發，忽見那烈火向本陣中燒到。在先傳令收兵，眾賊軍不聞不見；現在不等傳令，大家驚擾起來，高聲喊道：「我們快走呀，火燒過來了！」一面說，一面跑，互相踐踏，死者不計其數。非幻道人見妖火收不回來，也就著急，若再等片刻，本隊的兵卒就要燒死盡淨了。因此只得將葫蘆蓋揭開，口中念念有詞，喝聲道：「疾！」即將葫蘆一陣傾倒，立刻狂風大作，大雨傾盆，才算將這一派烈火滅熄。

官軍隊裡見妖火燒過去，知道有人破了妖道的法，也就掩殺過來，緊緊追趕，因此殺死賊兵亦不計其數。直至狂風大作，大雨傾盆，這才收兵不趕。算是到南昌打了兩仗，今夜才大獲全勝，然而兵卒死傷者，亦復不少。非幻道人見大雨滅了火，卻不敢再去追殺，只得收兵回南昌，再作計議。

宸濠正在城裡盼望信息，滿望這一路而來到王守仁的大營，殺個淨絕。哪知正望之際，忽有探事報了進來，口中稱：「千歲不好！非幻仙師殺得大敗而回，眾兵將死傷甚多。非幻仙師現在已經率領眾兵卒回城了。」宸濠聞言，好生煩惱。卻好非幻道人與鄴天慶已進入宮中，鄴天慶當下給宸濠請罪，不知鄴天慶果得問罪麼，且聽下回分解。

第一百二十四回　非幻妖召神劫大寨　傀儡生遺法代官兵

話說鄴天慶向宸濠請罪，非幻道人亦向宸濠道歉，宸濠當下便向二人說道：「勝負乃兵家之常。今雖敗了一陣，已勝他兩陣，也算抵得過來。尚望仙師不可隳心❶，努力向前，以助孤家共成大事。」非幻道：「貧道料定王守仁絕無準備，才敢決計前去。不知如何，他已經防備起來，這也罷了。他雖有防備在先，並未大敗。後來貧道放火燒他，已將那些官軍燒得抱頭鼠竄，敗將下去。不知又如何會反轉風頭，將火捲入本陣，燒了過來。因此本隊三軍見了烈火燒身，這才敗將下來，自相踐踏，死者甚眾。幸虧貧道見景，趕著用法下了一場大雨，才算將火滅了，救得三軍回城。吾料王守仁必無此等法力，能反風捲火，其中定然有了妖人相助於他。明日到要細細打聽出來，究竟何人相助，破貧道的法術。」宸濠一聞此言，心中早料到八分，定是破迷魂陣的那一起人。當下向余七問道：「莫非還是前者破道友大陣的那一班人麼？」余七道：「只須明日細細打聽，便知明白了。」說罷，大家便去歇息。

到了明日，宸濠派了細探打聽出來，果然是大破迷魂陣內的人。宸濠因也頗為思慮，當下便著人將非幻道人及余七請來議道：「孤今日著人前去打聽，頃據回報，說是喚作甚麼傀儡生。孤想這傀儡生頗為利害，法術也甚高強，當得如何除卻此人才好！」非幻道人道：「千歲勿憂，前日貧道所以猝敗者，

❶ 隳心：此指灰心喪氣。隳，音ㄏㄨㄟ。

以其不知為何如人，並未料及至此，以至始有此敗。今既知是傀儡生，非是貧道誇口，只須聊施小計，不用一人，不發一卒，包管將他一座大營，連同傀儡生，一齊置之死地，以助千歲成功便了。」宸濠道：「據仙師所云，豈有不用一人，不發一卒，就可將官兵二十萬眾置之死地？孤竊有所疑焉！」非幻道：「千歲勿疑，但請派人於僻靜處所，趕速搭一高臺，以便貧道上臺作法。三日之內，若不將王守仁的大營踏為平地，貧道願甘軍法便了。」宸濠聞言大喜，當即命人於僻靜處所趕築高臺，以便非幻道人作法。暫且不表。

且說徐鳴皋等收兵回營，算是大獲全勝。王守仁當即慰勞了一番，又謝了傀儡生相助之力。傀儡生復又說道：「貧道尚有他事去往天台一遊，三日之內尚有一番驚恐，卻不妨事。今有小瓶一個留下，等到第三日夜間初更時分，可將這瓶塞拔去，將裡面的物件傾倒出來，灑在大營四面。元帥可即拔隊速退，駐紮吉安府界。然後再徐圖進兵，方保無事。不然，恐有大難。隨後遇有急事，貧道再來便了。」王守仁還欲相留，傀儡生道：「元帥不必拘執，依貧道所說辦理，自無遺誤。」徐鳴皋在旁說道：「師伯雲遊四海，無所定止，此間若遇大事，欲尋師伯，急切難求。可否請師伯將這寶劍寄存小侄這裡，遇有急難，便可飛劍傳書，請師伯駕臨，以解其危，可以誅賊眾了。」傀儡生聞言，因道：「也罷，我便將這寶劍留下。賢侄等切不可輕易使用，必須要到萬分無法之時，方可使用一回，使他傳書於我。」徐鳴皋唯唯聽命。傀儡生當將寶劍留下，告辭而去。王守仁等將他送出營門，正要與他揖別，登時不知去向，王守仁羨歎不已。

看官，你道傀儡生這寶劍既留下來，他自己哪裡還有防身的物件呢？諸君有所不知，這留下的寶劍卻是有形無精，他自己還有一口劍丸，那才是精靈俱備的。那劍丸他如何肯留下來？即便他留下，旁人也不能使用。這留下的難道真個會傳書麼？不過欲堅王守仁的心，免得糾纏不已，所以才留下來，就便徐鳴皋等也不知道他是這個用意。

閒話休表，且說宸濠命人將高臺築成，非幻道人先到臺上看了一回，然後又命人在臺上設了香案，自己又取出一面柳木令牌，排在案上。見他每日上臺三次，下臺三次。凡上臺一次，必須手執寶劍踏罡步斗，口中念念有詞，也不知道他所為何事。到了第三日晚間，將有初更時分，即請宸濠與余七同上高臺，看他行法。宸濠大喜，隨即同上臺來。只見他仗劍在手，口中先念了一回，然後將案上那塊柳木令牌取在手中，向案一拍，一聲喝道：「值日神何在？速聽法旨！」一聲道畢，但見風聲過處，當半空中落下一位金甲神來，向案前立定，向非幻道人唱了個諾。隨即說道：「法官呼召小神，有何差遣？」非幻道人道：「只因王守仁不識天時，妄自興兵犯境，特地呼召吾神，速即傳齊十萬天兵天將，前往王守仁大營，將他的所有人馬，一齊滅盡。速來繳旨，不得有誤！」非幻道人說罷，那金甲神說了一聲：「領法旨！」登時化陣清風而去。非幻道人又向宸濠說道：「哪怕傀儡生武藝高強，王守仁兵精將勇，就此一番，也要將他踏為平地了。」說罷，便與宸濠、余七下臺而去，只等三更以後，再行上臺退神。

再說王守仁自傀儡生走後，光陰迅速，看看已到了第三日。這日早間，即命各營三軍，預備拔隊退守吉安。眾三軍不知是何緣故，卻也不敢動問，只得大家預備起來。到了晚間初更時分，徐鳴皋即將傀儡生留下的那個小瓶將塞子拔去，把瓶內的物件傾倒出來，倒在手中一看，原來是些碎草以及小紅豆。徐鳴皋看了，頗為稱異，暗道：「這些草豆有何用處，難道他能變作兵馬麼？且不管他。」當下即將這碎草、小紅豆兒在於大營周圍一帶，四面八方撒了下去，然後稟明王守仁拔隊。王元帥一聲傳令，當下眾三軍即拔隊退走吉安。

走未移時，只聽後面紮營的那個地方，人喊馬嘶，有如數十萬人馬在那裡廝殺。你道這是何故？原來非幻道人遣了天神天將去平王守仁的大寨，哪知這些神將到了那裡，並不知王守仁已經拔隊退走，只見還是一座大營，內藏無數兵馬，當下便衝殺進去。那大營內的兵馬，一見有人踹進大營，也就各人奮勇爭先，向前迎敵，所以聞得廝殺之聲。但見王守仁既將大營撤退，這些兵馬又從何處而來呢？原來，就是傀儡生留下的那小瓶子內許多碎草、紅豆變成的。嘗聞人說「撒豆成兵」，即此之謂。哪知天神天將與那些碎草、紅豆變成的人馬廝殺了一夜，直殺到四更時分，竟把些假人馬殺得乾乾淨淨，才回去繳旨。

非幻道人到了三更時分，也就與宸濠上臺，專等金甲神回來繳令。到了四更光景，金甲神果然翩然而來，在案前打了個稽首，口中說道：「頃奉法官法旨，已將大營內人馬殺盡，特地前來繳旨。」非幻道人聽說，當即念了退神咒，金甲神這才退去。非幻道人又與宸濠說道：「千歲可以從此無慮矣！率領大兵長驅直進，以成大事便了。」宸濠也是大喜。當下大家下臺，各去安歇。

次日，又大排筵宴，慶賀大功。酒席之間，李自然在旁說道：「既是非幻仙師昨夜將王守仁的大營踏為平地，諒來定是屍橫遍野，血流成河。千歲何不著一隊兵卒，到那裡將這些死屍掩埋起來，免得暴露，也是千歲澤及枯骨的道理。而況千歲所恨者，只王守仁匹夫與那徐鳴皋等人。眾三軍之士，皆與千歲毫無仇隙，今者同罹於難，亦未免可憐。將他等枯骨掩埋起來，就是那億萬孤魂，也要感千歲之德於地下的。但不知千歲意下如何？」宸濠道：「軍師之言正合孤意，孤即派隊前去掩埋便了。」當下即傳令出去，著令牙將丁人虎帶同兵卒五百名，速去掩埋已死官兵的枯骨。

丁人虎奉令之後，也就即刻督隊前往。走到那裡，四處一看，哪有一個死屍？並無屍首。丁人虎好生詫異，隨即在附近尋了兩個土人問明一切，才知道王守仁早已撤隊退下。丁人虎聞說大驚，即刻收隊趕回南昌，去見宸濠與非幻道人，細稟各節。欲知宸濠與非幻道人聽了此言畢竟如何驚恐，更想出甚麼法來，且聽下回分解。

第一百二十五回　丁人虎面稟細根由　王守仁預設反間計

話說丁人虎回到城中，將隊伍安排已定，便至王府覆命。宸濠一聽丁人虎回來，即命他進見。丁人虎趕至殿前，見宸濠與非幻道人、余七、李自然、李士實、劉養正等在那裡飲酒。丁人虎代宸濠參見已畢，侍立一旁。宸濠便問道：「你將屍骸掩埋清楚了？」丁人虎道：「稟千歲：不曾掩埋。」宸濠道：「孤家派汝去作何事？為什麼不掩埋呢？」丁人虎道：「並無一具屍骸，使末將如何埋法？」宸濠聽了這句話，就有些疑惑起來，因怒道：「汝哪裡如此糊塗，上日經天兵天將殺了一夜，將王守仁一座大營、二十萬雄兵全行殺戮殆盡，怎麼沒有一具屍骸？這定是爾偷懶，不曾前去，回來謊報。速速從實招來！」丁人虎道：「千歲且請息怒。末將既奉千歲之命，焉敢不去，謊言稟報？千歲在上，末將有言容稟。」宸濠道：「既有話，快快說來！為甚麼如此礙口？」丁人虎道：「末將所以不敢驟稟者，恐觸千歲之怒，恐貽非幻仙師之羞。既千歲要末將從實稟陳，尚望千歲勿怒。只因末將帶領兵隊前去，到了那裡，不但不見大營，連一具死屍也瞧不見，心下頗為疑惑，暗道：『難道這裡非是王守仁紮營的所在麼？』當下便尋問土人，旋據土人說道：『這所在正是王元帥紮營的地方。』末將又問土人道：『既是王守仁在此紮營，為何不見他一兵一卒呢？』土人道：『王元帥早拔隊走了。』末將更是驚疑，因又問他何時走的，土人道：『是前夜初更時分拔隊。聞說退守吉安，避甚麼妖法，恐怕三軍受害。還有一件奇事：王元帥拔隊未有一會，約到二更時分，只聽得半空中有千軍萬馬廝殺之聲，鬥了有兩個更次，方才平靜。那時，只以為王元帥與敵人開仗。及至明日起來，方知王元帥早已退去，不知道夜間那一片喊殺之聲是從何處來的。』末將聽了此言，因才悟道王守仁的大營早已退去，自然是沒有屍骸了，因此才回來覆命。」宸濠聽了這番話，直唬得坐立不安，神魂出竅。再看非幻道人，也是目瞪口呆，坐在那裡一言不發。宸濠因問非幻道人道：「仙師，這真可奇怪了！前夜孤親眼見仙師遣神召將，分明那金甲神遵旨而去。凡人或者說謊，神將斷無謊言。而況據土人所說，聞得人喊馬嘶，廝殺了半夜，這更是的確有據。既然殺了半夜，又何以沒有一具屍骸？既是王守仁退走吉安，又何以有人廝殺？這可真令人難解了！」這一番話，把個非幻道人問得目瞪口呆，一句話也回答不出。只見他面紅過耳，羞愧難禁。還是李自然在旁說道：「在某的愚見，那傀儡生亦復不弱，莫非此事早為傀儡生知道，預令王守仁先期逃避？再施用法術，無非為李代桃僵之計。天兵天將只知逢人便殺，斷不料是傀儡生暗用替代，所以廝殺了半夜，等將假變的兵馬殺完，然後便來繳旨。這事須要探聽實在的。千歲可一面命人前往吉安，打聽王守仁是否駐紮該處，一面使人仍到王守仁原紮大營的所在，就地細尋有甚麼可異之物，尋些回來，便知明白了。」宸濠聽了李自然一番話，也甚有理，當下仍命丁人虎前往王守仁原紮大營之處，細尋可疑之物；又差細作前赴吉安，打聽王守仁消息。

兩路的人皆奉命而去。這裡宸濠又望非幻道人說道：「若果如李軍師所言，王守仁那裡有此等異人保護於他，更使孤曉夜不安了。但不知仙師尚有何法，可將傀儡生擒來、王守仁捉住呢？」非幻道人此時也不敢過於滿口答應，只得說道：「豈無妙法？容貧道細意商量便了。」余七在旁又復進言說道：「千歲勿憂，非幻師兄定有妙策，務要將傀儡生制服過來，方雪今日之恥。且等吉安打聽的人回來，再作計議便了。」宸濠也是無法，只得答應。

正要大家各散，忽見值日官報進來：「今有雷將軍差人前來報捷，已於三月初六日得了九江。」宸濠聞報，不覺轉憂為喜，當命將來人帶進問話。值殿官答應出去，即刻將來人帶進，原來是個旗牌❶。那旗牌走至殿前，先行跪下，給宸濠磕了頭。宸濠便問道：「雷將軍何時攻破九江，汝可從實說來。」那旗牌道：「雷將軍自從在南昌拔隊之後，即星夜間道馳往。三月初五夜行抵九江，並未安營，連夜便去攻打。九江府雖有防備，爭奈兵力不厚。我軍攻打甚急，直至次日午後，九江城堅守不住，被我軍攻打開來。當即進城尋找知府，業已自刎身亡。所有在城各官，逃走殆盡，並無一個歸降。現在雷將軍安民已畢，又於該城中舉出一個舉人，名喚徐國棟，權篆知府印務。又留了兩名牙將，相助徐國棟理事。現下已帶領人馬進圍安慶去了。雷將軍怕千歲憂煩，特命旗牌回來報捷的。」宸濠聽了這番話大喜，當下命旗牌退去。又向眾人說道：「九江既得，安慶亦可順流而下了。只要安慶再得過來，孤便可督兵東下了。」劉養正道：「此皆千歲的洪福。九江不失一人，不折一矢，唾手而得，真是可喜可賀！」宸濠道：「但願以下諸城皆如此易易，孤便高枕無憂矣！」說罷，大家退去。

且說王守仁大隊退至吉安，當下紮定營寨，正是憂心如焚，仍擬進兵攻打。忽見探馬報進營來，說是九江失守，被賊將雷大春於三月初六日攻破。知府魏榮章自刎身亡，在城各官逃亡殆盡。王守仁一聽此言，好生憂慮。一面打發探子出去再探，一面著人去請吉安府知府伍定謀前來議事。

❶ 旗牌：旗牌官的簡稱。舊時擔任傳達命令的武官。

一會兒，伍知府到來，王守仁接入大帳，分賓主坐定。伍定謀開口問道：「大人呼喚卑府，有何見諭？」王守仁道：「方才探子報來，九江府於三月初六日被賊將雷大春攻破，知府魏榮章自刎身亡。逆賊如此猖獗，已成蔓延之勢。九江既失，必然進攻安慶。若安慶再一失守，該賊必順流東下，以取金陵，這便如何是好？貴府身膺民社，也是朝廷重臣，尚有何策？某當得聞教，以啟愚蒙。」伍定謀道：「大人說哪裡話來。以大人掌握雄兵猛將，名將謀士如雲，卑府有何知識，可以設籌？還求大人以運籌帷幄之功，定決勝疆場之策。早擒逆賊，上分宵旰之憂；即率雄師，下保生靈之苦。則天下幸甚！朝廷幸甚！」王元帥道：「貴府未免太謙了。但某有一計在此，與貴府商量，不知尚堪試用否？」伍定謀道：「大人既有妙策，卑府願聞。」王守仁道：「某擬以反間計，促令逆賊即速東下。一面再縱間諜洩之，逆濠必不敢出。或即不疑而去，必率全師以行。若果如此，南昌必致空虛。然後出奇兵先襲南昌，斷彼歸路。彼聞南昌既失，輕重悉具於此，彼必回軍力爭。一面再出輕銳，間道抄出逆賊之後，夾擊過來，使他腹背受敵。似乎有此一舉，該逆當無所施其伎倆矣！不識貴府以為然否？」伍定謀道：「大人識高見遠，非如此不足以制服逆濠。」王守仁道：「雖然如此，某所可慮者，兵不足耳！以某現統之兵，不下十數萬，合全力以攻南昌，似乎不致見弱；而抄出逆濠之後這一路兵，就分不出來。若以我軍分道而進，又未能以厚兵力，則便如之奈何！現在當先將這路兵籌畫出來，然後我軍攻其前，奇兵擊其後，方可設策不虛。不然，亦紙上論兵，徒託空言而已！」

伍定謀聽了這番話，沉吟良久，因道：「大人何不學陳琳❷，草檄召取天下諸侯，共起義兵以討逆

❷ 陳琳：東漢末人，「建安七子」之一，曾為袁紹作討曹操檄文。

賊呢？」王守仁被伍定謀這句話提醒過來，當下說道：「微貴府言，幾使某夢夢如睡矣！這檄召諸侯，共誅逆賊，真是大妙！大妙！某行營無筆札之輩❸；某亦意亂心煩，不堪握管❹。貴府珠璣滿腹，下筆千言，敢煩即日作成，飭人傳送，庶義旗之舉，不越崇朝❺；討賊之兵，即成旦暮了。」伍定謀道：「卑府才識淺短，何能扛此椽筆❻？還求大人主稿❼為是。」不知王守仁能否答應，且聽下回分解。

❸ 筆札之輩：寫文章的人。
❹ 握管：執筆。
❺ 崇朝：即終朝。從天亮到早飯的一段時間，或指一整天時間。比喻時間很短。
❻ 椽筆：大手筆。此比喻檄文的分量很重。
❼ 主稿：負責起草稿件。

第一百二十六回　王元帥移檄召諸侯　眾官軍黑夜劫賊寨

話說王守仁見吉安府伍定謀推辭不肯作檄文，復又說道：「貴府不必堅辭。某實因意亂心煩，不堪握筆，還請貴府代為書就便了。」伍定謀見王守仁一再諄諄，只得答應。當即告辭出來，回到自己衙門，立刻就作成一篇草檄，命人馳送大營，與王元帥觀看。王守仁看了一遍，覺得言簡意賅，甚是切當，也就仍命原差帶回，屬令趕速分繕❶，即日飛傳出去。那原差將草檄帶回，面與伍定謀，說明一切。伍定謀卻也不敢怠慢，就立刻分派抄胥❷抄繕了數十章，交付驛差，星夜馳送各處。暫且不表。

再說宸濠自派丁人虎到王守仁原紮大營的地方查檢可疑之物，丁人虎查明之後，仍回南昌稟復。宸濠當命丁人虎進去。丁人虎見了宸濠，即呈上一包物件。宸濠打開一看，原來是一包紅豆與碎草。當下問道：「這就是可異之物麼？」丁人虎道：「在平時原不足異，但據土人細說，該處向無此物，自那夜聞得半空中廝殺之後，次日一早見遍地俱是碎草、紅豆，方圓十里，無處無之。末將聽了此言，才將此物帶回，進呈千歲，以便老臉。」宸濠聽了這番話，當命人將非幻道人及余七、李自然等傳來，給大家細看。眾人看視一遍，不知是

❶ 分繕：分頭抄寫。

❷ 抄胥：衙門裡負責抄寫的人員。

何用意。只有非幻道人與余七說道：「啟千歲：貧道竟為傀儡生這妖孽所愚了！原來他用的是撒豆成兵、剪草為馬之法。所以天兵天將但知該處有了人馬，便上前廝殺起來，卻被王守仁逃了此難。今既為貧道識破，傀儡生所仗者不過如此。他既會用，難道貧道不會破麼？千歲但請放心。王守仁既在吉安，貧道當請千歲撥一旅之師，與余師弟二人前去，總要將王守仁置之死地、傀儡生送了性命，貧道方肯罷休。設或不然，貧道自己當提頭來見！」宸濠道：「仙師雖抱奮勇，但不知需兵幾何？」非幻道人道：「千歲能撥兵三千付貧道前往，足矣！」宸濠道：「王守仁有二十萬雄兵，十數員猛將，仙師只以三千與之對敵，無乃不易乎？」非幻道人道：「千歲勿憂。王守仁雖有雄兵二十萬，可不能敵貧道精銳三千。」余七在旁也道：「千歲這倒可以不必慮得，常言道：『兵在精而不在多。』只要精銳，何必徒多！而況非幻師兄又廣通神術，萬一不足，就是他那背上葫蘆內，尚有十萬雄兵。貧道雖不能如非幻師兄法術精明，神通廣大，就以貧道一人，也可敵他些兵將的。」宸濠道：「但願兩位師父言副其實，則便是孤之大幸了！所要精兵三千，孤當照撥。即派丁人虎為兩位仙師前部先鋒何如？」非幻道人道：「若再以丁將軍與貧道隨行，那更萬無一失了。」宸濠道：「但不知二位仙師何日起行呢？」非幻道人道：「明日是個最吉的日期，出兵是大吉大利。就是明日拔隊前行，千歲可即傳命出去。」宸濠答應，當即傳了令。丁人虎奉令之下，也就預備起來。

到了次日，非幻道人與余七、丁人虎，並有七八名偏裨牙將，帶了三千精銳的賊兵，辭別宸濠，直往吉安進發。早有王守仁那裡的細作探聽清楚，也就飛馬馳往吉安，報入大營去了。

王守仁得著這個消息，心下暗喜道：「這兩個妖道既然帶兵前來，南昌必然空虛，宸濠也就無所倚恃。我何不即日分兵，間道繞出吉安去攻南昌？然後再如此如此。雖未必就能擒住宸濠，也使他畏首畏尾；而且分他的賊勢，有何不可？」主意想定，當即命一枝梅、徐壽、周湘帆、楊小舫四人：「挑選精銳一萬，間道繞出吉安，連夜趲程前進去攻南昌。若南昌攻打得下更好；設若不能，可急急分兵一半，去襲九江。以一半虛張聲勢，日夜攻打。只要得九江克復之信，南昌之兵便即出其不意，立刻撤退，進驅下流，與九江之兵合在一處，進援安慶。但貴神速，不可遲延。」眾將得令，正欲退出。王守仁又將一枝梅喊到面前，附耳吩咐道：「將軍未至南昌，可先入宸濠宮內打聽劉養正住在何處，可如此如此。本帥並有書一封，與將軍帶去，到了那裡，將此書遺下。行事已畢，然後再往南昌城中布散謠言，不可有誤。」一枝梅答應，當下先行退出，在大營內挑選了一萬精兵，然後又至大帳取了書信，貼肉藏好，方才與周湘帆、楊小舫、徐壽三人一同拔隊前進。

話分兩頭。且說非幻道人與余七、丁人虎帶領三千精銳，日夜兼程趲趕，望吉安進發，不到數日已到。當下擇地安下營寨，與王守仁大營相隔不過十數里遠近，暫且休歇一日。此時王守仁早已得著信息，因密傳徐鳴臯等進帳議道：「今日妖道非幻道人與余七帶兵已到。本帥之意，趁他安營未定，又兼他兵卒遠來疲憊，今夜前去刼寨，先挫他的銳氣，何如？」徐鳴臯等答道：「末將等當遵元帥吩咐。」王守仁大喜，當下向徐鳴臯道：「徐將軍可帶精銳二千，進攻賊寨中營；徐慶可帶精銳二千，進攻賊寨左營；包行恭可帶精銳二千，進攻賊寨右營；狄洪道、王能、李武可帶精銳二千，抄至賊寨背後，進攻前寨；卜大武、羅季芳各帶精銳一千，往來接應。但須多帶烏雞黑犬血，若雞犬血措備不及，即多帶污穢之物，以防邪術。諸位將軍可於初更造飯飽餐；二更出隊，務要銜枚疾走；三更一齊殺入賊寨，不可有誤！」

諸將答應，當即退出大帳。

到了午後，忽見轅門官拿進一封戰書來，王守仁一看，原來是非幻道人約他明日出戰。王守仁看畢，正中己意，暗道：「他既打下戰書，約定明日開戰，今夜必無準備。我即批准打回，也約明日開仗。他見了我批准明日，便更加不疑了。我卻陰去劫寨，先發制人，有何不可！」當下將戰書批准，仍著原人帶回。王守仁又將徐鳴皋等傳進帳來，告知他們批准戰書的話。徐鳴皋道：「元帥此舉，正所謂以安其心。他既不疑，即便無備。我軍就乘此出其不意，攻其無備，大獲全勝必矣。」王元帥大喜。徐鳴皋等也就退出大帳，各去準備。

到了初更時分，大帳內傳出號令，命各營即刻造飯飽餐。眾三軍一聞此令，也就將飯造起來，一會兒飽餐已畢。大帳內又傳出令來，命各營預備出隊。眾三軍哪敢怠慢，即將置備的烏雞黑狗血噴筒及一切污穢之物，全行帶在身邊，以便隨時應用。到了二更時分，大帳內又傳出令來，命各營一齊出隊。徐鳴皋等一聞此令，也就即刻披掛上馬，督率所有精銳，摸黑帶燈球、火把，人銜枚，馬疾走，出了大營，直望賊寨進發。

不到半個更次，已經到了賊寨。當下各兵卒取出火種，將所有燈球、火把一律點得通明，如同白晝一般，吶喊一聲，幾如天崩地塌。徐鳴皋向中營殺入，徐慶向左營殺入，包行恭向右營殺入，狄洪道、王能、李武從賊寨背後殺入，那一片喊殺之聲，真是山搖岳撼。

原來，賊營是分中、左、右三個大寨。中營是非幻道人駐紮，左營是余半仙，右營是丁人虎。且說非幻道人在中營內正自安歇，甫經睡著，一聞這一片喊殺之聲，知道官軍前來劫寨，當即爬起來，尋了寶劍，提了葫蘆，走出大帳，徐鳴皋已經殺到。非幻道人一見徐鳴皋，潑口大罵：「無知的小卒，失信的匹夫！爾家王守仁既已約定本帥明日開戰，為何今夜前來劫寨？如此行為，豈是大元帥所當作！爾望哪裡走，看本帥的寶劍！」說著一劍飛來。徐鳴皋一面招架，一面潑口大罵。兩人正在酣戰之際，狄洪道、王能、李武也從寨後衝殺過來，一見非幻道人與徐鳴皋在那裡力戰，狄洪道一聲喝道：「好大膽妖道！還不快快受縛，等到何時！」說著，就一刀認定非幻道人砍到。接著王能、李武也夾擊過來。畢竟勝負如何，且聽下回分解。

第一百二十七回　眾英雄大破非幻寨　一枝梅夜入南昌城

話說徐鳴皋、狄洪道、王能、李武四人夾擊非幻道人，好一場惡戰。非幻道人見勢不好，即將手中寶劍祭在空中，準備以飛劍來傷徐鳴皋等人。哪知李武瞥眼看見，當即向旁一退，在身旁取出烏雞黑犬血的噴筒，將穢血噴出來。說也奇怪，非幻道人的寶劍頃刻就落將下來。非幻一見破了自己的法術，知道不好，當即想逃。徐鳴皋等人哪裡肯將他放走，團團圍住他廝殺。非幻道人見勢不好，暗道：「若不再放寶貝贏他，我卻難保性命。」立刻就將葫蘆蓋揭開，口中念念有詞，左手在葫蘆上一擊，喝聲道：「疾！」登時狂風大作，走石飛沙，將眾三軍手內點的燈球、火把全行吹滅。眾三軍知道他又用妖法，也就趕著將雞犬血取出，盡力噴去。哪知這狂風著了雞犬血，又復散去，登時沙平風息，仍如從前一般。徐鳴皋等好不歡喜。大家又各顯神威，併力殺去，卻不見了非幻道人的所在。卻又遍地漆黑，不敢亂殺上前，惟恐傷及自家兵馬。只得喝一聲：「眾三軍且殺出寨去再說！」三軍一聞此言，登時又復殺出來。

才走出賊營，卻好卜大武、羅季芳的接應兵到，都是燈球、火把，照耀如同白日。徐鳴皋就命人借了他的火種，又將自己所帶的燈球、火把點了起來，後又殺入進去，尋找非幻道人。尋了一回，仍然不見，於是又復殺出。就此一出一入，進去出來，可憐這本寨的那些賊兵，中刀著槍者不計其數。徐鳴皋等二次仍殺出賊寨，可巧包行恭從右寨內殺到，只見他騎在馬上，手擕一顆首級，飛馬而來，一見徐鳴皋等大聲喚道：「徐大哥，爾們才把妖道捉住不成？小弟已將丁人虎殺了，首級在我手內。」徐鳴皋應道：「妖道被他逃走去了。我們現在可合兵一處，殺入左寨，去尋余七那妖道去罷！」包行恭答應，當下殺往左寨而來。

才到營門，只見徐慶還在那裡與余七廝殺。徐鳴皋一聲喝道：「不要放走了這妖道！我們大家來也！」徐慶一見徐鳴皋等一齊殺來，好不歡喜，立刻精神陡長十倍，刀起處，認定余七前後左右砍來。余七到了此時，也就驚慌無地。又不見接應兵到，更不知中、右兩營如何，只得勉力支持。想要逃脫，又被徐慶等眾人圍得鐵桶一般，插翅也飛不出去。若要作那妖法，爭奈一些空兒沒有，連招架的工夫還來不及，哪裡還能作法？

正在危急之際，忽見非幻道人從斜刺裡殺到。狄洪道一見非幻，即刻捨了余七，登時望非幻道人殺來。非幻道人此時又不知在哪裡尋到一口寶劍，也就與徐慶復殺起來。余七見有非幻來助，當下把個心放了些下來。狄洪道接著非幻道人又廝殺一陣，非幻道人暗想：「我輩總是個寡不敵眾，不如用些法兒，先將此人退去，然後才能去救我師弟。」主意已定，即將手內的劍向狄洪道一指，喝聲道：「疾！」只見一道白光，認定狄洪道眼中射去。狄洪道說聲：「不好！」即刻望後面一退。非幻道人乘此撇了狄洪道，來救余七。卻好包行恭手尖眼快，一見非幻道人前來接應余七，他便抖擻精神，迎著非幻復又殺去。非幻此時卻也殺得興起，喝聲：「來得不要走！看本師的法寶！」就這一聲未完，那手中的劍已砍到包行恭面前。包行恭說聲：「不好！」便向旁邊一閃，讓了過去。非幻便趁著這個空兒，去救余七。

余七正在危急之時，一見非幻前來接應，心中好不歡喜。當下說道：「師兄，且來敵住這一起孽障，好讓我放寶。」徐鳴皋雖然聽得此話，哪裡放鬆一著，仍是大刀闊斧直砍進去。非幻道人見余七不能脫身，此時卻也真急了，因又口中念念有詞，將手中的劍向空中一放，口中喝道：「速變！速變！」喊了兩聲，登時化出有數十口劍，旋舞空中，直望下砍。徐鳴皋等人知道他劍法利害，趕著遜讓，幸虧不曾著傷。當下非幻道人就乘此將余七救出重圍，喝令敗殘賊兵趕望下退。徐鳴皋等見賊兵退下，又復追殺了一次，看看天明，方才收兵回營。

非幻道人直敗至三十里以外，方才立下寨柵。查點軍馬，已傷了大半，又失去丁人虎大將一名，心中好不懊惱，便與余七議道：「似此折兵損將，如之奈何！千歲前又納下軍令狀，不但不便回去，而且性命難保。賢弟當有何策，以解此圍？」余七道：「這是王守仁欺人太甚，言而無信。師兄放心，即日具函申報回去。就說我們打了戰書，約定王守仁次日開戰，王守仁亦批准次日。不意他言而無信，忽於夜半出其不意前來劫寨，以致損折大將丁人虎及眾兵卒。我們先自認一個防範不嚴之罪名，看他如何。若不加罪，你我當再設法與王守仁算帳；他若加罪，好在你我不過幫他相助為理，又非食他的俸祿！好便好，不好你我就走他方，他又到何處去尋找我輩！」非幻道人道：「話雖如此，但是你我也曾得他的恩惠，若不稍竭微忱，不但對他不起，且於自己面上攸關。說了一頓大話，誇了一回大口，到末了不過是折將損兵，免不得為人唾罵。愚兄之意，自然是先行申報，必得還請他再撥二千人馬到此，以補三千之數。然後愚兄即將那非非陣排演出來，使王守仁前來破陣。王守仁若果肯來，必為我擒；即使不來，也要傷他些大將。最好申報軍情的信內將此層文章敘入裡面，看他若何。他如尚以為然，等兵一到，愚兄即擇地排陣；他若不以為然，我也算盡我之心，他也不能見怪於我，賢弟以為何如？」余七道：「你那非非陣雖好，但是小弟前者所排的迷魂陣就是徐鳴皐等這干人破去。而且傀儡生那人，甚是法術高明，此陣排演出來，也恐瞞他不過，若再被他破去，那時更無面目立於人間。」非幻道人道：「我這非非陣比不得你那迷魂陣易破。我這非非陣，除非上八洞神仙方知其中奧妙。哪怕他傀儡生再有法術，亦不能知我這陣勢的精微。」余七道：「既師兄有如此法術，可即修書，差人前往，報知一切，並將排陣一層敘入，千歲不但不見罪，定可發兵前來，以助師兄排陣。」非幻道人當即修書，差了心腹人馳往前去，這且不表。

且說徐鳴皐等回營稟明前事，又將丁人虎首級呈上，王元帥便代包行恭記了功，又與大家慰勞了一回。徐鳴皐等才退出大帳。過了兩日，王元帥即議進兵，但不知一枝梅所言之事若何，即集眾將商議。當有徐慶說道：「在末將之意，暫緩進兵，等慕容將軍那裡有確信前來，再行發兵前進，較為妥當。」王元帥深以為然。正議之間，忽見探馬來報：「安慶府於三月二十日被雷大春攻破，現在雷大春據守安慶，並探得宸濠有東下之信。」王守仁聽罷，又命探子再探。過了一日，又據探子來報：宸濠本有東下之信，因非幻道人大敗了一陣，暫時尚緩東下。王守仁聽了這個消息，又復大喜道：「宸濠不往長江，這乃是國家之幸！」但不知一枝梅等曾否襲取九江，因此日望一枝梅來信。

且說一枝梅等四人帶了一萬精銳出吉安，間道前往南昌進攻，不日已將馳抵。一枝梅即暗暗帶了書信，夤夜先往南昌城裡遺書。自然是短衣找靠，放出飛簷走壁的本領。到了南昌城下，四面一看，見各城門把守甚嚴，出入的人皆要細細盤詰，真個是風絲兒皆混不進去。一枝梅看了情形，不敢冒昧從事，恐怕為人識破，洩漏軍機，遺誤不小，當即往僻靜處所暫躲起來。等到三更時分復行出面，換了一身元色緊身衣靠，藏好書信，帶了單刀，來到南昌東門城下。先向城頭上望了一望，只見城頭上燈火通明，萬難上去。他又繞至東北角，向城上又望了一回，見那裡防備稍疏。他便將身子一彎，一個箭步如飛也似，已經上了城牆。不知一枝梅此次進城有無妨礙，且聽下回分解。

第一百二十八回　遺書反間布散謠言　度勢陳詞力排眾議

話說一枝梅跳上城頭，幸喜無人知覺，他便從此穿房越屋，一直來至宸濠王府。各處打聽了一回，皆無人知覺。這寧王府裡，一枝梅本係熟路，他所以處處知道。打聽了一個更次，只不知劉養正住在何處。正在躊躇，忽聽有人說道：「王爺叫請劉軍師前去商量大事。」一枝梅聽得清楚，心中暗想：「莫非就是請那劉養正麼？」因此就跳了下來。只見那人轉彎抹角，匆匆而去。一枝梅也就越屋穿房，跟了下來。走了一刻，果見那人進了一間房屋，一枝梅當即從屋上伏下身軀，倒垂在簷口，細細聽那人說話。只聽那人說道：「劉軍師，王爺有命，請軍師明日辰刻前往商議大事。」劉養正道：「你可知道王爺所議何事？」那人道：「聞說是為非幻道人打了敗仗，復又前來請兵，說是要排甚麼陣，與王守仁鬥陣。王爺委決不下，故此欲請軍師前去商議。」劉養正道：「王爺信任邪術，不聽良言，我恐將來便要把大事敗壞。請你去回稟王爺，就說某明日一早就來便了。」那人答應而去。

一枝梅見那人出來，趕著將身子縮了上去，再仔細一看，原來那人是宮內一個小太監。一枝梅等那小太監走過，又四面看了，看見無往來之人，他便輕身飛下屋來，走到窗戶口，輕輕將窗槅撥開，從身上把那封書信取出來，由窗戶縫內送了進去。他又一聳身上屋，伏在瓦櫳內細聽動靜。聽了一回，並無聲息，他便不敢耽擱，連忙出了宮門，是夜就在城裡暫住一夜。次日，便在城裡各處布散謠言，說是宸濠即日發兵東下，先取南京以為根本，然後進圖蘇州。布散了一日，因一傳十，十傳百，通城裡的人皆知道要發兵東下。一枝梅將事辦畢，隨即混出了城，趕回自己軍中去了。

且說劉養正次日一早起來，見書案上有信一封，心中大疑，這書信是何人送來？便將那書信取來一看，見書面上並無誰人寄來的名姓，但中間一行寫著：「寧王幕府劉大參謀密啟」。劉養正更加疑惑，隨即拆開，將書抽出，細細看了一遍。只見上面寫道：

憂時老人謹致書於幕府劉大參謀足下：竊維識時務者為俊傑，不識時務，未有能與言國家大事者也。今者寧王以英武之才舉謀大事，左右謀臣如雨，將士如雲，不可謂不得人矣。竊以為庸弱者多，明哲者少。何以言之？自古王氣所鍾，金陵為善。昔太祖定鼎，首在金陵。其他據此而爭者，不可勝數。某以為寧王不謀大舉則已，既謀大舉，則必先取金陵，以為建都根本。緣金陵地勢，古稱天塹。外有長江之險，內為膏腴之地，據此為國，誰曰不宜！而乃寧王既無東下之心，左右又無進言之人，徒以隨聲附和，競言爭戰，毋乃為有志者竊笑乎！夫爭戰原為霸者所急務，第不順天時，不占地利，不得人和，三者缺一，終不可霸。若先取金陵，則地利既占，天時亦順，二者既備，而尚患人和之不可得乎！一得人和，然後南取蘇、常，北窺燕、冀，由此橫行天下不難也！乃計不出此，僅以區區尺寸之地，朝夕圖謀，猶復大言欺人，侈談王霸，某竊為不取焉！足下為一時英俊，抱匡佐之才久矣！今又遇明主加之以上位，某以為足下定能據理而爭，不與庸庸者之唯諾可比，乃亦人云亦云，未嘗劃一謀，設一策，徒竊素餐尸位而已！現在金陵防守空虛，取之甚易。此而不取，將來兵力既厚，防備既嚴，雖欲圖謀，亦不可得。某不知足下平時所自期許者何在？而自命有匡時之略者又何在？某竊有所不解也。某無志於功名非一日矣！空山無人，泉石自傲，何必作豐干之饒舌！第憂時之心，望時之志，誠不能一日已已！又以足下為當時之傑士，贊襄幕府，定決機宜，某竊不能已於言而不為足下道。幸足下取納，即為寧王決之，則天下幸甚！大事幸甚！謹白。

劉養正將這封書看畢，暗道：「憂時老人是誰呢？」又道：「據這書上所說各節，實係名論不刊❶。先取金陵，以為根本，雖三尺童子亦以為然。惜乎寧王計不及此！而左右之人又不能據理以爭。失此不圖，未免可惜。某今日當力勸其東下。」說罷，將這封書藏入懷中。梳洗已畢，便往離宮而去。

到了宮內，宸濠尚未升殿，只見大家皆在那裡議論，有說非幻道人不足恃的；有說亟宜發兵以助其排設陣勢的；有謂非幻道人實在法術高妙，當今之世真難得的。議論紛紛，各執己見。劉養正聽了，殊覺可笑，卻是一言不發，只與李士實暗自議論而已。

一會子，宸濠升殿，各人參見已畢，挨次坐定。宸濠向大家問道：「諸位軍師悉在於此。非幻道人昨日來書，聲稱為王守仁所欺，約定開戰日期，忽然中變，以致為王守仁暗來劫寨。所有帶去精兵，折喪大半，丁人虎又為敵人所殺。來書呈請再發精兵二千，星夜馳往，好助他排設大陣，與王守仁一決雌雄。孤猶豫未定，所以請諸位前來，大家計議：是否以添兵益將為是？或將非幻道人飭調回宮？諸位軍

❶ 名論不刊：高明的言論不容置疑。

師即為孤家一決。」

宸濠話才說完，李自然即首先說道：「千歲，既蒙垂問，以某所見，仍宜增兵為是。非幻道人其所以致敗者，以其王守仁言而無信，暗施詭謀，並非非幻道人毫無法術。今既前來請兵，以助其排設大陣，與王守仁一決雌雄，正可因此以圖振作。若按兵不發，是離其心矣。非幻道人其心一離，則余半仙必為牽動，以後必不肯為千歲出死力以禦守仁。而況傀儡生又邪術橫行，捨非幻道人又何能對敵？無人可敵，則千歲之大勢必敗。某之愚見，尚宜從速增兵。不然孤立無援，萬一王守仁乘其銳氣一再攻擊，我軍力薄不能抵禦，勢必全軍覆沒，又將何重整兵威乎？千歲請速作計議。」

此時，劉養正不等宸濠開口，即問道：「千歲自起義以來，興兵動眾，將欲以謀天下乎？抑徒逞血氣之勇而博區區之報復乎？願大王明以告我。參謀雖不敏，請為大王決之。」宸濠聽了此言，急切會不過意來。因問道：「先生之言是何言也！孤若不欲謀定天下，又何以蓄死士、養謀臣、秣馬厲兵、興師動眾！先生之言，誠為孤所不解也！」劉養正道：「大王不欲謀定天下則已，若欲謀定天下，則莫如圖久遠之計，定萬全之策。顧其大而遺其細，棄其短而就其長，然後橫行天下，莫之能禦。倘就其方圓之地，朝爭夕取，此得彼失；今日獲勝，明日敗亡。雖歷數十年之久，不足以定天下，得土地，安人民。而況聽信左道之言，徒爭尺寸之地，喪師損將，勞而無功，竊為大王所不取。大王誠英明之主，某不揣譾陋甘心歸附大王者，亦以大王有志於天下，而為一代之明主耳！今觀大王自起義迄今日，並不聞定一大謀，決一大策，為萬全之計，圖遠大之基，徒以人云亦云，依阿唯諾，此某之所不可解者也。願大王自度之，則大王幸甚！某等幸甚！」畢竟宸濠答出甚麼話來，且聽下回分解。

第一百二十九回　劉養正議取金陵城　一枝梅力打南昌府

話說宸濠聽了劉養正這一番議論，當下說道：「先生金石之言，孤敢不惟命是聽。但何以為『萬全之策』？何以為『遠大之基』？願先生明白一言，孤當受教。」劉養正道：「所謂萬全之策、遠大之基，則莫如先取金陵，以為根本。金陵古稱天塹，外有長江之險，內有石城之固。我太祖龍興之初，即定鼎於此。大王若欲紹先王之業，垂後世之基，捨金陵更無他取。而況當此之際，金陵毫無防守，只欲以一旅之師，間道而出，攻其無備，金陵雖固，必為大王所有。既得金陵，然後南取蘇、常，東顧齊、魯，西窺秦、晉，北指幽、燕，縱橫數萬里，聽我所之！王師所過，莫之敢禦！其不能橫行天下、南面稱孤者，未之有也！若僅以彈丸之地，誓以死守，固不足道。即使攻於鄰邑，地不過千里，民不過數萬，府庫不足以供我財用，人民不足以供我驅使。設一旦朝廷分召各路諸侯，興師問罪，旌旗遍野，大兵雲集，併力進攻，吾恐此城雖固若金湯，亦不足與各路勤王之師以相抗！而況所以為根本者，不過區區南昌一府。其視金陵進則可戰，退則可守，財用之足，人民之富，長江之險，石城之固，為何如哉？如以為然，則請早日順流東下。今若不取，竊恐過此以往，雖欲取亦不可得矣！願大王自思之。」

這一席話，把個宸濠說得無言可對。仔細暗想：「先取金陵，實係萬全之策。又恐大兵東下，南昌空虛。官軍乘隙而來，又復首尾不能兼顧。」沉吟良久，並無一言。

只見李自然道：「劉先生之言於『遠大之基』一層，固是盡善盡美；而於『萬全之策』，竊恐盡美矣，尚未盡善也。昔人有言：『羽毛不豐滿者，不可以高飛。』今根本未固而遽欲長驅東下，以取金陵，是捨其本而先取其末。幸而一旅之師，金陵唾手而得，則石城坐擁，然後進窺各路，固是萬全。不幸而阻於半途，誠如先生所言，各路勤王之師扼其前，王守仁大兵乘其後，則是腹背受敵。而況南昌空虛，定又為他人所得。彼時欲進則大兵間隔，欲退則無家可歸。徒以『遠大之基』，失此『根本之地』，又不知其何以為大王計也？劉先生仍幸而教之。」

宸濠聽了這番話，亦甚有理。當下說道：「二君定謀決策，皆係為孤。請各暫退，容孤商量。至於增兵助陣，好在各行其事。遠取金陵，近守南昌，亦無與於此，分別辦理便了。」李士實在旁，惟恐劉養正又欲力爭，因趕著說道：「大王之言是也。分道而行，最是上策。」說著，就站起身來告辭。宸濠亦即退殿。劉養正雖欲再言，亦不可得，只好也就告退出來，卻是心中忿忿不平。回到自己房內，又將那憂時老人的書取出來反復看了一遍，實在佩服。因暗道：「計不可行，亦只奈何徒喚耳！」這且按下。

且說宸濠回至宮中，自己思想了一會，仍是李自然的話不錯，至此就有些疑惑劉養正大言而誇。次日，又有兩個心腹私語宸濠說：「劉養正之言，萬不可信。若捨南昌順流東下，萬一敵人乘虛而入，將南昌襲去，則歸路斷矣。願千歲勿再狐疑，仍以李自然之言為是。」宸濠更加堅信。接著又有心腹傳進宮來，聲稱南昌城裡無人不知萬歲早晚欲取金陵，各營兵卒亦互相在那裡預備。宸濠問道：「這話是從何處傳出去的？」那心腹的道：「據說是劉養正傳出此言，以致合城全行知道。」宸濠聽罷，即怒道：「豎子幾敗孤大事！」當下即折箭為誓，以後再不聽劉養正之言。過了兩日，劉養正知道此事，也就自退去了。宸濠決計不取金陵，即日便發兵三千，以付非幻道人大排非非大陣而去。

再說一枝梅回到行營，便修了一封書，連夜差人將所行之事，細細告知王元帥，然後進兵攻取南昌。這日已離南昌不遠，當有探子報進宮去。宸濠一聞此言，聚眾議道：「孤幸不聽劉養正之言，若竟捨此圖他，今日大兵一來，誰為孤保守城郭呢？」說罷，即命鄴天慶率領大兵前去迎敵。一枝梅等四人到了南昌，離城十里安下營寨。

休息一日，次日即率領一萬精銳攻打南昌。行至城下，各隊列成陣勢，一枝梅首先出馬，到城下罵戰。當有小軍飛報入城。鄴天慶一聞此言，也就提了方天戟，飛身上馬。一枝梅正在那裡索戰，忽聽城中一聲炮響，城門開處，衝出一騎馬來。一枝梅一看見是鄴天慶，兩人更不打話，接著便殺。一枝梅手執爛銀槍，劈胸刺去，鄴天慶趕將方天戟架開。二馬過門，一枝梅兜轉馬頭，順手就是一槍，認定鄴天慶左肋刺進。鄴天慶將畫戟一隔，撇在一旁，乘勢就是一戟，由下翻上，直對一枝梅當胸刺到。一枝梅把馬一夾，身子一偏，讓了過去；復又兜轉手中槍，向鄴天慶腰下刺來。鄴天慶又復讓過。兩人一來一往，約有十數個回合，不分勝負。只殺得旌旗蔽日，塵土沖天，兩邊金鼓之聲，震動天地。

官軍隊裡見一枝梅不能取勝，卻惱了一位英雄。只見徐壽大喝一聲，手執金背大砍刀，將馬一拍，飛出陣來，直奔鄴天慶，舉刀就砍。鄴天慶正抵雙敵，忽見賊軍隊裡也飛出一員大將，但見他身長八尺，豹頭環眼，頷下一部鋼鬚。手執長矛，坐下黃馬，一聲喝道：「來將通下名來，本將軍矛下不刺無名之將！」徐壽見有人出來迎敵，也就應聲喝道：「賊將聽者：我乃王元帥麾下指揮將軍徐壽是也！爾亦通過名來，好使本將軍斬你的首級！」那人喝道：「本將軍係寧王駕下都指揮孟雄是也！」徐壽一聽，不等他說完，便舉起金背大砍刀，如泰山壓頂一般，當頭砍下。孟雄趕著將蛇矛望上一架，掀開過去，也就還了一矛。徐壽急急架開。當時二馬過門，兜了一個圈子，二人回轉馬頭，復行又殺。只見四匹馬、四個人殺在一團，約戰了有數十個回合，皆是不分勝負。

周湘帆、楊小舫見他二人還不能夠取勝，也就將馬頭一領，齊出陣來夾擊孟雄、鄴天慶。六個人團團廝殺，又殺了有二三十合，孟雄被楊小舫著了一槍，他卻不敢戀戰，撥馬就走。楊小舫見他敗走，便急急趕將下去。鄴天慶見孟雄中槍，也就虛刺一戟，回馬就走。徐壽、一枝梅、周湘帆三人見鄴天慶又敗下去，當下鞭梢一指，那一萬雄兵便蜂擁過來。一枝梅就想乘勢追過去搶城，走到城下，早見鄴天慶、孟雄二人飛過吊橋，當將吊橋高扯。一枝梅等不能飛越，只得收兵，即在城外立下營寨，將南昌圍困起來。當日無話。

休息一日，次日又去攻城。只見城中按兵不動，一枝梅便令三軍一齊罵戰。罵了半日，仍是不見開兵。一枝梅等四人即暗自議道：「逆賊昨日一戰，並未大敗，何以今日不開城出戰？其中必有緣故。難道他有甚麼詭計麼？」周湘帆道：「依小弟愚見，最好兄長進城去打聽一番，再將逆賊是否進攻金陵打聽清楚，好給元帥送信。」一枝梅道：「愚兄本有此意。既是所見略同，愚兄今夜當即前去。」於是傳出密令：命各營今夜以一半不准卸甲，皆要倚戈而待；一半早為安歇，等到三更時分，便換上半夜那一半去睡。如違令者立斬。此令傳出，各營哪敢有誤，卻亦樂從，皆感一枝梅等寬猛相濟。

一枝梅到了晚間約有初更時分，便脫去外衣，換了夜行衣靠，手提單刀，又望周湘帆等三人諄囑一番：「務要嚴加防守，萬萬不可疏忽，恐防敵人劫寨。」周湘帆等答應。一枝梅當下即出了營房，一晃身早已不見。這就是他們劍俠的本領。來到城下，仍是蹚來蹚去。城頭上雖有兵卒把守，實在毫不介意。只因一枝梅身輕似燕，步如風，不必說這城頭上不過數百人在那裡把守，就便在百萬軍中，也未必有人奪得出來。一枝梅進得城中，當即去往寧王府內探聽消息。不知有甚麼消息打聽出來，且聽下回分解。

第一百三十回　一枝梅誘敵圍賊兵　鄴天慶守城戰官將

話說一枝梅來到城中，直往宮內而去，暗暗伏於瓦櫳之上，細聽動靜。只聽殿上先是飲酒歡呼之聲，既而各散，並未打聽出甚麼消息。停了一會，宸濠回寢宮安歇。一枝梅復又跟到寢宮，仍在瓦櫳上伏定。只聽下面有女人聲音問道：「千歲今夜進宮，何以到這時候？現在城外官軍攻打如何了？」只聽宸濠說：「官兵日夜攻打，卻不妨事。南昌把守甚嚴，他急切攻打不下。孤業已打聽切細，王守仁仍在吉安，並未前來。前數日，孤已添兵與非幻道人，相助他排設非非大陣。半月後王守仁即欲全軍覆沒了！現在一枝梅等所帶攻打城池之兵，孤又與李自然設了一條妙計。官軍才來，銳氣方張，不可與敵。等他攻打多日，三軍疲憊，然後出奇兵以襲之。一枝梅等雖勇，其破必矣。」又聽女子道：「聞得千歲急欲進取南京，現在究竟若何定議？」又聽宸濠道：「那是劉養正不識進退，南京急切何可進取？孤已作為罷論了。」又聽那女子道：「臣妾之見，亦以為先固根本，後取南京。若捨其本而取其末，是敗亡之道也！但不知安慶近日曾否攻打下來？」宸濠道：「早已攻破了，雷大春現在那裡據守。」那婦人道：「如此，且等非幻道人排設非非大陣，破了王守仁之後，再進攻南京不遲。」宸濠大笑：「卿言正合孤意。」說罷這席話，隨後就是些褻穢之語了。

一枝梅聽了個真切，也就即刻穿房越屋，出了宮來。來到府外，仍趁著夜間，飛身出城。周湘帆等正在那裡盼望，只見一枝梅已由半空中飛下，此時不過四鼓光景。周湘帆等接入內帳，問道：「兄長前去打聽消息如何？有甚麼詭計？」一枝梅就將以上的話說了一遍。周湘帆道：「似此，宜早作準備方好。」楊小舫在旁說道：「以小弟愚見，莫若將計就計：以誘敵之策，去誘賊軍出城；然後反兵以攻之，必獲大勝。一面可急修書告知元帥，請其早作準備，破妖道的妖陣。不識兄長之意何如？」一枝梅道：「賢弟之言，正合吾意。」當即修了書，差心腹連夜馳往吉安，告知王元帥消息。

到了次日，即與周湘帆、楊小舫、徐壽議道：「今日即可以誘敵矣！」周湘帆道：「誘敵之策若何？」一枝梅道：「吾觀離此地五里有座馬耳山，此山雖不高，勢頗曲折。徐賢弟可於今夜暗帶輕銳二千，往那裡埋伏。俟賊兵追過此處，賢弟即出兵截殺過來，以斷賊兵歸路。周賢弟可引兵三千前往，離城西北有座大王廟，可於此處埋伏。俟賊兵出城，便可就近夾擊。愚兄與楊賢弟前去誘敵。」分撥已定，大家稱善。

到了夜間，周湘帆、徐壽二人各人引兵前去埋伏已畢，一枝梅便傳了密令：命那些攻城的士卒，上午以前務要著力攻打，互相罵戰；午後便故意各自疲憊或拋戈棄甲，席地而坐，以誘賊軍出城。若賊軍果然出城，可趕急退走，讓賊軍乘敗趕來。等過了馬耳山，反殺過去，便急急出其不意，必獲大勝。務要合力向前，與賊軍死鬥，如有心退後者立斬。

眾三軍得了這個令，哪敢稍有違背，也就一起遵行。到了次日，真實併力攻打，口中罵聲不絕，比前數日攻打的尤加利害。到了巳牌時分，漸漸有些疲憊下來，過了午時，故意更加疲憊。及至以後，眾三軍也有席地坐罵的，也有虛張聲勢空罵而不攻打的。又過了一會，眾三軍不但不合力攻打，連罵也不罵，大家都席坐地下，歇息起來。甚有就地而臥，真是疲憊不堪了。那把守城池的眾賊見官軍如此情形，即刻報了進去。宸濠聞言，即命鄴天慶督率游擊馬如龍、指揮王士俊、副指揮使李三泰並精兵五千，立刻衝出城去，乘官軍疲憊之時，大殺過去，必可殺他個片甲不留。鄴天慶聞言，趕急又進宮去，向宸濠說道：「一枝梅詭計甚多，難保其中無詐。千歲可使馬如龍、王士俊、李三泰出城攻擊，末將請為後勁，以防敵軍前來襲城。若全軍齊出，萬一敵軍用誘敵之計，於左近埋伏精銳，俟我軍一出，他便前來襲城，那時如何抵敵？不知千歲意下如何？」李自然便在旁說道：「鄴將軍之言是也。願千歲勿疑。即照此辦法，方可無慮。」宸濠答應。

當下鄴天慶即辭出宮來，率領馬如龍、王士俊、李三泰三人，帶了精兵五千，如風馳電掣般而來。來到城下，尚未開城，鄴天慶先上城頭望城外一看，但見那些官軍果然棄甲拋戈，坐臥不一。鄴天慶看罷，隨即下得城頭，向馬如龍等三人說道：「將軍等可急出城衝殺，某當為後應。」馬如龍等答應。於是各付精兵一千，使他三人而去。只聽三聲炮響，馬如龍等三人帶領精兵衝出城來。那些官軍一聞城中炮響，知有賊兵出來衝殺，各人也就預備停當，好待敗走。只見賊軍由城內喊殺出來，一枝梅、楊小舫更加裝出那馬不及鞍、人不及甲的光景，前來迎敵。戰不數合，便撥馬敗走。那些官軍也就隨敗下來。馬如龍等三人不知是計，以為果真敗下，也就帶領著賊眾蜂擁追殺下去。

一枝梅與楊小舫且戰且走，賊眾在後緊緊相追，看看到了馬耳山。馬如龍等一見此山，恐防埋伏於內，若有不追之意。一枝梅見他到了此處有些疑惑，不十二分緊趕下來，怕他就此回軍，不來再趕，那就大失所望，因又上前與馬如龍殺了一陣。接著，楊小舫復又回戰過來。王士俊也就上前迎敵。二人戰了有數十回合，楊小舫又敗走下去。馬如龍等見山內並無動靜，復又放膽追殺下去。

才過了馬耳山不足半里，但聽背後一聲炮響，馬如龍等大吃一驚，說聲：「不好！」趕著傳令回軍。尚未來得及，只見後面一片喊殺之聲，震動天地，燈球、火把照耀如同白日。為首一員大將，手執長槍，掩殺過來。馬如龍正預備迎敵，卻好一枝梅、楊小舫又回軍殺到。馬如龍即刻分頭迎敵：王士俊敵住徐壽，馬如龍敵住一枝梅，李三泰敵住楊小舫。兩邊戰起來，只聽金鼓齊鳴，喊聲震地。一枝梅、楊小舫、徐壽三人率同眾三軍，將賊眾團團圍住，裹得如鐵桶一般。馬如龍等也就併力死鬥。爭奈寡不敵眾，大家戰鬥了一會，徐壽一槍刺王士俊於馬下。馬如龍見王士俊被刺，心中更覺膽裂，卻也不敢戀戰，只是左衝右突，要衝出陣來。無如被一枝梅等三人合力死戰，不肯寬放一著，因此急切難得出圍。只可憐那些賊兵，被官軍殺得如砍瓜切菜一般，真個是血染成河，屍如山積。暫且按下。

再說周湘帆伏在大王廟內，一聞賊軍殺出，料定城內空虛，便趕著帶領精銳出了大王廟前去襲城。一聲炮響，衝到城外，正預備喝令軍卒搶城，忽見一員大將手執方天畫戟，立馬於城門之外，大聲喝道：「來將通下名來！可告知一枝梅，你等已中了本將軍之計了！」周湘帆一聽此言，吃驚不小。因也喝道：「鄒天慶，你這狗賊！本將軍今夜不將你捉住，碎屍萬段，本將軍就不叫作周湘帆了！」說著手起一槍，便望鄒天慶刺去。鄒天慶哈哈大笑道：「照你這樣的本領，也不是本將軍馬前三合之將。來得好，看家伙！」說著就將一戟迎接過來，把周湘帆的槍輕輕掀在一旁，順手就是一戟，向周湘帆胸前刺去。周湘帆也就急急將槍來架。哪知鄒天慶的膂力甚大，這枝戟就如泰山一般，周湘帆好容易架在一旁，暗道：「此人我不是他的對手，怪道常聽徐大哥說此人甚是利害，果然名不虛傳！」正在暗想，又預備還他一槍，哪知鄴天慶又一戟向周湘帆肋下刺來。周湘帆欲待招架，萬來不及。不知周湘帆性命如何，且聽下回分解。

第一百三十一回　馬耳山英雄齊卻敵　南昌府賊將再興兵

話說鄰天慶直向周湘帆肋下一戟刺去，周湘帆欲待招架，萬來不及。說聲：「不好！」趕著將馬往旁邊一讓，打算讓鄰天慶的那枝戟。哪知鄰天慶神速異常，肋下雖不曾被他刺到，大腿上已中了一戟。周湘帆「哎呀」一聲，不敢戀戰，撥馬就走。那些三軍見主將受傷，也就一齊敗下。鄰天慶見官軍敗走，乘勢將鞭梢一指，所有兵將一齊也追趕下來。

周湘帆在前捨命奔逃，鄰天慶在後緊緊追趕，直追至馬耳山不遠。周湘帆見前面一彪軍攔住去路，喊殺之聲不絕於耳，如旋風一般掩殺過來。周湘帆在馬上驚道：「前有阻兵，後有追兵，我命休矣！」正驚惶間，瞥眼見著一枝梅在後面追趕一員賊將，忽又大喜道：「我何不如此！」當下把馬一夾，也不管腿上痛不痛，手起一槍，直對來的賊將出其不意當胸刺去。那員賊將正被一枝梅趕得急切，慌忙逃命，焉能顧及前面？正跑得沒命，忽聽一聲大喝：「賊將望哪裡走，看槍！」話猶未完，槍已到了面前。再待招架，萬來不及，登時刺於馬下。你道這人是誰？原來就是賊將馬如龍。因他好容易殺出重圍，捨命向南昌逃走，不意被周湘帆出其不意刺於馬下。

此時一枝梅已到，因驚問道：「賢弟如何到此？」周湘帆也不及細述，但大略說了兩句，鄰天慶已經趕到。一枝梅就將周湘帆放過，他便與鄰天慶大戰起來。二人正殺得難解難分，卻好徐壽又復殺到，當下就與一枝梅夾擊鄴天慶，三人戰了有二十餘個回合。鄴天慶又不知官軍多少，不敢戀戰，只得虛刺一戟，撥馬就走。一枝梅等復又趕殺過來。鄴天慶在前且戰且走，繞過馬耳山，忽又一軍從刺斜裡趕到，鄴天慶驚道：「真個中敵軍計了！」再細看時，只聽馬上一人大聲喊道：「鄴將軍救我！」鄴天慶聞言，知是自家人。再仔細一看，原來是李三泰。因被一枝梅等困在垓心，好容易衝出重圍，只得繞道逃走，爭奈楊小舫不肯相讓，緊緊在後趕來，此時卻好遇見鄴天慶，喊他相救。鄴天慶見是李三泰，當下把他放過。卻好楊小舫已到，鄴天慶又與楊小舫戰了兩合，拍馬再走。此時一枝梅、徐壽的大兵已到，便與楊小舫合在一處，又往下追趕一程，直追至鄴天慶、李三泰進了南昌城，方才不趕。

當下仍在城外立下寨柵，安營已畢，周湘帆亦緩緩回到營中。大家問及前事，周湘帆便細述了一遍。一枝梅道：「今日一戰，周賢弟雖受有微傷，卻殺了他兩名賊將，賊兵戰死者不計其數，也可謂全軍覆沒了！」周湘帆道：「小弟雖腿上著了一戟，不曾殺得鄴天慶以報此仇，卻殺了他賊將一名，也稍雪心頭之恨！」一枝梅道：「賢弟可歸帳歇息去罷。」周湘帆到了自己本帳，解開衣服，用刀瘡藥將腿上傷痕敷好，在那裡歇息。一枝梅又令合營士卒養息一日，次日預備攻城。又發出許多酒食，犒賞士卒。

話分兩頭。再說鄴天慶回至城中，見了宸濠備述一遍，宸濠驚道：「果不出將軍所料！若非將軍預計，南昌險些兒被敵人襲去！今雖傷了兩員大將，還是不幸中之大幸！將軍辛苦了，且請養息養息罷。」鄴天慶道：「五千精銳，即此一陣已喪去一半，這便如何是好？」李自然道：「某管定獲全勝。」宸濠與鄴天慶急問道：「似此計將安出？」李自然道：「兵法云：『出其不意，攻其無備。』今敵軍連獲大勝，其志必驕。我正可乘其驕矜之時，攻其無備，定可大獲全勝。」宸濠道：「如何攻法？」李自然道：

「可急於今夜出全隊以劫敵寨。彼軍昨日大獲全勝，定料我軍不敢復出，今夜必不防備。我卻因彼軍料我不敢復出之時，出奇兵以劫敵寨，未有不大獲全勝者。不過，將軍等未免辛苦耳。」鄴天慶道：「軍師之言差矣。某蒙千歲豢養之恩，不次之擢，今者身居將軍之職，未報涓埃，雖赴湯蹈火，亦不敢卻，且可籍以圖報。而況屢致挫敗，正欲一振軍威，何可因辛苦有辭前往？若果能一戰全獲大勝，不但軍威重振，而且可贖前罪，何辛苦之有！」宸濠聞言大喜。因道：「既蒙將軍如此相助，今夜若果全勝，孤定酬大功！」鄴天慶道：「千歲何出此言，某當效犬馬便了！」因此宸濠又命督兵五千，率同牙將王英、副指揮使李三泰、吳用賢、金仁遠四人，於今夜二更前去劫寨。

鄴天慶答應，退出營來，當即傳令：命王英領兵一千去打一枝梅中營，李三泰領兵一千打楊小舫左營，吳用賢領兵一千打周湘帆右營，金仁遠領兵一千打徐壽後營，自領一千精銳為四路接應。你道他何以知官軍紮有四營？原來從一枝梅紮下營寨之後，就有細作探聽清楚，報進城內去了。鄴天慶分撥已定，又命各軍：二更造飯，三更出城，均宜銜枚疾走，各帶火種，到了敵營一齊放起火來，務要併力前進，如有退後者立斬。暫且按下。

再說一枝梅等安下營寨，各軍因連日辛苦，今日大獲全勝，又奉了主將之命，各軍休息一夜，明日再去攻城，各軍自然放心安歇。一枝梅等四人以為鄴天慶既遭大敗，必然心膽俱碎，急切不敢出兵。哪知他今夜前來劫寨，就此稍一疏忽，幾乎被一把火燒得全軍覆沒。這也是各軍應該遭劫，所謂棋憑一著錯，失卻滿盤輸。

閒話休表。一枝梅等到了晚間，四個人在營中歡呼暢飲，直飲到有幾分醉意，才去安寢，又兼連日辛苦極了，到枕便大睡起來。到了三更時分，一枝梅等從夢中聞得連珠炮響，驚醒起來。又聽得四面喊殺之聲，震動山岳。一枝梅等大驚。正欲著人出去打聽，忽見小軍匆匆進來報道：「將軍，大事不好！作速迎備！賊軍前來劫寨，各營都有火了！」一枝梅等一聞此言，嚇得心膽俱裂。再一細看，只見滿營紅光燭天，各處皆起了火，而且火勢甚熾。一枝梅等正欲上馬前去退敵，賊將李三泰、王英、吳用賢、金仁遠已一齊殺進營來。一枝梅等不及上馬，各人只提著撲刀，各去對敵。一霎時，營中的帳柵俱已燒著，那些官兵皆從夢中驚醒，沒得一人有準備的。於是喊殺之聲，啼哭之聲，互相不絕。一枝梅等也來不及檢點，只顧衝殺出去，逢人便殺，逢馬便砍，自相踐踏者不計其數。

哪知李三泰等本來從四路殺進，此時卻合兵一處，把一枝梅等團團困在垓心，任一枝梅等武藝高強，也不能衝出。東奔西踹，哪裡能殺透重圍。此時一枝梅殺得興起，當即飛舞單刀一頓亂砍，殺死了有數十個賊兵。各賊兵見他勇猛非常，不敢十二分前進，反倒退後有數十步，遠遠的站在四面，虛張聲勢喊殺。一枝梅一見，心中暗道：「若不趁此時衝殺出去，更等待何時？」當時就在腰內取了些彈子出來，把背後一張弩弓取在手中，裝上彈子，登時如雨點般一路打將出去。那些賊兵被他彈子所傷頭破血流者，不計其數，眾賊兵俱各紛紛倒退。一枝梅一見，好不歡喜，就趁此又發了一陣彈子，將賊兵打得紛紛向兩旁閃讓。

一枝梅將要衝出圍來，忽見營外一騎馬，飛奔殺到，馬上坐著一人。一枝梅再一細看，原來還是鄒天慶。也不與他打話，登時發出一彈。鄒天慶正來接應，匆匆而來，哪裡知道防備一枝梅的彈子，只見騎在馬上如旋風般飛來。一枝梅看得真切，即刻發出一彈，認定鄒天慶額角上打去。鄒天慶躲避不及，正中一彈，卻打得鮮血迸流，在馬上晃了幾晃。卻好一枝梅已經殺到，只見他一個箭步，平空竄到鄴天慶馬前，手起一刀，直望胸前砍去。不知鄴天慶性命如何，且聽下回分解。

第一百三十二回　用火攻官軍大敗　擺惡陣妖道逞能

話說一枝梅打中了鄴天慶一彈，打得血流不止，坐在馬上晃了一晃，正要預備帶馬向旁邊衝殺進去，卻好一枝梅平地一個箭步竄到鄴天慶面前，當胸就刺。鄴天慶說聲：「不好！」趕著將馬一夾，閃在一旁，順手就是一戟，向一枝梅當頭挑下。一枝梅是在步下，鄴天慶在馬上，究竟不如一枝梅來得輕佻。只見一枝梅見他一戟刺來，急將單刀向上一架，身子一縮，早竄到鄴天慶背後。煞手一刀，認定鄴天慶馬後腿砍下。鄴天慶來不及防護馬腿，早被一枝梅砍中一刀。那馬就一縱飛奔，溜韁而去。鄴天慶坐在馬上，險些兒跌下馬來。

一枝梅見鄴天慶的馬溜韁而去，心中一想：「我若此時就走，周湘帆等三人尚被圍在那裡，不知性命如何。若再進去將他們救出來，我終久是個步下，如何衝殺進去？」正在疑惑不定，忽見周湘帆從裡面衝殺出來，後面一員賊將緊緊追趕。一枝梅一見，立刻生出一個計策，趕著向旁邊一閃，等周湘帆的馬走過，看看後面賊將已經趕到，一枝梅從旁側出其不意，大喝一聲：「賊將休走！看刀！」真個是聲到手到，一聲未完，那把刀已到了那賊將的胸前。那賊將措手不及，早被一枝梅砍於馬下。一枝梅即將那賊將的馬奪過來，飛身上馬，復行衝殺進去。真個是如入無人之境，只見賊兵紛紛向兩旁讓開。一枝梅到了裡面，只見徐壽、楊小舫還在那裡同著三個賊將死力戰鬥。一枝梅一馬上前，飛舞單刀，出其不意，當即砍倒了一員賊將。徐壽、楊小舫見一枝梅復殺進來，也就併力殺了出去。三個人殺出重圍，只得落荒而走。

再說鄴天慶被馬溜韁直跑下二十餘里，才把馬兜轉回來，到了官軍營寨的地方，已是天明。當下鳴金收軍。只見那些官軍已死得不計其數，真是屍橫遍野，血流成河。本部的兵卒亦復死得不少。再查隨兵的將士李三泰、王英，俱已陣亡，皆被一枝梅殺死。鄴天慶心中大恨，還要重整旗鼓，追趕下去，不將一枝梅擒住，誓不回營！還是金仁遠、吳用賢二人苦苦勸住，方肯收兵回城。此次一戰，雖然大獲全勝，卻喪了兩名牙將。

當下回至城中，先著人報進宮去。宸濠聞言，即傳令進見。鄴天慶進入宮內，見了宸濠備述一遍。宸濠道：「雖然喪了兩將，總算將敵寨劫去，敵軍也算覆沒了。」又見鄴天慶血流滿面，因問道：「將軍面上何以許多血痕？」鄴天慶道：「係被一枝梅彈子所傷，險些兒喪了性命。」宸濠怒道：「一枝梅等如此猖獗，若不及早擒住，是心腹之患也！將軍等有何妙策，可擒若輩？」李自然道：「別無他法，惟有請千歲星夜差人馳往非幻道人營內，請他火速擺陣，令王守仁破陣。王守仁必不知道陣法，只要將徐鳴皋等陷入陣內，無論他生死如何，王守仁必然驚恐。而且他無甚猛將，勢必調回一枝梅等人，然後再請非幻道人設法以除之。只要將他等一干人除去，王守仁不足慮也。」宸濠答應，即刻修書，命人星夜馳往吉安府界，催非幻道人火速擺陣。鄴天慶退下，又密令細作出城打聽一枝梅的底細。

且說一枝梅的大寨被賊軍劫去，遂與楊小舫、徐壽落荒而走，退下十數里遠。再將殘兵招集起來，計點人數，已傷了大半。所有旗幟、器械，焚毀殆盡。又不知周湘帆敗往何處去了。一枝梅好生憂悶。

若欲重下營寨，器械一概全無；若不安營，竟回吉安，又恐元帥見罪。正在躊躇不決，忽見周湘帆回來，彼此相顧，好生不樂，又各說了一番細情。一枝梅道：「今日大敗如此，總是愚兄疏忽之處，有何面目去見元帥呢？」周湘帆道：「兄長勿憂，勝負乃兵家常事。而況今雖大敗，卻斬了他兩員賊將，便是元帥見罪，也可將功抵過。現在既不能重安營寨，莫若趕回吉安，見了元帥，或再增兵前來，以圖報復便了。」一枝梅等正在商議，忽見一騎馬如旋風般跑來，馬上坐著一人，手執令旗，到了面前，滾鞍下馬，高聲說道：「奉元帥令，速調慕容將軍星夜馳回吉安，勿得延誤！」說罷站起身來，飛身上馬而去。一枝梅見王元帥差人調他們回去，不知何意，不免大吃一驚。因即振頓殘兵，連夜拔隊，馳回吉安而去。

你道王元帥何以飛調一枝梅回軍？只因非幻道人已將非非陣擺好，徐鳴皋首次探陣即陷入陣中，諸將亦多有陷陣者，所以王元帥趕緊調一枝梅等回去。看官莫急，等愚下慢慢說來。非幻道人自從得了宸濠續添的三千精銳，他便連夜進軍，距王元帥大寨相隔十里遠近，安營已畢，他就連夜擺下一座非非大陣。你道他這非非陣有何利害麼？原來內藏六丁六甲❶，外面擺列十二門，這十二門名喚死、生、傷、亡、開、明、幽、暗、風、沙、水、石，只有開門、生門、明門，可以出入，若從生門殺進，由開門殺出，再由明門殺入，其陣必亂。若誤入死門，其人必氣悶而死。誤入傷門，必為熱氣蒸亡。誤入亡門，必為冷氣所逼，骨僵而死。誤入幽、暗兩門，不見天日，必為賊將所擒。誤入風、沙、水、石四門，登時被狂風捲倒，飛沙迷住，大水沖去，石塊打下，皆有性命之患。其實皆是陰氣、邪氣凝結變幻出來，

---

❶ 六丁六甲：道教神名。六丁（丁卯、丁巳、丁未、丁酉、丁亥、丁丑）為陰神，六甲（甲子、甲戌、甲申、甲午、甲辰、甲寅）為陽神。六丁六甲為天帝役使，能行風雷，驅鬼神。

驅使六丁六甲，以助邪術。及至破陣之後，這陣內依然空無所有，所以名喚非非大陣。這日，非幻道人將非非大陣擺設好了，自己為主陣軍師，又將如何變幻、如何擒人、如何捉將各邪術，細細與余半仙講究了一夜，余半仙因也明白，即命余半仙為副軍師。復又於每門安派精兵二百名，各執撓鉤，以備擒人。陣中設一高臺，臺上擺了一張柳木八仙桌，桌上供設令牌、令箭、令旗等類。分派已定，即刻修了戰書，差小軍送入王守仁營中，請他破陣。

王守仁接著這封書，拆開一看，原來是非幻道人請他破陣，當下批准，差來軍帶回。王守仁就即刻傳齊諸將商議道：「今妖道前來下書，內云非非大陣刻已擺完，約本帥前去破陣。本帥想來，這妖道邪術多端，今既擺此妖陣，其中必有變幻。本帥雖熟讀兵書，從不曾見過有這非非陣的名目。而況昨得幕容將軍來報，說及宸濠其所以有恃無恐者，皆賴非幻道人邪術，而且他又添兵與妖道擺設妖陣。本帥所慮，這陣中必然皆是妖氣凝結而成，若誤入其內，必凶多吉少。諸位將軍皆具有本領，又兼是高人的門徒，可有識得此陣應如何破法否？」徐鳴皋首先說道：「末將等明日先隨元帥前去一觀，看究竟如何光景，再作計議。此時未見陣勢，也不知那陣內如何。」王守仁道：「將軍之言甚是。諸位將軍就於明日隨同本帥前去觀陣，先將陣勢察看一遍，然後再作區處便了。」當下各人退出帳外。

到了次日，王元帥即傳齊合營將士，戎裝戎服，一齊出得營來。前往觀陣。不一會到了賊營，但見賊營中殺氣騰騰，陰風慘慘，風雲變色，日月無光。王元帥正與諸將察看陣勢，忽見陣門開處，一聲炮響，走出兩個妖道。上首非幻道人，頭戴華陽巾，身穿鶴氅，手執雲帚，坐下梅花關鹿，後背葫蘆。下首便是余半仙，頭戴純陽巾，手執寶劍，身穿八卦道袍，坐下一匹四不像，皆是滿臉的妖氣。只見非幻道人將手中雲帚向王守仁指道：「呔！王守仁，今本師擺下此陣，爾既身為元帥，應知破陣之法。若破得此陣，本師即日回山，重加修煉，永遠再不下山；若破不得此陣，爾即速速歸降，本師尚可於寧王前保舉你一個官職。若再執迷不悟，爾死在旦夕，可莫怨本師不存仁愛之心了！」王元帥聽了這番言語，真氣得話也說不出來，大叫一聲，倒於馬下。不知王元帥性命如何，且聽下回分解。

第一百三十三回　徐鳴皋探陣陷陣　海鷗子知情說情

話說王元帥聽了非幻道人那一番話，真氣得口不能言，大叫一聲，倒於馬下。當下徐鳴皋等趕著救起，扶上馬回到營中，用薑湯救醒過來。切齒恨道：「若不將非幻道人擒住碎屍萬段，誓不為人！」當下眾將勸道：「元帥請暫息雷霆之怒，末將等當效死力去擒妖道便了。」王守仁道：「悉賴諸位將軍之力，總之，一日妖道不除，宸濠一日不能就戮。」徐鳴皋道：「末將有一言容稟：前者余七擺設迷魂陣，經末將等諸位師父、師伯、師叔前來將他迷魂陣破去，余七敗逃上山。當時就有末將的大師伯玄貞子說道：『將來尚有白蓮教首徐鴻儒下山。』這徐鴻儒就是余七的師父。想來非幻道人也是徐鴻儒的徒弟了。末將的大師伯並又言道：『俟徐鴻儒下山之時，諸位師伯、師叔、師父還要下山，幫同剿滅徐鴻儒。』今日看來，非幻道人雖擺下這妖陣，我等師伯、師叔即不全來，也要有幾位到此。只要來兩位，就可破他的陣了。末將之意，明日俟末將暗暗的去探一回，看他那陣內究竟如何利害。倘能設法，末將等可以去破。誠如元帥所言，早將妖道捉住，正了國法，好去剿滅逆賊。設若末將等不能破他的妖陣，末將當將傀儡師伯所留的寶劍請將出來，修書付那飛劍傳去，先請傀儡師伯到來，再作區處。元帥切勿煩惱，有傷貴體。」徐鳴皋說了這番話，王元帥覺得頗為動聽，因道：「將軍明日要前去探陣，務宜小心要緊。」徐鳴皋又道：「末將之意，明日前去還恐他知道，反為不美。不若今夜暗地前去探看一番，料他不能知覺。」王元帥道：「只是本帥不能放心使將軍深夜前去。」徐鳴皋道：「逆賊宮內，末將還時去時來，而況賊營，有何不可？元帥若果不放心，可請徐慶賢弟同去便了。」王元帥道：「能徐將軍與將軍同去，本帥也可稍覺放心了。」說罷，徐鳴皋退出。

到了夜半，徐鳴皋便同徐慶換了衣服，兩人皆穿元色緊身短襖，腳踏薄底靴，背插單刀，先到王元帥前告辭了，然後二人就從帳後竄出帳外，但見兩條黑影向東而去。王元帥一見，也自欣羨。

且說徐鳴皋、徐慶二人出了營門，直奔賊營而去。不到一個更次，已到敵營。徐鳴皋便與徐慶說道：「賢弟，你且在外接應，讓愚兄先到陣中探看一回。若無甚麼利害，愚兄即刻出來，便同賢弟進去，出其不意殺他一陣，能就此破了他的妖陣更好；即不然，也要傷他些賊眾。設若果真利害，愚兄也便即刻出來，就趕緊回營，用飛劍傳書，請傀儡師伯。萬一愚兄被他捉住，陷入陣中，賢弟萬不可步兄後塵，也到陣內尋找。可急急回營稟知元帥，請元帥按兵不動，也不要與妖道廝殺。賢弟可趕緊去請各位師伯、師叔、師父到來。愚兄曾記傀儡師伯臨行時，暗與愚兄說過，說我應有四十九日大災，而且九死一生。當時曾付我一粒丹藥，叫我到了急難時節，將此丹藥吞下，可保不死。我今日已帶在身旁，恐防有難。」徐慶道：「兄長何故出此不祥之語？」徐鳴皋道：「事有前定，勉強不來，但願不應傀儡師伯的話，則更大妙。設若被傀儡師伯說上，賢弟可萬萬不要入陣，急宜去尋各位師伯、師叔要緊！」徐慶也明知事有前定，就不十二分阻攔。徐鳴皋說罷一番話，即刻別了徐慶，身子一晃，早不見了所在。

他已經竄入賊營。先在無人處暫停一腳，然後慢慢走入陣中。方到陣門，便有小軍喊道：「有奸細！速去稟知陣主！」徐鳴皋見小軍說了這句話，立刻拔出刀來將那個小軍砍死在地，便大踏步走進去了。到了裡面，並不見甚麼利害，惟覺陰風砭骨，冷氣侵人。哪知徐鳴皋正是誤入亡門。走不一刻，忽覺毛骨悚然，渾身冷不可耐，暗自說道：「何以這陣內如此天寒？」當下知道不妙，將那一粒金丹放在口中，吞了下去。才將丹藥吞下，忽見非幻道人指著鳴皋笑道：「過來。」徐鳴皋一見大怒道：「好大膽的妖道，本將軍前來破你這妖陣！」只見非幻道人手執雲帚說道：「你死在目前，還不知之。你已誤入亡門，本師也不必與你廝殺，包管你不到五日，冷得骨僵而死。」徐鳴皋聽說，方知道這是亡門，怪道如此冷法，即刻掉轉身來向外就走。非幻道人復又大笑道：「你既誤入我陣，尚容你出去麼？」說著將雲帚一拂，忽然陰風大作，尤加冷氣百倍，登時不知道路，但是黑沉沉一個地方，再也看不出東西南北。加之那股冷氣漸漸侵入心苞，徐鳴皋覺受不住，說聲：「不好！」立刻打了一個寒噤，兩腳立不住，遂跌在塵埃。非幻道人見徐鳴皋跌倒在地，就叫了兩名小將將徐鳴皋拖入冷氣房，好使他骨僵而死。當下小軍將鳴皋拖去。這裡非幻道人復將雲帚一拂，依然風定塵清，他便回臺去了。到了臺上，復又傳出令來，諭令三軍務各小心把守陣門，若有官軍前來探陣，火速報知，不可有誤。

再說徐慶在陣外等了有一個更次，不見徐鳴皋出來，心中暗道：「難道他果真陷入陣內麼？不然，何以這會兒還不出來呢？」因又等了有半個時辰，依然不見鳴皋出來，此時知道不妙，卻好天色已將明亮，便趕緊回轉大營告知。王元帥一聽此言，吃驚不小，登時作急道：「妖陣未破，卻先陷我一員大將！這便如何是好？」徐慶道：「元帥勿憂，末將料徐將軍必不致有傷性命。此時惟有一法，末將趕往各處尋找諸位師父、師伯、師叔到來，以助元帥破此妖陣，以救徐將軍性命。」王元帥道：「諸位仙師雲遊無定，急切哪裡去尋、哪裡去找呢？」徐慶道：「只須尋得一位，其餘就易於尋覓了。」王元帥道：「這是何說？」徐慶道：「末將等的諸位師父，皆能飛劍傳書，故此尋到一位，便請那一位用飛劍傳書，各處去請。所以只須尋到一位，便可大家會齊的。」王元帥道：「就是如此，但這一位又從哪裡去尋呢？」

徐慶道：「先將末將的師父一塵子尋到，便好計議。」王元帥道：「你師尊可有定所麼？」徐慶道：「末將的師父是易於尋覓的，只須到飛雲亭上，望西呼喚三聲，我師父便即知道了。」王元帥道：「若果如此，將軍何日前去呢？」徐慶道：「事不宜遲，即刻便當前往。」王元帥道：「既如此說，便勞將軍辛苦一趟了。」徐慶道：「元帥說哪裡話來，此是末將應該前往。」

說罷，正要告辭而去，忽聞半空中有人笑道：「徐慶賢侄，無須你空跑一趟，你師父不久即來了。」徐慶聞言，聲音頗熟，便仰面向上一望，卻不見人，只得口中說道：「哪位師伯、師叔駕臨，敢乞示知，以便迎接。」話猶未了，只見一道閃光從空落下，現出一個人來。徐慶一看，不是別人，卻是徐鳴皋的師父海鷗子。徐慶當下拜道：「不知師伯遠臨，有失迎迓。罪甚！罪甚！」海鷗子便指著王元帥問道：「這就是元帥麼？」徐慶道：「正是元帥。」王守仁此時也就趕著出位與海鷗子相見，又讓海鷗子坐下。當下就道：「難得仙師惠臨，尚未請教仙師法號。」海鷗子道：「貧道名喚海鷗子。元帥如此尊稱，貧道萬不敢當。小徒素承元帥青眼，諸位師侄亦蒙元帥垂青，貧道深為感激。」元帥道：「但不知哪位將軍是仙師的高徒？」海鷗子道：「鳴皋便是小徒。」王元帥驚訝道：「徐將軍前去探陣，誤入妖陣之中，某正為憂慮，尚不知有無妨礙否？」海鷗子道：「貧道早知小徒有四十九日大難，卻不致有傷性命，元帥但請放心。貧道方才已在賊營中見過小徒，當已留下解救的妙法了。」王元帥道：「既是仙師已入妖陣，究竟那陣內如何光景，想仙師定然看透機關，不知尚能立破否？令徒究於何日方免此災？尚求一一指示。」不知海鷗子說出甚麼話來，且聽下回分解。

第一百三十四回　海鷗子演說非幻陣　狄洪道借宿獨家村

話說海鷗子聽了王守仁這一番話，當下說道：「元帥的明見，這非非陣貧道雖曾看過，卻非貧道一人之力所可破得的。元帥不知，此陣卻非尋常陣勢可比。只因他內按六丁六甲、六十四卦❶、周天三百六十度❷，變化無窮，外又列著十二門。按十二門名喚死、生、傷、亡、開、明、幽、暗、風、沙、水、石。只有三門可入可出，其餘皆是死門。」王元帥道：「哪三門是生門呢？」海鷗子道：「開門、明門、生門這三門皆是生門。若從開門入陣，必須從明門出來，再由生門殺入，其陣必亂。若誤入死門，其人必因氣悶而死，因死門內皆積各種穢氣而設，所以誤入者不到一刻為積穢氣所悶，必致身亡。須帶有辟穢丹方能入得此陣。若誤入傷門，此門係積各種火氣而設，如天火、地火、人火三昧火，合聚一處，其人必熱氣蒸倒，頃刻身亡。非帶有招涼珠不能進入。若誤入亡門，此門係積各種陰氣所致，其人必為冷氣所逼骨僵而亡。今徐鳴皋所入者，即此門也。」

王元帥聽在此處，不覺失驚道：「果爾，則徐將軍性命休矣！何仙師尚謂無妨耶？」海鷗子道：「只因小徒已服傀儡生丹藥，又經貧道用了解救的方法，所以無妨。」王元帥道：「其餘各門，又有甚麼利

❶ 六十四卦：易有八卦，兩兩相疊而成六十四卦。

❷ 周天三百六十度：繞天球大圓一周，分為三百六十度。

害呢？」海鷗子道：「這亡門，必須帶有溫風扇方可進入。至若幽、暗二門，如誤入進去，裡面陰氣騰騰，暗無天日，必為敵人所擒。必須帶有光明鏡，方能進去。更有風、沙、水、石四門。誤入風門，立刻為風捲倒；誤入沙門，兩眼為沙所迷；誤入水門，登時被水沖陷；誤入石門，定為大石壓死。此就十二門而言。到了中央，還有一座落魂亭，無論何人到了哪裡，心性就為其迷惑，不知不覺就要昏倒下去。就便將十二門破去，無人破那落魂亭，也是枉然。所以此陣非貧道一人所可破得。而且非幻道人還有一個師父，名喚徐鴻儒，是白蓮教的魁首，早晚只恐要來。他若不來，此陣尚易破得；他若來此，更覺大費周章了。」王元帥道：「既如仙師所言，何不趁徐鴻儒未到以前，先去破陣，也可少費周章？」海鷗子道：「元帥哪裡得知，其中皆有個定數。孔子云：『欲速則不達。』俗語說得好：『事寬則圓，急事緩辦。』元帥的心是急切萬狀，恨不能立刻將非幻、余七捉住，然後進攻南昌，將逆首擒獲，押解進京，以正國法。無如❸天數已定，應該需時多少方可成功，竟是多一日不行，少一日不可，總要到了應除的時候。無如天數成功，獻俘闕下，不然也算不得個數了。」王元帥道：「仙師之言，雖頓開茅塞，但是勞師糜帑，上累主憂，某實不安耳！」海鷗子道：「元帥為國為民，心存忠厚，貧道實深感激。但事有定數，萬難❹勉強而行的。為今之計，元帥可一面急修表章，馳奏進京，申奏一切；一面將一枝梅、周湘帆、徐壽、楊小舫星夜調回，聽候差遣。貧道再去請兩位同道前來，以助元帥成此大功，何如呢？」王元帥道：「若蒙慨助，某感激不盡了！」說罷，便命人擺宴。海鷗子道：「元帥休得客氣。貧道在塵

❸ 無如：無奈。

❹ 萬難：非常難於。

下，尚有兩月耽延，若過客氣，貧道何以安呢？」王元帥道：「仙師初次惠臨，理當如此，以後謹遵台命便了。」海鷗子道：「元帥且請去辦正事，貧道自與諸位師侄閒談便了。」王元帥也就不客氣，當即退入後帳，修表馳奏進京。又拔了令箭一枝，差人星夜往南昌，調取一枝梅、徐壽、周湘帆、楊小舫回來。諸事已畢，這才出來相陪海鷗子敘話。閒文休表。

一會子，酒席擺上，王守仁就命請海鷗子入席，讓他在首坐上坐定。王守仁又親自送了酒。海鷗子又謙遜了一回，然後這才對飲。徐慶等一眾英雄，自在外面飲酒、吃飯，這也不必細表。不一會，大家席散，王守仁又命家丁給海鷗子檢了一處潔淨地方，讓海鷗子為下榻之所。海鷗子就此住在王守仁營內，直至破了非非陣，方才與七子十三生各處雲遊，自尋安樂。

且說海鷗子這日命狄洪道去請漱石生。狄洪道受命而去，在路行程不止一日。這日狄洪道走到一個地方，名喚獨家村。這獨家村四面皆是亂山叢雜，並無人家，只有這姓白的一家住於此地。你道這姓白的，因何獨住此間？只因白家老夫婦兩個，男的名喚白樂山，妻藍氏，生有一男一女。兒子名喚白虹，女名劍青。這白樂山生平最愛山水，因帶領妻子兒女住居此地，享那林泉之樂。村莊四面廣有田畝，家中雇些長工，耕種度日，每年倒也無憂無慮。兒子白虹，今年才交十八歲，卻生得一表堂堂，聰明絕世。女兒小白虹兩歲，也是生得美貌異常。一對兒女皆能知書識字，博古通今，白樂山老夫婦真個是愛如珍寶。不料他女兒近日為山魈❺所纏。這山魈自稱為萁萁才郎，終夜在白家纏繞，定要白劍青為妻。白樂山也曾請了些羽士❻、上人❼，代他女兒退送，爭奈山魈毫不足懼，比從前尤加鬧得厲害。白樂山好不

❺ 山魈：山中精怪。魈，音ㄒㄧㄠ。

煩惱，逐日打聽名山羽士、寶剎僧人，前來建齋、打醮，總想將山魈退去，使女兒安身。

這日又請了一班道士在家拜玉皇大懺，以冀懺悔消災。卻好狄洪道因貪趕路程，又走入歧路，無處覓宿，但見這獨家莊內隱隱露出燈光，狄洪道便思前去投宿，信步而來到獨家莊上。正要敲門而進，但聞裡面鐃鼓聲喧，諷誦之聲不絕於耳。狄洪道也不管他裡面所做何事，便向前盡力敲門。敲了好半刻，裡面方有人答應。柴門開處，走出一個莊丁。狄洪道先向那莊丁拱了一拱手，因道：「某係過路之人，只因貪趕路程，錯過止宿之處。又誤入歧路，無處棲身。頃見貴莊燈火尚明，特地前來，敢求借宿一宵，明日自當厚報，務請方便則個。」說罷一番話，那莊丁道：「客官且請少待。某卻不敢作主，須要回明主人，是否可行，當即回報。特恐今夜不便相留，那卻如何是好？」狄洪道道：「敢煩請去通報一聲，務與貴主人情商，暫借一宿，某自永感大德便了。」那莊丁也就轉身進內。

過了一會，只見那莊丁同著一個五十來歲的老翁出來。狄洪道一見那老翁精神矍鑠，相貌清高，迥非惡俗之輩，不禁暗暗羨慕。心中暗想：這老翁光景就是主人了。正要上前施禮，只見那老翁問道：「莫非就是這位客官住宿麼？」狄洪道見問，趨向上前深深一揖，口中稱道：「老丈在上，便是不才冒昧，敢借尊府暫宿一宵。」那老翁也答了一揖，又將狄洪道打量了一回，見他是個軍官打扮，因問：「大駕由何處而來？為何迷失道路？」狄洪道道：「不才向在王守仁元帥麾下，充一個游擊將軍。只因現在奉命前往漢皋有一件公事，又因公事急促，不才不敢誤公，貪趕路程，以致失了止宿之所。因此冒昧造府，

❻ 羽士：道士。
❼ 上人：和尚。

敢請容納一宿，明早當即告辭，不知老丈尚可容納否？」只見那老丈笑道：「原來是一位將軍，老漢多多得罪了。但是寒舍蝸居，似不足下將軍之榻。好在止有一宿，簡慢之處，尚望見原。」狄洪道見那老翁已肯相留，真是喜出望外，因謝道：「不才只須席地足矣！老丈何謙之有乎！」那老翁遂邀狄洪道進裡，當命莊丁仍將莊門關好。

狄洪道走入裡間，見是一順三間茅屋，卻似客廳仿佛，當下又與老翁重新見禮。那老翁讓他坐定，然後彼此問了姓名。莊丁獻上茶來，狄洪道正要問他的家事，忽又聽得裡面鐃鈸之聲，接著又是諷誦之音。狄洪道便向白樂山問道：「敢問老丈，尊府今夜莫非建做道場麼？」白樂山見問，因歎了一口氣道：「將軍辱問，敢不奉告，但是一言難盡，又何敢以區區瑣屑，上瀆將軍？」狄洪道道：「老丈有何為難之處，不妨細述。不才若可為力，亦可稍助一臂，必不袖手旁觀。」不知白樂山可肯將情節說出，且聽下回分解。

第一百三十五回 狄洪道除害斬山魈 白樂山殷情留勇士

話說白樂山聽了狄洪道的話，因道：「既蒙將軍辱問，只因老漢生有子女各一，女喚劍青，生得有幾分姿色，近為山魈所纏，每夜到此纏繞不休。老漢又無法想，只得虔請些上人、羽士來家作法，欲退山魈，不意依然無用。近聞小茅山道士法力高明，因此去請到家建醮，以冀超脫。大拜四十九日玉皇大懺，已經拜了四十五日，還有三日，即可圓滿。所以這鐃鈸聲喧，即是小茅山的道士在後堂諷誦玉皇經懺。」狄洪道道：「既然如此，想令愛定能漸全癒了？」白樂山道：「哪裡全癒，還是依然。老漢現在也沒有別法，只等這玉皇大懺圓滿之後，能好更妙，不好也只得聽天由命了。」狄洪道道：「老丈不必憂慮，既為山魈作祟，某可助一臂，為令愛驅除。但不知這山魈何時到此？來時如何光景？」白樂山道：「每日約在三更以後便來到這裡，也並無甚動靜，只有陰風一陣，風過處，便有個美貌男子走進屋內，但見這山魈別無異樣，惟身後有尾約長尺餘，此外宛然人形，惟妙惟肖，進入小女之房。據小女云，這山魈進了臥房，望著小女吹一口冷氣，小女便昏迷不醒了。現在小女被他纏得骨瘦如柴，行將待斃。將軍若能相助除了此怪，不但小女感激，老漢一家皆感激不盡的。」狄洪道道：「今夜曾來過否？」白樂山道：「現在尚未二鼓，還未到來。」狄洪道道：「既如此，某有一計可除，不知老丈肯從否？」白樂山道：「將軍有何妙策？請道其詳。」狄洪道道：「老丈可將令愛即刻移住別處，令愛之床可讓與小生暫住，某自有驅除之計。再請老丈飭令眾莊丁，等山魈進房以後，即便把守房門，務要不放他出去，某當以寶劍斬之。我之寶劍卻是仙家所授，無論是何妖怪，某只須一劍，他便迎刃而死的。但有一件，若還山魈與某爭鬥起來，老丈切不可驚恐，至要！至要！」白樂山聽了狄洪道這番言語，卻是半信半疑。狄洪道見那般光景，也知他有些不信，因又說道：「老丈勿疑，某如不能為，斷不敢誇這大口。就請老丈趕緊將令愛移避他處，讓某作個李代桃僵便了。」白樂山暗想：「且不管他，或者可以驅除也未可定。」當下謝道：「難得將軍慷慨相助，老漢當即遵命。」說罷，便起身進內吩咐去了。

過了一刻，白樂山出來向狄洪道說道：「裡間已由內子安排。小女即刻移住他處。但將軍遠來，尚未晚飯，老漢略備酒肴，半為東道之情，半助將軍之興。」狄洪道此時腹中正有些飢餓，因便謝道：「老丈何必如此客氣，既蒙見賜，幸勿過費。」白樂山又謙遜了一回。少停，裡面已端出酒肴，白樂山便請狄洪道小飲。狄洪道也就不再客氣，於是痛飲起來。飲到半酣，又吃飽了飯。飯畢，又稍坐了片刻。將到三更時分，狄洪道便令白樂山引至後面劍青房內。當時白樂山又致謝了一番，無非請他竭力幫忙。狄洪道亦滿口答應。白樂山出了房門，又暗令各莊丁手執耰鋤，暗暗埋伏，一俟山魈進房之後，即便把守房門，不使出去。料理已畢，白樂山便去自己房中，坐待信息。

且說狄洪道自進劍青房內、白樂山出去之後，他便據床靜坐，以待山魈。等了一會，並無動靜，狄洪道便有些瞌睡起來，因即下床將燈吹滅，便上床倚劍而臥。將要睡著，忽覺帳幔一動，狄洪道便睜開兩眼，仔細一看，見有一人站立床前，向自己面上吹氣。狄洪道知是山魈到了，即便手執寶劍，輕輕從床上避著山魈，跳了下來。真個是身輕如燕，雖山魈也不得知。狄洪道下了床，又復躡足潛蹤，走到山

劍在他身上連砍了十數劍，方喊人點火進來。

當下眾丁在房門口把守，一聽喊人點火，眾莊丁也就趕著拿了燭臺進入裡面。狄洪道向莊丁說道：「山魈已被我除了，你等可快請你主人進來看視。」眾莊丁先向狄洪道問道：「山魈現在何處？」狄洪道指道：「這不是麼？」眾莊丁將燭臺向地上一照，只見毛轟轟一團攤在地上，四面鮮血直流。莊丁看罷，立刻出去請樂山前來。

白樂山一聞此言，尚不相信，還是莊丁竭力說明，樂山才隨著莊丁來到裡邊房內。狄洪道先向白樂山說道：「某幸不辱命，山魈今已為我斬除矣！」便指地上說道：「這就是那為祟的孽畜。從今以後，令愛當無復有怪物相纏，得以相安無恙了。」白樂山低頭向那山魈一看，果然被斬而死。但見毛轟轟一團，似兔非兔，似狐非狐，也認不出是何怪物。當下便向狄洪道謝道：「非將軍大力，尚有何人能除此怪物耶？真是小女之幸也！」說罷，又向狄洪道深深一揖。狄洪道說：「些須小事，何足言謝。」白樂山還是謝不絕口。

此時樂山的妻子、兒子通知道了，大家也前來看怪物，連那些道士也到房內觀看。狄洪道道：「老丈，今山魈已除，可即令貴莊丁將他焚化，免得以後再要為祟。」樂山答應，連夜的命莊丁架起火來，將山魈焚燒至肉盡骨枯而止。又命莊丁將房內血跡打掃清淨，便請狄洪道就在房內安息。此時已有五更時分，狄洪道亦頗困倦，也不推辭，就在床上安睡。白樂山當下出去，又將此話告知了女兒，女兒亦甚歡喜。於是大家也就安歇。

次日一早起來，玉皇大懺也不拜了，雖尚有兩日未曾拜完，白樂山照送經資，分文不少，請一眾道士而去。卻好狄洪道已自起來，樂山命莊丁打面水，給狄洪道梳洗已畢，又命廚房內做上等點心，請狄洪道用早膳。狄洪道卻也不便推讓，吃了一飽，即便告辭，要去尋他師父漱石生。白樂山哪裡肯放，因堅留道：「將軍幸留一日，老漢已聊備薄酌，借表寸心。將軍若不肯留，則是見棄於老漢矣。況小女蒙將軍救命之恩，也當出來面謝。今將軍匆匆而去，不但老漢未曾報德，就是小女知道，也要怪老漢何不堅留。將軍今日是萬不得去的。」狄洪道道：「某非決絕，實有要事在身，且係奉有王元帥之命，設有遲誤，回營後定要見罪。那時見罪下來，則今日不是老丈愛我，反是老丈害我了。若老丈果真見愛，他日歸來，再造府請安便了。」不知白樂山可肯放狄洪道去否，且聽下回分解。

第一百三十六回　獨家村贈金辭金　飛霞樓遇舊敘舊

話說白樂山見狄洪道說得如此決絕，堅不肯留，也知他實有要事，不便再行強留，因道：「將軍既如此說，光景是有要事。若老漢強留，萬一貽誤將軍大事，誠如將軍所言，不是老漢愛將軍，反變成害將軍了。但請將軍少待片刻，老漢去去就來相送便了。」狄洪道只得答應。停了片刻，白樂山果然出來，只見他手捧白銀兩錠，向狄洪道致敬道：「區區不腆，非為酬勞，不過聊作將軍路費，幸勿見卻。將軍若不肯笑納，便是將軍見棄，以老漢為鄙物了。」說著便送過來。

狄洪道見白樂山如此，當下也就謝道：「某既蒙盛意，焉敢固辭。而況長者見賜，更不敢卻。只因某行囊愈輕愈妙，稍重便不良於行❶。老丈既如此殷殷，某當敬領高誼。但有一件，請將此款仍存府上，俟某事畢，道經此地，定當造府取攜。幸老丈俯如所請，勿再過謙為幸。」白樂山道：「些須薄敬，亦雅不累人，還請將軍笑納。若說存留寒舍，將軍公務匆忙，歸期又不知何日，即使歸期有定，亦斷不肯再臨寒舍了，老漢此時怎肯受將軍之遺麼！」狄洪道道：「大丈夫一言既出，駟馬難追。待到歸時，某定不失信於老丈。還請老丈勿再堅執，某趕路要緊，幸老丈鑒之。」白樂山見狄洪道又如此堅執❷，只

❶ 不良於行：不便於、不善於行走。

❷ 堅執：堅持。

得說道：「將軍此去何日歸來，請以定期相示，屆時好使老漢下榻以待。區區薄敬，即遵命留存寒舍，待將軍歸來再行奉上。但將軍不可作失信人，使老漢望穿秋水❸也！」狄洪道見他答應，心下好不歡喜。因說道：「某至遲不過半月即便歸來。屆時道經此間，定造府❹奉訪，來取厚贈。」說罷一揖，登時出了莊門。白樂山趕著相送出來，早已不知狄洪道去向。白樂山暗暗欣羨道：「此人英氣勃勃，舉止高超，非惟行伍中人，殆亦劍俠之流亞❺也。」歎羨一回而罷。

再說狄洪道出了莊門，直望岳陽樓而去。原來海鷗子是差他到那裡去，請他師父漱石生前往吉安議破非非大陣。狄洪道曉行夜宿，這日走到一座高山。這山名喚獨孤山，但見樹木參天，孤峰聳日，那些巉岩峭壁，一色濃青，高聳半空，真不亞天台四萬八千丈的光景。狄洪道便走到山根之下，席地而坐，稍息片刻，又復舉首向山上，凝眸賞識這獨孤山的風景。正在凝神觀望，忽見那山頂上一道白光直射下來，狄洪道大驚道：「這白光既非雲影，又非電光，似飛劍相似，難道我師父現在此山麼？」

正自暗想，再一回頭，已見那白光落下。只聽一聲喚道：「洪道賢弟，違教了。近日好麼？」狄洪道見有人喚他名字，急掉轉身來一看，原來不是別人，正是焦大鵬。狄洪道一見，好生歡喜。因與大鵬先作了一個揖，接著說道：「小弟自從與兄長在趙王莊一別，自我不見於今兩年，何幸相遇於此！真是意料所不到。但不知兄長近兩年來有何佳境？兩位嫂嫂想已添了侄兒？今兄長到此有何公幹？尚乞明白

❸ 望穿秋水：形容急切地盼望。秋水，比喻眼睛。
❹ 造府：敬詞，意即到府上去。
❺ 流亞：同一類的人物。

示我。」焦大鵬道：「自與賢弟別後，愚兄日念諸位兄弟。只因遵奉玄貞大師伯的慈諭，不敢違背，終日株守家園，與荊妻相對而已。幸託賢弟之福，已於上年連得兩子，也算是香煙❻有繼了。」狄洪道道：「真是可賀之至！遙想我那兩位侄兒，定然頭角崢嶸，身軀雄壯的。」焦大鵬道：「也算魁梧，只是粗笨罷了。」狄洪道道：「難得，難得。」焦大鵬道：「此處非談心之所，賢弟可與愚兄揀他一座酒樓，對飲幾杯，好暢敘別後光景。」狄洪道也就答應，當下站起身來，即與焦大鵬同行而去。

只見焦大鵬在前，狄洪道後跟，轉過獨孤山，走未多遠，就是一個小小鎮市。二人上了鎮，便到一座酒樓。狄洪道一看，那酒樓上掛著一面招牌，上寫著「飛霞樓」三字，雖不十分寬大，也還窗格軒明。二人走上酒樓，當有酒保前來招呼，焦大鵬即命酒保：「將上等可口的酒菜，只管取來，隨後一總算帳便了。」酒保答應，下樓而去。不一刻拿了兩壺酒、二副杯箸、四個小菜碟、一大盤雞、一大盤燒肉，擺在桌上。焦大鵬先給狄洪道斟了一杯酒，然後自己也斟上一杯，二人便對飲起來。

焦大鵬便問道：「聽說宸濠現在已舉兵造反，賢弟一向有何功勞？諸位兄弟，想皆功名上達了。」狄洪道道：「說來話長，容小弟慢慢詳告便了。自從小弟與諸位兄弟隨張永老太監入京，本來是要征剿宸濠，後來忽然安化王寘鐇造反，皇上便命楊一清大人掛帥，命小弟等隨征，先剿寘鐇。幸未多時，就將寘鐇平定，回京覆命。又擬去征宸濠，忽然楊大人不願為官，上疏告老，皇上准旨。我等就留在京都，以待宸濠的動靜。不到兩月，有江西洌頭寨諸賊揭竿起意。皇上即命王守仁大人總督江西軍務，兼巡撫御史，率領小弟等前去征剿江西各寨諸賊。又幸而不過半年，也就次第剿滅清楚。正擬班師回京，此時

❻ 香煙：原指子孫對祖先的祭祀。後借指子嗣。

宸濠就舉兵造反，先殺巡撫大臣，後又劫監翻獄，搶奪錢糧，盤踞府庫。各路告急表章，馳奏進京。皇上當命王元帥就近征剿。王元帥奉旨之後，即刻帶兵前往。哪知宸濠已派鄴天慶攻破南康，雷大春等攻陷進賢等縣。王元帥得知消息，一面分兵，命徐大哥等進援南康；一面大隊往南昌進發。宸濠知有大兵到來，怕兵力不足，即將鄴天慶調回南昌。因此徐大哥等克復南康已畢，仍回大營，都算打了兩個勝戰。不意宸濠那裡，又來了一個非幻道人，說是與余七師兄弟，卻與余七同來。因這非幻道人一來，偏用邪術，我軍便敗了兩陣也還罷了，不意他暗設毒計，要將我軍全行滅沒。幸虧傀儡老師前來相救，用了個替代之法，屬令王元帥連夜退兵駐吉安。現在大營在吉安府駐紮。那非幻道人又追到吉安，頭一次被王元帥用計劫寨，將他打了個全軍覆沒。他又往宸濠處堅請增兵，宸濠又添兵與他。他現在擺下一座非非大陣，欲與元帥鬥陣。元帥頭一次出去觀陣，被那非幻道人罵了一頓，元帥幾乎氣死。第二日，徐大哥便黑夜前去探陣，不料就陷入陣中。元帥直急得要死，打算差人往各處尋覓眾位師尊。卻好海鷗老師惠降，告知元帥：徐大哥雖經陷陣，卻無妨礙，只因他有四十九日大災，過此以往，自有人救。又說這非非大陣利害非常，非海鷗老師一人所可破得，因此令小弟去岳陽樓請漱石生師父前去，共議破陣。不期在此遇見兄長，真是大幸！但不知兄長因何在此山上？所做何事呢？這山名喚甚麼？」

焦大鵬笑道：「愚兄早知賢弟到此了，漱石師伯昨日已往吉安去了。」狄洪道道：「兄長如何知道我師父已往吉安呢？」焦大鵬道：「只因愚兄昨往岳陽樓遊玩，適遇師伯，他便向我說道：『來得極好，我即要往吉安王元帥那裡，議破非非大陣。我徒弟即日就要前來尋找，你可迎上前去。若遇見我徒弟，叫他不要去岳陽，可同你即日回吉安，聽候差遣。』愚兄聽了這話，所以到此山相等，料定賢弟必由此經過，果不出吾之所料。但這非非大陣，難破異常，必須眾位師尊到此，方才破得此陣。昨日途遇玄貞師伯，據他老人家說，已各處去約眾位師尊於四月十五日吉安取齊，然後共議破陣。還說要等一個產婦前去，方可行事，卻不曾告訴明白。賢弟今既到此，不必耽擱，明日愚兄就同賢弟前往吉安便了。」狄洪道聽了這番話，好生歡喜。當下飲酒已畢，算還酒錢，二人便下樓而去。不知後事如何，且聽下回分解。

第一百三十七回 趕路程二義士御風 具杯酒兩盟嫂設餞

話說狄洪道、焦大鵬二人下得酒樓，便望狄洪道說道：「賢弟，今日天色尚早，愚兄與賢弟尚可趲趕一程，賢弟尚不畏辛苦麼？」狄洪道道：「小弟卻不畏辛苦，但慮前途無止宿之所，那就大不便了。」焦大鵬道：「這怕甚麼。隨著愚兄前行，還怕沒有止宿之處麼？」狄洪道聽說，也就答應，即刻與焦大鵬起程。哪知焦大鵬行走如飛，狄洪道萬趕不上。焦大鵬是個脫胎之人，又兼他劍術高超，狄洪道怎能比得？

焦大鵬見狄洪道不良於行，也知道他斷趕不上自己，因立住腳向狄洪道說道：「賢弟，你走得太慢，何不趕快兒走呢？」狄洪道道：「小弟已是趕得上氣不接下氣，兩條腿一些不敢停留。兄長不說自己走得太快，偏說小弟太慢，未免不近人情，不知小弟的艱苦了。」焦大鵬笑道：「愚兄也知賢弟趕不及，前言特有以戲之耳。賢弟不必作惱，愚兄當思良法，使賢弟既不費力，又跟得上愚兄，而又使賢弟不走一步何如呢？」狄洪道道：「兄長勿自取笑，天下豈有不走一步，便能登山涉水、趲趕路程的道理？」焦大鵬道：「賢弟不必疑惑，姑且試之，以驗愚兄之言何如？」狄洪道道：「兄長雖如此說，小弟終不敢相信。」焦大鵬道：「你且過來，伏在愚兄背上。愚兄若教你閉目，你切切不可睜開；等我教你睜開，那就到了安息之處了。」狄洪道道：「兄長！這不是又來取笑嗎？小弟偌大年紀，又不是個小孩子，怎能勞兄長背我？就使兄長不棄小弟，在背上一伏，兄長便多一累贅，還能行走如飛嗎？那可不是要快，倒反更慢麼？兄長不要取笑罷！」焦大鵬正色道：「賢弟，你勿要嚕嗦疑惑，儘管伏上背來。愚兄若無神通，也不敢令賢弟如此。」狄洪道見他正色相告，心中暗想：「或者他有此膂力，有此神通，且姑試之。設若不然，再作計議也可。」於是就將兩隻手伏在焦大鵬兩肩，然後將兩隻腳盤繞到焦大鵬前腹。只聽焦大鵬說道：「就如此好了。」又道：「賢弟快閉眼罷！」狄洪道不敢怠慢，即將雙眼一閉，耳畔只聽呼呼風響，真是行走如飛，卻也不敢睜眼下望，一任他登山涉水，只牢牢抱定焦大鵬的肩頭。

約走了有兩三個時辰，耳畔住了風聲，正在疑惑，暗自笑道：「難道不走了麼？」還不敢睜眼。只聽焦大鵬一聲招呼道：「賢弟，你睜眼罷，到了。」狄洪道才將雙眼睜開，望下一望，見在一所屋內，著實羨道：「兄長如此神通，哪得不令小弟佩服倒地！」

正自說著，忽見後面走出兩個婦人，齊聲喊道：「叔叔久違了，叔叔可好麼？愚嫂這旁萬福❶了。」狄洪道一見，卻原來是焦大鵬的妻子孫大娘、王鳳姑二人。狄洪道當下也就一面答禮，一面說道：「嫂嫂安好！小弟託庇❷，不過是平庸罷了。今日小弟卻有累兄長，背走了不知多少路。兄長的神通，小弟真是倒頭百拜！」王鳳姑道：「這是他的慣技，也不算甚麼。」孫大娘道：「叔叔還不知道，他平時沒有事，便出去各處遊玩，說不定一日儘管走三四千里，也不知這腿勁從哪裡來的。」焦大鵬道：「你們

❶ 萬福：祝福語，多福的意思。古代婦女相見行禮時，雙手抱鬆拳，於右胸側上下移動，略作鞠躬，口稱「萬福」。

❷ 託庇：客套語，意為全靠對方庇護。

哪裡知道？我本來善走，從前一日可走三四百里。自從傀儡老師傳授了我御風的法子，我便可以乘風而行了，走來毫不費力，但憑著風而行，所以每日可行三四千里。不然，如遇大江大海，又怎麼能過去呢？」狄洪道道：「原來兄長有此神術，所以走得這般快。」

當下又向王鳳姑、孫大娘說道：「聞得兄長說及二位嫂嫂已生有兩個侄兒，請嫂嫂抱出來，與小弟見見。」王鳳姑道：「醜小孩子，要討叔叔見笑呢？」孫大娘道：「不管他醜不醜，好在叔叔是自家人，又怕甚麼見笑？但是初見面，叔叔曾帶得甚麼見面儀兒來與兩個小孩子呢？」狄洪道道：「這是有的，不過菲些罷了。」焦大鵬道：「你們也太老實了，人家還不曾見著小孩子，就要人家見面禮。幸狄賢弟是自家人，若是別人，豈不被人家笑話？」王鳳姑道：「正為叔叔是自家人，不然我們也不說這話了。」說著，二人走入後面，不一刻各人抱一個小孩子出來，向狄洪道說道：「狄叔叔在上，侄兒見禮了。」說著，抱了小孩子點了兩點頭。狄洪道便走過來撫摩一回，只見一個面目恰似焦大鵬，那一個酷似王鳳姑。因道：「這兩個侄兒，倒也罷了，一個像父，一個像母，真是可愛之至！」又問道：「那個大些呢？」王鳳姑指著自己的說道：「這一個大一個月，是去年正月廿四生的。」又指孫大娘抱著的那個道：「他是二月廿五生的。」狄洪道又問：「這兩個叫甚麼名字呢？」王鳳姑道：「我這個喚世昌。」孫大娘接著道：「他喚世榮，乳名喚壽兒。」王鳳姑道：「他乳名喚喜兒。」狄洪道便望焦大鵬道：「兄長真好福，有此兩個侄兒，後半世也可享福了。」焦大鵬道：「說甚麼享福不享福，不過因『不孝有三，無後為大』，有此兩個小畜生，可以告父母於無罪罷了。」狄洪道此時，便在腰間摸出兩錠銀子，每錠約五兩重光景，喜兒、壽兒各給一錠，說道：「此不過些須薄物，聊為兩侄添壽，隨後再補便了。」王鳳姑、孫大娘齊道：「我等不過是句笑話，難道真要叔叔的見面儀麼？」焦大鵬道：「都是你們說，人家未曾見著小孩子，你們就向人家討，現在人家拿出來給小孩子，你們又說是取笑，當真要見面儀麼，這不是都由你們說麼？在我看來，在先既託老實，向人家討，此時人家給小孩子，爽性老實到底收下來，不要學這兩張婆婆媽媽的嘴了。」王鳳姑、孫大娘聽說，齊笑道：「既這麼說，就多謝叔叔厚賜了。」又將兩個小孩子抱過來給狄洪道拜謝了一回，然後才把小孩子送進去，便到廚房內做飯。

一會子，將飯做好，拿出兩副杯箸，在堂前桌上東西擺定，又復進去取出兩壺酒來，接著搬了五六樣菜，一齊擺在桌上。焦大鵬邀狄洪道西向坐定，自己東向相陪，二人便對飲起來。王鳳姑、孫大娘在旁說道：「我等不知叔叔惠臨，匆忙間也不曾備得一兩件菜，多多簡慢，只好請多用兩杯酒罷！」狄洪道謝道：「有累嫂嫂費事，實在過意不去。」焦大鵬道：「我看你們都不要說客氣話了。沒菜已經沒菜，說了這閒話，還是就算好菜不成？費事已經費事，說了這話，還是就不費事不成？」說得狄洪道及王鳳姑、孫大娘皆大笑起來。王鳳姑、孫大娘又帶笑說道：「總像你一句客氣話兒都不會說，只知道有酒吃酒，有菜吃菜，吃過了高起興來，便出去溜腿勁，動輒走三四千里；只要人家說你走得快，你便得意非常。」焦大鵬道：「天下事總要心口相應。我看現在世上的人，皆是嘴裡說得如花如錦，叫人耐聽，其實心裡不是如此。就如你們今日做了這兩件出來，在你們心裡已覺得很費事，很過得去，嘴裡偏說是沒有菜，很簡慢，這就是心口不相應。狄賢弟心裡未嘗不以這兩件菜不好，又實在太菲，且明知你們並不曾費事，偏要說你們費事，他自過意不去，對不起你們兩人，也算是心口不相應。在我看來，嘴上又何必說得好聽呢？」王鳳姑、孫大娘、狄洪道三人聽了這番話，復又大笑起來。狄洪道當下又道：「焦大哥，小弟有一句話，倒要駁你；你說小弟心口不相應，兩位嫂嫂心口不相應，我們的口，姑作隱藏不起來，難道你看得見我們的心麼？倒要請教請教，我的心倒底是甚麼樣兒？還得大哥演說一遍，方使我們佩服。不然又何以知道我們是心口不相應呢？」王鳳姑在旁說道：「狄叔叔，你這句話說得真痛快，偏要問他，我們的心是個甚麼樣兒？」焦大鵬道：「你們的心我皆看見，都是外面光明，其實中間皆是空的；而且你們兩人，不但空，還有些黑點子，我這話可說得對麼？」當下王鳳姑將焦大鵬啐了一口道：「我看你不要嚼舌頭了，只管飲酒吃飽了飯，好與狄叔叔安歇一宵，趕緊到吉安去罷。」不知焦大鵬尚說出甚麼來，且聽下回分解。

第一百三十八回　焦大鵬初見王元帥　玄貞子遣盜招涼珠

話說焦大鵬聽了王鳳姑教他快些吃飯，好安歇一夜，便與狄洪道趕往吉安而去。焦大鵬便同狄洪道又飲了兩杯酒，即刻將飯吃畢，收拾床鋪，與狄洪道安歇。次日一早，用了早點，即與狄洪道回轉吉安，在路行程，也無多日。這日已到吉安大營，狄洪道先自進營，與王元帥繳令，並將相遇焦大鵬、說明師父漱石生已先來營、未曾到岳陽樓的話，先說了一遍。復又稟明元帥：「焦大鵬已來，現在營外。」王元帥聽說，當下說道：「將軍，令師尊已於十五日前到了此地，現在後帳。焦義士既已前來，就煩將軍請他進帳，以便本帥相見。」狄洪道答應一聲，即刻出了大帳，到了營外，將焦大鵬請進來。

王元帥一見大鵬，即降階❶相迎，又將焦大鵬邀入大帳，與他分賓主坐定。焦大鵬首先說道：「某久仰元帥大名，如雷貫耳，早欲趨前請安，奈元帥軍務倥傯❷，不敢造次❸；今奉敝師伯玄貞老師之令，前來效力，才得仰見威儀，就此一見尊顏，足慰平生之願了。以後元帥如有差遣，某當效力不辭。」王元帥也謙遜道：「本帥亦久聞諸位將軍談及義士忠肝赤膽，本帥亦亟思仰晤芝儀，只以軍務倥傯，王事

❶ 降階：走下臺階，表示恭敬。

❷ 倥傯：音ㄎㄨㄥˇ ㄗㄨㄥˇ。指事情紛繁匆忙。

❸ 造次：輕率；隨便。

鞅掌❹，無緣得見。今幸惠臨敝營，真是萬千之幸！以後尚多借重之處，還乞相助為荷！」焦大鵬道：「元帥如有驅使，定當效勞。」王元帥又謙遜了一番，然後又向大鵬說道：「義士曾見過諸位仙師麼？」大鵬道：「尚未謁見。」王元帥道：「漱石生、海鷗子、一塵子、一瓢生、鷦寄生、河海生、獨孤生、玄貞子共計八位，皆在後帳，義士欲相見，可請狄將軍引帶前去便了。」焦大鵬當即辭退出來，便與狄洪道到後帳參見玄貞子等人。

玄貞子一見大鵬到來，甚為歡喜，因即說道：「我們皆已到此，不知你師傀儡生何故遲遲至今日尚不曾到？」焦大鵬道：「不知我師父可知道這裡的事麼？」玄貞子道：「他怎麼不知？我們還是他相約的。譬如請客，客人已俱到來，主人尚未見面，這可不是笑話？」焦大鵬道：「或者我師父另有他事相羈❺，故爾遲遲。他老人家既然知道，又邀諸位師伯、師叔到此，他老人家斷不誤事的。好在今日才三月十九，距四月十五還有二十餘天，似乎也來得及。」玄貞子道：「賢侄有所不知，這非非大陣，尚須好兩件寶貝，要分別去借來，然後才能破陣；現在一件未得，若再遲延，哪裡等得及呢？」

焦大鵬道：「需甚麼寶物？徒弟尚可去得嗎？」玄貞子道：「眼前即有一件，名喚招涼珠，是破陣最要緊之物，能先將此物取來，究竟到了一件！」焦大鵬道：「這招涼珠何處有呢？」玄貞子道：「這招涼珠宸濠那裡就有，不過他深藏內府，難得出來，必須前去盜回方好。」焦大鵬道：「不知他收藏何處？即使去盜，也是枉然。」玄貞子道：「他那招涼珠我卻知他收藏的地方，但是甚難到手。」焦大鵬

---

❹ 鞅掌：指事情紛擾繁忙。

❺ 另有他事相羈：被其他事情拖住，無法分身。

道：「只要知道所在，哪怕升天入地，也要盜來。師伯何不將他收藏的地方說出來，或者徒弟前去一趟盜來，亦未可知。設若盜不來，也好再作良策。」玄貞子道：「某也想如此，但賢侄前去務要留心謹慎方好！」焦大鵬道：「若使徒弟前去，徒弟敢不小心！」玄貞子道：「既是如此，他這招涼珠現收在宸濠臥室之內，碧微王妃第十六個皮箱之中，用楠木小盒收貯，盒蓋上糊作宋錦。所難取者，須將那十六個皮箱搬運下來，然後才好翻箱倒籠，尋找那楠木盒，便有招涼珠了。這招涼珠最易試驗，只要將盒蓋揭開，便有一股冷氣逼人毛髮，此便是招涼寶珠。只因這第十六個皮箱內裡面，藏的皆是珠寶，往往易於取錯，故須格外留心。賢侄既是要去，我當回明元帥。好在一枝梅業已調回，就請元帥派令一枝梅與賢侄同去，究竟有個幫手。等將招涼珠到了手中，臨行時務要留下名字，使他知道，才好使他引出個人來。不然這個人終不出來的。」焦大鵬道：「請問師伯這人究竟是誰呢？要引他出來何用？」玄貞子道：「此時不必再問，隨後自然知道。」焦大鵬只得唯唯答應。你道玄貞子欲引出一個人，究竟是誰？要他出來何用？諸公不必作急，看到那裡自然得知，此時若便說出，即非作書者欲擒故縱的法了。

當下玄貞子率同焦大鵬進了大帳，與王元帥說明一切。元帥答應，就命一枝梅與焦大鵬同去。你道玄貞子如何要使一枝梅同去？只因一枝梅到寧王宮裡已非一次；焦大鵬的本領，雖比一枝梅高強，路徑卻不如一枝梅熟識，所以使一枝梅同去。一枝梅奉了王元帥之命，哪敢怠慢，當即紮束停當，便與焦大鵬出得大營，趕緊望南昌而去。

在路行程，不過兩日，已經到了南昌，當下尋了客店，暫且住下。等到夜間，二人便出了店門，直望宸濠宮內而去。一枝梅本是熟路，他就領著焦大鵬一路行來，直到碧微王妃宮內屋上停了腳步。二人就先在屋上伏下身子，側耳細聽裡間的動靜，曾否安睡。細聽了一會，並不聞有聲息，焦大鵬便暗暗與一枝梅打了暗號，一枝梅會意，焦大鵬早飛身跳下房簷。有人說他身如落葉，還是冤屈他的，真個是一毫聲息全無。已經到了院落，復進一步，走到宮門口，細細一聽，只聽裡面有兩個人低低說話的聲音。焦大鵬聽不出來說的是些甚麼話，又不知這兩人是否宸濠與碧微王妃。因又復行出來，繞到窗戶口，用津唾將窗紙沾濕，戳了一個小孔，便向裡面細望。只見裡間燈燭輝煌，上坐一人，卻是個藩王的打扮，焦大鵬知道必是宸濠。靠著宸濠肩下，斜坐一人，是個妃子的模樣，焦大鵬也知道這定是碧微妃子了。只見他二人坐在一處，低低的談心，還是聽不出來說些甚麼話。看了半會，但見宸濠將碧微妃子抱入懷中，用兩手將碧微妃子的臉捧了過來，先任他依偎了一回，然後代他將外衣脫去。碧微妃子便站起身來，坐在一旁。宸濠自己便去寬衣解帶。不一刻，宸濠脫去外蓋，露出裡衣，復又到碧微妃子面前，將他抱在腿上，代妃子解去裡衣的鈕扣，又代他將懷打開，露出大紅盤金繡鳳的兜子，宸濠便伸手懷中去撫摩他的雙乳。兩人相偎相愛，好不親熱。焦大鵬正在那裡出神細看，心中罵道：「奸王奸王！你指日就要身首異處，現在還這般作樂！」正暗罵時，忽見碧微妃子微啟櫻唇，倦舒杏眼，向宸濠秋波一盼，說一聲：「王爺，時候不早了，安寢罷！」宸濠答應道：「美人！孤也知你情不自禁了。」說罷，就將碧微妃子擁抱上床，登時將帳幔放下。

焦大鵬在外，又等了一會，裡間已無聲息，便思破扉直入。復又轉念道：「我何不如此如此？」正要回轉身來與一枝梅說話，忽聽一聲大喝道：「有刺客，速速捉拿！」焦大鵬一聞此言，登時雙足一蹬，已竄上屋面。焦大鵬才上了屋面，那下面的人也飛身上來。焦大鵬見隨後有人追來，此時一枝梅早已知道，即與焦大鵬二人越屋竄房，如旋風般竄去。看看到了前殿，正往前跑，忽見迎面來了一人，大喝一聲：「該死的賊囚，向哪裡跑？」說著一刀飛砍過來。不知焦大鵬、一枝梅二人性命如何，且聽下回分解。

第一百三十九回 焦大鵬設計盜寶 一枝梅奮勇殺官

話說焦大鵬、一枝梅二人正望前跑，忽見迎面來了兩人，大喝一聲，攔住去路，各人一刀，向他二人砍到。焦大鵬、一枝梅也不打話，趕著迎敵，且戰且走，不一會已出了寧王府。只見他二人行走如飛，登時已不知去向。那趕他的二人，見追趕不著，也只得回宮而去。

當下宸濠聽說外面捉拿刺客，只嚇得心驚膽戰，與碧微妃子坐了起來。一會子有人來報，說是刺客，未曾拿住，已被他走了。宸濠聽說刺客已走，當令眾人小心防護，他仍去安寢。次日一早起來，又命人各處擒拿，不許將刺客逃走去了。

且說焦大鵬、一枝梅二人出了寧王府，互相議道：「我等招涼珠既未盜出，又被他宮裡人瞧破，此時城內斷不可住。不如且自出城，暫宿一夜，明日夜間再行前去，總要將那招涼珠盜回，方顯我等的本領。不然，我輩英名，行將傷去。」焦大鵬道：「賢弟，我有一計，明日可將此珠盜出。我料宸濠今既知我們前去，明夜斷不敢仍住那裡。無論他住在何處，賢弟可在前殿放火，宸濠必然驚慌，大眾保衛之人，如太監等類，亦必往前殿救火，那時便去盜取招涼珠。吾料此珠必為愚兄盜出，所謂聲東擊西之法也。不知賢弟以為何如？」一枝梅道：「此計大妙，但恐防護太嚴，我們難於入內。」焦大鵬道：「不妨。且至明夜到了那裡，再看光景。」說著，二人已飛出城外，就於古廟中暫息了一夜。

挨到次日旁晚，方敢出來，就近買了些乾糧，吃了一飽。又揀那城頭上防範稍疏之處，二人飛身進城，一直又來至寧王府。他二人卻是熟路，便揀那僻靜之處，慢慢的走到宮內，先在荷花池中間一座小亭子上，歇了好一會。只因這座荷亭，是宸濠夏間消夏常至之所，現在卻無人前來。二人等到三更時近，出了花亭，又往各處轉了一回，見宮裡已是靜悄悄無人往來。一枝梅便帶了火種，走到前房廊房上，將火種取出，先就廊房放起一把火來。不一刻，已是火穿屋頂。守前殿的太監，此時正在那裡打盹，從睡夢中驚醒，一見東廊上火起，即刻大喊起來，各處喊人前來救火。登時那些看守宮門的護衛，也就率領眾人，齊至前殿，催督救火。此時已有人報進宮去。宸濠一聞前殿火起，也來不及追問緣由，即刻帶了十數名小太監，走出宮來，看人救火。只見風趁火勢，火趁風威，那一片紅光，燭照裡外。

此時一枝梅見大眾皆到前殿救火，他復又到廚房內放起一把火來。前殿尚未救熄，忽又有人從後面報到前殿，說廚房內火又起了。那些救火的人，這一聽好不驚訝。宸濠就疑惑起來，當下說道：「你等可趕速分別前去！孤料定必有奸細前來放火，不然此處火尚未熄，那裡到又火起。若非放火，斷未有如是之巧！」大家一聽，都道：「千歲之言，甚是有理！」就即刻分別救火的救火，拿人的拿人，亂亂烘烘，忙無所措。

焦大鵬先見前殿火起，他便趁此時到了碧微妃子宮中。先在外面聽了一回，見臥房裡面並無人聲，他又不知宸濠果在此否，心下暗想：「若不如此如此，再遲便來不及了。」一面暗想，一面將懷內所帶的雞鳴五更斷魂香取了出來，將香燃著，向臥房內送進。不一刻，那香氣散布房內，無論他甚麼人，登時就昏迷起來。焦大鵬料藥性已透，即便將窗格撥開，鼻中塞了一團解藥，飛身入內。只見東首真個堆著兩排朱紅漆皮箱，他便從上排第一隻數起，數到下一排第十六隻，心中暗想，光景就是這皮箱了。當下將上面七隻一口氣搬在一旁，即將手中刀拔出來，認定皮箱蓋上一劃，便把箱蓋劃開，即在內搜尋。翻倒了一刻，果見有個宋錦的小方盒子，他便取在手中，將盒蓋揭去，就燈下細看。才將盒蓋揭開，只見一股寒光逼人肌骨；再一細看，內有明珠一顆，有龍眼大小，光明璀燦，真是可愛。因即收入懷中，仍代他將皮箱堆好，即刻出去，尋找一枝梅去了。

哪裡知道出得房來，才飛身上屋，但見火光中有一叢人圍住一枝梅廝殺。焦大鵬一見，哪敢怠慢，也就上前相助一枝梅戰鬥。你道一枝梅如何被人看見？只因他在廚房內放火，前殿上救火之人聞知後面又火起，因即分別出去救護。宸濠又命眾打手以及護衛各官往各處搜尋奸細。眾人正在各處搜尋，卻好一枝梅正往碧微妃子宮內探看焦大鵬的消息，不期兩邊遇見，因此大殺起來。一枝梅抖擻精神，力戰十數個大漢。那些宮內的護衛，雖然本領不甚高強，卻皆是有力之人，不似一枝梅身輕如燕，所以廝殺了半會，眾護衛雖未敗下，卻也不能取勝。一枝梅就憑著迸縱竄跳，遮攔躲閃，卻也未曾吃虧。此時宸濠也知道有了奸細，眾護衛戰他不下，宸濠也即刻傳令飛奔命鄴天慶進宮，幫助捉拿奸細。

鄴天慶一聞宸濠之令旨，哪敢怠慢，登時點了三軍，蜂擁入宮而來。鄴天慶到了宮中，一見屋上一人，早知道是王守仁的部下，也便登時飛身上屋。再一細看，卻是一枝梅。當下大喝道：「一枝梅匹夫！你膽敢一人進宮何故？敢是作刺客麼？」一枝梅正在那裡與眾人廝殺，一聽有人喊他的名字，他也應聲答道：「你是何人？既知老爺的大名，就應該早早退下，不必多事，免得為老爺刀下之鬼。快通名來，好讓老爺送你的性命！」鄴天慶道：「我乃大將軍鄴天慶是也！爾等務各努力，不要放走了這廝，本將軍來也！」說著，便一個竄身，到了一枝梅面前，舉刀就砍。那些眾護衛見鄴天慶已到，大家反不動手向前。你道這是為何？原來鄴天慶生性如此，不要人助他；好似有人助他，就怕旁人分了功去一般，所以大眾皆知道。這也是一枝梅合該無事，因此遇了鄴天慶來。

當下鄴天慶一刀砍到，一枝梅趕著相迎，將鄴天慶的刀架開過去。鄴天慶又復一刀砍來，一面問道：「爾這廝不怕死麼？膽敢到此行刺。」一枝梅也就一面迎敵，一面喝道：「本將軍看你死在目前，尚不知道麼？本將軍並非來行刺，實不相瞞，是來取碧微妃子那裡的招涼珠的。告訴你，現在宮內不是本將軍一人，諸位英雄全行在此，逆賊宮內已經布滿了。宸濠此時想已身首異處了，你尚睡在夢中呢！」鄴天慶聽了這番話，雖是半信半疑，見他說出來盜珠，卻是甚為相信。你道為何？原來非幻道人擺了非非陣之後，即繪圖呈進宮來，與宸濠觀看。每一門皆有圖說，所以鄴天慶也知道這招涼珠是破陣的寶物。因此聽了一枝梅的話，不覺吃了一驚。合該鄴天慶遭殃，就這一驚，手中的刀慢了一些，早被一枝梅看出破綻，趁勢就砍進一刀，卻好正砍中鄴天慶的腿上，鄴天慶站立不住，登時從屋上滾跌下來。

一枝梅見鄴天慶跌下去，正待要走，那些眾護衛又復搶殺過來，所以焦大鵬遠遠望見一叢人在那裡圍住一枝梅廝殺。一枝梅正在抖擻精神，力敵眾人，忽見一個黑影飛到面前，登時那些眾護衛，就有兩個身首異處，跌倒下來。一枝梅再一細看，見是焦大鵬。當下問道：「那寶物曾到手麼？」焦大鵬道：「得了。」一枝梅道：「既到了手，我們走罷。」說著一個走字，只見他兩人就從屋上兩腳一蹬，已飛身離了此處。那些眾護衛還待要趕上前去，只見兩條黑影，晃了兩晃，已不知去向。當下眾護衛知道趕不上，也就各人跳下屋來，去報宸濠知道。

宸濠不待眾護衛去報，他卻因鄴天慶砍傷，已有人去報過了，所以他是早已知道的。又見二次的人報了進去，只把他嚇得面如土色，半晌方說出一句話來道：「一枝梅等既已逃走，孤可要進宮去，看看碧微貴妃現在是怎麼樣了！」畢竟碧微妃生死如何，且聽下回分解。

第一百四十回　自然建議請鴻儒　余七回山延師父

話說宸濠見焦大鵬、一枝梅二人已走，便去碧微妃子宮中觀看。到了宮內，並不見甚麼動靜。先將帳幔掀開，向裡一看，只見碧微妃子擁衾而臥，尚未睡醒。宸濠疑道：「怎麼奸細前來，將招涼珠都盜去了，何以貴妃還不曾驚醒？倒也奇怪。」因此便去呼喊。喊了半晌，仍不見醒，宸濠又疑道：「難道他嚇死了不成？」因又近前細聽，只聽他呼吸不絕，並未嚇死。宸濠更加疑道：「這更怪了，何以睡得如此糊塗？」當下也就不再呼喚，便去喊那些宮娥。哪知再喊也是不應。宸濠不知所措，復又走出來，喊了兩個年老的太監進去，問明所以。內有個老太監說道：「千歲，如此看來，昏迷不醒，光景是奸細用了迷魂香，才如此昏睡。奴才從前也曾聽人說過，是凡受了迷魂香氣昏迷不醒者，但須用涼水在胸前激透，自然醒悟過來，否則等到天明也就醒悟過來。奴才看來，此時天已將近明亮，千歲且等一會，貴妃娘娘如果醒來則已，不然便用涼水去激便了。」宸濠也就不言，便命那老太監將第十六個皮箱搬下來看視檢查，除招涼珠已為盜去外，看果有別樣甚麼珍寶遺失？那老太監答應，即刻將皮箱搬下。宸濠一看，見箱蓋係刀劃開，便將箱蓋揭開，查看箱內的寶物。檢查了一會，只不見了招涼珠，別樣珍寶並未遺失。

此時東方已經發明，宸濠也甚困倦，即命老太監將皮箱堆好，把劃開的這皮箱，擺在一旁，以便收拾。老太監答應，宸濠便要去安歇一回。正要去睡，忽聽碧微妃子歎了一口氣，宸濠趕著近前喊道：「美人醒來！」碧微妃子聽有人呼喚，也就睜開睡眼，向帳外一看，驚道：「千歲此時還不曾安睡麼？」宸濠道：「美人哪裡得知！」因即將以上情形說了一遍，碧微妃子這才知道，也就驚恐起來。宸濠道：「美人不必驚恐，招涼珠雖為盜去，所幸美人無恙，這還算是萬幸。現在孤也困倦了，與愛卿再睡一會兒，孤便要升殿與各官議事。」當下宸濠也就寬衣解帶安睡，直睡至次日午刻方才起身。再說外面救火的人，將火救熄，也就各去安歇。

到了次日午刻，宸濠升殿，當有李自然那一干人進來參見，宸濠便向眾人說道：「招涼珠為一枝梅盜去，倒是小事，惟慮王守仁那裡必有能人幫助，不然何以知道這招涼珠是破非非陣的法寶？而況孤之招涼珠，雖非幻仙師亦不知道孤有此寶物。王守仁既派人前來盜取，他那裡必有非常之人，這便如何是好？」李自然道：「但據非幻道人那陣圖上所說，破陣之法，不但招涼珠一物，此外法寶尚多。王守仁既知此珠可以破陣，安知不各處找尋寶物？某想他那裡不但有非常之人，而且這人甚是利害，若不早為防備，將來恐非敵手。依某之見，非幻道人與余七道人皆是一師所傳。某曾聞余道人所言，他師父名喚徐鴻儒，道術高深。千歲何不及早飭令余七，去將他師父請來，以助一臂之力？將來事成之後，千歲登了大寶，封他一個法號，他也是樂從的。若不將徐鴻儒請來幫助，恐怕事到鬥陣之時，非幻道人也非王守仁那裡眾人的敵手。某細想來，惟恐這些人還是從前破迷魂陣的甚麼七子十三生之類，千歲須要早作計議方好。」宸濠道：「卿言甚善，孤也想及至此。即日就可差人前往吉安，請余七前去請他師父便了。但是差哪個前去？鄴天慶昨又受傷，不能前往。軍師之意，擬派何人前去？請軍師分派便了！」李自然道：「這到無須大將，只要令個心腹人前往吉安，促令余七趕速請他師父，須要千歲親筆下道詔書，方可相信，且不敢推辭。」宸濠道：「詔書不難，軍師可即將人派定，以便前往吉安便了。」李自然當下答應，宸濠就在殿上寫了詔書，交給李自然，好令心腹前往。李自然退出殿來，便差了個心腹，即日奉書馳往。暫且不表。

再說焦大鵬、一枝梅二人出了寧王府，當即飛奔出城，仍在那古廟內歇了一刻，等到天明，便一齊趕急遄回吉安。進了大營，見了元帥，將招涼珠呈上，又細細說了一遍盜珠的情形。元帥大喜，當命一枝梅、焦大鵬二人出去歇息。二人退出，又到後帳見玄貞子等人。玄貞子見焦大鵬把招涼珠盜回，也甚歡喜。於是玄貞子即與海鷗子、一塵子、鷦寄生、河海生、獨孤生、一瓢生等人議道：「今招涼珠雖已盜來，但是這溫風扇現在徐鴻儒那裡，光明鏡現在余秀英那裡，此兩件寶物甚難盜得到手，哪位前去走一趟？」當下河海生道：「小弟願往徐鴻儒那裡盜他溫風扇。」一塵子道：「小弟願往余秀英那裡盜光明鏡。」玄貞子道：「此處若得二位賢弟前去，那就妙極了。」說罷，焦大鵬、一枝梅二人退去，河海生、一塵子二人也就起身，分別前去盜那溫風扇、光明鏡來。暫且不題。

再說這日非幻道人與余七二人接到宸濠詔書，說是招涼珠為王守仁派令一枝梅盜去，恐怕王守仁軍中有了非常之人，非幻道人與余七不能抵敵，欲令余七請他師父徐鴻儒來幫助。非幻道人與余七二人看罷，互相說道：「千歲也忒多心，招涼珠雖為他盜去，只此一件，又何足濟事？他不知這溫風扇現在師父那裡，光明鏡在余秀英那裡，這兩件寶物，缺一也不能破此大陣。就便他知道這兩件寶物的所在，任他甚麼一枝梅本領高強，也不能前去盜竊。」余七道：「師兄，話雖如此，一枝梅這干人，卻不能成甚麼大事，我恐那當日七子十三生又在此處，我輩可萬萬不是他們的對手。在小弟之意，既是千歲招呼我們將師父請來，不若小弟就前去請師父到此，究竟多一幫助。」非幻道人道：「賢弟既如此說，愚兄也不能執意，況有寧王的詔書，即煩賢弟前去一走。師父肯來更好；設若不來，務要請師父將溫風扇收好，不要遺失，要緊要緊！」余七答應，就即日起身，前往他師父徐鴻儒哪裡，請他下山助陣。

在路行程不過兩日，已經到了山中，登時進去，當有小童子問道：「余師兄怎麼又回山來？難道又打敗了不成？」余七聽了這話，好生不樂，便對那童子正色道：「你小小年紀，不知道理，偏要多嘴亂說，現在師父在哪裡？可即前去通報，就說我有要緊話與師父商量。」那小童道：「師父不在家，昨日才出去的。」余七道：「往哪裡去了？」小童子道：「不知師父往哪裡，但聽師父招呼我們，不要亂跑，不過一二日就回來的。你如有要緊事，你就尋找師父去。如無十二分要緊事，就在這裡等一二日，師父也就回來了。」余七道：「師父昨日出去，你曾見他帶些甚麼法寶去麼？」童子道：「不曾看見，大約不過出去雲遊而已，也不見得有甚麼耽擱。據我看來，師兄還是這裡等的好。」余七聽罷，心中想道：「我便去各處尋找，怎知他老人家的所在，不若等他一兩日，再作計議。」主意已定，即便暫住下來。

一連等了兩天，徐鴻儒果然回來。余七先與他見了禮，徐鴻儒問道：「現在你為甚麼復又到此？那裡是怎麼樣了？」余七道：「自從徒弟與大師兄下山之後，與王守仁戰了兩陣，互有勝敗。現在大師兄擺下一座非非大陣，敵將徐鳴皋已陷入陣中。不意王守仁那裡又來了一班能人，十日前寧王宮內的那顆招涼珠，不知如何被王守仁那裡的人知道，就令一枝梅暗暗進宮，將招涼珠盜去，因此寧王好生擔憂，說是招涼珠既被敵人盜去，則敵人中必有知破陣之人，恐怕大師兄與徒弟不是敵人的對手，故屬令徒弟回山，務請師父前去一趟，助大師兄與徒弟一臂之力，務要將敵人打敗。不然寧王終不能成其大事。故此徒弟於前日就到此了，只因師父不在山中，所以在此守候兩日。師父還是與徒弟一齊下山？還是徒弟先往，師父隨後就來？請師父示知。只因那裡軍務甚急，恐怕不日就要大戰了。」徐鴻儒聽了這話，沉吟不語。不知徐鴻儒果下山否，且聽下回分解。

第一百四十一回　徐鴻儒下山奉偽詔　河海生盜扇得真情

話說徐鴻儒聽了余七這番話，沉吟了半晌方說道：「王守仁那裡究竟是些甚麼人呢？」余七說道：「光景還是七子十三生今又到此。先是傀儡生前來的，傀儡生未來之前，徒弟已與他打了兩仗，都是大獲全勝。自從傀儡生到此，被傀儡生用了替代之法，以後便接著是有敗無勝了。若非傀儡生來，王守仁早已全軍覆沒了。」徐鴻儒道：「原來如此。但是你等卻非是七子十三生的對手。今寧王既命你前來請我，為師的也只好下山一遭，與七子十三生鬥一鬥便了。」余七道：「既蒙師父允諾，但不知何日下山呢？」徐鴻儒道：「事不宜遲，我今即便與你同往。」余七大喜，又謝道：「若得師父即日同行，將來大功既成，寧王登了大寶，師父自然是有封號的。」徐鴻儒道：「我今雖與你同往，我卻要先去見見寧王，然後再去吉安。你可先回大營，叫非幻務必等我到了再與敵人開戰，萬不可性急，要緊！要緊！」余七答應。當下徐鴻儒便收拾了些應帶的物件，即便與余七下山。到了半路，余七便回吉安賊營，徐鴻儒便去南昌。

且說余七不日回到營中，告知非幻道人說，徐鴻儒不日即到，又堅囑他務等師父到日再去開戰，切切不可著急。非幻道人也就答應。

徐鴻儒這日到了南昌，便往寧王府而去，到了寧王府前，先與值門官說明，請他進去通報。值門官聽說，哪敢怠惰，即刻通報進去，由宮門太監進內稟知。宸濠一聞徐鴻儒前來，好不歡喜，當即請他。宮門太監傳出話來，值門官飛跑至外面，將徐鴻儒引領進去。到了宮門口，復由宮門太監引入內殿。此時宸濠早已具了衣冠，在內殿恭候。一見太監引著一人進來，但見他頭戴萬字華陽巾，身披鶴氅，手執拂塵，背後葫蘆、寶劍，腳踏逍遙履，身高八尺，鼻正口方，兩道濃眉，一雙秀眼，頜下一部長鬚，飄飄然有神仙之概。宸濠看罷，當即降階迎道：「孤未識仙師遠臨，有失迎迓，罪甚罪甚！尚望仙師海涵才好。」徐鴻儒亦趕忙施禮道：「貧道久仰千歲仁慈，早思趨叩天顏，只以疏懶性成，未曾到此進見。今蒙千歲降詔，想貧道有何德能，敢勞千歲存注❶麼？」說著宸濠就讓徐鴻儒坐下，又命人將李自然請來。

當下宸濠說道：「仙師道法高深，孤久仰之至。只以無甚借重，不敢仰請玉趾❷惠臨。今者王守仁猖獗異常，不久又將孤鎮國之寶招涼珠，差派一枝梅盜去。孤此珠雖失，也算不了甚麼大事，惟慮他既得此珠，必去破令徒非幻仙師所擺的非非大陣。若但是王守仁部下如一枝梅等，尚不足以為患，有令徒在此相助，他等亦無能為也，不過有七子十三生暗助與他。令徒的道法固是高深，孤亦極其佩服，但究竟不如仙師之法術高明。孤恐令徒等非七子十三生的對手，故不揣冒昧，特請余令徒相請仙師下山，以助孤一臂之力。現在先封仙師為廣大真人，俟功成之後，再行加封法號。但願早日成功，俾孤得以早定大事，皆仙師之所賜也。」

❶ 存注：注意。

❷ 玉趾：原為對對方的腳步的敬稱。此借指對方。

魈背後，看他的舉動。只見山魈吹了一陣風，便縱身上床，撲了過去，若與人敦倫❶相似。背後果然有一尾，約一尺餘長。

狄洪道此時見山魈已經上床，知道他不見有人必然要走，哪敢怠慢，即將手中寶劍拔出，認定山魈背後一劍砍去，打量這一劍就要將山魈砍為兩段。哪知山魈才撲上床，覺得並無人在上，也就跳將起來，預備下床而去。將翻轉身來，卻好狄洪道的寶劍已到。那山魈一見有劍砍來，雖不會人言，只聽「忽喇」一聲大叫，登時已變了形相，不似從前那美貌男子一般。但見他口如血盆，眼似銅鈴，渾身白毛，直望狄洪道撲來。狄洪道一看，喝道：「好孽畜，你還不知罪！膽敢迷人家女子。今本將軍前來拿你，你尚敢相拒麼？不要走，看劍！」說著又是一劍砍來，只見那山魈又大叫了一聲，向旁邊一跳，躲過了一劍。隨即又向狄洪道背後撲來。狄洪道趕著掉轉身軀，以劍相抵。只見那山魈見狄洪道掉轉身來，便將兩手一舉，兩腳望後一奔，認定狄洪道撲到。狄洪道看他來得凶猛，不慌不忙，等山魈來得切近，遂將身子一偏。那山魈撲了個空，又是一聲大叫，翻轉身又望狄洪道撲來。狄洪道仍用此法。那山魈連撲了三次，皆未撲到，好不著急，於是又要撲到。狄洪道見他力已將乏，便站定身子，將手中寶劍露刃於外，只見那山魈兩手一抬，兩腳將後一發，用盡全力又撲過來。狄洪道就乘他撲來的時候，即將寶劍一起，腰一彎，從那山魈腹下乘他的來勢，就這一戳，那口寶劍已深入山魈腹內去了。那山魈知道劍已入腹，便用足了全力，望後倒退。狄洪道見他倒退，更加將寶劍送進，就勢望上一剖，頃刻間，山魈肚腹已被寶劍剖開。只見那山魈就地一滾，登時變了原形，躺在地上不能動彈。狄洪道還恐他逃走，又用寶

❶ 敦倫：房事。

徐鴻儒見宸濠已封了他法號，當下就給宸濠謝過，復又說道：「貧道何德何能，敢邀封號？第恐七子十三生神通廣大，亦非貧道所可對敵。幸而有成，貧道固不敢妄邀封號；不幸而抵敵不過，還求千歲見諒，勿加罪戾才好。」宸濠道：「仙師神通廣大，想七子十三生亦斷非仙師的對手。仙師而不肯為力則已，仙師而肯竭力幫助，斷沒有不慶大功告成的。總乞仙師相助為幸。」徐鴻儒聽了這番話，便高興起來，當下說道：「貧道蒙千歲知遇之恩，不次之擢，敢不竭力相助，以效犬馬之勞？並非貧道口出大言，諒七子十三生不過聊仗劍術，妄自欺人。貧道既已到此，哪怕他七子十三生，就便十四子二十六生，又能奈貧道怎樣？貧道若不將他誅戮殆盡，貧道誓不回山！千歲但請放心，只管高坐深宮，以聽捷音便了。」

宸濠聽他如此說法，又引為己任，心中大喜，復又謝道：「既蒙仙師見許，將來孤登大寶，仙師便是孤的開國元勳了。」徐鴻儒道：「貧道哪敢妄想，惟望千歲早登大寶，上順天心，下符民望便了。但貧道還有一言動問：現在千歲大將尚有幾員？雄兵還有多少？尚請示知。」宸濠道：「孤這裡除大將鄴天慶而外，雷大春現在據守安慶，未即調回。其餘能征慣戰之士，尚有二十餘員，雄兵還有五六萬，仙師如需調遣，悉聽仙師主裁。」徐鴻儒道：「有此大將，有此雄兵，足敷調遣了。敢請千歲明日即分派雄兵五千、戰將十員，與貧道帶去，以便隨時調用。」宸濠當即答應。徐鴻儒又道：「余七之妹秀英，現在千歲宮中，敢請千歲將他傳出，貧道有話與他面談。」宸濠聞言，也就即刻著人去請余秀英上殿。

登時就有太監前去。不多一刻，太監回至殿上稟道：「余小姐忽然抱病，不能起床，叫奴才給千歲與廣大法師告罪。並道廣大法師有何話說，即請告知千歲，俟一經病好，當於千歲駕前領命便了。」徐鴻儒聽罷也就說：「既是他抱病在身，不能出來，倒也不必勉強，就請千歲隨後轉告於他：叫他一經病好，即日趲趕前往吉安，貧道須要叫他聽候差遣，因非非陣內必須他前去才好。」宸濠當面答應。一面就著人去傳太醫進宮，趕緊醫治。你道余秀英可真是抱病麼？諸公有所不知，他卻另有一副心腸，隨後自然知道。這也是明武宗氣數不該盡，宸濠終不能成其大事，所以有此一段因果。若是余秀英果真與徐鴻儒前去，雖七子十三生也不能奏效。諸君勿急，等說到那裡，自然交代出來。

徐鴻儒當日就在寧王府住了一日。次日，外面已將五千兵挑好，十員戰將也各人預備起程。先有人稟知宸濠說：「將兵業已齊備，只候傳令開隊。」當下宸濠又將徐鴻儒請來問道：「現在兵將俱已挑選齊備，是否仙師壓隊同行，抑令他等前去？」徐鴻儒道：「就請千歲命眾將前行，貧道也就告辭前去。」宸濠道：「孤本當相留盤桓數日，奈軍務日急，不敢多延。好在後日方長，俟仙師大功告成，孤隨後再慢慢領教便了。」說罷，一面傳令，命眾將即刻拔隊；一面命人置備酒筵，為徐鴻儒送行。不一會，擺出酒來，宸濠請徐鴻儒上坐，李自然相陪。宸濠又代徐鴻儒把盞，三人歡呼暢飲，好一會這才散席。徐鴻儒即便告辭，宸濠送出宮門，方執手而別。徐鴻儒就此往吉安賊營而去。

且說河海生離了大營，前往到徐鴻儒那裡盜取溫風扇，不一日已到。當即按下風輪，隱至徐鴻儒室內，探視一番，只見有兩個小童在那裡說道：「師父昨日下山到吉安營裡，幫助大師兄排陣，你看師父此去，究竟勝敗如何？」那年紀稍大些的說道：「我看師父此去，定然大勝。將來大功告成，不但師父有了封號，就連大師兄與二師兄，也又有封號的。」那年紀小的說道：「在我看來，恐怕未必。你不知道那七子十三生何等利害！即以傀儡生一人的本領，我師父尚恐敵不過他，何況他那裡有那麼許多。就便師父本領再好，到底有個寡不敵眾。」那大的又說道：「不然，七子十三生雖然利害，不過還是仗著他的劍法。須知我師父多少法術：移山倒海，撒豆成兵，七子十三生哪裡有這等法術！而況師父還有一件寶貝。那柄溫風扇，只要將那扇子一搖，引出風來，哪怕敵陣上有千軍萬馬，只要受著這溫風，登時渾身發軟，困倦起來；雖平時銅筋鐵骨之人，到此也就不由自主的。有此法寶，還怕甚麼七子十三生麼？」那小的又問道：「那麼這溫風扇師父帶去了麼？」那大的道：「你真糊塗，師父臨走時不是特地到法寶房內取出來，裝在他豹皮囊內，隨身帶去的麼！」那小的道：「無論他此去勝負如何，我總恨余七這忘八，被人殺死，我才快心。」那大的道：「你為甚麼如此恨他？」那小的道：「我自有一件事，切骨至極。」不知小童子所為何事恨那余半仙妖道，且聽下回分解。

第一百四十二回　同類相仇恨如切齒　終身誰託刻不忘心

話說那小童子恨余七有如切齒，那大的又問他道：「你究竟為著何事如此恨他？」那小的道：「這話只能自己知道罷了，何能告訴你？就連師父也不能告訴。」那大的又道：「你告訴我不要緊，我絕不代你告訴師父的。」那小的道：「告訴師父到不妨事，只是不能告訴你知道。」那大的又問道：「好兄弟，你告訴我罷。」那小的又道：「我告訴你，你就要取笑我了。」那大的道：「我如取笑你，叫我不逢好死，將來定然死在刀劍之下。」那小的道：「我告訴你，你千萬不要笑我，不要告訴別人。」那大的道：「我倒發過誓了，你還不信麼？」那小的這才說道：「自他擺了甚麼迷魂陣，被七子十三生破去之後，他便逃回山來。那時就該懇苦❶修煉，才是道理。哪知他在師父前卻說得天花亂墜，背地裡卻無惡不作。那日頓生淫念，不知在哪裡攝了一個民間的女子來到山中，就在他臥房內與那女子雲雨。那女子被他用了法術，昏迷過去，全不知道，一任他為所欲為。不知他與那女子正在房內高興，我也不知道，無意走進他臥房去了。他一見我走進臥房，他就赤條條的下來，將我抱住，先向我說道：『好兄弟，你千萬不要告訴別人，我只因慾火中燒，借此一解其火，而且只行一次，少時就將他送回去了。』那時我也不管他這事，惟有答應他而已。哪知他不但不知羞愧，見我不與他較量，他以為我也是可欺的人，因

❶ 懇苦：勞苦；辛苦。

又向我說道：『好兄弟，你可嘗過這等滋味麼？』我被他這句話一說，我實在怪臊起來，卻不曾回答他的言語。哪知他看反了味，疑惑也要如此了，當下就說道：『好兄弟，你如不曾嘗過這滋味，你就上去嘗一嘗。等你嘗了這美人的滋味，然後我再把些好滋味與你嘗，單看還是他的滋味好，還是我把你那滋味好。』說著就笑嘻嘻的，將我抱在他那赤條條的身上。我那時可真急了，我便向他說道：『你若再不鬆手，我就嚷了。』哪知他還是不睬，後來我便嚷起來，他才鬆手將我放下來。你道可惡不可惡。後來我就想告訴師父，復又想道，大家頭面攸關，所以直至今日，皆不曾說出，今日才與你談及。這告訴你的，你千萬不要告訴別人。」那大的聽了這番話，也就登時大怒起來，道：「我還道他是個正經人，哪知他是個畜類！照這說法，真要將他碎屍萬段才好。好兄弟，我今與你約，無論他此次勝負，等他回山時，我與你兩人從今以後不要與他接談便了。」那小的又道：「你還望他回山麼？我只願他死在那裡，被七子十三生將他捉了去，給他粉骨颺灰，再也不能投人類了。」

他兩人在哪裡閒談，同類嫉惡，河海生隱身黑處，卻聽了一個暢快。暗道：「向謂邪教中無好人，看他這兩個小孩童，不過都才十五六歲，就知道如此向善。只可惜投在徐鴻儒門下，現在雖然正道，惟恐將來習染壞了。」又自暗道：「這溫風扇既為徐鴻儒帶去，諒來此處絕無此物，我何不趕緊回去，好到他營裡去盜呢？」說罷即刻出來，飛身下山而去。

一路行來，真是他們會劍法的人，毫不費事。只見行神如空，行氣如虹，不到一日，又回至大營，仍從空中落下。玄貞等人一見齊道：「溫風扇取回來麼？」河海生道：「溫風扇卻不曾取回，倒聽了一件的確❷新聞事❸。」玄貞子等人復又齊聲問道：「甚麼的確新聞？」河海生就將聽見那兩個童子的話，說了一遍。玄貞子道：「他那溫風扇何嘗不是如此。所以要他這扇子帶進陣中，才可以解那冷氣。譬如臘月天時，遇見那極冷的風，將水吹得都成了冰，人也冷不過了，忽遇見一陣熱氣，那水也就解化，人也就舒暢。到了春天，那些水被風一吹，也就解化開來。又如春夏之交，那溫風吹到人身上，人就登時困倦，必得要受些涼氣方才舒展。所以要這扇子進陣，有此溫風，可以吹散他那種冷氣，就是這個道理。今既被他帶來，不在他山中，此事賢弟卻去盜不得，必須待傀儡賢弟到來，方才可以前去。」河海生聽了這話，自知本領不如傀儡生高明，也就唯唯聽命。

再說一塵子去到寧王府中余秀英那裡盜取光明鏡，這日已到了宮中，先去尋找余秀英的臥房。可巧並不費事，才至宮門已瞧見他的臥房了。一塵子便輕輕落下，站在窗外靜聽。只聽裡間說道：「可怪我哥哥，不知時務。王守仁那裡，有那許多非常之人保護於他，他偏要與他們相鬥，眼見得一敗塗地，性命還是不保。我從前也是糊塗，只道天下人除師父而外，再沒有能人，哪裡知道強中還有強中手。就便我師父今已下山，也敵不過七子十三生他們一眾非常之人。別人的本領我卻不曾經驗，就是那傀儡生從前來救徐鳴皋的時候，我雖將天羅地網前去拿他，他卻毫不懼怕。不但拿他不住，被他逃走，末後我反上了他的詭計，將徐鳴皋帶出宮門，我只落得白費心機，徒然失身於人，也不能遂我之願。昨者聞得徐鳴皋陷入非非陣內，近來又不知他性命如何，好叫我無法可想。可笑我師父，也要叫我前去幫他擺陣。如此看來，我師父也是逆天行事。」說罷，又歎了兩口氣。一塵子在暗中聽得清楚。暗道：「可見女人

❷ 的確：真實。

❸ 新聞事：新近聽來的事。

還是隨夫的心重。徐鳴皋不過與他三五日的夫妻，他就時刻不忘，連哥哥、師父都怨恨起來了。」復又喜道：「難得他如此不助寧王，我何不如此如此，去說他一番，或者他可以將那光明鏡送與我也未可料。」主意已定，即刻走進房中。

余秀英正與他兩個丫鬟拿雲、捉月在那裡談論，忽見房外走進一人，也是道家裝束，心中便吃一驚，當下喝道：「你是何人，膽敢到此何故？」一塵子不慌不忙說道：「小姐勿庸驚慌，本師係是徐鳴皋相煩前來送信，望小姐前去搭救他性命。」余秀英一聽，登時面上羞得通紅，強顏怒道：「徐鳴皋是誰？我又與他毫無瓜葛，為甚麼他要求救於我？你可快快出去，不要惹了我性子。我若反轉臉來，可不認得你的。」一塵子暗道：「他這反唇相稽到也好笑，我若不給他個真情實據，他還要抵賴無因。」因又說道：「小姐，你莫要強辯，可記得結十世姻緣時乎？若問本師何人，傀儡生係與本師的至好朋友，本師便是一塵子是也。今者實不相瞞，是前來奉借一物。本要暗中盜取，只因方才聽得小姐大有改邪歸正之心，而且念徐鳴皋不置❹，本師是徐鳴皋的師伯，因小姐與徐鳴皋尚有夫妻之情，所以才現身進來，說是徐鳴皋特煩本師前來求救。小姐，你若念徐鳴皋之情，他今雖陷在陣中，尚無性命之虞也，無須小姐前去救得。但小姐這裡有一寶物，只須將此物交給本師，徐鳴皋便可救出，將來還可與小姐終身團圓。雖徐鳴皋剛強不屈，他不過是不降宸濠，並非忍棄小姐。小姐若有心於徐鳴皋，即將所借之物交出一用，否則本師卻也不敢勉強，本師自有妙法盜取。那時可不要怪本師不做美滿人情，還得小姐三思為是。」

余秀英聽了一塵子這番話，心中暗道：「我的心事卻全被他知道。但是，他雖如此說，我卻從未見

❹ 不置：不停止。

過他，何能以他所說為憑？又不知他向我所借何物。他若果真可令我與徐鳴皐結那十世姻緣，我一身骨肉皆是徐鳴皐的，又何惜身外之物？不必說一件，就便全行與他，只要將他救出來，又何嘗不可？若是他故意拿這話來騙我，我將寶物交付與他，我豈不受了他騙？若不將寶物借與他，萬一徐鳴皐竟陷在陣內性命難保，不又誤了我終身大事？」左思右想，實在難以決斷。一塵子見他沉吟不語，已知道他的心事，因又說道：「小姐莫非見疑本師麼？若果見疑本師，是不難。本師還有一言，可為小姐設一計策，管使小姐兩面俱到：既不見罪於寧王，又不漠視於鳴皐，將來大功告成，本師包管你個月圓鏡合，但不知小姐意下如何？」余秀英聽了這番話，因便說道：「既蒙老師見愛，即請示知，以便斟酌便了。」畢竟一塵子說出甚麼話來，且聽下回分解。

第一百四十三回　一塵子勸秀英歸誠　徐鴻儒約守仁開戰

話說一塵子見問，因道：「本師之意，所謂『兩面俱到』者，只因方才聽小姐之言，有謂徐鴻儒使令小姐前去助陣，小姐不願前去。在本師看來，小姐既無附逆之心，不妨將計就計，前到吉安。外行以助陣為名，內卻以歸正為實。到了那裡，不必一定將徐鳴皋送出陣來，只要將他安頓一所好好地方，使他毫不受害；等將妖陣破去之後，小姐便可與他一同出來。那時徐鳴皋知小姐相救與他，人孰無情，豈有絕決之理！就便他任意絕決，好在本師等皆在那裡，不但本師可以相勸於他，且可稟明王元帥，請元帥作主，哪怕他不肯相從麼？但有一件，本師奉借之物，可要小姐先交給本師。本師拿了此物回去，就可先在元帥前申明了。不知小姐尚以為然否？還請三思，以定行止。」余秀英聽了此言，暗道：「此話倒也不錯，我何不就如此如此，豈不較為妥當麼？」因即答道：「蒙老師見教，敢不遵命！但老師既可先代為在王元帥前申明，何不就煩老師引領，先去見了元帥後當面與元帥約定，剋日裡應外合如何呢？」一塵子道：「如小姐能如此，那更妙了。本師又何必不為小姐引領？」秀英道：「老師既然允諾，即請老師示知所需何物？」一塵子道：「本師所借者，係小姐處光明鏡耳。」秀英道：「此鏡昨為寧王借去，現不在此，容向寧王處取回，即便與老師同去便了。還有一事與老師相商：我這兩個丫鬟，向來隨身相伴，名雖主婢，情同骨肉一般，以後還請老師與鳴皋一言，使他納為側室。」一塵子道：「此事更極容易，在我便了。」說罷，便欲出去。秀英又道：「此時老師欲往何處？」一塵子道：「此處不便久留，我先回吉安而去。」秀英道：「老師先回吉安，固是大好，但請老師即與元帥言明，奴家三日後定到。日間可不便相見，耳目眾多，恐防洩漏，請約定三日後三更進見便了。」一塵子道：「如此更好。」說罷，便即飛身出了宮門，只見一道白光，已不知去向。

余秀英暗自想道：「此人有如此本領，我師父、哥哥欲與他們比試，不敗豈可得乎？」說罷，當日即往寧王宮中見了寧王，說明前日抱病業已痊可，即欲前往吉安，幫助師父、師兄破敵，並將光明鏡討回。宸濠聞言喜不自勝，當下說道：「難得仙姑助孤，共成大事。將來功成之後，孤定不忘仙姑之功便了。」余秀英便反辭說道：「臣妾惟願千歲早早離了南昌，以圖長久之計，非惟千歲之幸，亦薄海❶人民之幸也。」宸濠大喜道：「總賴仙姑之力，與孤成功。」說罷，余秀英告退出來，回到自己臥房，即與拿雲、捉月兩個丫頭收拾了一夜，將所有物件全行帶在身旁。到了次日，便同兩個丫頭出了宮門，前往吉安而去。余秀英雖不似七子十三生有御風的本領，她卻有塊手帕，名曰行雲帕。只要將此帕念動真言，站在上面，這手帕便可騰空飛去，所以叫行雲帕。余秀英與兩個丫頭到了宮外，就將行雲帕祭起，三人站在帕上，一霎時出了南昌城，直望前途進發。這且按下。

再說一塵子回到大營，先將余秀英如何思念徐鳴皋，如何棄邪歸正的話說了一遍，告訴玄貞子等人知道。玄貞子等人聽了此言，也甚歡喜。一塵子又將如何借寶，勸他歸降，余秀英如何要見元帥的話，又說了一遍。玄貞子等人更是大喜，當下便道：「何不此時就稟明元帥得知，好使元帥也知道其中情節？」

❶ 薄海：海內外廣大地區。

一塵子答應，因與玄貞子等人一同來至大帳。

王元帥見他等進來，當即讓了坐，大家坐定。王元帥先問道：「諸位仙師前來，有何見諭？」一塵子便道：「特來為元帥送一喜信。」王元帥道：「兩兵相對，勝負未分，妖陣羅列，尚未去破，何喜之有？敢請諸位仙師明以教我。」一塵子道：「此卻實是一件極大的喜事。元帥指日即得一員女將，破陣又在此人身上，解救徐將軍出陣，亦復此人功勞居多，豈得不與元帥賀喜麼？」王元帥聽了此言，實在不能明白，因道：「諸位仙師雖如此說，女將卻是何人？尚請詳細示知。」一塵子道：「此人卻是余七之妹，名喚秀英，因仰慕元帥，欲來歸順。」王元帥道：「仙師此言差矣！余七現為本帥仇敵，豈有我之仇敵，而妹欲歸順者乎？本帥卻甚不可解。」玄貞子道：「元帥有所不知，其中卻有緣故，容貧道說出，元帥就坦然不疑了。」於是玄貞子即將如何與徐鳴皋有十世姻緣，如何一塵子前去盜那光明鏡，暗中聽見秀英思念鳴皋，如何一塵子勸其歸降，余秀英如何要來求見，約期裡應外合的話，說了一遍。王元帥這才明白，當下也就大喜道：「這總是我主洪福齊天，所以有這般奇事。但不知這余秀英何日前來？」一塵子道：「貧道臨行也約定：三日後夜半三更來見元帥。本當日間求見，只以耳目眾多，恐有洩漏事情，所以待至夜靜，較為妥當，這也是他謹慎之處。不過一件，破陣之後，設若徐鳴皋執意不從，還求元帥勸令鳴皋成其美滿，不要辜負余秀英一片血誠❷。」王元帥道：「那個自然，本帥定與他作主便了，而況余秀英在先雖為叛逆之助，現在既有心歸誠，又能助成大功，豈有令他大失所望之理呢！」

玄貞子等人見王元帥滿口應承，好生歡喜，當下即欲告退。王元帥又問道：「余秀英既已歸誠，他

❷ 血誠：赤誠。指極其真誠的心意。

又能相助成事，但不知非非陣何日可破呢？」玄貞子道：「尚須稍待半月，便可去破陣了。現在還有一件寶物不曾取來。貧道本擬欲待傀儡生來，使他前去取此寶物，今余秀英既來歸誠，這件寶物便可令余秀英就近盜取了。」王元帥道：「究係何物？」玄貞子道：「此物名為溫風扇，卻在徐鴻儒那裡。貧道也曾使河海生前往徐鴻儒山中去取，後打聽得徐鴻儒已經帶來；又因他陣內河海生不便去得，所以要待傀儡生前來。今有余秀英到此，這溫風扇便可易得了。惟請元帥於余秀英來見之時，先令他將光明鏡交下，然後再令他盜取溫風扇，即日送來。想秀英定不有負元帥的鈞命。」王元帥聽罷大喜。玄貞子道：「貧道明日還要使徐慶去往九龍山，將伍天熊夫婦調來，同去破陣。只因伍天熊妻子鮑三娘懷孕在身，貧道算來將臨產，所以要將他調來，使他進陣衝鋒；還要使他在產後進陣，這非非陣就便於破了。」王元帥道：「以後破陣之事，應如何施行之處，悉聽仙師主裁便了。」玄貞子又謙了一回，這才退出大帳。次日，即命徐慶前往九龍山而去，趁此交代。一宿無話。

忽然次日一早，守營官拿進一封書信來，遞與王元帥觀看。王元帥接過拆開一看，原來是徐鴻儒打來的戰書，約王元帥即日開戰。王元帥知道他有邪術，不敢批准，當下即將玄貞子等人請來，大家商議。玄貞子等不一刻進入大帳，王元帥就將徐鴻儒打來的戰書與玄貞子等看過。玄貞子說道：「元帥之意若何？」王元帥道：「本帥非不專主，只因昔日之政，是我為政；今日之政，便是諸位仙師為政了。還請諸位仙師商量，以定行止。」玄貞子道：「元帥若不批准，是見弱於他人。不若就批准，約他即刻出戰。元帥可一面傳齊諸將，出全隊以擊之，先示威嚴，以挫銳氣，亦是好事。貧道當暗助元帥便了。」王元帥答應，當下就將原書批准，交付來人帶回。一面傳令三軍，即刻預備出隊。因徐鳴皋陷在陣中，即令一枝梅為先鋒。其餘英雄如狄洪道、羅季芳、楊小舫、徐壽、周湘帆、王能、李武、卜大武、包行恭等人，皆為隨營副將。此令一下，即刻各軍戎裝起來。王元帥亦復戎服戎裝。炮響三聲，登時一隊隊出了大營，直望敵寨而去。真個是軍容之美，如火如荼。不一會，前隊已離賊營不遠。一枝梅就令本部兵卒一字兒擺成陣勢。接著大隊已到，也就將陣勢擺開，只待兩軍開戰。未知此戰勝負如何，且聽下回分解。

第一百四十四回　比劍術玄貞子對敵　助破陣傀儡生重來

話說官軍與賊隊兩邊列成陣勢，官軍隊裡一枝梅在先，王守仁在後；兩旁排列著狄洪道、包行恭、楊小舫、周湘帆、王能、李武、徐壽、羅季芳、卜大武，並有牙將偏裨等人。賊隊中門旗之下，立著三個道人：中間一個頭戴萬字紫金冠，身穿鶴氅，坐著是四不像，碧眼濃眉，方臉闊口，頷下一部虯髯；兩旁有兩個道童，一捧寶劍，一執拂塵，便是徐鴻儒。上首一個非幻道人，下首一個余七。以下又列著十員戰將。只見徐鴻儒騎著四不像從陣中出來，指名與王元帥答話。王守仁也就從陣中到了戰場之上。

徐鴻儒在小童手中取過拂塵，向王守仁指手而言曰：「你可是王守仁麼？」王元帥道：「妖道既知本帥的威名，你尚不知斂跡，還敢助紂為虐，這是何故？」徐鴻儒道：「本真人不笑你他事，只笑你太不識時務。寧王謙恭和順，有帝王氣概。我等將欲助彼自立，以代天順民。你等偏不知天時，不順人心，須知興師動眾，徒然勞瘁士卒，使三軍無辜受苦。你既逆天，敢與我真人一決勝負麼？」王守仁大怒道：「好膽大的妖道，敢自搖唇鼓舌，旁若無人！本帥若不將你捉住，碎屍萬段，也不見本帥的本領！」說著向左右說道：「哪位將軍將妖道擒來，以正國法？」

話猶未畢，只見包行恭應聲而出道：「末將願往。」說著一騎馬已衝出陣去，大聲喝道：「妖道快通名過來，本將軍槍下不殺無名之輩！」徐鴻儒道：「本真人看你胎氣不盡，乳臭未乾，敢在本真人前耀武揚威！若問本真人大名，乃寧王駕下新封廣大真人是也。你亦須通過名來，好讓本真人送你的狗命！」包行恭聽罷，大怒道：「我乃王元帥麾下指揮將軍包行恭是也。不要走，看我槍！」說著，就是一槍刺去。徐鴻儒不慌不忙，將手中拂塵望包行恭槍下一架，說聲：「來得好，還不給我撒手！」話猶未畢，包行恭手中的槍也不知怎樣的，就落在地下了。

王守仁在陣中看得清楚，吃驚不小，恐怕包行恭有失。正要喝令旁人前去助戰，忽見一塵子從半空中落下，站立徐鴻儒跟前，喝道：「好大膽的孽畜！認得本師麼？」徐鴻儒此時也正要捉拿包行恭回寨，忽見半空中落下一個道士來攔住他去路，不覺大驚，也大喝道：「你是何人？敢來擋本真人的去路。可快通名來，好讓本真人取你狗命！」一塵子喝道：「本師的大名不便與你知道。妖道休得猖狂，看本師的劍罷！」說著口一張，只見一道白光從口中吐出，登時一口劍盤旋飛舞向徐鴻儒頭上砍來。徐鴻儒一見，知道是七子十三生中的人物，正欲取劍來架，卻好童子將劍呈上，徐鴻儒急急取過，向空中一拋，喝聲道：「疾！」只見兩口劍就在空中叮叮當當鬥將起來，好似兩條怒龍在半空中角力。一個是煉就空中之氣，費許多丹藥而成；一個是全憑化外之邪，竟仗此鋒芒抵敵。兩口劍鬥了有半個時辰，彼此不分勝負。

忽見河海生又從官軍隊裡出來，走至陣前，也不打話，又從鼻孔中飛出一道白光，直奔徐鴻儒頭上而來。徐鴻儒正欲分劍去了，那邊非幻道人已將寶劍擲到空中，敵住河海生這口劍，彼此又鬥起來。四個人，四口劍，盤旋飛舞，或上或下，或高或低，鬥個不歇。

賊隊中余半仙就在這個時節，又將手中的劍向空中一擲，口中說道：「速取王守仁的頭來見！」那寶劍就如能通靈性一般，能聽余半仙的話，即刻飛向王守仁頭頂而來，看看已到。王守仁只見頭上一道白光直望下落，說聲：「不好！」急望陣後退去。忽聽背後鶴寄生一聲說道：「元帥勿驚，自有貧道抵敵。」王守仁聞言，再向空中一看，已見余半仙那口劍被一道白光托住，在半空中亂擊起來。王守仁這才放心。大家鬥了一回，真個是仙家妙術，正能敵邪。

忽然，半空中一聲響亮，徐鴻儒的劍被一塵子的劍削去一截，落將下來。徐鴻儒一見大驚，登時說聲：「不好！」即將拂塵向空中一擲。但見那拂塵到了空中，即刻也變了無數的寶劍，一齊去削一塵子的那道白光。一塵子雖然劍術高明，只因寡不敵眾，到此也有些驚恐。正在驚慌之際，忽聽玄貞子一聲喝道，走出陣來，向徐鴻儒用手一指說道：「妖道，你敢用邪術亂人耳目，待本師前來與你對敵！」說著，鼻中就吐出一道白光，飛向空中。口中又道：「速變速變！快去削擊！」只看那一道白光頃刻也變了無數白光，先將徐鴻儒那無數的劍迎住。復又用手一指，只見那無數白光中又分出一道白光，直飛至徐鴻儒頂上，即往下砍。徐鴻儒一見，說聲：「不好！」趕著在豹皮囊取出一物，如繡花針一般，放在空中。只見那花針迎風一晃，登時就如一根鐵杵一般，在空中迎住那道白氣。此時半空中煞是好看：忽如群龍戲海；忽如眾虎爭山；忽如萬道光芒，半天飛繞；忽如一條白練，橫上雲衢；忽疾忽徐，或分或散；比之昔日公孫大娘舞劍，殆有過矣，無不及也。

彼此又鬥了一會。只見玄貞子將大袖一拂，口中喝道：「還不代我歸來！」那聲道罷，那徐鴻儒的拂塵竟收入玄貞子袖內。徐鴻儒大驚，暗道：「不好！」即將豹皮囊內所藏的溫風扇取出，向各人一扇。玄貞子知道這溫風的厲害，當下便說道：「好妖道，本師暫且回營，我今日權寄下你的首級，十日後當來破陣便了。」徐鴻儒見他不戰，也就將溫風扇收回。當下說道：「你莫謂將本真人的法寶收回，以為無濟，須知本真人法寶甚多。今日且各罷戰，十日後當等你前來破陣便了。」說罷，兩邊皆鳴金收軍，各人也將寶劍收回。一霎時天空雲淨，殺氣消滅了。

王守仁率領眾將收軍回營，眾將稍歇片時，王守仁便傳齊眾將，並請到七子十三生計議道：「吾觀徐鴻儒雖然左道欺人，也算是術技精明，不易破敵。方才看他那種法術，若非諸位仙師在此，本帥又為他所算了。但現在諸位仙師雖已允他十日後破陣，溫風扇既未盜回，光明鏡亦未送到，除此二者，斷不可破那妖陣。若余秀英不來，這便如何是好！」玄貞子道：「元帥但請放心。貧道早料余秀英與徐鳴皋有姻緣之分，他必將光明鏡送來。只要元帥於他面求時，元帥答應他事成之後，准他與徐鳴皋正配姻緣，他斷無不竭力之理。但俟秀英將此鏡、扇兩物送來，那時便可破陣。」王元帥道：「徐慶前往九龍山調取伍天熊夫婦，又不知何日可來？」玄貞子道：「這更不煩心，不過五日後便到此地。貧道明日還要著焦大鵬回去，將他兩個妻子孫大娘、王鳳姑二人調來，幫助元帥立功的。」王守仁道：「似此則焦義士回去，又於何日可來呢？」玄貞子道：「他卻更快了，雖不敢謂朝發夕至，極遲也不過三日，便可齊來。」王守仁道：「一切總賴仙師之力，以助本帥誅討叛藩，破除妖道。」玄貞子道：「貧道等敢不盡心。」

大家正議論間，忽見帳下走進四個人來，一路笑道：「元帥，久違了！元帥勿憂徐鴻儒、非幻、余七難除，非非陣難破，某等特地前來，以助元帥破誅妖道，建立大功。」王守仁細細一看，內中只有一個認得，卻是傀儡生，其餘三人皆不曾謀面。心中暗道：「光景這三人也是他們一流。」因即站起身來迎道：「荷蒙仙師降臨，以助本帥一臂之力，非是本帥之幸，實乃國家之幸也！」說著，傀儡生等四人已至帳上。王守仁讓了坐，傀儡生四人又與玄貞子等八人說道：「你等來得好早呀！」玄貞子道：「總不似你們遲遲吾行。若再不來，我要預備去奉請了。」傀儡生道：「早到與遲到同一到此，只要不誤正事，又何必定分早遲？而況有大師兄在此布置一切，我等就早日到來，亦不過聽其指揮而已。今日到此，從此當聽驅使便了。」玄貞子笑道：「你此時來得卻好，我卻有件要緊的事，非你去不可。」不知玄貞子說出甚麼事，且聽下回分解。

第一百四十五回　余秀英敬獻光明鏡　王元帥允從美滿緣

卻說傀儡生問道：「究屬何事，非我不行？尚望明以教我，好聽驅使。」玄貞子道：「只因一塵賢弟前去余秀英那裡盜取光明寶鏡，聞得余秀英頗念鳴皋，一塵賢弟即乘其機會，面與秀英說明，勸其來降。秀英雖即答應於三日後到此，並送光明鏡前來，今已交第三日，尚未見到，元帥頗以此為憂，所以欲令賢弟前去一走，使他早早前來。而況賢弟前曾為他兩人結十世宿緣，此時前往，究竟較別人著力。故此這件事非賢弟不行。」傀儡生道：「原來如此。兄豈令弟重為月下人❶乎？且俟今日夜半，看渠來否。若果不來，小弟明日當即前去便了。」當下王守仁大喜，又與那三人通問名姓，原來是自全生、臥雲生、羅浮生。王守仁又與他三人謙遜一回，玄貞子即邀他等入後帳而去。一枝梅等也就退出，各回本帳。

到了黃昏時分，玄貞子又命人出來與王守仁說道：「今夜請元帥稍待，恐怕余秀英要來。若至三更以後不到，元帥再請安睡。」王守仁答應。那人仍回後帳而去。不一會，王守仁用過晚膳，就在帳中取了一本兵書，在那裡秉燭觀書。看看將近三更，並無人來。又坐了一會，已是三更時分，仍不見動靜。王守仁暗自說道：「光景今夜未必前來了，我何必在此久待？不如且去安睡，俟明日再請傀儡生前去一

❶ 月下人：即「月下老人」，神話傳說中掌管婚姻之神，後用做媒人的代稱。

往。」正自說著，忽聽帳外一陣風聲過處，那帳中所點的蠟燭光晃了兩晃。王守仁正要說「這陣風來得好奇」，一句話尚未說出，只見公案前立了三個絕色的女子：中間一個頭戴元色湖縐包腦，一朵白絨毬高聳頂門；包腦上按住一排鏡光，閃爍爍光耀奪目，身穿一件元色湖縐緊身密扣短襖，腰繫元絲帶，下穿一條元色湖縐套褲，緊緊繫著兩隻褲腿，腳踏一雙皂羅鞋；由頭至腳周身元色，愈顯得柳眉杏眼，粉臉桃腮。兩旁站著兩個女使，也是周身元色，雖不如當中一個美貌，卻也生得體態輕盈。各人手執寶劍一口。王守仁看了一回，只聽當中一個嬌聲問道：「上坐者莫非就是王元帥麼？」王守仁見問，也就問道：「你係何人？問王元帥則甚？敢是要來行刺麼？」那女子又道：「何相疑之若是！一塵子豈未將情說明麼？」王守仁聽說這句話，知道是余秀英了，便問道：「你莫非余秀英不成？」那女子道：「正是余秀英。但不知元帥現在哪裡？一塵子現在何方？請即出來，我有話面講。」王守仁道：「我便是元帥，有話只須講來便了。」余秀英聽罷，跪下去先行了禮，然後站立一旁說道：「罪女不識元帥尊顏，有驚虎駕，尚求勿罪。一塵仙師前者回營，不知曾否將罪女的委屈在元帥前面稟一切？現在何處？敢勞元帥飭令請來，以便罪女聲明一切，並有要物留下。」王守仁聽說至此，大喜，即刻命人將一塵子請來。

一塵子聽說余秀英已來，便拉了傀儡生一齊進入大帳，一見余秀英道：「小姐真信人❷也，可喜可喜！」余秀英見一塵子進來，又見同來一人，仔細一看，卻是傀儡生。因先與一塵子施禮畢，復又問一塵子道：「此位莫非傀儡老師麼？」一塵子道：「正是。」余秀英即刻扭轉身來，向傀儡生行了一禮，然後說道：「老師道法高明，久深景仰。前者多多冒犯，尚求寬其既往，勿再掛懷❸為幸。」傀儡生道：

❷ 信人：守信誠實的人。

「不知者不罪，而況小姐今已有心歸正，將來共立功業，真是難得。」一塵子便插言說道：「小姐前日所囑各節，某已於元帥前歷歷言之，早蒙元帥俯允，可以勿再慮及。惟光明鏡曾帶來否？尚望早為留下。」余秀英道：「既蒙老師介紹，又蒙元帥俯如所請，區區之物，敢自失信？現已帶來，即請察核。」說著，就在腰間取出一面小鏡，約有酒杯大小，遞給一塵子手中。

一塵子接過來仔細一看，卻是此物。尚恐王守仁不能堅信，因與守仁說道：「元帥不知，此鏡實為希世之寶。可請一試其異，以覘秀英敬獻之誠，何如？」王守仁道：「仙師既有言在先，余秀英又如期而至，已自誠信無欺，何必再驗？然本帥確不知此鏡之異，既仙師如此說項，本帥便如命以觀，但不知如何驗法？」一塵子道：「元帥可將燭光熄滅，便驗得此鏡實為希世之珍了。」王守仁大喜，隨將案上燭光一口吹滅，又將帳內燈光概行熄去，這大帳內，登時黑暗起來，彼此全不相見。一塵子遂將光明鏡取出，向帳中一照。實也奇怪，即刻滿鏡通明，有如一輪明月照耀空際。王元帥喜不可極，當下便請一塵子好生收藏，重又將燭光燃點起來，向余秀英說道：「小姐如此誠信，不吝希世之寶，為國家掃除逆藩，本帥欽佩之至。一塵仙所言一切，本帥無不樂從。將來功定之時，不但本帥可以自主，且可為小姐奏明聖上，以表功勞，與徐將軍共遂百年之願。」

說到此，只見余秀英臉上一紅，登時跪下謝道：「蒙元帥成全之恩，罪女敢不願效犬馬之勞！」王元帥見他如此多情，實在暗羨他能棄邪歸正，又說道：「小姐，你且起來，不須如此。本帥尚有話與小姐熟商，仍望小姐勿卻。」余秀英見說，便站起身來，仍在原處立定，因問道：「不知元帥有何見諭，

❸ 掛懷：記掛在心。

即乞示明。」守仁道：「只因此事非小姐獨力❹不行，但不知小姐尚可允諾？」余秀英道：「元帥吩咐，雖赴湯蹈火，亦所不辭。」王守仁道：「徐鴻儒那裡有一柄溫風扇，想小姐定然知道呢？」余秀英道：「也曾聽我哥哥說過，頗為利害。罪女雖在他那裡，卻不曾見過此物。這溫風扇卻是陣中緊要之物，元帥既言及此，莫非使罪女去盜麼？」王守仁道：「前者河海仙師也曾去盜，只因為徐鴻儒隨帶身旁。昨日諸位仙師與徐鴻儒比鬥劍術，後來徐鴻儒比敵不過，他的拂塵為玄貞仙師收去，他便取出溫風扇來，欲施詭計，後來亦為玄貞老師解之，本帥曾親目所視。今擬再煩小姐，將此物盜來，將來與徐將軍建立功業。現在本帥這裡諸事齊備，只少此一物。若此扇一經到手，便可前去破陣，幸小姐勿辭。」

余秀英聽罷此言，當下說道：「罪女原不敢卻，然亦不敢極口應承。總之竭力設法，以副元帥之屬望，惟不能剋期❺送來。一經到手，即當敬謹送至帳下，彼時罪女卻不能親自送來。」當下即指著左邊一個使女說道：「當令這拿雲丫頭送來便了。」王元帥聽說，見他已允，好生快樂。因又諄囑一番，余秀英唯唯聽命。王元帥把話說過，余秀英又道：「此間不便久留，恐防耳目，請從此別。何日破陣，當為內應便了。」王元帥又道：「本帥還有一事相託：小姐前去敵營，務必急速將徐鳴皋妥為安置，雖曰災難難逃，究竟有人照應與無人照應，大有區別。小姐幸即留意勿辭。」余秀英聽了此言，正是心中第一件緊要之事，哪得不唯唯答應。說著便辭了一塵子、傀儡生、王守仁，登時帶領著兩個使女，飛身出了大帳，望賊營而去。

---

❹ 獨力：一人之力。

❺ 剋期：限定日期。

王守仁見余秀英去後，復與一塵子、傀儡生兩人說道：「余秀英能如此棄邪歸正，真算難得。而且這女子美貌中頗有英雄氣概，真與徐鳴皋一對好夫婦。若非一塵大師善為說項，勸其歸降，不但本帥無此臂助❻，且不免埋沒他一番用心了。今者他又見義勇為，不辭勞苦，雖將功成之後給他們兩人成就良緣，然亦一塵仙師之力也。」一塵子道：「元帥有所不知，今日雖為貧道勸令來歸，然推本窮源，設非傀儡造就在前，使他二人已結十世姻緣，便是貧道也無能為力。」彼此又說笑了一陣，然後各去安睡。不知余秀英何日才將溫風扇送來，且聽下回分解。

❻臂助：如臂之助。指重要的幫手。

第一百四十六回　徐鳴皐救出亡門陣　眾守軍昏倒落魂亭

話說余秀英自從別了王元帥，與使女拿雲、捉月直奔徐鴻儒營中而去。官營與賊寨不過五里之遙，將近四更以後，便到寨內。此時徐鴻儒、非幻、余七三人正在那裡拜斗❶。余秀英從半空落下，余七一見妹子到來，好生歡喜。當時因拜斗未畢，不便說話。

余秀英就站在一旁，等他們三人將斗拜畢，先與徐鴻儒行了禮，然後說道：「師父前者到寧王府，彼時徒弟適值感冒風寒，未能參見，多多有罪。今者病已全好，特奉寧王之命，前來聽候師父差遣。」徐鴻儒道：「罷了，我徒今既前來，沒有事令你所管，你可專管落魂亭。因此亭係集陰氣而成，非陰人執掌不可。賢徒到此，真乃萬千之幸！哪怕他七子十三生，縱有通天本領，將十二門破去，得賢徒掌管落魂亭，他們到了此處，也就要前功盡棄的。但此落魂亭一事，責任重大，賢徒務要格外慎重才好。」余秀英道：「既承師父見委，徒兒敢不當心！但不知這落魂亭上如何布置，敵人到此如何擺布於他，尚望師父教我，以便徒兒遵守。」徐鴻儒道：「今夜不及指示，且待明日，為師教道於你便了。」余秀英答應。又與非幻道人及余七見過禮，當下問非幻道人道：「愚妹聞得徐鳴皐已陷入陣內，不知現在何處？曾否身亡？師兄可否帶愚妹前去一觀？」非幻道人道：「賢妹何以問及於彼？」余秀英道：「只因愚妹

❶ 拜斗：道教祈禱儀式之一，禮拜北斗星。

與他有切齒之恨。從前我兄長大排迷魂陣時，他與傀儡生暗將愚妹的法寶偷去好多，以致兄長被七子十三生將迷魂大陣破去。若非他暗地盜我法寶，我兄長何致大敗而逃！今既陷入陣中，無論他已死未死，愚妹定要將他尋出來，碎屍萬段，方消昔日之恨！但不知現在何處？」

余秀英這一派巧言，說得非幻道人千真萬信，當下答道：「他係陷入亡門，特恐他已經身死。賢妹既與他有如此仇恨，今夜也來不及去看，明日當與賢妹去看視便了。」余秀英道：「明日將徐鳴皋尋找出來，可否交與小妹帶至偏僻所在，叫他受些零戮之罪，以報昔日之仇？不知師兄尚蒙允許否？」非幻道人道：「這有何不可，惟恐徐鳴皋業已骨僵而死了。」余秀英道：「即使他骨僵身死，我也要報仇的。」非幻道：「既如此，無論死活，總交與賢妹處治便了。」余秀英暗暗大喜。復又問徐鴻儒道：「近日敵營中還有甚麼動靜？那七子十三生曾否全來？師父曾與王守仁開過幾戰？」徐鴻儒便將與玄貞子等比試劍法的話說了一遍，卻不曾說出寶劍被人家削截一段、拂塵被玄貞子收去。余秀英聽罷，卻也暗暗好笑。當下徐鴻儒道：「賢徒路遠到此，你可到後營去安歇罷。」余秀英答應，退出大帳，便與拿雲、捉月同至後帳安歇去了。

到了後帳，卻再也睡不著，只是念及徐鳴皋究竟生死如何，恨不能即刻天明，好與非幻去到那裡看視。眼巴巴天已大明，他便起來梳洗已畢，用了早點，約有辰牌時分，便去大帳給徐鴻儒早參。此時徐鴻儒業已升帳，余秀英早參已畢，站立一旁。徐鴻儒道：「賢徒昨晚要去看視徐鳴皋，現在帳中無事，你可與非幻前去，將徐鳴皋抬出，即交與賢徒慢慢處治，以報昔日之仇便了。」余秀英聽說，當下又謝過一番，即便起身，與非幻道人前去看視。

到了亡門之內，果見陰風慘慘，冷氣逼人，余秀英也覺受不住。因道：「師兄，何以如此寒冷？」非幻道：「徐鳴皋陷入此陣，今日已經三十一日了，焉有不骨僵之理？而況此處猶在門外，還未深入內地，徐鳴皋所陷之地，卻在極深極冷之處。不必說徐鳴皋，就便七子十三生，到了此地，也要骨僵而死呢！」余秀英道：「師兄何以不怕呢？」非幻道：「我有保暖丹服下，便覺不畏寒冷。」余秀英道：「除卻保暖丹，還有甚麼可避之法呢？」非幻道：「只有師父那溫風扇可以避得此冷寒，此外再無別法了。」余秀英道：「師兄，你這保暖丹，現在身上可有麼？」非幻道：「敢是賢妹也要保暖麼？」余秀英道：「正是。不知師兄果肯見賜一粒麼？」非幻道：「賢妹說哪裡話來，你也非外人，皆是自家人，理當取出來與賢妹保暖。可是我這丹藥，不但保暖，而且可以救人性命，哪怕他骨僵而死，只須將此丹與他服下，只要不過四十九日，可以重生。愚兄本不應說這話，只因賢妹不是外人，徐鳴皋又是仇讎，若遇旁人就便把丹藥與他，哪裡還肯將此秘法告訴於他呢？」

余秀英聽見這話，好生歡喜，因暗道：「既以這丹藥可以救人重生，我何不如此如此，再騙他一粒過來，也好救徐鳴皋的性命。」主意已定，只見非幻道人已將丹藥取出，遞給過來。余秀英接過，即便放入口中，吞了下去。又與非幻道人向前走去。走未多遠，便故意打了兩個寒噤，自己復又說道：「怎麼這丹藥不行嗎？服了下去，還是這樣冷，怪不得令人受不住的。」非幻不知他的用意，因又說道：「賢妹不知，這丹藥還有個道理，若遇女人服下，效驗似不如男人。既然賢妹還受不住，好在愚兄這丹藥尚多，賢妹，我再把你一粒。」余秀英聽了此話，格外暗喜。於是非幻又拿出一粒，遞給秀英。秀英接在手中，故意放入口內，其實背著非幻已收在一旁。

當下便與非幻走入陣中，四面一看，果見徐鳴皐睡在那裡，便問非幻道：「這不是徐鳴皐麼？」非幻道：「正是他。」余秀英急上前一看，只見鳴皐體冷如冰，面色如紙，板硬的睡在那裡。余秀英看罷，好生難受，險些兒落下淚來，假復切齒恨道：「徐鳴皐，你昔日的英雄而今何在？你到此還有甚麼話說呢？你仗著自己的本領，又恃著傀儡生的法術，前去盜我的法寶，你也有今日！被我師兄將你陷在此處，叫你骨僵而死。我不惜你身死此地，只可惜我那法寶現在不知落在何處？也罷，冤有頭，債有主，你莫謂我余秀英心太毒，我今日遇見你，你雖身死，我卻不能不報昔日之仇。」口中說了這番言語，心中可著實不忍，即便令人將他抬入後帳，以便慢慢處治於他。當下有小軍過來，將徐鳴皐速速抬出，送往後帳而去。

這裡非幻道人與余秀英到那十二門暨那落魂亭各處去看了一回，又說落魂亭如何利害。當與余秀英到了亭上，但見當中擺了一張桌子，有木架一座，架上插了許多旗幡，只見旗幡中有一面三角白綾小軍幡，上寫著「落魂幡」三字，四面繫著銅鈴。余秀英一見，便問道：「此幡便是招人魂魄的麼？」非幻道：「正是此幡。但見有人前來，即將此幡向來人一招，那人便昏迷不醒，登時倒在地上，聽人所為。此就叫著落魂幡，哪怕他神仙也逃不過此難。」余秀英道：「原來有這等利害，足見師兄法術高明了。」

當下看過，仍回大帳而去。見了徐鴻儒，非幻即將落魂亭如何布置、如何施用旗幡，全告訴了余秀英的話，說了一遍。徐鴻儒問秀英道：「你曾否明白呢？」余秀英道：「徒兒也知道其中的奧妙了。隨後只要等敵人前來，徒兒自會施展。」徐鴻儒道：「好在是現成事。以吾徒向來聰敏，自然不難。」說罷，余秀英方欲告退，只見徐鴻儒又道：「吾徒可於明日即到落魂亭上試演兩天，以後便能純熟。」余秀英道：「哪裡有這仇人前來？」徐鴻儒道：「是不難，只須將營內的小軍招呼十數名來前，讓吾徒先試一番究竟驗否。」余秀英道：「如此以小軍作為敵眾，這不是先令小軍身死麼？」徐鴻儒道：「雖然將那些守軍招來，展動落魂幡，拿小軍作敵軍，只不過稍迷其性，斷不至有性命之憂的。」余秀英道：「小軍既不曾死，徒兒當如法先行試驗便了。」徐鴻儒大喜，當下喊叫了一隊小軍，聽候差遣。又叫余秀英先行去到落魂亭，看著非幻先行試驗一回那落魂幡如何招展。余秀英便與非幻道人前去。非幻演了一回，余秀英一一記得清楚。非幻道人便率領一隊小軍衝殺過來，余秀英一見，即刻將那落魂幡招展起來。果然，那些小軍個個昏迷，跌倒在地。畢竟這些小軍如何，且聽下回分解。

第一百四十七回 余秀英噓寒送暖 徐鳴皋倚玉偎香

話說眾小軍個個昏迷在地，余秀英看見果然利害，因問道：「如何使他等醒來呢？」非幻道人道：「只要將警魂牌一拍，即刻就醒過來了。」余秀英又使非幻道人擊動警魂牌。果然，眾小軍不到一刻，個個全醒過來。余秀英看罷，即便退下亭去，來到自己帳中，連歇也不歇，便去看視徐鳴皋。只見徐鳴皋仍然骨僵屍冷，睡在那裡。余秀英慘然淚下，當時便加意令人看管，不可疏忽。他便進入帳中，稍為歇息。一日無話。

到了夜間，等大眾全行睡靜，即帶了拿雲、捉月走至徐鳴皋跟前，輕輕將他衣服解開，先向他胸前摸了一摸，雖然渾身冰冷，胸口尚微微有點氣。余秀英心中暗喜道：「如此看來，似尚有救。」當下即將保暖丹取出，先放在口內嚼爛，又用唾津和融，銜在口裡，復將徐鳴皋牙關撬開，將保暖丹度了進去。又命拿雲進去帳內，燒了些湯拿來。余秀英一口一口銜在嘴中，度入徐鳴皋嘴內。好一刻，將丹藥、薑湯全行給他流下咽喉。又命拿雲、捉月在那裡小心看視，如果稍有轉機，即來稟報。拿雲、捉月答應了，余秀英這才回帳。

不到一個時辰，余秀英又出帳來，到徐鳴皋那裡看視一回。又用手在他心口摸了一摸，並未回溫，還是冰冷，低聲與拿雲、捉月說道：「這丹藥服下已有一個時辰，何以仍未轉機？難道是不靈驗麼？」

拿雲道：「小姐不要作急，我看這丹藥是靈驗的，光景藥性尚未走足，而況徐老爺又有這許多日期，哪裡能急切回溫的道理？好在徐老爺他們已作他骨僵而死了。婢子卻有一計最好，明日一早就去告知了徐師父等人，就說已被小姐殺了首級，砍成數塊，抛入荒郊，餵養鳥雀去了。徐師父等人聽說此話，總以為小姐是報前仇，斷不疑惑有別項事情。只要徐師父曉得，他為小姐處治，他也不來盤問。然後小姐將他抬入帳中，慢慢的設法相救，卻比這地方好得多了，不知小姐意下如何？」余秀英道：「此言甚合我意，但與其明日再抬入後帳，不如即刻就將他抬入裡面，明日一早我便去告知師父便了。」當下就與拿雲、捉月三人將徐鳴皋抬進帳中，安置妥當，不使風聲稍露。

是夜，余秀英即將徐鳴皋衣服脫得乾乾淨淨，自己也把外衣卸去，只留內裡小衣，將徐鳴皋摟在懷中，也不顧甚麼冰冷，整整暖了他一夜。說也奇怪，徐鳴皋身上漸漸有些回暖過來，余秀英大喜。自己即刻起來，仍用衣服給他穿好，又加厚些被褥，代他蓋上。安排已好，余秀英這才到了外間，梳洗已畢，即刻到大帳給師父徐鴻儒早參，並照著拿雲所說的話，告知徐鴻儒、非幻道人、余七三個人知道。他三人聽了此話，實也毫無疑惑，但說道：「既如此處治，也算報了昔日之仇了。」余秀英唯唯答應。又談了一回閒話，即告退出來，仍回後帳。到了帳中，便問拿雲、捉月：「現在徐老爺如何？」捉月道：「小姐放心罷，徐老爺是斷不妨事了，現在四肢已經轉熱過來了。」秀英聞說，也就走近前，又將徐鳴皋的四肢摸了一回，不但與昨日不同，連方才都不同了。果然摸在手中，已有五六分暖意。秀英大喜，不敢擾動，仍輕輕的將被代他覆好，還令拿雲、捉月互相伺候。到了夜間，余秀英又將他衣服脫去，仍如昨夜，摟在懷中與他暖了一夜。

話休煩絮，接連代徐鳴皋暖了三四夜，徐鳴皋既得保暖丹之力，又得余秀英借暖之法，到了第五夜，果然身體大溫氣來，口鼻中微微有呼吸之聲。你道余秀英可喜不喜呢？當下又命拿雲取了些薑湯，給徐鳴皋徐徐灌下。約有四更時分，徐鳴皋又低低歎了一口氣。余秀英此時仍與他睡在一起，當下就喚道：「官人醒來！」喚了兩聲，並不答應，又命拿雲取了個火光，向徐鳴皋臉上一照，只見他閉著兩眼，實在委頓不堪。余秀英暗道：「此次真吃了大虧了。」卻也不敢驚擾，仍然將他摟在懷中，與他同睡。直至天明，余秀英起來，便去煎了些參湯，給徐鳴皋灌了少許。到了夜半，徐鳴皋便能睜眼，還是委頓不堪，糊糊塗塗的不知身在何處。余秀英也不與他說話，但將參湯給他飲食。

又過了一日，這日晚間，徐鳴皋便有精神了，睜開兩眼，但見帳中有三個絕色女人，在這裡給他服侍。他這一見，好生驚異，當即低聲問道：「我徐鳴皋何以在此？你們三位卻是何人？何得前來救我？」余秀英聽他說話，好生歡喜，當即走至他面前，也低聲說道：「將軍幸勿高聲。妾非他人，乃余秀英也。他兩人亦非外人，是妾所用之女婢拿雲、捉月是也。妾特奉王元帥之命、玄貞老師之言，前來救將軍，將軍幸少安勿躁。此時合營諸人尚未安靜，請少待，妾當傾心吐膽，將所有情節，以告將軍，使將軍知妾之來意，非若從前之在寧王府時之事也。」徐鳴皋聽了這番話，方知余秀英前來救他，也就不再多問，恐防耳目。

到了夜半，余秀英仍與徐鳴皋同睡，枕旁私語，便將一塵子如何盜取光明鏡，如何思念夫言為一塵子竊聽，後來一塵子如何好言勸解，如何自己親獻光明鏡與元帥，元帥又如何責令他盜取溫風扇，如何巧騙非幻道人的保暖丹，王元帥又如何允他匹為婚姻的話，細細說了一遍。徐鳴皋聽說，此時也覺感激，又見他如此殷勤，自已是情投意合。當下便問道：「既蒙賢妻如此情厚，但不知現在王元帥與非幻道人戰過幾次？那非非陣曾否破去麼？」余秀英道：「妾到此處，連今日才有七日，將軍卻不知道，現在我師父徐鴻儒也在此地，玄貞老師等本約我師父十日後破陣，今已八日，至多不過再有六七日，就要來破陣的。但是妾這兩日為服侍將軍，故我師父那裡的溫風扇尚未得間盜出，再遲可要誤玄貞老師等人的大事了。今將軍幸已勿妨，惟急切不能出寨。從明日為始，請將軍堅耐數日，妾當留兩個婢子輪流在此伺候將軍，妾即去設法盜取溫風扇，送往大營，好給玄貞老師等如期破陣，妾與將軍也可早早出此牢籠。」徐鳴皋道：「能得賢妻如此見愛，而且棄邪歸正，將來事成之後，某當感激不忘。」余秀英道：「我也不知是何緣故，從前本來立志不肯嫁人的，自從見了將軍之後，與將軍一度春風。後來將軍雖然被傀儡老師帶出宮門，那時妾並不敢恨傀儡老師，惟自恨我哥哥不識天時，助紂為虐，將我陷在那裡。若欲獨自逃走，又恐不便，所以日日總不能忘卻將軍。及聞將軍陷入陣中，妾一片私心，更難自定，恨不能插翅飛出宮門，前去相救。又因未奉寧王偽令，不便私自出宮。後來，雖師父在寧王前令我前去幫助於他，我以為將軍既陷入陣中，必然多凶少吉，所以託病不出，居心從此無意人世，自恨命不如人。自聞一塵老師說及將軍雖陷陣內，不過有四十九日災難，並無性命之憂。妾聞此言，所以才到寧王前銷了病假，趲趕前來，急救將軍性命。將軍方才所說感激不忘，這話未免見外。俗語說得好：『嫁夫從夫，夫死婦當殉節。』妾雖不明此意，也曾知道今將軍有難，妾理應酬之。將軍何出感激之言！但願以後寧王早早誅滅，天下太平，妾與將軍偕老，以終其願足矣，有何他望呢？」徐鳴皋聽了這番言語，著實可愛可敬，因又謝道：「賢妻雖然如此，某設非賢妻來救，某尚能為再生之人麼？所以不得不更加感激。」余秀英道：「不必瑣瑣❶了，現在將四鼓，將軍精神尚未大復，還請養歇為是，等將軍精神復元，說不定還要戰鬥呢。」徐鳴皋當下也就不言，悉心安歇。

余秀英仍伴徐鳴皋睡到天明，方才起來。拿雲、捉月進來打了面水❷，余秀英梳洗已畢，又諄囑一番，叫他切勿聲張，恐防漏洩。即留拿雲在裡間伏侍，他便帶了捉月出來，用了早點，直望大帳而去。日間盜取溫風扇，送往大營給王元帥早早破陣。畢竟溫風扇何以盜得出來，且聽下回分解。

❶ 瑣瑣：多說話。

❷ 面水：洗臉水。

第一百四十八回　知戀新恩秀英盜扇　不忘舊德鳴臯遺書

話說余秀英來到大帳，見徐鴻儒、非幻道人、余七正在那裡議事，余秀英上前各各參見已畢，徐鴻儒問道：「徒兒為何今日這大早前來，又甚麼事情？」余秀英隨口應道：「只因這兩日未曾給師父請安，師父亦未曾呼喚徒兒，所以一來給師父請安問好，二來打聽打聽敵營的動靜，曾否前來約期破陣。」徐鴻儒道：「那玄貞子曾經約過十日後破陣，現在不必約日期了。」余秀英道：「現在已將及期，非是徒兒過慮，那七子十三生本領亦頗利害，法術亦極高明，久久不來開戰，恐他有甚麼破陣之法，到要打聽打聽，好早為預備，免得臨時措手不及。」徐鴻儒笑道：「徒兒之言雖是有理，只是未免過慮了。非是為師誇口，他若尋不出溫風扇、光明鏡來，他怎麼能破此陣？光明鏡現在徒兒那裡，溫風扇現在為師身旁，任他本領高強，法術高妙，又從哪裡得此兩物？這兩物既不能到手，不必說七子十三生，就便是十四子二十六生，也是枉勞無功的，賢徒何慮之有！」余秀英道：「既如此說，這非非陣是斷難破的了。但是師父這溫風扇，徒兒一向雖曾聽說，卻是不曾見過，擬求師父取出來給徒兒一觀，俾徒兒見識見識，不知師父果能允許否？」徐鴻儒道：「這有何不可？現在卻未帶在身旁，你可隨我前去，我給你看視便了。」

余秀英大喜，當下即隨著徐鴻儒到了後帳。徐鴻儒在一具楠木小箱內取出一個豹皮囊，將豹皮囊的口放開，在裡面拿出一把摺扇，遞給余秀英道：「這就是溫風扇。」余秀英接在手中，打開一看，不過是兩面白紙糊就，猶如平人所用一般，並不見甚麼希罕。因道：「非是徒兒菲薄於他，也不見得甚麼好處在那裡，何以師父就將這扇兒說得如此寶貴？」徐鴻儒道：「徒兒，你真少見多怪了。不必說這扇兒有溫風可取，雖極冷之天氣，極寒之地方，只要將這扇子打開，輕搖兩下，便覺如春氣勃勃。若重搖兩下，那風勢一大，哪怕他金剛神佛，只要沾著這溫風，他便如吃醉一般，登時骨軟筋酥，毫無氣力，哪裡能受得住。就是這扇兒的來歷，也有幾千百年。還是當日周朝李老子煉丹之時，將這扇兒去掀風引火，日受火氣蒸熾，待至丹煉成功，已有百餘年之久。後來為孫悟空大鬧天宮之時，將這扇兒偷去。及至走到火焰山，將此扇失落，復經那火焰山天火、地火、山火日蒸月熾，又受了許多的山川靈氣，所以才成此法寶。徒兒你卻不曾細看，這扇兒雖是兩面白紙糊就，這夾層裡，可有萬道霞光、滿天煙霧。就這樣平放著，卻看不出來。你若向亮處一照，便看見了。徒兒你既要見識，何不細細一看，再將這扇兒輕搖兩下，取出風來試驗一回，就知道這扇兒的妙處了。」余秀英聽了徐鴻儒這一大篇的話，當下就將那扇兒向明處一照，果見夾層裡有萬道霞光，熱氣騰騰如那山上出雲霧一般。一面看，一面說道：「真是不見不識，若非師父告訴我，這樣的巧妙，徒兒哪裡得知？不過當作他一把白紙扇搖罷了。」

徐鴻儒見他誇讚此扇之妙，也就大喜，說道：「為師這溫風扇，可與你光明鏡並駕齊驅了。」余秀英道：「徒兒那光明鏡，也不算甚麼寶物，總不能及師父這扇兒。」說著就將扇兒執在手中，輕輕的扇了兩下，取出風來真個是和暖異常，比夏天刮的那南風、熏風、熱風，還要熱上幾倍。余秀英又道：「照此不過輕搖兩下，就如此和暖起來，若將盛夏之時，再將他搖動，那可不要將人醉死了麼？」徐鴻儒道：

「雖不致醉死，卻也定然昏迷的。」余秀英便將這扇兒反復細玩了一回，方才交給徐鴻儒收去。所謂「有心算計無心人」，千古不易之理。就是余秀英將溫風扇謊騙出來，看了一遍，他卻將那扇兒尺寸長短，規模制度，悉數記在胸中，為將來盜換之用。任他徐鴻儒邪術再大，也被余秀英這女子所算。這也是武宗的洪福，宸濠合該敗亡。閒話休表。

余秀英將溫風扇把玩一回，將尺寸規模記憶真切，即便退回本帳，當將以上各情，細細告訴了徐鳴皋一遍。鳴皋道：「似此如何可以到手呢？」秀英道：「妾亦計算定了，不過早暮便可取來。」鳴皋大喜。當下余秀英即仿照那溫風扇的樣子，趕著製了一柄，暗暗帶在身旁。到了次日，先命拿雲去到大營前，打聽徐鴻儒曾升帳否？拿雲答應去後，不一刻回報說道：「均在帳內議事。」余秀英聽了此話，即刻飛跑至徐鴻儒的後帳內，將那楠木匣兒開下，豹皮囊內，將那溫風扇取出，復將身旁所造的那把放了進去，又將楠木匣兒蓋蓋好，不敢耽擱，飛也似退出後帳。到了自己帳內，即將溫風扇付交拿雲立刻送往大營。徐鳴皋道：「以某之見，扇子既已換出，此時卻不可令他送出，耳目究屬不便，不若仍到夜間送去方好。」余秀英道：「遲恐為他覺察，那便如何是好。」鳴皋道：「不然，既有偽扇去換，他急切斷不能知道的。某還有一封書信與元帥，今夜命拿雲一併送去便了。」余秀英也就答應。

等晚間，徐鴻儒那裡並無知覺的消息，余秀英大喜。徐鳴皋就在燈下寫了一封信，封固起來，又同溫風扇，差拿雲送去。拿雲不敢怠慢，也就即刻飛身出了營門，直望官軍大營而去。

且說官軍營內自從余秀英去後，玄貞子就命焦大鵬回家調取他妻子前來。不過三日，王鳳姑、孫大娘俱已到此，並且還將兩個孩子帶來，因為留在家中，無人照應，這也是單身人的苦衷。伍天熊夫婦尚未來到。這日，王元帥正與玄貞子等計議道：「仙師約那妖道十日後破陣，現在已將十日，焦大鵬夫婦雖到，而伍天熊夫婦尚未來到，余秀英所盜的溫風扇亦未送來，不知此扇能否盜出？好令本帥心掛兩頭！」玄貞子道：「元帥勿憂，貧道昨已卜課❶，伍天熊夫婦不日即到，溫風扇亦在日內即可送到，說不定今夜也可送來的。」王守仁道：「但願仙師之言，其應如響，那就是國家之福。」說著，大家散去。

到了晚間，王元帥仍在帳內秉燭觀書。約有二更以後，忽見帳外走進一小女子。王元帥仔細一看，即是那日同余秀英來的、站在上首那個丫頭。方欲問話，只聽拿雲說道：「元帥在上，徐將軍與婢子的小姐多多拜上。元帥所委之事，幸不辱命，今已取出。又有徐將軍書信一封，特命婢子送呈，即請元帥查收。」說著，從身旁將溫風扇與徐鳴皋的書信，亦並送呈上去。王元帥接過來，先將溫風扇看視一回，覺得也無甚異處，便擺在一旁。然後將徐鳴皋的書信拆開，細細觀看，但見上面寫道：

末將徐鳴皋謹再拜致書於元戎麾下：前者末將誤陷陣內，已將骨僵而死，幸得余秀英上遵鈞命，救末將於已死之餘。末將得以再生，皆出元帥之所賜。本欲即日趨回，聽候驅使，並申忱悃❷。以日來委頓不堪，既不能升高夜遁，復不便明白出營，恨極！罪極！今與元帥約：何日督兵前來，末將當與余秀英作為內應可也。茲因婢子拿雲送呈溫風扇之便，聊上數言，即乞鑒聽。如蒙賜示，仍交婢子帶下，以便遵照辦理。書不盡言。鳴皋頓首。

❶ 卜課：泛指占卜的事情。多搖銅錢看正反，或掐指推算干支，以推斷吉凶。

❷ 忱悃：真誠。

王元帥看罷，心中大喜，即向拿雲說道：「你可稍待，本帥尚有回書交付與你。」畢竟王元帥回書說些甚麼話，且聽下回分解。

第一百四十九回 王元帥回書約內應 御風生見面說前因

話說王元帥將徐鳴皋所上之書看畢，當命拿雲稍待，尚有回書帶去。拿雲答應，侍立一旁，等候王元帥作覆。王元帥也就即刻取出花箋，磨濃香墨，拈筆潤毫，就燈下作了一封回書。上寫道：

介生頓首上覆於鳴皋將軍足下：使者來，得手書，誦悉各節，不禁踴躍，忭頌奚如❶。以將軍得慶重生❷，某不敢居為己功，實賴秀英之力。然以秀英改邪歸正，而又急公好義，難得！難得！約期舉事，現在尚難預定。良以應用之物雖全，而應遣之人尚缺一二。一俟到齊之後，即便作背城之一戰。但聽連珠炮響，即大軍直搗時也。幸即內應，早定厥功，不勝翹望❸。使去匆匆，不盡縷縷，諸惟珍攝❹，努力加餐為幸。介生再頓。

王元帥將書作畢，又看了一遍，然後封固起來，當即交與拿雲。拿雲接著過來，貼肉藏好。王元帥

---

❶ 忭頌奚如：無比高興。
❷ 重生：復活；再生。
❸ 不勝翹望：極其盼望。不勝，非常。翹望，翹首仰望。
❹ 珍攝：保重。

又向拿雲道：「煩你回去多多上覆徐將軍與你家小姐，就說本帥不日出兵破陣，但聽連珠炮響，請他們二人即速內應便了。」拿雲道：「謹遵元帥吩咐，婢子回去當轉告徐將軍與婢子的小姐，元帥兵至之日，斷不致誤事便了。」說罷，便即告辭出來，只見他身子一晃，早已不知去向，直望賊營而去。到了賊營，即將王守仁回書取出，徐鳴皋與余秀英同看了，自然遵照辦理，不在話下。

且說王元帥等拿雲走後，因為時已經不早，不便去請玄貞子等人，也就將溫風扇收藏好了，即便安寢。到了次日一早起來，升了大帳，打了眾將鼓，各將官紛紛進帳參見畢，王元帥就命人去請玄貞子等人。玄貞子等一聞元帥去請，也就即刻來到大帳，與元帥彼此見禮已畢，王元帥讓玄貞子等依次坐下。王元帥開口說道：「昨夜余秀英遣婢子拿雲，已將溫風扇送來，並有徐鳴皋書信一封。現在徐鳴皋已為余秀英救出。據原書所云，徐將軍即欲回營，只因得慶重生，精神尚未充足，既不能升高夜遁，復不便白晝可行，現在約為內應，如此真乃可喜。本帥已隨即復書，約他但聽連珠炮響，便是我軍直搗之時，命他與余秀英兩人即為內應，想他二人當不致誤事。惟慮伍天熊何以至今未到，難道又有別事耽擱麼？諸位仙師的高見，伍天熊不來，可能先去破陣麼？」玄貞子道：「元帥切勿過急，伍天熊夫婦不來，雖各項應用之物齊全，此陣仍不可破。而況我輩中尚有數人未到，須俟到齊之後，方能一鼓成擒。貧道算定本月二十二日甲子，前去破陣，那時諸人皆到，包管元帥馬到成功。且伍天熊夫婦旦夕必到，元帥但請放心便了。」

王元帥聽罷這番話，也無可再說，只得將溫風扇送與玄貞子道：「本帥看此扇也絕無有異之處，何以如此寶貴，前去破陣，竟非他不行？本帥實不可解。」玄貞子道：「元帥有所不知，此扇雖外面如此，卻是寶貴難得。即以年代而論，此扇係李老子所製，用以扇火煉丹。由此而來，已不下幾千百歲矣。但不知余秀英何以盜出，俟將來到要問他個明白。元帥既今與徐鳴皋約了，二十二這日未經出隊之先，便可先放連珠炮，他便知道，好為預備，元帥以為如何？」王守仁道：「仙師之言，正合吾意。」

大家正談論間，忽見守營兵卒報進帳來，向王元帥說道：「營門外現有六位真人，一位道姑，欲見元帥。小的特來通報，請元帥示下。」王元帥正要動問，只見玄貞子道：「他們今已來了，好極好極！」王元帥聽說，知道是七子十三生未來那幾人，當下便命小軍請進。小軍答應，即刻飛跑出去，將那六位道者、一位道姑請進來。此時王元帥已降階相迎，那六位道士、一位道姑飄然進了大帳，與王元帥施禮畢，挨次坐下，又與玄貞子等道了闊別。原來這六位便是飛雲子、默存子、山中子、凌雲生、御風生、雲陽生，那一位道姑便是霓裳子。現在七子十三生皆齊集一處，於是一枝梅等人又上來給飛雲子等七人參見行禮。

王元帥見七子十三生皆是仙風道骨，實在可敬，因與眾人說道：「本帥忝握兵符，毫無德能，荷蒙諸位仙師，不遠千里而來，以助本帥誅奸討逆。事成之後，不知如何報答，只好將來奏明聖上，一一加封便了。」玄貞子等二十個人一齊說道：「我等只以順天應人前來討逆，非敢妄有希冀。今蒙元帥如此厚誼，某等卻心感之至。為今之計，諸事齊全，只等伍天熊夫婦一到，便可出兵破陣了。」當下霓裳子從旁說道：「伍天熊夫婦業已隨同徐慶下山，何以仍未到此？」御風生也就說道：「伍天熊所以尚未到此，因他妻子鮑三娘已於前日在半途生產，生了一個男兒。三朝❺未過，似不能趲趕前來。我料他明日

❺ 三朝：婦女產後的三日。

便到。」玄貞子道：「賢弟，你何以知之？」御風生道：「小弟前日正在御風而行，忽見一行穢氣上衝霄漢，把小弟風頭止住，不能前行。小弟當時頗有驚訝，當即向下面一看，見有個婦人在那裡生產。先還不知道是伍天熊的妻子，後來看見徐慶，又聽徐慶在那裡喊甚麼伍賢弟，那時方才明白，是伍天熊夫婦。後來小弟也就避了那股穢氣，繞道而行，然後才遇見他們一起。」玄貞子聽說，便向王元帥賀道：「鮑三娘既已生產，大事成矣。貧道等所以日望伍天熊夫婦到此者，非借重於伍天熊，實借重鮑三娘這個產婦，使他入陣衝破陣中各種邪術耳。今既卻如所願，一俟他夫妻到此，便可出兵。哪怕他徐鴻儒、非幻道人、余七的利害，也要死在我等之手。」說罷大笑不止。王元帥也是樂不可極。

正議論間，又見小軍進來報道：「徐將軍從九龍山回來了。」王元帥一聽，即便著他進來。徐慶走至帳上，先給王元帥參見已畢，然後與玄貞子等人也一一行過禮，站立一旁。王元帥便問道：「伍天熊夫婦何以仍未到此？」徐慶道：「只因伍天熊之妻鮑氏，臨下山時已經懷孕足月，不期行至半途，忽然產下一個孩子。鮑氏因三朝未過，不便多行，故此暫借客寓，稍息兩日，大約三日後，即可起行。末將因恐元帥記念，故此先行回營。」王元帥道：「似此，伍天熊夫婦尚須遲日方到了。」徐慶道：「不過就在月內，至遲三日後定準前來的。」玄貞子道：「就是五日後也來得及，好在要到二十二日甲子，方能出兵。今日不過才十六，距二十二尚有六天，來得及之至，元帥但請寬心便了。」徐慶又問道：「鳴皐大哥不知近日如何光景？」王元帥道：「徐鳴皐現已為余秀英救出。昨夜還有信來，約本帥前去破陣，他為內應。」徐慶聞言，好不歡喜。因又問道：「余秀英係徐鳴皐仇讎，他如何肯去救他？這其中又甚麼緣故？要請元帥示知。」王元帥見問，便將一塵子如何盜取光明鏡，以及余秀英矢志歸誠的話說了一遍。徐慶更加喜悅。王元帥等又談論了一會，這才各散而去。

到了次日，玄貞子即請王元帥轉飭各營，挑選精銳兵士六千名，務要人人精壯，個個勇敢。又命於三日內趕造五色旗幡各六十四面；又命於營門外高搭席棚一座，周圍一百二十丈，寬三丈六尺；內設几案，一張上擺淨瓶十二個；再設八卦爐一具；淨瓶內多插柳枝，以便破陣時應用。王元帥一一答應，立刻分付飭令趕辦。眾三軍一聞此言，即於三日內備辦齊全。玄貞子等又到席棚內查點一番，毫無缺少，專等伍天熊夫婦到來，即便出兵破陣。不知伍天熊果於何日到來，且聽下回分解。

第一百五十回　伍天熊率眷來歸　玄貞子登壇發令

話說伍天熊在半路因他妻子生產，不能趲趕前來，等到三朝以後，便與鮑三娘星夜奔馳。這日到了大營，先與守營小軍說明來歷，當下小軍聽說，便與伍天熊道：「現在我家元帥諸事齊備，專等將軍前來，便出兵前去破陣。今將軍既來，卻好極了，請將軍稍待，小的即便進帳通報。」說罷掉轉身軀，飛跑進去，到了大帳向王元帥稟道：「啟元帥：今有九龍山伍天熊已到，現在營外候示，請令定奪。」王元帥聽說，因問道：「你看他還是一人前來，抑有旁人同來。」那小軍道：「還有一個婦人，懷中尚抱著一個小孩子，好似才產下來的模樣，與伍天熊同來的。」王元帥聽說，一面命將徐慶傳到，一面命將王鳳姑、孫大娘二人傳來。不一刻三人皆到。王元帥即命徐慶將伍天熊帶進，王鳳姑、孫大娘便去迎接鮑三娘。三人答應下去，一會兒已將伍天熊夫婦迎了進來。

當下徐慶帶領伍天熊向王元帥參見已畢。王元帥細看伍天熊一表非俗，只見他身長八尺相開，豹子頭環眼，兩道鐵眉，一方闊口，肩開臂闊，虎背熊腰，不愧英雄氣概。伍天熊站立一旁，王鳳姑、孫大娘又將鮑三娘帶至元帥面前參見。王元帥又將鮑三娘看了一遍，只見他生得頗為美貌，兩道柳葉眉，一雙秋波眼，筆直的一根鼻梁，團團的一副面孔。只因生產不久，臉上未免無甚血色，所以見得他淡黃色面皮。頭上繫了一塊元色湖縐包腦，兩太陽穴貼著兩張萬應頭痛膏，身穿元色湖縐薄棉襖，懷中抱著一個小孩。下穿元色湖縐繫腳單褲，鐵錚二三寸金蓮。雖然是個婦人，卻隱含一派英雄氣概，與王鳳姑、孫大娘一派的人物。

王元帥看罷，便向伍天熊說道：「久聞將軍驍勇素著。今本帥奉請前來，已是有屈；又值尊夫人半途生產，好令本帥過意不去。只好俟功成之日，再為賢夫婦酬勞便了。」伍天熊當即讓道：「末將自蒙聖恩，賜以厚爵，末將即應前來聽候驅使，藉效犬馬之勞。所因末將不知元帥大營駐紮何處，未便下山。今蒙元帥見招，正末將報效之日，尚求元帥勿罪粗鄙，遇事栽培，聊冀效力於萬一。即末將妻子，現雖生產，未免精力稍嫌不足，然尚可以出戰，亦望元帥錄用是幸，聊助元帥成功。」王元帥道：「將軍固欲借重，便是尊夫人，也是要借重的。現在尚無事，將軍夫婦遠來，可請分別暫為歇息，稍養精神便了。」當下伍天熊退下，鮑三娘由王鳳姑、孫大娘領入偏帳，一同住下。

徐慶將伍天熊領到他帳內，此時如一枝梅等人俱已前來問候，伍天熊一一相見，各道仰慕闊情。內裡鮑三娘雖與王鳳姑、孫大娘初見，卻是一見如故。三人如同親姐妹一般，彼此好生愛慕。一會子，一枝梅等又將伍天熊帶到七子十三生那裡，一一相見已畢，然後才復出來。

這日卻是四月二十，王元帥又命人將七子十三生請來，共議破陣之事。七子十三生來到大帳，王元帥讓坐已畢，便開口說道：「伍天熊夫婦今已前來，不知諸位仙師尚需何物，即請示明，本帥好飭令各人分別照辦，以便後日破陣。」玄貞子道：「諸事齊備，並不少甚物件，就請元帥即日打了戰書，定了時日，著人送去，約徐鴻儒、非幻道人、余七等三人，定於二十二日辰時三刻十二分破陣。」王元帥答應，當即寫了戰書，飭人送往賊寨。到了傍晚，那下書的人回來，呈與王元帥看視。王元帥將書看畢，見已批准，即擺在一旁。玄貞子又與王元帥說：「請元帥明日辰時傳令，命所選的那六千精銳暨合營三軍，各帶五色旗幡，午時齊集席棚，聽候分撥，如違令者立斬。」王元帥即答應了。當下玄貞子等仍回大帳而去。這裡王元帥便又將一枝梅傳來，命他先往各營查點。一枝梅當即出去，到各營挑選一番。一日無話。

到了次日辰刻，王元帥升坐大帳，打起眾將鼓，將各將傳齊。只見各將官個個戎裝戎服，進入大帳，鵠立兩旁。真個是：弓上弦，刀出鞘。站定，王元帥先即點名，計有副先鋒官指揮游擊一枝梅，隨營指揮徐慶、徐壽、狄洪道、周湘帆、羅季芳、包行恭、楊小舫、伍天熊、王能、李武十一位，牙將劉佐玉、鄭良才、殷壽、楊挺、王仁義、卜大武、趙武、趙文八位，還有女將王鳳姑、孫大娘、鮑三娘三位：統共男女各將二十二位。王元帥點名已畢，見他們這一班各將，個個熊腰虎背，臂闊肩開，都有躍躍欲試之威。王元帥道：「諸位將軍，明日前去破陣，務各努力向前，早定厥功。將妖道擒獲，進取南昌，端在此舉。各位將軍受國家知遇之恩，想皆具有天良，竭力以報君恩，共誅逆賊的。」各將齊齊應道：「末將等當奮勇殺敵，藉報涓埃，謹遵元帥之命便了。」說罷，王元帥又道：「少時諸位仙師發號施令，諸位將軍亦宜各遵號令，不可擁擠喧譁，違令者定按軍法從事。」各將亦唯唯答應。王元帥命他們先行退出，一俟午刻，趕赴席棚，聽令便了。眾將答應一聲，挨次退下。王元帥又將兵符、令箭送往後帳，交玄貞子收納訖，這才出來。到了午刻，王元帥率三軍隨著玄貞子、一塵子、飛雲子、默存子、山中子、海鷗子、霓裳子、淩雲生、御風生、雲陽生、傀儡生、獨孤生、臥雲生、羅浮生、一瓢生、夢覺生、漱石生、鷦寄生、河海生、自全生，並有義士焦大鵬，計共二十二人，一齊前往席棚。

不一刻已到。但見席棚以下，三軍環列，旌旗飛揚，個個弓上弦，刀出鞘。一枝梅等諸將分兩排鵠立棚下，只聽三聲炮響，王元帥請玄貞子等上了席棚。王元帥讓玄貞子首坐，自己在肩下相陪，其餘自一塵子至焦大鵬二十人，皆分兩旁坐定。

眾將官齊上席棚參見，玄貞子等半禮相還。眾將退下，仍然鵠立席棚下。王元帥便請玄貞子發令。玄貞子又謙讓一回，然後取出令箭一枝，首先喊一枝梅道：「令箭一枝，命你帶領精銳五百人，隨著一塵子老師攻打敵陣開門。入陣以後，便殺往落魂亭而去。只聽連珠炮響，自有兵前來接應。」一枝梅得令退下。又命狄洪道：「與你令箭一枝，率領五百精銳，隨同飛雲子老師攻打敵陣生門。入陣以後，也殺往落魂亭去。」狄洪道得令退下。又命楊小舫道：「與你令箭一枝，率領精銳五百，隨同默存子老師攻打敵陣明門。入陣以後，也殺往落魂亭而去，會同一枝梅、狄洪道兩枝兵，直取妖道的大寨，不得有誤。」楊小舫得令退下。又命包行恭：「與你令箭一枝，也帶精銳五百名，隨同海鷗子攻入敵陣死門。海鷗老師已帶有辟穢丹，不患穢氣熏蒸，務宜努力攻打。若遇妖道，不可將他放走，切切。」包行恭得令退下。又命周湘帆：「也帶精銳五百名，隨同御風生攻打傷門。此門御風老師已帶有招涼珠，不患火氣熏蒸，務要努力進殺，不可有誤。」周湘帆得令退下。又命徐慶：「也帶精銳五百名，隨同雲陽生攻打敵陣亡門。此門雲陽老師已帶有溫風扇，不患冷氣所逼。」徐慶得令退下。又命徐壽、王能：「各帶精銳五百名，隨同凌雲生、自全生攻打幽、暗兩門。此門凌雲老師已帶有光明鏡，不患黑暗。」徐壽、王能均得令退下。又命伍天熊、卜大武、李武、焦大鵬：「各帶精兵五百名，隨同獨孤生、臥雲生、羅浮生、一瓢生攻打敵陣風、沙、水、石四門。」伍天熊等四人得令。又命王鳳姑、孫大娘、鮑三娘：「帶領精銳一千，隨同霓裳子攻入敵陣，前後左右、東西南北，擾亂他的陣勢。只因鮑三娘係產婦入陣，諸凶總要讓避，可建大功，不得有誤。」王鳳姑等得令退下。又命山中子、夢覺生、漱石生、鷦寄生、傀儡生、河海生隨同自己一齊殺入敵陣，兜拿妖道。各軍均於今夜五更造飯，黎明飽餐，辰初三刻十二分一齊出隊，殺入敵陣，限申正二刻十四分破陣。務各努力向前，不得稍有退縮，如違令者立斬。玄貞子吩咐已畢，六子十三生及各位英雄齊聲：「得令！」是日就紮營席棚以下，直待依時出兵。欲知如何破陣，各妖道如何就擒，且聽下回分解。

第一百五十一回　十三生大破非非陣　眾劍客齊攻逆賊營

話說玄貞子調遣已畢，即命各將駐紮席棚，四面聽候，屆時出兵。到了晚時，外有喚「救命」，即將連珠炮放起，好使敵營中徐鳴臯知道，早作準備。玄貞子又在席棚臺上一個人踏星步斗，將十二個淨瓶內的水傾倒在八卦爐內。又望著八卦爐念了一回，復將八卦爐內的水取出，用楊枝蘸水，向席棚四面各營內灑了一回。這水灑在各營中，所有眾三軍入陣時皆可不沾邪氣。此亦仙家之妙法也，不便深求。玄貞子諸事已畢，只等屆時出兵。

話分兩頭。且說賊營內徐鴻儒、非幻道人、余七三人，自接了王元帥的戰書，批准二十二日聽候前來破陣之後，徐鴻儒也就預備起來。命余秀英同拿雲、捉月掌管落魂亭，非幻道人專管風、沙、水、石四門，余七專管生、傷、死、亡四門，自己專管開、明、幽、暗四門。每一門撥兵四百、牙將二員把守，並吩咐眾賊將道：「若遇官兵進來，不必與之對敵，只將他望死處領去，便算爾等大功。」眾賊將答應，也就各按方向，前去把守。徐鴻儒分撥已畢，專等官兵前來，要使他全軍覆沒。

徐鳴臯日來得余秀英朝夕調養，也漸漸精神充足起來。這日晚間，聽見官軍營裡連珠炮響，他便知道要來破陣。卻好余秀英進帳有事，他便向余秀英要了一把單刀，以便隨後作為內應，衝殺出去。余秀英又諄囑道：「將軍明日衝殺出去，可先至落魂亭與妾同行，方為穩當，不可自恃驍勇，自多不便。」

徐鳴皋答應。余秀英又復出帳去，往落魂亭而來。

看看夜已將半，官軍營裡眾三軍已各造飯，不一會飯已煮熟，合營將士飽餐一頓，漸漸天明。到了辰初三刻十二分，玄貞子一聲令下，命各營拔隊。只聽各營內連珠炮響，隆隆之聲震動山谷；接著又是一片鼓聲，鼙鼙之音遠聞四野。各將士各率各隊，各隨各人前往，真個是兵令森嚴，軍威整肅。但見刀矛映日，鎧甲凝霜；旌旗飛揚，鸞鈴雜遝。各按各隊，一齊趲趕前行。不一刻，到了敵陣。玄貞子一聲令下，各將士皆隨著督陣仙師，分往向非非陣十二門而去。只見一字排開，將一座非非大陣，周圍四面，盤繞起來。

此時徐鴻儒早已知道，即刻帶領賊將賊兵，分別由各門而出，來引官軍。玄貞子一見，又復出令一聲：「命各將士一齊進陣衝殺。」各將士一聞令下，又聽中軍戰鼓打得鼙鼙，哪敢怠慢，即刻一聲吶喊，一齊衝殺進去。那萬人一聲，幾如山崩地裂一般，而且是個個爭先，人人奮勇，聲稱：「捉妖道！滅叛王！」徐鴻儒、非幻道人、余七三個見官軍一齊衝殺進來，好不歡喜，也不與官軍廝殺，只將各將士領入絕處、死處而去。他以為又如徐鳴皋初次入陣，不知究竟，可以引誘他去。不知今日各將士皆確有把握，雖至陣中，猶然瞭如指掌，哪裡能為他所惑？

且說一塵子率領一枝梅，帶了五百精銳從開門殺入，卻好遇見徐鴻儒。只見徐鴻儒身騎四不像，手執寶劍，背後葫蘆。一塵子大聲喝道：「大膽的妖道，往哪裡走！看本師的寶劍！」說著一劍向徐鴻儒砍來。徐鴻儒急急仗劍相迎，殺未數合，便虛砍一劍，轉身便走，直向落魂亭而去。只見他未曾走了兩三個灣，忽然不知去向。一塵子也不尋找，只帶著一枝梅及眾兵卒向落魂亭殺去。徐鴻儒隱身黑處，見一塵子向落魂亭去了，心中大喜，隨即復出陣來，卻好遇著飛雲子，一聲喝道：「爾等快來送死！」說著，也不上前去殺，撥轉身仍將飛雲子向落魂亭帶去。飛雲子帶著狄洪道進了生門，一見徐鴻儒迎出，飛雲子即手舞寶劍，直殺過來。狄洪道也舞動雙拐，衝殺進去。正要去戰徐鴻儒，只見徐鴻儒並不與廝殺，反向回頭跑去。飛雲子知道他的詭計，也就奮勇追去。才轉了兩三個灣兒，又不知徐鴻儒走向何處去了。飛雲子仍不尋找，還直奔落魂亭而來。

徐鴻儒在旁窺看，見飛雲子又向落魂亭去，心中好不歡喜，暗自說道：「合該他等要遭此劫，不然何以個個皆望那裡去呢？人說七子十三生道術高妙，據此看來，實在有名無實。」正自暗道，忽見幽、暗兩門把守的賊將，忙忙如喪家之犬，氣喘吁吁跪到面前，急急說道：「啟法師：幽、暗兩門已為敵人闖進，我等盡力引他到死路，哪知他毫不畏懼，走到黑暗之處，盡變成光明世界，比這裡還要光亮十倍。現在兩個道人、兩員敵將，已將幽、暗兩門破去，把守的兵卒全行被他等殺死。我等還是跑得快，不曾為他等所殺，前來給法師送信，速速請示定奪。」徐鴻儒聽了這番話，好不驚駭，暗道：「這幽、暗兩門，非光明鏡斷不能破。據來人所說，有一面小小鏡光，照得光明徹地，這鏡子定是光明鏡無疑。但不知他這光明鏡，從何處得來？天下只有三面，一面現在余秀英處，莫非就是盜得他的麼？」一面暗想，一面急急飛跑過去。

到了幽門，只見凌雲生帶著徐壽在那裡四面衝殺，真是個如入無人之境，而且黑暗之處實在光亮異常。又見凌雲生手中執定一面小鏡，左搖右晃，照得黑暗深處，如同白晝一般。徐鴻儒心中大驚，當即大喝一聲道：「好大膽的惡道，膽敢破本真人的妙法，不要走，看劍！」說著一劍，從凌雲生背後砍來。

凌雲生見徐鴻儒背後砍來，也就急急轉身，鼻中吐出一道白氣，將徐鴻儒的寶劍敵住，口中罵道：「好妖道，你死在頭上還不知道！爾可知這光明鏡是誰的？爾尚昏昧不悟，若能悔過自新，速速下騎受縛，本師或可存好生之德，免爾一死。若再執迷，免不得有殺身之苦了。」話猶未完，只見徐鴻儒怒目而視，出口大罵道：「好不知羞恥的惡道，暗盜人家法寶，此是狗盜之行，尚敢耀武揚威，自誇其口！爾若能贏得本師法寶，本法師就饒你的狗命。若贏不得，偏看你有何本領出我陣門！」凌雲生笑道：「爾休得多言，爾有法寶儘管放出來，以便本師來收你的法寶便了。」

徐鴻儒正要向豹皮囊中去取法寶，忽見一道白光從頂門上落下。徐鴻儒暗道：「不妨。」當即用手一指，那空中的法寶，登時變了一口劍，托住這道白光，又在半空飛舞擊鬥起來。徐鴻儒又要去豹皮囊中取寶，卻好自全生領著王能又復殺到。王能手提撲刀，他也不分皂白，只見如旋風般急急向徐鴻儒砍去。此時徐鴻儒手無寸鐵，寶劍又放在空中，如何對敵？只得又將手指向空中一指，喝聲道：「疾！」隨即又變了一口劍。他這才將空中原有的寶劍收回，與王能對敵。四把劍在空中戰鬥，一把劍與王能的撲刀廝殺。

四個人正殺之間，忽聞西北角上喊聲大起，原來霓裳子率著王鳳姑、孫大娘、鮑三娘衝殺進來，直殺得陣中鬼哭神嚎，所有暗藏的那些鬼使神兵，以及陰魂之氣，見了鮑三娘這產婦，怕他的穢惡之氣，藏的藏，躲的躲，跑的跑，亂亂紛紛，陰陰哭泣。徐鴻儒聽了這一派聲音，知道不妙，當下就向王能虛擊一劍，撥回四不像，直向西北角上喊聲起處殺去。

正走之間，忽見小軍紛紛前來報道：「稟法師：現有一個道姑，率領三個婦人殺入陣中，勢甚凶猛，已踏翻了好些兵卒，所有那些神兵神將，皆各處逃避。那三個婦人、一個道姑，好生利害，萬難抵敵。他等已殺往落魂亭去了。」徐鴻儒一聽，只嚇得心驚膽裂，也就往落魂亭而來。

走未多遠，只見默存子帶領楊小舫往明門殺進，海鷗子帶領包行恭從死門殺入；余七正與海鷗子、默存子、包行恭在那裡相敵，攔住去路。徐鴻儒不能越過，只得也就上前相助余七殺敵。這死門係各種穢氣所積，即使擺陣的人也不能經受此氣。哪知海鷗子有了辟穢丹，不但穢氣消除，反而香風撲鼻。徐鴻儒與余七二人心中好生疑惑，暗道：「這香風從何處而來，竟能將穢氣掃除淨盡？」正自驚訝，忽見半空中有五六道白光，直向徐鴻儒、余七飛下。兩個妖道好不驚駭，說聲：「不好！」才要避讓，只見一道白光，如閃電般向徐鴻儒頂上射到。徐鴻儒趕及逃避，哪知那白光直趕過來。不知徐鴻儒性命如何，且聽下回分解。

第一百五十二回　聞內變妖道驚心　遇仇人鴻儒切齒

話說徐鴻儒見一道白光，直從頂上射下，他知道不好，當即趕著躲避。哪知那白光直追下來，他也就趕著將手中寶劍擲向空中，托住那道白光，在上盤旋飛舞相鬥。你道這白光是何人的寶？原來就是玄貞子、傀儡生、夢覺生、漱石生、鷦寄生、河海生等人擲下。他們卻不曾由那十二門入陣，係從空中各處兜拿，恐防徐鴻儒、余七、非幻道人逃走，所以在空中相等。方才見徐鴻儒、余七二人在那裡與默存子、海鷗子相敵，所以急從空中吐出寶劍，取他們首級。

徐鴻儒正與那白光相鬥，又見小軍前來報道說：「落魂亭被一枝梅、一塵子、狄洪道、飛雲子衝倒，現在與余小姐、徐鳴皋六個人殺入後帳去了。」徐鴻儒這一聽，可真如半空中打下一個霹靂，大驚失色，暗道：「何以落魂亭被他們衝倒？難道余秀英又從了敵人不成？」復又想道：「是了！余秀英初來時就將徐鳴皋帶去，他說與他有仇，一定是這賤婢將他救活，與他有私，作了奸細，裡應外合。這也是我見事不明，至有今日！若能將賤婢捉住，不給碎屍萬段，誓不為人！」

正自怒不可遏，又見一起小軍狼狽而來，口中怨道：「我家王爺要聽些妖道邪術，擺甚麼非非陣，現在被官軍破了，連累我們在此受苦。不必說官軍要殺這一起妖道，便是我們也要將這三個妖道捉住，碎屍萬段，方雪心中之恨！」這一起小軍正自怨恨，一路狼奔鼠竄而逃。徐鴻儒聽了此言，隨即拿住兩個問道：「你等是把守哪一門的？」那兩個小軍道：「還問甚麼把守哪一門！十二門眼見得被人家全破完了。我們是把守亡門的。」徐鴻儒見說，更加驚道：「爾等為甚麼不將敵人引到那極冷的處所，將他們凍僵了？」那小軍道：「何嘗不曾引他們前去？只見他們進了亡門，有一個道人就拿出一把摺扇，連連搖動。先還冷氣逼人，就因他那扇子搖動之後，不知如何，那冷氣全沒有了。不但冷氣沒有，而且和暖異常，他們就從裡間大殺起來。那時余大法師又不知到何處去了，也無人抵敵，只得聽那一個道士、一員大將左衝右突，殺個不休。幸虧我們還是跑得快，不然也被他們殺死了。」

徐鴻儒見說了這番話，知為溫風扇破了亡門陣，心中驚道：「莫非我那溫風扇又被余秀英那個賤婢換去不成？」說著，就從豹皮囊中取出那把假的搖了兩搖，哪裡有甚麼溫風，倒是涼風習習。徐鴻儒這一恨，可實在非同小可，因恨聲說道：「吾不料這一件大事，竟壞在這丫頭手內！」恨聲未已，只見非幻道人狼狽而來，向徐鴻儒說道：「師父，大事去矣！我們再不趕緊逃走，必有性命之虞。」徐鴻儒道：「難道十二門俱被敵人破去不成？」非幻道人道：「何嘗不是！而況落魂亭又被人衝倒。此陣最係緊要的，全仗此亭。今此亭業已衝破，尚有什麼望想呢？此事總不恨別人，只恨秀英這個賤婢，私通敵人，將師父的法寶、自己的光明鏡，一起送與敵人，焉得此陣不破！」徐鴻儒道：「既然如此，我與你殺入後帳，尋出那個賤婢，將他捉住，把他碎屍萬段，砍為肉泥，以報今日之恨！」說著，就惡狠狠的與非幻道人一路殺往後帳，去尋余秀英報仇。

你道那傷門、亡門，風、沙、水、石四門，計共六門，如何一齊破法呢？小子只有一枝筆、一張口，萬萬不能兼顧交代。此處必要，暫停彼處；演說彼處，必要暫停此處。所以都有個先後。且聽小子慢慢將這六門如何破法的情形，細細說來，然後再來總寫。雖說演這小說也如行文一般，有總寫，有分寫，有逆寫，有順寫，缺一不可。就如先說大兵一齊殺入陣中，這就是總寫；後來逐門演說如何破法，這就是分寫；忽然小軍報道如何如何，這就是逆寫；賊兵與官兵如何對敵，這就是順寫；所以一枝筆要分出幾等文字出來。

如今再說御風生帶領周湘帆殺入傷門，那一般熱氣，真是薰人難受。御風生即將招涼珠取出，登時就涼爽異常，大家便併力殺進。那雲陽生率領徐慶殺入亡門，起先也是冷氣侵骨，後來將溫風扇取出，登時將冷氣化盡，所以破了亡門。那風、沙、水、石四門，由獨孤生、臥雲生、羅浮生、一瓢生率領伍天熊、焦大鵬、卜大武、李武四人，當進陣之時，只見狂風大作，走石飛沙，而且從半空中倒下水來，猶如翻江倒海一般。那種水勢，實也利害。後經一瓢生在身旁取出一個木瓢，登時將所有的大水收入瓢內。羅浮生將手中拂塵一掃，登時那些飛沙也就不知去向。獨孤生念了息風咒，那狂風也就無影無蹤。臥雲生又將許多石塊用寶劍一陣揮，那石塊也紛紛落下，變成許多紅豆。這種是些妖術驚人，只要有人破他，頃刻毫無用處。所以他四人破了妖法，伍天熊等這一起生力軍便在陣裡大殺起來，還有哪個能敵得住？雖然非幻道人邪術利害，既有獨孤生等四人在此，非幻道人也不能抵敵，所以將非幻道人殺得大敗而逃。

非幻道人遇見徐鴻儒說明原委，惡狠狠便去後帳尋找余秀英。繞過落魂亭，卻好一塵子、飛雲子、一枝梅、狄洪道迎面而來。他四人一見徐鴻儒、非幻道人，團團圍住，併力廝殺。此時徐鴻儒、非幻道人實在抵敵不住，只好又用邪術，預備驚人。只見非幻道人急急的在身旁取出一包赤豆，口中念念有詞，向空中一擲，登時半空下來無數神兵，望著一塵子等人殺到。一塵子見了此等妖術，真是好笑，正要用寶劍去破，不料傀儡生正走此經過，一見下面如此，即刻將寶劍望下一指，那些神兵盡變成些赤豆，墜落下來。徐鴻儒見撒豆成兵的法術不行，他也就將背後葫蘆取下，將塞子拔去，倒出一把碎草，口中也是念念有詞，將碎草向空中一擲，頃刻間腥風大作，有無數的豺狼虎豹張牙舞爪向一塵子等撲來。飛雲子急將手中寶劍迎著那些怪獸，一聲大喝道：「孽畜，還不給我速變情形！」那些怪獸經飛雲子的寶劍一指，說也奇怪，登時不知去向，只見些碎草飄飄的落下。徐鴻儒此時知道鬥他們不過，便大聲喝道：「你這兩個惡道，我等與你世無仇隙，爾今既然與我等尋仇，可不要怪本真人下毒手了！」一塵子笑道：「好妖道，誰不知你是白蓮教首，本師早已要將你擒住，以免後世之患。爾尚敢恃仗妖術，在本師前顯能！你有甚麼妖術，只管使來，好讓本師給你掃除盡淨。」

一塵子話猶未完，只見徐鴻儒將口一張，衝出一道黑氣，直望一塵子等人罩來。一塵子見他這黑氣來勢凶猛，趕著騰空而起，早已飛向空中。一枝梅、狄洪道二人不能騰空，竟被這黑氣衝倒在地。徐鴻儒一見他二人被黑氣衝倒，急將手中寶劍向他二人砍去。正要砍下，忽然半空中一個大霹靂望下一震，徐鴻儒猝不及防，被那霹靂一嚇，手一鬆，寶劍落於地下。一枝梅、狄洪道本來被黑氣衝倒，昏迷不醒，今被這個霹靂一震，反將他二人震醒過來。說時遲，那時快，只見他二人一個轉身，立刻站起，好似精神陡長一般，又復奮勇殺來。此時徐鴻儒手無寸鐵，如何廝殺！正在危急之際，卻好余七敗逃至此，一見徐鴻儒危迫異常，也就趕殺過來，才將徐鴻儒救出。非幻道人仍與一枝梅、狄洪道二人抵敵。

余七將徐鴻儒救出，便向他說道：「師父，我們走罷，再不走性命可難保了！」徐鴻儒心下也是急急想要逃走，只因非幻道人還被一枝梅等困住，因道：「你大師兄還在那裡，我同你奮力將他救出，再行逃走，不可將他一人拋在此間。」余七不敢違命，復翻身去救非幻道人。哪知才翻殺進去，卻好遇見徐鳴皋、余秀英、霓裳子、王鳳姑、孫大娘、鮑三娘一齊殺出。徐鴻儒一見余秀英，真是切齒的仇人，焉得不趕殺上去？卻恨手中並無寸鐵，不得已，急將捆仙索取了出來，直望余秀英拋去。不知余秀英能否不為捆仙索所擒，且聽下回分解。

第一百五十三回　焦大鵬獨救余秀英　王鳳姑力斬非幻道

話說徐鴻儒急將捆仙索向余秀英拋來，余秀英正在那裡衝殺，忽見一道紅光從自己頂上罩下，知道不好，急思躲避，哪裡來得及！早被捆仙索將他纏住，拉倒在地。徐鴻儒大喜，便急急搶過來。正要將余秀英拿去，忽見焦大鵬從空中飛下，先將寶劍在徐鴻儒臉上一晃。徐鴻儒一驚，望後一退。就在這點工夫，焦大鵬早將余秀英背在身上，騰空飛去。徐鴻儒一見焦大鵬救去余秀英，他就騰空追趕上去。哪知等徐鴻儒飛身騰空，焦大鵬早已背了余秀英走了好遠。徐鴻儒哪裡肯捨，還是緊緊追趕下來。

正趕之間，傀儡生又從迎面過來，攔住去路。徐鴻儒一見，更不打話，急在豹皮囊摸出一塊壓神磚，口中念念有詞，直望傀儡生打去。傀儡生正要上前去殺，只見上面一道金光，光中閃閃爍爍，直望自己打到。傀儡生不敢怠慢，急將袖子一抬，口中說道：「好寶，好寶，且到此處藏身。」一聲說畢，只見那壓神磚輕輕落入傀儡生袖中去了。徐鴻儒一見大驚，當下切齒罵道：「好惡道，膽敢將本真人法寶收去！若不將你捉住碎屍萬段，誓不收兵。你既有如此神術，本真人今日與你拼個你死我活便了！」傀儡生笑道：「妖道，你有法寶，儘管放出，本師懼你也不算本師法術高超，神通廣大。你若再遲不放，本師就要拿你了。」徐鴻儒聽見此話，直氣得三尸冒火，七孔生煙，復又將口一張，又是一道黑氣，直望傀儡生衝去。傀儡生看得真切，見他才把口張開，知道他有毒氣衝出，卻是預備停當；一見黑氣衝出，即將左手一放，忽見一道紅光，直射過去，接著一個霹靂，將那一股黑氣震散空中；復又一個霹靂，便將徐鴻儒從空中打落下去。傀儡生見徐鴻儒被五雷符打落下地，登時也就飛落塵埃，手起寶劍，預備結果他性命。哪知傀儡生方才腳踏實地，徐鴻儒已不知去向，卻雜在亂軍中逃走去了。

傀儡生說聲：「不好，這妖道想是會五遁的工夫，不然何以才落下來便即不見？若此次再被他逃走，我等可就慚愧了。」因即暗道：「我何不如此如此，權且將他擺下，等將非幻道人及余七捉住，再行前去捉他，料他也不能逃走。」主意既定，即刻用寶劍在地下一劃，又向東南西北四面畫了許多圈子，口中又念了兩遍咒語，復將寶劍又向空中一劃，也迎著東南西北畫了許多圈子，口中也念念有詞。你道他這是何故？原來傀儡生恐怕徐鴻儒借五遁逃走，因此撒下天羅地網，使他上天無路，入地無門，終久總要將他捉住。傀儡生作法已畢，並不問徐鴻儒現在何處，卻去幫著大眾協拿非幻道人、余七二人。

再說非幻道人與一枝梅、狄洪道戰得難解難分，卻好余七反殺進來相救。非幻道人見余七殺到，也就抖擻精神，一同奮力殺出。走未多路，忽遇默存子、海鷗子、山中子迎面殺來，余七、非幻道人接著又殺了一陣，好容易殺出重圍。走未多遠，霓裳子、王鳳姑、鮑三娘、孫大娘又迎面截住去路，非幻道人、余七接著又是一陣大殺。此時余七卻是精疲力盡，萬不能再顧非幻道人，只好騰空逃走。大家正殺之際，忽見風從地起，余七便隨著風向東南方逃走去了。霓裳子也不追趕，只是圍著非幻道人，不得讓他出圍。

非幻道人此時見是獨身，師父、師弟一個不在此處，心下也甚著急，只得又用邪術，預備且捂一陣，好借此脫逃。一面暗想，一面即將坐下梅花關鹿頭上一拍，那鹿把口一張，登時煙霧迷空，火光徹地；

飛沙走石，驟雨狂風，一齊向大家撲了過來。霓裳子一見，哈哈大笑道：「本師早料你智窮力竭，無計可施，只好再用這邪術以為脫逃之計。不知你這詭術只能嚇那無知的愚人，若在本師面前賣弄這妖法，本師有何懼怕！」說著，將手中的寶劍一指，立時天朗氣清，風沙頓滅。非幻道人知道抵敵不過，急急反身逃走。

霓裳子哪裡肯容他再逃脫過去，當下一聲說道：「你等可用力將他捉拿過來。若他再有邪術嚇人，爾等只管與廝殺，不要懼怕，自有本師破他的妖術。」王鳳姑、孫大娘、鮑三娘等一聞此言，更加抖擻精神，復又團團將非幻道人圍住，真個是圍得如銅牆鐵壁一般。王鳳姑的雙劍，孫大娘的雙槍，鮑三娘的雙刀，三個人直奔非幻前後左右，三處上下逼殺過來。非幻道人此時實在是精神疲憊，而且寡不敵眾，只見他遮攔格架，並無還兵之功，直殺得他氣喘吁吁，欲遁無門，欲逃無路，漸漸抵敵不住，卻又無隙去行妖術，只得歎道：「罷了罷了！我今想，與你等是個劫數。也罷，不如與你等拼個你死我活罷！」說著手起一劍，直向王鳳姑腰下刺來。王鳳姑將身子一偏，讓過這一劍，正要還劍刺去，卻好孫大娘雙槍從斜刺裡向非幻左肋刺進。非幻急急去迎。接著鮑三娘雙刀又向非幻當頭砍去。非幻萬來不及遮格，左肩上中了一刀，只聽「哎喲」一聲，非幻望後邊一閃。王鳳姑看的真切，知道他肩上已中一刀，乘勢起右手劍，趁非幻向旁閃躲之際，迎著非幻左肋刺了進去。此時任他再有妖術，也不能施展，已是跌倒在地。王鳳姑手急眼快，立刻起左手劍，使勁一揮，將非幻砍為兩段。當下取了首級，掛在身旁。霓裳子見非幻已死，那些敗殘兵卒，也就不肯全行傷他，當時便帶著王鳳姑、孫大娘、鮑三娘出陣而去。

再說余七騰空而行，走到半空，忽遇玄貞子從背後擊了一劍，余七急急掉轉身軀，預備迎敵。可巧他才轉身，卻好那飛劍已經砍到。余七來不及躲避，卻被玄貞子的飛劍將余七的頭顱削去半個，余七登時也就跌落塵埃，死於非命。這也是他惡貫滿盈，應該如此。三個妖頭已死了兩個，還有徐鴻儒一人不知去向。

且說傀儡生自將天羅地網散布起來，恐防徐鴻儒借遁之逃。果然不出傀儡生所料，徐鴻儒自從被霹靂打落塵埃，登時雜在亂軍中逃走。他打算渾在裡面脫逃得去，哪知處處把守甚嚴。走到這裡，也有人攔住去路，逃走不了；走到那裡，也有人阻住去路，逃走不出。後來他急得沒法，暗道：「我何不借土遁而逃？諒他們這些把守的人，再也尋不到我了。我只要逃出陣中，回到山上再練工夫，來報此仇。」因此他便借土遁逃走。哪裡知道早被傀儡生所料，已布了天羅地網。徐鴻儒各處走了半會，只是走不出去，就如銅牆鐵壁一般，毫無隙縫可遁。徐鴻儒大驚，暗自說道：「難道他們布了地網不成？也罷，我不由此逃走，且再向空中逃去便了。」於是又從地下飛入空中，準備騰空而去。哪裡知道任他騰雲駕霧，走到東，東有天羅；走到西，西亦如此。東西南北四面都已走遍，終久逃走不出。又走了一會，連方向都認不出了。心中暗道：「我敢是殺昏了，將一點靈性迷住了不成？且稍停片刻，定一定神，再作計議。」

正待歇下，忽見玄貞子、傀儡生二人駕著雲頭翩然而來，望著徐鴻儒笑道：「妖道，你何不逃走，還在這裡等死麼？本師今饒汝性命，汝儘管逃去，本師再也不追，好讓你回山修煉工夫，再來報仇雪恨。你可速速去罷。」徐鴻儒一聽此言，真是慚愧無地，明知玄貞子、傀儡生是有意嘲笑於他，知他逃走不出，反而使他速去。你道徐鴻儒被這一頓嘲笑可急不急、能忍不能忍麼？當下也就怒道：「本真人誤中爾等詭計，這也是我偶爾不明。爾等若果真讓我回山，本真人若不來報此仇，也不能算生於天地之間。」

玄貞子道：「爾罪當誅，爾尚不知自悟，還說甚麼報仇？給我歸陰去罷！」說著一劍砍來。畢竟徐鴻儒生死如何，且聽下回分解。

第一百五十四回　玄貞子飛劍斬妖人　王守仁分兵取二郡

話說徐鴻儒被天羅地網攔住，無處可逃，又巧遇玄貞子、傀儡生二人，被玄貞子一劍砍到。徐鴻儒當下仍不知悔悟，還要抗敵。只見他見玄貞子一劍砍來，當即躲避閃讓，後來漸漸不支，這才撒腿就跑。玄貞子也就趕下去，趕了一會，玄貞子可不耐煩再趕，便將飛劍吐出口中，說道：「速代我將白蓮教首徐鴻儒速速斬訖，前來覆命，毋得遲延！」那飛劍遵命而去，不多一會，已將徐鴻儒首級割下。飛劍回頭，玄貞子知已斬訖，仍將飛劍吞入腹內，便同傀儡生將徐鴻儒的屍首尋著，又將他的首級尋出來，交與小軍，以便帶回大營示眾。傀儡生這才將天羅地網撤去。三個妖道全行斬訖，但是那些賊將賊兵早死了十分之九，不過只有一分未遭殺戮。官兵亦有死傷之輩。真個是屍如山積，血流成渠，好不痛心慘目。

此時早有人報知王元帥而去。元帥聞得大奸已誅，妖道全行授首，即命傳令收軍。當下玄貞子等人即收兵回營。王元帥又復命人招降殘兵敗卒，不願降者准其回家歸農。此令一下，那些敗殘賊眾無不歡聲遍野。降者即投入營，不願降的也就各逃性命而去。王元帥又命在就近挖了許多大坑，將賊眾屍骸掩埋起來，然後一同整隊回營而去。當日無話。

次日，即將各將分別記功。又命王鳳姑、孫大娘分別回去。當有伍天熊稟道：「末將妻子現在已不便仍回九龍山，因山上所有房屋一切，於末將下山時悉數焚毀，只帶得些細軟出來，現在只好隨營效力。」

王元帥道：「將軍雖立功心重，但是你妻子方經產後，此時實出於迫不得已請他來此交戰。現已事畢，正須調養，以壯筋骨。而況他還有乳抱，何能隨營？本帥到有個主見：九龍山既不便，莫若隨同焦義士家眷一起居住，何等不好。但不知焦義士及二位女英雄可能答應否？」只見焦大鵬說道：「元帥之意極好極好。伍天熊也是某之義弟，某之妻子便與天熊的妻子妯娌了，一起同居有何不可？而且彼此均有照應，就便伍天熊隨營立功，也可放心得下。」王元帥聽了此言，甚是歡喜，因又笑說道：「義士雖已答應，但不知兩位女英雄所見相同麼？」

話猶未畢，王鳳姑、孫大娘二人即走上前來說道：「妾等也知夫倡婦隨之義，夫既答應，婦能不從？而況又奉元帥的鈞命。就使妾夫不行，妾等還要從旁說項。妾夫既應，妾等自當相從。而況鮑三娘與妾等雖相聚未久，彼此亦甚相得；特恐鮑三娘嫌妾家蝸居，不願前去，那可不敢勉強。」鮑三娘其時也在旁邊，當下說道：「得與二位賢姐朝夕聚處，是妹之幸也！何為不願。」王元帥見他們情投義合，也甚羨慕，因又說道：「難得你們均如此義氣，真不愧女中豪傑了。」說罷，王鳳姑等退下，也就即日收拾，預備起程。到了次日，便來告辭。王元帥便命焦大鵬送他三人回去，又命他即速前來。焦大鵬答應，當即出營送眷口回家。不到十日，他又來營效力，趁此交代。

且說王元帥見諸事已畢，便命各營休息三日，即便拔隊前往南昌，誅討逆首。玄貞子等知他又要進兵，也就告辭要去。王元帥苦苦相留，七子十三生均堅執不肯，王元帥也不敢相強，只得聽其所之。不過臨行這日，備辦了四桌盛筵，給七子十三生送行而已。臨行時，王元帥又堅請七子十三生，如遇疑難之事，仍求他們幫助，七子十三生也滿口答應而去。

看看已到三日，王元帥正欲傳令剋日進兵，忽報吉安府知府伍定謀到營拜謁，王元帥當即相見。吉安府先給元帥賀了喜，然後說道：「頃得各路公文來報，聲稱各路勤王之師已陸續起程，不日即至，不知元帥何日拔隊？」王元帥一聽各路勤王之師皆已陸續應檄而至，不禁大喜，遂與吉安府道：「本帥准於後日拔隊，剋期馳往便了。」吉安府道：「卑府之意，擬請元帥稍待，俟各路勤王之兵齊集，再行聚眾定謀，而後進兵，較為妥善。」王守仁道：「貴府之意雖善，但逆賊早除一日，則朝廷早分一日之憂。若待各路勤王之師到來，猶恐虛延時日。」吉安府道：「元帥高明，亦復妥善，但卑府還有一計，不知元帥之意如何？」王守仁道：「某願聞教。」伍定謀道：「元帥屯兵於此，以待各路勤王之師，可一面分兵一半，倍道❶進救安慶、南康；卻使間諜前往南昌，詐稱大兵直取二郡。宸濠聞言，必出全力去救。卑府料他所以必救者，以其南康得而復失，失而復得，宸濠斷不肯捨此不要；安慶又為他錢糧根本之地，他又安肯棄之？只要他出全力去救南康、安慶二郡，則南昌精銳悉出，守備皆虛，然後直搗南昌，使彼解圍自救；再合安慶、南康二軍逆擊之湖中，蔑不勝矣！不卜元帥尚以為然否？」王守仁聽罷大喜，道：「此計甚善，某當從之。」吉安府又談了一會，當即辭退。

王元帥即命徐鳴皋、卜大武、王能、徐壽帶兵一萬，星夜倍道馳救南康；一枝梅、周湘帆、李武、羅季芳帶兵一萬，星夜倍道馳救安慶。一面密差心腹，星夜前往南昌布散流言，詐稱大兵分兩路，繞道南昌，倍道馳救南康、安慶。元帥分撥已定，徐鳴皋、一枝梅等兩路兵也就即日拔隊前往，那心腹間諜也於次日馳往南昌，布散流言。

❶ 倍道：兼程；一天走兩天的路，以加倍的速度趕路。

話分兩頭。再說宸濠自余秀英去後，便日望報捷，等到半月之後，並無消息，他卻日日飭令探馬前往吉安哨探。到了二十一這日，有探馬報去，說是二十二官軍約定破陣。宸濠聞言更加盼望，總冀官軍全軍覆沒，他便可長驅直入，早定奸謀。二十二這日更是探馬絡繹不絕，一起一起去報。先還是報的官軍已入大陣，接著探報官軍入陣後並無大敗情事，宸濠已是不甚暢悅。哪知越報越壞，直至末了，報稱我軍全軍覆沒，徐鴻儒、余七、非幻道人被七子十三生打得大敗，破了非非大陣，三人陣亡，余秀英投降敵軍而去。宸濠一聞此言，大叫一聲：「氣殺我也！孤費了許多心血，今日一敗至此！喪了孤的兵馬猶覺罷了，惟殺死三位仙師，使孤將來又仗誰人幫助？」便與李自然說道：「幸軍師助我，當以何法擊敗守仁？」李自然道：「今徐鴻儒等既死，南昌大將無多，精兵亦不甚敷用，為今之計，急宜廣招將士，再集精兵，更圖良法，與守仁死戰。不知千歲以為何如？」宸濠道：「孤亦有此意。惟事不可遲，可作速出榜，招集將士。且聞守仁又曾發檄文調集各路兵馬未到，出兵以擊之，尚可獲勝；若再遲延，各路兵馬一來，更難禦敵了。」李自然道：「某當即刻去作榜文，使人分貼各城門，招集將士。」宸濠遂退入後宮。李自然遂即送了榜文，命人連夜刷了百千張，往城鄉內外各城門分貼而去。不到十日，又招集死士十六名，兵卒五萬。宸濠就命自然分別編立營伍，仍命鄴天慶統帶，終日在城內教場操練，以便擇日進兵迎擊王守仁。

且說間諜不日來到南昌，先在城中逢人說項：「王元帥已派令徐鳴皋、一枝梅等十二員大將，分別帶兵兩路，每路精兵五萬，倍道馳救安慶、南康。王元帥的大營仍紮吉安，專等各路兵馬到齊，再行會同進攻南昌。」如此云云，在城中布散了一日。由是一傳十，十傳百，到了次日，南昌合城俱皆知道。

當有人傳到宸濠面前，宸濠一聞此言，即請李自然議道：「似此敵軍分兩路大兵進救南康、安慶，若這二郡一失，南昌孤立，孤更無所倚靠。況南康、安慶為孤錢糧根本，根本若失，孤豈能獨立乎？軍師有何妙策，可解此圍？」李自然道：「恐其中有詐，千歲可再使人探聽的確，再作計議。」宸濠答應，即刻就命飛馬去探。不到一日，探馬回來，與前言適合。宸濠又請李自然商議。不知李自然想出甚麼計來，且聽下回分解。

第一百五十五回　朱宸濠議救二郡　徐鳴皋智敗三軍

話說宸濠與李自然議道：「頃據探馬回報，實係王守仁分派兩路大兵，進救南康、安慶。似此，若不速救，二郡一失，不但孤不能長驅直入，連這南昌城，孤亦不能守矣！軍師當如何速救？」李自然道：「在某之意，官軍既分兩路前去，勢必驍勇異常。若不速救，二郡必失。為今之計，莫如千歲親往一走，督率各將努力向前，務要此兩郡守住，方保無虞。安慶現有雷將軍把守，急切尚不致有變。南康卻無大將，千歲最好率同鄴將軍，帶領精銳去救南康，不知千歲意下如何？」宸濠聽罷道：「軍師之言甚合孤意。但是大軍一出，南昌空虛，萬一敵軍襲其後，又便如何是好？」李自然道：「某早慮及到此。千歲可率原有精銳去救二郡，新招之兵留於此地，某當任之。且料王守仁所恃者，惟徐鳴皋一流。今徐鳴皋等悉出，彼處亦無大將，斷不敢來。即使前來，某以五萬之眾當之，斷不致有失。而況王守仁須待各路兵馬齊集，方才拔隊，各路兵馬尚不知何日到來，所以料他斷不敢乘虛而入。千歲但請寬心，但主意於安慶、南康，此間不必遙為之慮，某當竭力保之，以報千歲豢養之德。」宸濠聽罷，當即說道：「能得軍師力任，孤無憂矣。」說罷，即傳令出去，命鄴天慶統領精銳三萬、戰將十員，即日隨同前赴南康。又命左飛虎率領精銳一萬前往安慶，以厚雷大春的兵力。此令一出，鄴天慶、左飛虎當即挑選精銳，聽候起程。次日，宸濠即帶同太監、宮女、僕從，督率鄴天慶等督隊起程，直望南康、安慶兩郡進發。

話分兩頭。且說徐鳴皋、一枝梅等八位英雄，分領雄兵二萬，趲趕倍道而行。沿途探聽，早探得宸濠親自統兵向南康、安慶進救。徐鳴皋、一枝梅等兩路一聞此信，反倒緩行，讓他先到。本來去救安慶、南康是詐，令宸濠悉出精銳，欲使南昌空虛，以為襲取之計。只要南昌一得，宸濠必率大兵回救南昌，而南康、安慶不解自解。所謂兵不厭詐，即此之謂也。所以徐鳴皋、一枝梅兩路兵馬一聞宸濠已出精銳前往，故意沿途逗留，緩緩而進，料彼精銳已抵南康、安慶，然後再行進兵，此又所謂移緩救急之計。

宸濠自督兵出了南昌，真是馬不停蹄，人不歇宿，日夜兼程趲趕，惟恐南康、安慶兩郡失守。一路風馳電掣，不到數日，兩路兵俱已馳抵。宸濠當即進了南康城，所有大兵悉數駐紮城外。宸濠當下即將守城知府傳來，說道：「孤因王守仁分派大兵前來攻取，因此孤親督精銳馳抵來救，爾等亦曾有所聞否？」南康知府王雲龍說道：「便是卑府早聞此信，昨已飛告前去，稟請千歲發兵前來，以禦敵兵到此。今千歲親臨，則南康可保，萬民無憂矣。」宸濠道：「但是大兵雲集，合營錢糧、兵餉，總望爾悉心籌畫，無使三軍乏缺才好。」王雲龍道：「千歲勿憂，自當悉心籌度，以應兵餉。」

宸濠正與王雲龍需索兵餉，忽有探子報道：「啟王爺：探得徐鳴皋所帶大兵已離南康六十里了。」宸濠聽罷，拈鬚而笑曰：「幸賴孤有先見之明，督兵趲趕到此，不然敵軍一到，此城危矣！可幸之至！」王雲龍從旁賀道：「此乃千歲洪福，燭照之明也。」宸濠聞言大喜，當下命知府退出。此時宸濠即以南康府署為行宮，南康知府另遷他處暫住。王雲龍退出，宸濠即退入後堂，自與宮娥取樂去了。一宿無話。

到了次日，宸濠即傳令鄴天慶進城諭話。鄴天慶聞傳，當即來到城中，與宸濠參見已畢，站立一旁。宸濠問道：「徐鳴皋所帶之兵，將軍可曾探聽的確？現到何處？離城尚有多遠？曾否立寨安營？」鄴天慶道：「某已飭令哨探前往探聽去了，尚未據探回報。昨報該兵離城六十里，大約今午便可立寨了。」宸濠道：「孤今與將軍約定：一俟徐鳴皐大隊一到，不必等他立寨已定，即出全隊衝他營寨，先挫動他的銳氣，使他望風而寒。部下各將亦望轉飭：務使努力向前，不可存退縮之意，此所謂先發制人，不可有誤。」鄴天慶諾諾連聲而退，即刻出城轉飭各軍去了。

再說徐鳴皐所帶大兵，沿途探得宸濠已入南康，鄴天慶為統領，所部精兵三萬、戰將十員，於南康城外駐紮。徐鳴皐聞報，也就離南康二十里安營下寨，即刻與王能、卜大武、徐壽等三人議道：「今我軍方到，賊軍必俟我軍安營未定，率兵前來衝營。賢弟等可分三路防敵，每一路設弓弩手五百人，暗伏營門左右，敵軍若來衝突，可出弓弩手併力射之，使他不能立足。但看他後隊一動，我軍即出全力掩殺過去，使他從此不敢正覷。務宜各自小心，嚴戒眾卒，切防要緊。」王能、卜大武、徐壽三人唯唯得令，即刻挑選了一千五百名弓弩手，皆於營門內分三路預伏停當，以待賊兵前來搶營。徐鳴皐自己即與王能、卜大武、徐壽三人亦皆戎裝戎服，立馬以待。

且說鄴天慶自奉了宸濠之命，便一起一起使人哨探。忽見探馬來報：敵軍已於二十里下寨。鄴天慶一聞此言，即刻出齊全隊，如風馳電掣般蜂擁而去。走未一會，已望見官兵正在那裡安營，當下一聲炮響，鼓角齊鳴，賊眾等一齊奮勇衝殺過去。徐鳴皐等人卻也早已望見，於是傳令各營：不動聲色，等敵軍將至營門，但聽梆子響，即將弩箭射去。傳令已畢，那一千五百名弓箭手皆伏在營門左右，真個是不動聲色。賊軍不知徐鳴皐早已料及，見敵軍若作不知，賊軍便一鼓作氣衝殺過去。前隊才至營門，忽聽一聲梆子響，只見從內營發出箭來，萬弩齊施，箭如雨下。看官，你道這一千五百名弓弩手一齊發箭，任他賊軍再多，可能抵敵得住麼？

賊軍見官軍已有準備，而且這箭如飛蝗，怎能衝殺進去？便思引退。爭奈鄴天慶在後督隊，將那大鼓打得鼕鼕的，盡力催戰。前隊無奈，又衝殺了一陣，仍是衝殺不進。當下前隊就有人報道後隊。鄴天慶聞言大怒，便即飛馬向前，督率前隊猛力攻擊。及到了前隊，果見箭如飛蝗，三軍中箭死者不計其數。看見如此光景，真是衝殺不進，只得命各軍暫停少時，再行撲殺。各軍答應，正中下懷，於是就在外面虛張聲勢。那一千五百名弓弩手見敵軍不攻，也就停箭不發，彼此相持了有半個時辰。鄴天慶見官軍營裡無箭射出，以為他箭放完了，又命眾賊軍殺進去。眾賊軍才去衝殺，那一千五百名弓弩手又將箭放出。如是者有兩三次。鄴天慶也知衝殺不開，正要傳令退軍，忽見一騎馬飛跑而來報道：「請將軍速退，徐鳴皋統帶大兵前去襲城了。」鄴天慶聽了此言，好不驚惶失色，當即傳令：「將後隊為前隊，速速退兵！」此令一出，眾賊軍哪敢怠慢，登時蜂擁望後退下。

官軍營裡有人登高瞭望，見賊軍後隊大亂，知道中計，即刻報知中軍。王能、徐壽、卜大武三人一聞此言，各帶精兵一千，登時提了兵器，飛身上馬，一聲炮響，衝殺出來。鄴天慶猝不及防，所有的賊軍自相踐踏而死者不計其數。鄴天慶正在催督各軍且戰且走，忽又一騎馬迎面跑來，那馬上的人大聲喊道：「請將軍速速退兵，官軍攻打城池甚急。」你道鄴天慶聽了這話怎得不慌不急？於是更加催督人馬火速向南康而退，好去解圍。哪知他愈催速退，眾賊兵愈走不起來，眾官兵愈加掩殺得急。官軍直殺至十里之外，方才不追。就此一陣，以官軍三千敵賊兵三萬，且殺死賊兵有五六千人。鄴天慶此時也不及兼顧，只知率領眾賊兵攢趕回城，恐怕南康被徐鳴皋帶領大兵襲取。所以如風馳電掣般急急而回。畢竟南康攻打如何，且聽下回分解。

第一百五十六回 攻大寨賊將喪師 獻計謀元帥詐病

卻說鄴天慶急急帶領眾賊兵蜂擁退回南康，直至城下，哪裡有一個官軍在那裡攻打？此時鄴天慶方知中了敵人之計，只得安下營寨。計點折傷兵卒，共有五六千之多，所謂要挫動敵人的銳氣，反傷卻自己的三軍，心下好不懊惱。當下只得進城，將原委稟明宸濠。宸濠一聞此言，大怒道：「孤以爾為久列戎行，必能克副其職，敵軍未曾攻殺進去，反打動我軍銳氣，難道臨時不及檢點麼？」鄴天慶道：「末將自知罪有應得。但是據兩探馬去報，末將也曾細意詳察，衣服號褂皆是我軍打扮，所以誤中其計。但不知這兩個探子從何處而來，為甚麼作了奸細？還得要細細打聽。」宸濠聞言，方才稍為息怒。當下說道：「既如此說，尚可姑容，但以後必須格外小心詳察要緊。」

鄴天慶諾諾退下，好生不樂。回到營中，密派心腹前去探聽，後來探聽出來：原來是徐鳴皋當大破非非陣時，殺了兩個賊軍的探子。徐鳴皋當時即將那探子的號衣剝了下來，收藏好，恐為後來有用他的時候。今日那兩個探子，卻是徐鳴皋密派心腹，穿了那日殺死的探子號衣，故意詐稱「徐鳴皋前去襲城」，以亂賊眾軍心，使鄴天慶驚慌不定，急急退兵去保南康，徐鳴皋好乘此掩兵殺過來，可以大獲全勝。鄴天慶此時方才大夢初覺，雖然如此，卻是恨徐鳴皋猶如切骨。

話分兩頭，再說徐鳴皋大勝了一陣，心中好不歡喜，當命眾小軍仍將發出之箭悉數撿去運回，以便他日之用。當下安營已定，又命眾三軍嚴加防守，以防賊軍前來劫營。由此就紮定營寨，終日在營督率三軍勤加操練，也不前去攻城。

宸濠在城中探得徐鳴皋營內如此舉動，好生疑惑，暗道：「他既不來攻城，又不退兵，與我軍相持上下，這是何故？莫非他又有甚麼詭計來？」又道：「他不與我戰，我何不再與他戰？偏要將他打敗，將兵退去。我再一面分兵去攻他郡，不然相持日久，若各路的兵馬再齊集至吉安，會同王守仁再去直搗南昌，我那時更加進退不得了。」心中想了一回，又命人將鄴天慶傳到，面令他去敵營討戰。鄴天慶當即受令。到了營中，又復率領眾將兵卒前去官軍營裡討戰。徐鳴皋只是不出。鄴天慶見他不出，即命三軍罵陣，徐鳴皋仍不出兵。鄴天慶見他仍是不出，又命人努力攻打。眾賊軍奮力前進。營門裡又放出箭來，眾賊兵不能前進。鄴天慶急得沒法，又命三軍齊聲辱罵，自辰至午，攻打了數次，辱罵了半日。官軍營裡一若毫不知覺，但把守營門，見敵兵攻打過來，便一齊放箭，不使賊兵越雷池一步。眾賊兵漸漸有些疲困，鄴天慶並不令眾軍收兵，只管催督三軍猛力攻打。眾賊兵雖然不敢違令，卻是口應心違，儘管虛張聲勢而已，離鄴天慶稍遠的，竟席地而坐，在那裡息歇，並不攻打。

徐鳴皋在營內看得清楚，一見眾賊兵俱有疲憊之意，而且陽奉陰違，不遵主將號令，當下急急傳令：命眾軍聽候出隊。自己也就披掛齊全，率同王能、卜大武，督領精兵預備衝殺。鄴天慶正在營外勉強督催眾賊兵攻打，忽聽營裡一聲炮響，鼓角齊鳴，喊殺之聲震動天地。只見營門開處，左有徐鳴皋、王能，右有徐壽、卜大武，各帶精兵分兩路殺出，夾擊過來。那些賊兵以疲憊之眾，當精銳之師，如何抵敵得住？只得拋戈棄甲，蜂擁而逃。鄴天慶到了此時，任他軍令森嚴，卻也阻攔不住，只得飛馬向前，舞動方天畫戟迎殺過來。哪知軍心不齊，全不相助，只思逃遁，鄴天慶縱極奮勇，也敵不過徐鳴皋、王能、卜大武、徐壽四員萬夫不當的大將，只得且戰且走。徐鳴皋等只管催兵掩殺，那些賊眾抱頭鼠竄，自相踐踏者亦不計其數。鄴天慶直退至十里以外，見官軍不追，方才驚魂稍定。計點三軍，又折傷了二三千，此時好不羞愧，因自歎道：「我自出兵以來，未有如此大敗，尚有何面目去見千歲乎！」遂欲拔劍自刎。當下眾將苦苦勸住，方才收兵回營，去見宸濠。此時宸濠卻早知道，雖然怒不可遏，卻敢怒而不敢言，猶恐激則生變，反而好言安慰道：「敵人詭計甚多，將軍亦防不勝防。今雖又折了二三千人，好在尚未覆沒，將軍暫且回營歇息，再作計議便了。」鄴天慶也知道宸濠這番言語，外面雖覺圓融，心裡卻甚不悅，因此羞慚滿面，怏怏退下，回營去了。

宸濠見他退出，一人好生不樂，正在那裡氣悶，忽見探子報進：「稟千歲爺：探得安慶雷將軍與敵將一枝梅初次出戰，即被一枝梅彈中雷將軍面門，因此大敗一陣，殺傷兵卒不下二三千人。左將軍飛虎也被敵軍刺傷左腿，傷勢甚重。現在安慶閉門不出，敵軍攻打甚急。」宸濠聞言，更加大驚。這起探子才走，忽又有一個探子進來報道：「稟千歲：探得雷將軍自敗之後，退回城中堅守不出，復於本月初八夜潛師❶出城，暗劫敵寨，敵軍未備，雷將軍大獲全勝，現在敵軍退六十里下寨❷。」宸濠一聞此言，真是一驚一喜，當下心下稍覺暢快。暫且不表。

再說王守仁自從密派間諜潛入南昌布散謠言之後，不一日又派命心腹前往探聽宸濠曾否出兵。這日

❶ 潛師：秘密出兵。
❷ 下寨：安營紮寨。

據探子回報云稱，宸濠已率領鄴天慶統兵三萬，親往保救南康。又命左飛虎統兵一萬，進援安慶。現在南昌城中，只有新招兵馬五萬及新得將士十數員，以李自然統領。王守仁大喜，便擬進兵。不一日，又接徐鳴皋來文，聲稱：大敗賊兵兩陣，計殺賊兵五千餘人，已足令賊眾喪膽，逆王寒心。王守仁更加大喜。未加數日，各路勤王兵復又紛紛齊集，王守仁便與大眾商議，即日進兵，直抵南昌。各路勤王之兵，亦皆願歸王守仁統帶。於是王守仁便命吉安府知府伍定謀為後路督糧；使徐慶為先鋒，伍天熊為副先鋒；周湘帆、包行恭、狄洪道、楊小舫為隨營指揮使；其餘各將皆為牙將。計連各路勤王之兵，統共大兵三十萬，戰將百餘員。一路浩浩蕩蕩，直望南昌進發。

約離南昌不遠，伍定謀飛馬至中軍獻計曰：「卑府今有一計，可使南昌唾手可得。」王守仁問道：「有何妙策？本帥願聞。」伍定謀道：「現在離城約有七八十里，元帥可即於此處駐紮。一面元帥詐稱有病，南昌城中必有細作在此，讓他進城去報，使李自然毫不防備。一面元帥暗暗傳令，挑選猛將數員、精銳五千，各帶火種、沙泥，於夜間潛師倍道前進。到了南昌城下，先將沙囊拋疊城下，由此登陴❸。進城之後，便各處放火，以亂城內軍心。然後直入寧王府內，將他所造的那座離宮能破則破之，否則焚毀起來。設或萬來不及，只要將南昌一破，大勢定矣。不知元帥以為何如？」王守仁聽罷大喜道：「貴府之計，其妙無匹，某當遵照辦理便了。」伍定謀說罷，仍往後營而去。

王元帥當下即傳令：命前隊一律下寨安營。前隊正趲趕前行，忽然傳說元帥猝然抱病，屬令各營一律下寨。此時徐慶得了這個信，卻不知道是計，當即吩咐本部即刻下寨安營，他飛馬來至中軍見王元帥

❸ 陴：音ㄆㄧˊ。城牆。

問候。前隊安營已畢，徐慶到了中軍，見王元帥坐在帳內，毫無病容。徐慶狐疑不定，因即上前參見已畢，站立一旁，因直視元帥，猶疑不決。王元帥見徐慶那種光景，知道是狐疑不決，因將伍定謀所設的計策與徐慶細細說了一遍。徐慶這才明白，原來如此。當下徐慶亦復大喜。不知如何襲取南昌，且聽下回分解。

第一百五十七回　徐慶夜奪廣順門　自然遁出南昌府

話說徐慶聽了王元帥這一番話，真是大喜，當下便請元帥傳令。王元帥即命焦大鵬、徐慶、周湘帆、包行恭各帶精銳一千，備沙囊火種，於今夜初更出隊，倍道潛師，限四更直抵城下；堆疊沙囊，奮勇登城，直入南昌，各處縱火，以亂城內軍心；然後齊赴寧王府第，破他的離宮。萬一不及大破離宮，只要將南昌襲取過來，便算頭功，隨後再作計議。徐慶、焦大鵬、狄洪道、包行恭四人答應。王元帥又命楊小舫、伍天熊二人各帶精銳二千，俟徐慶、焦大鵬等出隊以後，便即進兵，以為後應。楊小舫、狄洪道亦得令而去，各回本隊，密傳號令，只待初更進兵。

話分兩頭。且說南昌城中早有細作報去，李自然聞言大驚，當下就命那新得的十六員猛將，各帶大兵，分別在四城門駐紮，日夜把守，以防官軍猝來。這日又得探子來報，聲稱王守仁行至距南昌八十五里馬家堡，忽然抱病，所有三軍一齊就該處安下營寨，須俟王守仁病癒，方才進兵。李自然一聞此言，好生歡喜，暗道：「我何不趁他抱病之時，便去劫他營寨，先挫動他的銳氣？」復又想道：「王守仁詭計多端，說不定他是詐病，故意引我前去劫寨，他卻輕騎前來襲城，此卻不可不防。萬一冒昧前去，竟中了他的詭計，我又有何面目再見寧王？不若仍是堅守為是，縱不得功，也還無過。」主意已定，又命眾將仍宜小心把守，不可疏虞。

當下有個新得的將士，名喚陸忠，上前說道：「今王守仁既然半途抱病，軍師可即令末將等於今夜前去劫寨，先挫動他的銳氣，然後再緩緩圖之，有何不可？」李自然便答道：「將軍有所不知。吾料王守仁必非真病，他必詐稱有病不行，使我知他有病，定然乘此機會前去劫寨；他卻暗暗遣調輕騎，倍道前來襲取南昌。那時我兵精銳悉出，他不難偏師取此城池，這我可就上他的計了！今者我偏不出去劫他寨，但使堅守城垣，即使他有兵前來，我進則可戰，退則可守，他又其奈我何！若今夜去劫敵寨，是中其計矣！何可冒昧行事。」陸忠聽了這番話，直是倒頭佩服，因道：「軍師運籌帷幄，決勝疆場。末將今聞軍師之言，使末將頓開茅塞。如此說來，還以堅守為上，敵軍兵將雖多，其亦無能為力耳！」說罷退出。

哪知這陸忠也是個言大而誇、口是心非之輩。在此說是以守為上，及至到了外面，反說李自然畏敵如虎，不敢前去劫寨，而且自命不凡，若趁今夜去敵營劫寨，定獲全勝，因此頗有氣憤之言。卻好這夜廣順門就是他輪班把守，他存了個憤恨之心，到了晚間，也不去城上巡察。那些賊兵見主將懈怠，自然也就不覺謹慎，跟著懈怠起來。這也是南昌合該要破，宸濠要從此敗事。就因陸忠這一懈怠，所以夜間就被敵軍攻破城池。閒話休表。

再說徐慶、焦大鵬、周湘帆、包行恭四人，到了下午以後，即命所部各營埋鍋造飯❶。至日夕，各軍飽餐已畢，即將沙囊火種各各帶在身旁，只等出隊。漸漸離初更不遠，一會兒，已到初更時分，徐慶等即命各營一齊拔隊，倍道潛行。所有各部兵卒一聞號令，也就即刻拔營起程。分了四路，由徐慶等四

❶ 埋鍋造飯：在地上挖好通風的土穴，再放上鐵鍋來炊飯。是軍隊野炊的一種方式。

人各督一隊。真是人銜枚，馬疾走，直望南昌而去。楊小舫、狄洪道見徐慶等四路的兵業已拔營起程，他二人也就各率精銳兵隨後拔隊而去。

徐慶等在路趲趕前進，不到四更，已經直抵南昌城下。所有各軍一至南昌，先將沙囊一個個拋積在地，登時堆如山積。徐慶首先登陣，接著眾官兵一齊奮勇由沙囊上跳上城頭，一聲吶喊，各軍即將身旁所帶的火種取出，向城頭上拋擲過去，登時焚燒起來。那些守城的兵看見敵軍已經登城，又見各處火起，好不驚慌，連忙奔往寧王府報信。

李自然一聞此報，只嚇得心膽俱碎，立刻命人備了馬匹，率領眾軍前去迎敵。才出了寧王府第，又見逃軍回來稟道：「廣順門已被敵將徐慶砍開城門，將敵軍放入城內來，請軍師速速定奪。」李自然聞報，即速催督各將兵趲趕前往各門阻住。哪裡來得及。一迭連三報稱：「各門俱破，現在不知有多少人馬殺了進來，其勢甚不可敵，請軍師速速定奪。」李自然此時也被他們這一陣亂報，方寸早亂，毫無主意，半晌說不出話來，騎在馬上只是張口。

正在進退兩難之際，忽見迎面來了一隊人馬，李自然這一驚真非同小可，疑惑敵軍業已殺到，撥轉馬便向東走。尚未走有多遠，只聽後面連聲喊道：「軍師，東門是走不得的。現在欲逃出城，只有南門敵兵尚少，可以衝殺出去。軍師速速回轉，望南門逃走去罷！我等當死力保護軍師出城。」李自然聽說此話，在馬上回頭一看，見後面馬上坐著一人，正是左將軍吉文龍，此時心才稍定，當下說道：「左將軍，你如何知道南門無多敵軍？」吉文龍道：「方才末將從那裡來時，見敵兵俱往東、西、北三門各處縱火，是以知道敵兵不多。」李自然一聞此言，也不管城中百姓如何，寧王府曾否圍困，只顧自己逃命，當時就與吉文龍逃出南門去了。這且不表。

再說徐慶自從跳上城頭，卻好此門便是廣順門，說是那陸忠所守之處。因陸忠怨恨李自然，不聽他劫寨之計，他便怏怏不樂，連巡夜也不巡了，他便去睡覺。他部下的士卒，見主將去睡覺，他們更得其所哉，也就安歇的安歇，懈怠的懈怠，不過留有十數個老弱之輩，在城頭上巡更奉行故事而已。徐慶一見了此等光景，便望城外眾軍一呼，令各軍奮勇而上。眾軍見主將已經登城，自然也就隨即奮勇，一齊跳上城來。徐慶見所部各軍已經登城，一面令各軍縱火。他便飛身跳下牆頭，繞到城門口，將城門上的鐵鎖砍斷，把城門大開下來。此時已是五更，卻好楊小舫、伍天熊的那一枝後應的兵已到，於是就據住廣順門，不許城中一人一卒逃出。

那焦大鵬、包行恭、狄洪道三人到了城下，也是各率所部，先將沙囊堆積城外，令各軍上城。焦大鵬卻不由沙囊上登城，他卻飛身騰空而進到了城裡。見城頭上兵卒把守甚嚴，他也不分青紅皂白，吐出口中寶劍，一路先殺了許多兵卒，又殺了兩名守城將士，由是眾賊兵心慌。外面官軍又復奮身一齊上了城頭，賊眾尚要禦敵，遙見廣順門盡皆火起，知道城已破了，不可收拾，因此各逃性命而去。城中也有五萬人馬、十數員猛將，何以不出來禦敵？只因皆是新招集而來，在將士未受宸濠的恩澤，固屬不肯用命。又見宸濠不在城中，雖有李自然，他等也不甚信服；在各兵倉猝成軍，素無紀律，烏合之眾，何能登陣❷死守，百戰不退？又況見各主將毫不出力，走的走，散的散，這些兵卒何必拿著自己的性命去拼？所以也就一哄而散。

❷ 登陣：登上城牆。引申為守城。

此時徐慶等人已會合一處，因商議道：「城中兵卒皆是烏合之眾，不足與敵。不若將南門大開，讓他們自相逃走。我們一面領兵先將寧王府圍繞起來，恐奸王府中有人逃走。」大家商議已定，所以一面圍了寧王府，一面大開南門，讓賊軍逃走。到了天明，所有城內的賊兵已盡行逃走殆盡。徐慶又派令兵卒出去安民。所幸民心並不驚擾，知道官兵是來擒捉奸王，到也是家家歡喜，個個心安。畢竟寧王府後來如何，且聽下回分解。

第一百五十八回 眾官兵巧獲宜春王 余秀英智賺王元帥

話說徐慶等既破南昌，遂將寧王府用兵團團圍住，真個如鐵桶一般。先時宜春王拱樤猶在宮中，聞得南昌已為大兵所破，知事不妙，急急帶了些細軟，預備逃走。才出宮門，走到王府門首，已見官兵前來圍困，當時欲要躲避，已是不及，早為官兵獲住。當即將宜春王捆綁起來，以備送交大營，打上囚車，以待將來押往京都，候武宗正法。徐慶等既將寧王府困得水洩不通，便即差人往請王元帥大兵入城。王元帥不待馳報，早已得著消息，也就隨將大兵移駐南昌城外。各路勤王之兵亦駐紮下來。王元帥入城，就南昌府衙門住下。徐慶等進見已畢，王元帥又問了些破城情形，徐慶等細細說了一遍。徐慶又將官兵擒獲宜春王拱樤的話說了一遍，王元帥問道：「現在宜春王拱樤在哪裡？」徐慶道：「現在未將營內。」王元帥道：「可將他解來。」徐慶答應退出。

不一會，已將宜春王拱樤解到，見了元帥立而不跪。王元帥因他雖是奸王的生父，究竟是個親王，不能以尋常叛逆相視；而況謀叛之意是宸濠所為，他不過有教子不嚴的處分，雖照例應該滅族，但此事將來由武宗作主便了，所以也不曾過難為他。但問他道：「爾既身為藩王，理應上報祖宗恩德，扶助當今佐治天下才是正理。為何不思竭忠盡道，反而縱子謀逆，今日尚有何言？爾可知罪麼？」宜春王聽罷，大罵道：「王守仁，爾不過是小小官兒，怎管得孤家之事！天下江山須是姓朱的，何須爾來多事！今既被你擒獲，也算孤『畫虎不成反受犬害』。好在寧王未死，將來也可給孤家報仇。若將爾擒獲，必然把你碎屍萬段；即孤家死於地下，亦斷不能饒你！」王元帥被他這一番大罵，不免大怒起來，因即喝道：「本帥本欲即日嚴加審訊，只因大事甚多，好在爾已為擒獲，俟將來擒獲宸濠之後，再一併治法便了。」說著，即命人將他打上囚車，多派心腹好生看管。一聲吩咐，下面早抬上一架囚車來，當了王元帥之面，立刻將他打入進去，用鐵索鏈好鎖固起來，便即送交大營，飭令妥人嚴加護衛。

當下徐慶又說道：「現在寧王府已被圍困，是否進內搜查，先將離宮破去？請令定奪。」王元帥道：「寧王府既已圍困，就煩將軍率領精兵一千進內，先破離宮，隨後再行搜查。凡宮內一切人等，均不可放走一個。」徐慶道：「末將尚有一言回明元帥，據聞離宮當日起造之時，即處處安設消息，若不知者前去硬破，必不可行，具有性命之患。是非熟悉離宮情形之人，不可帶領去破。末將前者雖也曾探當數次，爭奈未得其竅，即徐鳴皐、一枝梅等人也未必清楚。末將之意，可將余秀英傳來，元帥細細問他一番，或者他知道此中的奧妙。問明情形之後，便令他協同末將等一齊進宮，究覺事半功倍。再請焦大鵬相為佐助，其破必矣！且末將逆料，這離宮必有死士把守，隨後去破定還有一番大殺。但願余秀英深諳其中微妙，雖有死士，卻亦不甚相妨。」王元帥聽罷，當下說道：「將軍之言甚是有理，立刻命人前往城外大營，將余秀英傳來。」當下有人答應，取了令箭即刻出城調取。

不一會，余秀英已隨著去使到來。此時余秀英卻不是道姑打扮，已改了戎裝。但見他頭戴雉尾銀盔，身穿鎖子連環甲，內襯妃色戰袍，腳踏鐵頭戰鞋，坐下一匹銀鬃馬，左佩弓壺，右插箭袋，腰間掛著一個劍鞘，手執雙股鎖子連環寶劍，真是一位女中豪傑、閨閣將軍。走到衙門前下馬，當有拿雲、捉月將馬帶過。余秀英兩手提住戰裙，緩步金蓮，慢慢走上大堂。到了公案面前，口啟櫻桃，嬌聲說道：「元帥在上，末將余秀英給元帥參見。」說著跪了下去，王元帥欠身讓道：「女將軍少禮。」余秀英參見已畢，站立一旁，說道：「元帥呼喚末將，有何吩咐？」王元帥道：「非為別事，只因寧王所造的離宮，聞得其中消息甚多，機關利害，不易去破，是猶斬草仍未除根。本帥亟擬差飭徐慶等前往破除，以作斬草除根之計。又因徐將軍等不識其中微妙，恐蹈危機，因此請女將軍前來，問明一切。良以女將軍在寧王府內日期甚多，離宮建造情形，何處有機關，何處有消息，女將軍必知之甚悉。此為國家重大之事。女將軍既為功臣之妻，亦必與國家效力，將來好邀封賞。女將軍幸勿固辭，有誤大事。」

余秀英聽了這番話，當下說道：「末將既蒙元帥垂問，敢不盡末將所知者上告於元帥之前！但離宮消息雖屬眾多，機關雖云利害，苟得其法，毫不艱難。此宮共計八門，皆有消息，內按八卦相生相剋。若誤入一門，必遭慘死。所謂八門，係天、地、風、雷、山、澤、水、火。天門係按乾卦，地門按坤卦，風門按巽卦，雷門按震卦，山門按艮卦，澤門按兌卦，水門按坎卦，火門按離卦。這是外面八門。由八門可變六十四門，即六十四卦。取『離』名宮者，以離為君德，故取此義。天門設有寶劍四口，若觸此機，人必為劍砍死。地門有箭，設使誤入，箭穿心腹而死。風門有鍘，誤觸者必為鍘死。山門有錘，誤入其門，必致腦漿迸裂。其餘四門，亦皆暗藏利器，萬不能誤入。每一門各有死士二人把守。這十六人曾經寧王吩咐，只令他們保護離宮，雖有敵兵殺至宮門，亦不必出外抵禦，所以今日王府被大兵圍困起來，也無人出來禦敵。這八門一破，內還有六十四門，皆藏有強弓、硬弩，誤入一門，便萬弩齊發，斷不能逃走出來。即使未嘗誤入，到了裡面，也須認定方向前去，偶不小心，誤走方向，仍然觸動消息，因內裡路皆如螺絲周轉曲折，頗難認識。只要將外八門、內六十四門破去，及至離宮毫無阻礙了。」王元帥道：「據女將軍所言，這離宮是極其利害了。女將軍既知其中利害，必然能破此宮。本帥之意，便請女將軍隨同各位將軍前去共破，何如？」

余秀英聽了此言，心中暗道：「徐鳴皐現不在此間，我與眾人前去，原無不可。但破此離宮也是一件極重大的事、極重大的功勞，雖然由我作主，將來功勞自然我為第一；而鳴皐既為我之夫主，我豈可攘奪其功？必得要將此功推在他身上，方是道理。而況當日玄貞老師也與我言過，令我幫助鳴皐立功。今既有如此大功，何能不讓與他？況自古以來，妻隨夫貴，斷無夫隨妻貴之理。我若將此功推讓與他，他將來得了封賞，即是我得了封賞；他之榮貴，便是我之榮貴。我又何樂不為？還有一層，他現在將這離宮破去，隨後不但上邀榮賞，也可大震聲名，我何不如此如此，請元帥將他調回，一齊前往，有何不可？」獨自沉吟了半會。

王元帥因他不語，便又問道：「本帥方才所說之話，難道女將軍尚有甚麼為難之處？如有為難之處，不妨與本帥說明，大家再為斟酌。」余秀英聽了此言，正中己意，因答道：「元帥之命，焉敢固辭？惟夫主徐鳴皐遠在南康，末將去破離宮，頗多不便之處。是非夫主同行，各事才得方便。只因這離宮，末將一人既不能破，而欲與各位將軍併力同行，末將甚有難言之隱。若不前去，又不敢違元帥之命；若欲前去，又礙於夫主不在此間。若請元帥將夫主調回，南康亦係重大之事，不可暫離該處，所以末將沉思熟慮，竟無良策！因此沉吟不語，左右為難。元帥如有善處之法，末將當立刻效力便了。」不知王元帥聽了余秀英這一番話，想出甚麼良法來，以便余秀英去破離宮，且聽下回分解。

第一百五十九回 徐鳴皋奉書遵大令 余秀英暗地說私情

話說王元帥聽了余秀英這番話，當下哈哈笑道：「女將軍其所以為難者，原來為徐鳴皋不在此間，與諸位將軍同處一起，不免有授受不親❶之嫌。在本帥看來，雖然秉此大義，卻為女子的道理，但經權並用❷，自古皆然。而且為國家大事，似亦無須如此拘執❸。」余秀英一面聽王守仁說，一面暗道：「不好，不要他猜出我的詭計來。若欲為他道破，那就不成事體了，不若我再用言激之。」因不等王元帥說完，他又搶著說道：「元帥之言，何不諒末將之甚！末將豈僅為授受不親這些須❹嫌隙❺，便爾拘泥如此？末將方才也曾回明元帥，末將有難言之處。今元帥不諒末將苦衷，只以『授受不親』、『經權並用』一語。末將誠不知元帥視末將為何如人！抑仍作末將未歸元帥之時乎？若不諒末將之苦衷，末將誓不前去。雖觸元帥之怒，悉聽元帥處治。頭可殺而身不可辱也！」侃侃數言，把個王元帥反說得羞愧起來，

❶ 授受不親：即「男女授受不親」。語出孟子離婁上，意為男女交往中，互相不接觸。授，給予。受，接受。
❷ 經權並用：既堅持原則，又靈活變通。如「男女授受不親」和「嫂溺援之以手」（孟子離婁上），前者是經，是原則；後者是權，是變通。
❸ 拘執：拘泥；固執。
❹ 些須：一點兒。
❺ 嫌隙：因猜疑或不滿而產生的種種情緒。

自知言多不慎，因正色起敬道：「本帥前言非不曲諒女將軍，但鑒於女將軍衝鋒對敵並不畏懼，所以才有一語。今既聞言，本帥何可使女將軍前去？本帥當調回徐將軍，以助女將軍破陣便了。」余秀英暗道：「這老頭兒中了吾之詭計了。」因又謝道：「能蒙元帥將夫主調回，末將敢不力圖報效！」王元帥道：「本帥即刻差人前去調取，女將軍今日也不必出城回營，就在府署上房內暫歇罷。」余秀英答應，隨即退下，帶領拿雲、捉月進入上房而去。王元帥當下便拔了一枝令箭，又親筆寫了一封書，飭令心腹星夜飛奔南康，調取徐鳴皐限日即到。當有弁差奉令持書趲趕前往。

不到兩日，已到徐鳴皐營內。當將令調的話說明；又將王元帥的書信取出，呈遞徐鳴皐看視。鳴皐將信接過，拿住手中拆開來，將信囊抽出細看，只見上面寫道：

鳴皐將軍足下：

某日得捷書，悉將軍以智敗逆賊者再，足見好謀而成，欣慰之至。某亦於某日親統各路勤王之師，直抵南昌。行至中途，用伍定謀計，詐稱病劇，屯軍不行，使南昌無備；卻暗令徐慶、焦大鵬等督率精銳，倍道而進，銜枚疾走，進入南昌。果於是夜四鼓，徐慶身先士卒，破廣順門，南昌克復。尋獲宜春王拱㯉。某何德何能，此皆上託國家洪福，及賴諸位將軍之功也！某現在屯兵南昌，待破離宮後即拔寨進取。惟離宮甚不易破，非余秀英不克建此大功。而又據余秀英面稱，有難言之隱，非將軍不能助以成功。想此皆係實情，某亦不便深問。不得已，亟望將軍速回，與余秀英同破離宮，是為萬幸。所慮南昌既破，宸濠旦暮必得警報；既得警報，勢必回兵救援。惟望將軍轉告同袍❻，務竭死力以禦，毋任回軍。某亦飛飭慕容貞遵照辦理矣。毋誤切切！介生上白。

徐鳴皋將這封書看畢，即刻將王能、徐壽等請來，說明一切，又將王元帥的書給大家看過。徐壽等當即說道：「大哥放心前去，若宸濠果有回軍救援之事，弟等當竭死力以禦，斷不負元帥之囑、大哥之託便了。」徐鳴皋又諄囑一番，即便隨同來人一齊馳回南昌而去。

不一日，已至南昌，當即去見元帥。王元帥見鳴皋已到，深為大喜，便問道：「將軍，此回南康當已布置停當了？」徐鳴皋道：「末將曾再三諄囑徐壽等小心堅守，竭力阻禦，以不致有負元帥之囑。惟宸濠一經得聞警報，勢必併力回救，特恐南康兵力尚嫌不足。在末將之意，仍宜添兵相助，以厚兵力，則更萬無一失。」王元帥道：「將軍之言甚善，某當添兵以濟之。」因此便飛飭伍定謀督帶精銳三萬，星夜馳往南康，以厚兵力。伍定謀得令，自然趲趕前去，不必細表。

且說徐鳴皋當下復又問道：「元帥調末將回來，專為幫助余秀英去破離宮，不知元帥何日命末將前往？」王元帥道：「是非問余秀英不可。」徐鳴皋道：「秀英現在何處？」元帥道：「秀英現在這裡。」說著，便令人到上房裡將余秀英傳出。不一刻，秀英出來，一見鳴皋已回，好不歡喜。先與元帥參見畢，站立一旁。元帥道：「今鳴皋已回，但不知女將軍還是今日前去，抑明日前去呢？」秀英道：「元帥儘管傳令，應派何人前往。將人派定，妾準明日進宮。但有許多要事，不堪為外人道之，還求元帥容妾與徐將軍商定後，方可應手。」王元帥道：「事屬因公，何嘗不可。」當下即令徐鳴皋與余秀英暗地熟商

❻ 同袍：軍中戰友。

妥善。

余秀英答應，即同徐鳴皐到了後面，屏退左右，單留拿雲、捉月在面前伺候。余秀英望鳴皐道：「將軍亦知妾之用意麼？」鳴皐道：「我哪裡知道？」秀英又道：「將軍不知妾意，豈以妾真有難言之隱，欲與將軍熟商麼？」鳴皐道：「然則既無難言之隱，又何必於稠人廣眾之中，使我隨你來此呢？」秀英道：「妾之用意，誠為將軍計，並非為妾計，將軍何不善體妾意麼？」鳴皐道：「我一身以剛直為懷，不慣學兒女子之態。爾既有言，但請說明，使我知道。若果於義理不缺，公事無虧，我自當敬你。設若不然，我亦不敢從命。」

余秀英聽了此話，不但不怪他言語太硬，反暗自欽佩他不愧英雄，因即說道：「妾又何敢以不義不禮之事有陷將軍？妾所以為將軍計者，以妾從將軍，當遵從夫之義。昨者元帥命妾去破離宮，這離宮誠不易破，然熟能生巧，毫不為難，以妾一人就可破得。然一再思想，覺得妾就便獨自去破，亦不過博得個勇猛之名，何如以此功讓與將軍，使將軍邀上賞，賜榮封，功蓋三軍，名震四海。妾雖不能親受榮貴，亦復與有榮。以自古迄今，夫榮妻必貴。只有妻隨夫貴，未有夫隨妻貴之理。而況將軍既成此大功，妾亦相助，為理將來妾或亦得邀上賞。如此辦法，所謂俱有榮施，兩不偏廢。若只顧妾獨自為計，現在破了離宮，將來邀了上賞，與將軍既毫不相涉，妾亦何樂偏受其美名！所以思維再四，才於元帥前詭言有難言之隱，其實欲令元帥調取將軍回來，以成此一件大功。此係妾不敢偶置將軍於度外，度將軍當亦不謂妾以詭譎之行，欺詐於元帥之前。即妾自家思維，亦似於義理、公私均不缺陷。有此一段私情，所謂有難言之隱者，即此之謂也。明日將軍隨同妾破去離宮之後，萬一元帥追問如何為難之處，望將軍仍以

『難言之隱』對。即此四字，所包者廣，想元帥聽了此言，當亦不便再三詰問。那時將軍之功既立，妾之私意已伸，而元帥前詭譎之言亦得以遮飾過去，將軍尚以為然否？」

徐鳴皋聽了這番話，當下笑道：「妙則妙矣，但不過詭詐太甚。以詭詐而欺元帥，恐冥冥中將有懲其不直❼者。」秀英也笑道：「我本來無此心，第以令師伯玄貞老師曾謂妾有『相助將軍立功』一言，妾所以念茲在茲❽，不敢或失。今詭譎但為將軍起見，恐冥冥中不但不聞罰，或亦從而賞我未可料也。」鳴皋道：「此間雖奉元帥之命而來，究竟不便長久耽擱。明日何時動手，望即說明，我便出去告知元帥。」余秀英道：「妾亦不便久留。若元帥問將軍何時進宮，可告以明晨卯正三刻前往。」徐鳴皋答應，當下出來告知元帥。畢竟如何大破離宮，且聽下回分解。

---

❼ 不直：不老實。

❽ 念茲在茲：對某件事情念念不忘。

第一百六十回　逞絕技女將破離宮　聽良言從賊甘投地

話說徐鳴臯從上房內出來，將余秀英所言次日卯正三刻進宮的話告知元帥，元帥大喜。當命焦大鵬、伍天熊、楊小舫、狄洪道四人道：「明日卯正三刻，將軍等可隨同徐將軍、余秀英前往寧王府大破離宮，務各努力向前。功成之後，定再請旨嘉獎。」焦大鵬等答應退出。一宿無話。

次日一到卯刻，大家紮束停當，俱各努力向前，到南昌府署聚齊。王元帥亦復升坐大堂，眾人參見已畢。余秀英此時也帶同拿雲、捉月出來，與王元帥參見，後便即告辭而去。今日眾將及余秀英又非戎裝打扮，皆是穿著緊身衣靠，各帶短兵。惟有余秀英更加出色，只見他身穿元色湖縐灑花密扣緊身短襖，一條三寸寬闊鵝黃色絲縧緊束腰間，下著元色湖縐灑花緊腳罩褲，腳登花腦頭薄底繡鞋，頭上挽了個盤龍髻，紮著一塊元色湖縐包腦，密排排兩道鏡光，一朵白絨纓頂門高聳，手執雙股劍，愈顯得粉臉桃腮，柳眉杏眼，嫵媚帶著英雄的氣概。拿雲、捉月兩個丫頭，也是短衣緊紮，一色的元色湖縐密扣緊身，元色湖縐紮腳罩褲，頭挽螺髻，也有一塊包腦，左旁斜著插一朵白絨纓，手執單刀，到也雄糾糾、氣昂昂，相伴著余秀英，不離左右。

一共八個人出了南昌衙門，直望寧王府而去。不一會，已離府前不遠，遙望著三軍如蟻，將一座寧王府圍得水洩不通。余秀英看罷，暗歎道：「我幸虧見機速，不然也要同遭此厄了。」正說著，已到了府前，徐鳴皋首先向前一聲大喝：「爾等三軍速速閃開，讓本將等進宮查辦。」話猶未了，只見眾三軍一聲吶喊，當即分開一條大路。徐鳴皋等八人搶步上前，便要進去。忽見寧王府門關得如鐵桶一般，徐鳴皋便要衝殺進去。焦大鵬道：「賢弟，何必衝打，你我又不是不會飛簷走壁，但須登高而進便了。」徐鳴皋道：「由高而入，原無不可，但今日之行非比往日，似宜正大光明進去，方合體裁。」焦大鵬道：「既如此說，你們也不必衝打，等我先進去將門開了，然後你們正大光明進去，又何不可？」徐鳴皋正欲攔阻，已見焦大鵬身子一竄，早已飛上牆簷，一晃已不知去向。不到半刻，只見那府門「吱呀」一聲，業已大開。焦大鵬從裡面大笑出來，口中說道：「我道這些把門將軍似個銅澆鐵鑄，原來是些泥塑木雕，不但經不起殺，而且是豆腐一般的。」說罷大笑不止。於是徐鳴皋等七人進了大門，但見兩旁已被焦大鵬殺死了七八個，躺在地下。徐慶道：「不怪焦大哥誇嘴，這些王八羔子真不經殺，怎麼瞬息之間已被焦大哥殺死這許多，真可笑之至！」說著一路進內，直奔離宮而去。

不一刻，已望見一座宮殿，皆是朱紅漆的裝修，高聳半天，好生軒敞。余秀英道：「焦大哥與徐慶、楊小舫、狄洪道三位賢弟，可併力抵敵這宮門口把守之人，我與徐將軍、拿雲、捉月兩個丫頭，進內破他的消息，等將外面八門破去，我等便從裡面殺出，先將把守宮門的這一班亡命殺死之後，再併力去破他裡面六十四門。」大家答應。當即搶步上前，各人手執兵器，一聲大喝。余秀英、徐鳴皋、拿雲、捉月四個人已飛身上了屋面；焦大鵬、徐慶、楊小舫、狄洪道直奔宮門而來。

且說余秀英等四人上了屋面，秀英便帶著鳴皋走到天門方向上，秀英首先向鳴皋說道：「將軍不必動手，但看妾去破他的消息。若有人來廝殺，將軍但敵住來人，不可使他過來，務要將那些亡命殺卻。」

徐鳴皐答應，專等把守宮門的前來廝殺。

這裡余秀英便將身在屋簷上使了個猿猴墜枝式倒垂下去，四面一看，將那消息的總頭尋出來，即將手內的寶劍向那總頭上一撥，只聽「花啦」一聲，天門方位上兩扇門已大開下來。余秀英當下便翻身下去，腳踏實地進了天門。又從天門背後尋出暗機關，將機關撥動，即刻向外面一跳。才出了天門，只聽一聲響亮，猶如天崩地塌一般，登時那七座門皆次第開下。原來這總機頭在天門上面，總暗機頭在天門背後，只要將總暗機頭撥開，那七座門不須費事，自然次第開了下來。若遇著不知道的，誤開了別的門，不是為刀箭所傷，即是為寶劍砍死，因這八座門上都有暗器。

此時外面八門已為余秀英破去，當下余秀英便來招呼鳴皐一齊進內，好殺至門外去接應焦大鵬等四人。一回頭，已見鳴皐與拿雲、捉月在那裡與五六個把守宮門的廝殺，余秀英也不問他青紅皂白，舞動雙股劍直殺過去，跑到面前出其不意，手起劍落，即刻就砍傷了兩個。徐鳴皐一見余秀英已砍傷了兩人倒在地下，他也就抖擻精神，單刀一擺，只見一路白光舞將過去，不到兩三個回合，那把守宮門的，又被砍倒了二人。還有兩個，卻好拿雲、捉月一人一個，送他們歸陰去了。這六人一齊皆被辦去，當下便即進入門內，以便衝殺出去，接應焦大鵬等四人。才進入天門，從雷門外又殺進四個人來，齊聲喝道：「無知的小輩，膽敢前來破此離宮，爾等不認我等麼？」徐鳴皐等更不打話，只顧迎殺過去。

余秀英一面迎敵，一面細看內中，只有兩個知道他的名姓，一喚賴雲飛，一喚王有章。其餘二人皆不知他的名姓。因喚王、賴二人說道：「爾等毋得恃強，可認得余秀英麼？」賴雲飛、王有章二人一聞「余秀英」三字，登時三尸冒火，七孔生煙，大聲罵道：「好大膽背義忘恩的奴婢，王爺待你不薄，爾何敢叛寧王，甘投敵眾？現在又來破宮，王爺的大事皆敗在爾這賤人手上！你還敢恃強前來，我等恨不生啖汝肉，為寧王一雪其恨。不要走，看家伙！」賴雲飛手執九股鋼叉，王有章手執八角銅錘，一齊飛舞前來，直望余秀英打下。

余秀英見他二人來勢凶猛，若論臂力萬萬抵敵不住，只得以智取之，隨即與他二人一面閃躲，一面罵道：「好無知的匹夫，爾等只知貪享榮華，不知利害。寧王以親藩叛背朝廷，罪該萬死。你小姐見機尚速，所以得有今日，不致身首異處。那些助紂為虐的死的死、亡的亡，已不知其數。爾等若知時務的，即當自縛投降，或可免一死，不然一定同歸於盡。而況宸濠遠在南康，宜春王又被擒獲，李自然亦不知去向，試問爾等：就將這座離宮把守得萬無一失，有何益處？且宸濠不久行將就獲。宸濠被獲，就便留得此處全不壞的離宮，又有何益？主人既拋置不顧，亦且無家可歸，爾等不思自尋生路，反在這裡恃強用命，我且問你：又有何益處？雖元帥於爾等為讎仇之輩，但爾等能自愧悔，不宜從順奸王，即早回心投誠，自縛去求元帥，或者不咎既往，予以自新，將來也可大小博得一個功名，總比順從奸王逆天行事，眼見慘遭殺戮，身首異處的較好。即使王元帥見惡爾等的行為，不容收納，我尚可以從旁求免。縱不能准予投誠，也可免爾一死。乃爾等不思細意打算，今大兵已將王府圍住如鐵桶一般，一任爾等再有能為，可能以一當千、殺退大兵、保全王府麼？爾等真算是些極蠢、極愚之人了！」

賴雲飛、王有章聽了這番話，登時悔悟起來，不與余秀英廝殺了，隨即說道：「我等如果投誠，你可能救我等麼？」余秀英道：「爾等若果矢志投誠，我當力保便了。」不知賴雲飛、王有章究竟投降與否，且聽下回分解。

第一百六十一回　徐鳴皋抄檢寧王宮　朱宸濠逼走盤螺谷

話說賴雲飛、王有章二人聽了余秀英那番話，大有歸誠之意，因與余秀英道：「我等若果投誠，你可能保我麼？」余秀英道：「爾等果真投誠，我豈有不保爾等之理？」徐鳴皋也在旁接著說道：「爾等若即改邪歸正，本將軍當力保你們大小得一官爵，以助王元帥殺賊立功便了。」賴雲飛、王有章二人聽了此言，當即向徐鳴皋、余秀英納頭便拜，口中說道：「小人得蒙垂救，生死難忘，從此當願效犬馬。」徐鳴皋當下將二人扶起道：「尊兄能見機而作，將來即為一殿之臣，何必若此客氣！惟望始終如一，不生二心，便是尊兄等之幸。」賴雲飛、王有章當即發誓道：「小人等若有二心，將來定死於刀箭之下。」徐鳴皋大喜，正要一同殺出接應焦大鵬等四人，卻好他們已走了進來。只見焦大鵬笑道：「殺完了，我們這一會兒到哪裡去？」徐鳴皋見說大喜，當下又將賴雲飛、王有章投降的話說了一遍，焦大鵬等四人見了禮。余秀英便道：「我們且到裡面，將那六十四門破了，就完事了。」賴雲飛、王有章道：「這六十四門，不勞將軍費力，我等願效犬馬，以為報效之誠，何如？」徐鳴皋大喜道：「仰賴尊兄之力，我等當得幫助，共成此功。」說罷，各人便一同前去。

賴雲飛、王有章二人首先到了內門口，只見他將兵器在手中執定，向迎面那一座朱漆大門兩個銅環上盡力一擊，只聽「花啦」一聲，又聽裡面一陣亂響，又似鈴鐺、又似兵器落在地下的聲音，登時兩扇朱漆大門大開。賴雲飛說：「諸位將軍跟我走，不要走錯了，誤觸機關。」當時走入門內，徐鳴皋等緊緊跟隨。只見裡面那些路都是迴環曲折，實難認識。走了一會，又見迎面有座神龕，賴雲飛、王有章二人走至面前，即將神龕兩旁的柱子執定，先向左邊一推，復向右邊一拉，登時一聲響亮，只聽各處「窸窣窣」、「希里花拉」一陣亂響，那六十三門全行大開。原來這總機括就在這神龕裡面。真是知道的毫不費力；若不知道，不但出力不討好，而且有性命之憂。算是一座離宮，當日造的時節，不知費了許多工程、許多心血，方能造就起來，今日卻毫不費力，全個兒破去。當下徐鳴皋等即隨著賴雲飛、王有章二人到處將那些機括、消息❶、練索悉數斬斷，這六十四門永遠就不能自開自關，誘人誤入了。

徐鳴皋斬斷消息之後，便至宮內，將所有的寶物全行抄檢出來。原來這離宮內，都是藏的奇珍異寶，並有犯禁之物，不計其數。徐鳴皋一一查明，計了帳，統共珍寶一千二百件，犯禁之物如金印龍章及龍車鳳輦等件統共三百餘件。抄檢之後，徐鳴皋即命賴雲飛、王有章二人嚴加看守，王、賴二人也就答應。

徐鳴皋即與焦大鵬、余秀英等謂道：「你們在此稍候，我去先稟明元帥，是否乘此帶兵進宮捉拿眷口。」焦大鵬等答應。徐鳴皋立刻出了離宮，飛奔南昌府衙門而去。不一刻已到，即便見了元帥，稟明一切。又問明元帥：「何時拘執逆王的眷口？」王元帥道：「離宮既破，還不趁此將奸王的眷口拿下，等待何時？」又道：「那離宮所有實物，即著暫行封固，不必運出，留為後來的對證。所有眷口，概行拿來分別寄禁，候奏明皇上定奪。」徐鳴皋一聲「得令」，即刻飛身出了南昌府衙門，復望寧王府而去。

到了王府面前，調撥了一千兵帶入王宮，並會同焦大鵬等各處搜查，逢人便捉。可憐那些王妃、郡

❶ 消息：機關；發動機械裝置的樞機。

主、宮娥、使女、家人、僕從、太監、護衛，個個是哭哭啼啼，束手待縛。徐鳴皋等帶著一千精兵，不到半日，已將宮裡上下人等一齊捉獲，真是雞犬不留。共計上自王妃、下至服役人等一共三百六十八名口。徐鳴皋當下帶了兵卒，一起押至南昌府署。先將眾人點名已畢，然後分別寄入縣監，又派精兵看守起來。寧王府仍留兵將在那裡看守。又將賴雲飛、王有章二人調出離宮，另換二員大將前去看守。諸事已畢，便傳令三軍：養兵三日，再行拔隊起程，往南康進發。王元帥又具了表章，差人馳奏進京。

且說宸濠在南康府打了二個敗仗，已是日夜不安。這日，忽見李自然狼狽而來，宸濠便吃一大驚，當下問道：「先生何以至此？」李自然道：「千歲，切莫再提了！南昌已被王守仁中途詐病，大兵不行，卻暗令徐慶等一干猛將督帶精兵十萬，倍道而進，於七月十六日夜四更，經徐慶等攜帶沙囊，疊沙為壘，飛身入城，斬奪廣順門，破了南昌。某幾被所捉，幸賴左將軍吉文龍，奮勇殺出南門，方逃走出來，到此為千歲送信。」宸濠一聞此言，大叫一聲：「南昌失守，大事去矣！」說罷，便昏倒在地，不醒人事。當有眾人立刻將宸濠扶起，慢慢喚醒。宸濠復說道：「南昌既失守，在軍師之意，當復如何？難道就任王守仁如此凶橫不成麼？」李自然道：「現在別無妙策，惟有趁南昌新破、民心未定之時，趕緊合全力去救，或可挽回於萬一，此外卻不堪設想了。」宸濠也沒法，只得立刻傳旨，令鄴天慶馳救南昌，隨同自己趲趕馳回南昌援救；又飛調安慶雷大春火速督帶全部，棄了安慶馳救南昌。

且說宸濠即速起程，督同鄴天慶回往南昌進發。不意徐鳴皋原紮的大營適當南昌要隘，若繞道而進，必須多走幾日。宸濠此時只顧欲救南昌，哪管有兵攔阻要路，當下即命鄴天慶等衝殺過去。鄴天慶得了令，即刻奮不顧身，帶領精兵衝殺過來。哪知殺到官兵營前，並無甚麼大將，亦非精銳士卒，不過是些老弱士卒。宸濠在馬上大悔道：「孤早知徐鳴臯已無精兵在此，孤也可分兵攻取他郡了。」李自然在旁亦說道：「王守仁用兵到也有些神出鬼沒之計，如何這樣一座大營，只放著這數百名老弱的小卒，就可以瞞過我等？照此看來，去破南昌者，大約亦不過二三千人，他詐稱十萬耳。」宸濠道：「孤不知先生熟讀兵書，何以也為他所算？」李自然聽了這話，好不慚愧。

當下眾賊兵衝出大營，那些官軍也不迎敵，只見得紛紛往兩邊退讓。前隊已過，約走了有三五里路，前隊忽然不走，當有一騎馬到後隊，向宸濠稟道：「前面兩山夾道，山勢深險，恐有埋伏，請千歲定奪。」宸濠聞言，當即飛馬來至前面看視。但見兩山高聳，中間只有一條路，而且險阻異常。宸濠便問鄉導道：「此處何名？」鄉導官答道：「此名盤螺谷，這谷內路甚崎嶇，彎環曲折，甚不易行。惟有前往南昌，卻較大路要少三日的路程。」宸濠道：「只要距南昌較近，自然走此而去。」鄉導官又道：「萬一敵人在此埋伏，進了谷口，伏兵齊出，把我兵圍困在內，將如之何？千歲還宜三思。」宸濠道：「除了此谷，較南昌再近的，尚有別路可通麼？」那鄉導道：「在此東北一百二十里，名曰樵舍，由樵舍往南昌，須由水路前進，不過三日便可直抵。」宸濠道：「何能等待三日？」遂不聽鄉導之言，即刻催兵前進。

前隊奮勇進發，已走進一半，忽見一騎馬飛馳而來報道：「前面的路已被敵兵用樹木、塊石塞斷，前行無路，將如之何？」宸濠尚自不決，忽聽兩山內一聲炮響，金鼓齊鳴，那一片喊殺之聲，真個如山崩地陷，只見紛紛的擂木炮石，直滾下來。不知宸濠性命如何，且聽下回分解。

第一百六十二回　朱宸濠退保樵舍　雷大春進攻九江

話說宸濠正催軍馬入谷，賊眾已有一半進入谷口，只見兩邊山上擂木滾石直打下來，軍士不能前進。前面又被木石截斷去路。眾賊兵此時各顧性命，都向谷外逃命。宸濠也驚惶無地，鄴天慶保定宸濠急急逃走。那谷中賊眾，被擂木滾石打傷者不計其數，自相踐踏而死者亦不計其數。眾賊兵等好容易死命奔出谷口，已折傷一半。宸濠只嚇得坐在馬上，如泥塑木雕一般。幸虧鄴天慶、吉文龍等人保護逃走，不然也要死於亂軍之中了。

正在奔走之際，忽見前面金鼓齊鳴，喊聲大震，一枝兵攔住去路。當先一匹馬飛到面前，馬上坐著一人，手執長槍，一聲喝道：「徐壽在此，逆賊往哪裡走！你還指望去回南康麼？南康早已得了多時了。」原來宸濠退出谷口之後，便令眾人馳回南康。他以為南康的官兵全數屯紮盤螺谷，哪知盤螺谷兩山不過二千兵在此。南康的大隊，當宸濠未出南康之前，由伍定謀定計，暗暗撤往他處埋伏好了。一俟宸濠大兵出了南康，他便將兵復調到原處住紮下來，隨即得了南康。復令徐壽、卜大武、王能三人到盤螺谷截宸濠南康的歸路。

此時宸濠在馬上一聞此言，知南康復又為敵人襲取，頓時三尸冒火，七孔生煙，即命左右衝殺過去。徐壽等三人亦復死命攔殺。鄴天慶等大殺一陣，只是不能過去，只得仍舊退回。徐壽等見賊兵退下，當又追殺一陣，直追至二十里方止，就此地安營下寨。宸濠直退下三十里外，也方才立下營寨來，當下顧謂左右道：「孤一敗至此，前難進兵，後無歸路，這便如何是好？」李自然又復上前獻計道：「在某之意，莫如保守樵舍，等安慶的兵到，再作良圖。」宸濠道：「先生何以知安慶的兵必走樵舍呢？」自然道：「安慶距樵舍不遠，而且往南昌甚近，雷大春既奉了千歲的令，他必定急急趕回南昌。取道樵舍，要少走二日的路程，某所以知安慶兵丁必走樵舍的。」宸濠別無良策，只得答應。當日令三軍暫歇一宿，次日即往樵舍進發。沿途有自南昌來的，宸濠就命人將他捉來細問根由，方知宜春王次日即為官兵所獲。宸濠聞知，更是恨如切齒。走了一日，已離樵舍不遠，在宸濠之意，仍想趕到樵舍下寨。怎奈人困馬乏，不肯前進，只得在半途又安下寨來，次日再走。

第二日，又有南昌來的人。宸濠問明情形，又知道離宮已破，宮中自王妃以下全被徐鳴皋與余秀英等人搜捉出宮，經王守仁分別監禁。宸濠聞了此言，更加痛恨，大罵王守仁不已。李自然以次一眾人等齊聲勸道：「千歲萬勿過惱，好在我軍尚有三萬，雷將軍那裡尚有數萬，也可與王守仁作背城一戰。某等當效死力，以助千歲。若千歲有傷龍體，眾將再一離心，那時大事真萬難挽回了，還請千歲格外保重為要。」宸濠見眾將苦苦相勸，也只得勉強說道：「孤南昌一出，便國破家亡，好不惱殺人也！雖承諸位將軍忠義待孤，但孤已勢衰事危，恐怕再難大振兵威了。而且糧草器械，皆不敷用，又當如何？」李自然道：「這到無須慮得，可急將就近的小州縣，再奪得一兩城，尚可支持半月。現在可保守樵舍，以待安慶兵來再作良圖便了。」於是宸濠便聽眾人之言，退守樵舍。你道這樵舍係屬何縣所轄？原來在九江、安慶搭界之間，離安慶尚遠，距九江甚近，就在鄱陽湖一帶。

宸濠在樵舍將寨立定，日望安慶的兵來。不到二日，雷大春的大隊已至。此時雷大春並不知宸濠已敗得如此，退保樵舍。他以為多是敵軍駐紮此地，及至見了旗幟，方才知道。當下便進了大營，去見宸濠，問明各事，方知以上之敗。你道安慶有一枝梅在那裡屯兵駐紮，雷大春如何得過此處？原來也是伍定謀密遣人馳書至一枝梅軍中，屬令一枝梅將雷大春放出，料他必走樵舍；然後再令一枝梅截斷歸路，使賊眾全聚樵舍，再設計於湖中擊之，所以雷大春得至此處。

宸濠既將以上情形告明雷大春，當下雷大春的一枝兵馬也只得在樵舍紮下。這日軍中不過尚有半月之糧，宸濠憂慮不已。李自然獻計道：「此處離九江甚近，千歲何不遣一枝兵攻取九江？若能將九江攻取過來，雖一年之糧也足敷衍。願千歲思之。」宸濠大喜，因道：「先生之言甚善。」當即遣雷大春率領所部進攻九江。

且說九江府知府姓胡名禮，為人性極昏昧，終日飲酒，不顧政事。這日正在上房內飲得大醉，忽見家丁進來報道：「啟老爺：現在有探子報道，說是寧王宸濠由南康大敗下來，退保樵舍。近因軍中糧草只敷半月之用，特令大將雷大春帶三萬人馬前來攻打九江，已離九江不遠了。請大老爺速速定奪。」胡禮一聞此言，帶醉說道：「你等不必驚慌，想雷大春多大的本領，能將這九江城攻打過去？你可據本府的話傳知各城門，使他們只要將城門閉上，就便雷大春到了此處，他見我城門都閉，他不能進城，也就可以退去。你即照我這般話告知他們，只要將各城門閉起來，包管萬無一失。」那個家丁聽了這番話，知道本官又吃得爛醉，說出這些不倫不類的話來。賊人帶領三萬雄兵前來攻城，但須將城門閉上，他便可不能進城，望望就退去，這不是說夢話！當下亦不與他較論，連口都不曾答應，掉轉身向外邊就走。

到了自己房內，將所有的細軟收拾收拾，他便走之大吉。

不過半日，雷大春的兵已臨城下，見各城門雖然關閉，卻無甚麼守城兵把守。雷大春也不顧他城裡有兵無兵，便令所部併力攻城。不足三個時辰，九江城已唾手而得。當下雷大春即帶一千兵進城，其餘的駐紮城外。到了城裡，先往府中搜括錢糧，又將監獄打開，放出死囚；又將胡禮全家殺戮，將所有金銀財寶搜括一空。復令一千兵卒分往民間擄掠，整整搜括了三日，把一座九江城中所有的富戶，全行搜括殆盡，也得了有三四十萬。可憐城中那些百姓，見了如此賊兵，只恨少長了兩條腿，跑不快。只見男男女女老老少少，攜男扶女，只望城外逃命，哪裡還顧得甚麼家財！雷大春將貲財搜括已盡，他便留了一員偏將、二千賊兵在城中守城，其餘仍回樵舍。

到了樵舍大營，將以上事說了一遍，便命眾賊將所有搜括來的財物，悉數運入大營。宸濠一見有三四十萬，好不歡喜，因與大春說道：「非將軍之力，不能得有如此巨款。今有這一大宗糧餉，也不患軍中無餉，也可與王守仁力戰了。」說罷大喜。雷大春亦自以為得計，於是便在樵舍練軍、練陣，又於沿湖一帶岸上立下二十餘座寨柵，準備與王守仁對敵。

你道王守仁破了南康，已有好些時日，為何不進兵前來？只因王守仁真個有了大病：始則身熱頭痛，繼且人事不清。原來沿途辛苦，寒熱不安，又兼東奔西戰一夏，受了暑熱，遏伏胸中，不曾發作，現在卻得了個秋瘟的病症。所以這些日均在南昌府中養病，不曾出兵。直至半個月後，病勢方才漸漸退減。又過了八九天，才能起床。這日便擬力疾從戎，忽然京城裡有探馬前來報道，說是武宗因宸濠久戰不克，御駕現要親征。王守仁聽了此言，實在大不為然，因暗道：「主上雖有此意，難道在朝各大臣總沒有一個力諫麼?而況我前者已有表章馳奏進去,奏稱南昌已破,宸濠不久亦將就擒,何以主上仍自要親臨?我就殊難明白了。」畢竟武宗何時出京,何時親征宸濠,且聽下回分解。

第一百六十三回　明武宗御駕親征　朱宸濠暗遣刺客

話說王守仁得有消息，知道武宗要御駕親征，心中頗不為然。你道這是何意？原來王守仁卻有一番用意，實因六飛❶遠出，內外皆有可懼之處：內則閹宦專權，雖然劉瑾伏誅，而後起者亦不一而足，難保不趁御駕遠出之時，忽生事端；外則因宸濠現已一敗塗地，可不勞御駕出巡，而且宸濠交過附腋❷，保無內官私通，宸濠屬令他沿途設法暗伺武宗，因此或有不測之事。所以王守仁左思右慮，殊不謂然。若要專摺進諫，已來不及。莫道王守仁此慮非是，後來武宗駕至半途，幾為宸濠所算，此是後話，暫且不表。

且說武宗這日接到王守仁的表章，因宸濠尚未克復，遂決計親征。時有內閣學士楊廷和苦諫不聽。以安邊伯許泰為威武副將軍，領先鋒事，趨南京；太監張忠、左都督劉暉趨江西；令王守仁兼領巡撫事。各領雄兵十萬。自統御林軍三萬，率眾南征，擇定正德十四年秋八月辛酉出師。到了辛酉這日，督率大隊出了都門，分兵兩枝：武副將軍許泰直奔南京；自與太監張忠、左都督劉暉督率王師，一路上浩浩蕩蕩，直望江西進發。暫且不表。

❶ 六飛：古代皇帝的車駕六匹馬，疾行如飛，故名。後借指皇帝的車駕或皇帝。
❷ 交過附腋：此指與內廷之人有聯繫。

再說宸濠退保樵舍之後，又令雷大春取了九江，軍中糧餉亦甚豐足。又集岸為營，立了有二十餘座寨柵。雷大春在九江反監劫獄之時，又放出許多死囚。內中有二名大盜，一喚趙虎，一喚錢龍。此二人都是臂闊肩開，膂力極大，有萬夫不當之勇，又並能飛簷走壁。宸濠得了這二人，更是大喜。趙虎、錢龍本來是安徽壽州府獨峰山的強寇，因為在九江犯了案，被捉在監牢，收禁起來。他二人還有兩個結義兄弟，現在二龍山聚積了有一二千嘍兵，專門打家劫寨。當下趙虎、錢龍即與宸濠說道：「小人蒙千歲之恩，無以為報。今觀千歲營內，大將雖然不少，尚恐不敷調遣。小人尚有兩個結義兄弟，一姓周名喚世熊，一姓吳名喚雲豹，均有萬夫不當之勇，現在二龍山落草，手下有一二千嘍兵。小人願到二龍山將這兩個結義的兄弟並所有嘍兵全行招來，以為圖報之地，不知千歲意下如何？」宸濠正慮戰將不敷調遣，今聞此言，怎得不喜？因大喜道：「難得二位軍士肯保孤家，去招人馬，到此立了功，甚是可喜。孤今封二位為游擊將軍之職，俟事定之後，再行加封。」錢龍、趙虎當下謝過，復又說道：「事不宜遲，末將等即須前往招集才好。」宸濠道：「但不知此去二龍山有若干路程，往返須要幾日？」錢龍道：「十日足矣。」宸濠道：「愈速愈妙。」錢龍道：「總不誤千歲的大事。」說罷，二人出了營，飛奔二龍山而去。

不足十日，果然周世熊、吳雲豹帶了一二千嘍兵，隨同錢、趙二人一齊到此。當下由錢龍、趙虎帶領去見了宸濠。只見他二人也生得虎背熊腰，豹頭環眼，生得十分雄壯。宸濠看罷大喜，因也封他二人為游擊將軍之職，並令他四人同為隨駕護衛。四人感謝不已。帶來二千嘍兵，即改為護衛親兵，仍歸趙、錢、周、吳四人統帶。

宸濠吩咐已畢。次日，忽見有個營官帶了一個人進來見宸濠，說道：「稟千歲：末將昨日巡營，捉得奸細一名，正要解往大營聽千歲發落，那奸細忽稱是京城裡張太監差來的，說有機密事面稟，並有書信面呈。」宸濠問道：「此人現在哪處？」那營官道：「就是此人。」宸濠命將那人帶上，營官即將那人帶過來了。那人一見宸濠，先行了禮，然後跪在下面說道：「小人姓陸名寶，只因內官老張公公差遣小人星夜到此，有機密事奉稟，求千歲屏退左右，小人好奉告一切，並有書信面呈。」宸濠道：「左右皆是心腹，爾但將書信取來呈閱。」陸寶聽說，便從腰間將書取出，呈遞上去。宸濠接過，將書拆開，從頭至尾看了一回，心中十分喜悅。因說道：「孤知道了，你可到外面去歇息，明日回去罷。」陸寶站起來，即刻出去。

宸濠當下即將李自然等請來議道：「方才接著張銳的密書，說昏王已經出京，親自到此，與王守仁合兵一處，前來伐孤。張銳屬孤可於半途密遣刺客前去刺駕。此計雖云極好，爭奈其人難得。先生及諸位將軍意中可有為刺客的人麼？若將昏王刺死，孤還怕甚麼王守仁麼？」李自然沉吟半晌道：「這人可實在尋不出來。」話猶未了，只見錢龍、趙虎奮身而出，向宸濠說道：「千歲若見信，末將願當此任。」宸濠見是新來的二人，恐怕他們口是心非，不能堅信，因躊躇未及回答。錢龍、趙虎見宸濠不答，他二人疑惑宸濠怕他們本領不濟，因又說道：「千歲聞言不答，想是因慮末將等不能幹得此事麼？末將請自先呈小技，以堅千歲之信，何如？」這句話忽然把宸濠提醒過來，暗道：「我何不先試他們一番，若果本領高強，也可使他們前去。」因道：「孤正慮你們二人的武藝不知能否充當此任，今既願獻技與孤一閱，這可好極了。」因命人取了一竿大纛旗，在旗頂上繫了一面令字旗，豎在大帳面前，命他二人上去，將令旗取下。左右答應，即刻將大纛豎好。錢、趙二人也就將外衣即刻脫去，先向宸濠請了個安，然後走到帳下。只見錢龍將身子一彎，立刻由竹竿上猱升❸而上，瞥眼間已將令字旗取了下來。復走到宸濠面前，把令旗呈上。宸濠見錢龍有如此本領，心中暗喜，口中稱讚不已。錢龍退在一旁，只見趙虎又上來，說：「千歲在上，末將請將這面令字旗仍然送了上去。」說著，便將令旗取過來，即刻轉身到了帳下。宸濠定睛細看，看他如何上去。哪知比錢龍尤快，轉瞬間已上了大纛。但見他一隻手執住大纛的竹竿，那一隻手上面掛令旗，立刻將令旗掛好，復從頂高處跳落在地，真個身輕，連響聲皆沒有。

錢龍見趙虎如此獻技，以為比自己還勝幾分。錢龍復又走到宸濠面前，跪下說道：「末將還能平地飛上半空，不由大纛上去，即將令旗取了下來。」宸濠道：「爾可再試一試，與孤細看。」錢龍答應，登時走出帳外，真個是腳一跺，早已飛身到了半空。正欲去取那面令旗，哪知趙虎見錢龍如此，他也存了個好勝的心。錢龍才要去摘旗，趙虎已飛到那裡，兩個人對面兩雙手執定大纛，兩雙腳皆向外撐開，猶如兩個蜻蜓貼在花枝上面。宸濠看見，十分喜悅，因大聲說道：「二位將軍請下來，孤有話面說。」錢龍、趙虎二人登時跳落，走到宸濠面前。宸濠誇讚道：「將軍武藝，雖古之劍俠亦不過如此。孤得將軍，正天之賜孤臂助！尚望將軍努力建功。若將昏王於半途刺死，將來孤定封二位將軍為平肩王，以償此不世之功便了。」

當下錢龍、趙虎好不得意，因即說道：「不知昏王從哪道而來？」宸濠道：「必定由旱路取道湖北。將軍可於湖北荊襄一帶等他便了。」錢龍、趙虎二人當下答應，即刻退出帳外。當日就預備動身。宸濠

❸ 猱升：像猴子一樣輕捷攀登。猱，猿猴。

又發了四百銀子，與他二人作為盤費。二人收下。次日即打了包裹，暗藏利刃，離了樵舍，直望荊襄進發。暫且不表。

再說王守仁這日得了探馬來報，說是宸濠令雷大春攻取九江，現在九江已為雷大春所破，城中所有錢糧，悉為賊將所得，已運往樵舍，充作糧餉。王守仁聽罷，大驚道：「宸濠之得九江，皆因某患病耽延，不能出兵，以致如此。今逆賊既退守樵舍，若不速速進兵，恐逆賊又將分兵攻取他郡，那時卻又滋蔓難除了。」當下即傳令各軍，即於次日一齊拔隊，望樵舍進發。各軍得令，次日即便起程，日夜趲趕，不一日已至樵舍。但見對岸賊營林立，集岸為營，約有二十餘座寨柵，且都是依山臨水，甚是堅固。王守仁當下就在對岸立下大營。不知王元帥如何進攻宸濠，且聽下回分解。

第一百六十四回　巧立水軍聯舟作陣　議破戰艦用火為工

話說王元帥的大兵在樵舍對岸立下大營之後，便聚集眾將商議道：「逆賊集岸為營，我軍隔湖相對，當何法破之？」徐鳴皐道：「在末將愚見，非水戰不行。若水戰，勢必渡舟而過，不然，偌大的湖面怎麼飛越過湖？」王守仁道：「將軍之言雖善，奈急切哪裡去覓得這許多渡船？」徐鳴皐道：「末將亦正慮及此，只好再作計議便了。」當下退出。大兵就屯紮此處，以待王守仁尋思良策。

再說宸濠自打發錢龍、趙虎二人去後，這日探報王守仁大軍已於對岸立下營寨，不日便要渡舟而來，宸濠聞報，便聚眾議道：「王守仁既親統大兵，於對岸已立下營，不日即要渡舟而來，當以何策抵敵，方可立於不敗之地？」只見李自然獻計道：「某有一計，是非水師不足抵禦敵軍。但水師固非船不行，尤在平時，各兵卒操練純熟，不畏風濤波浪，方可對敵。我軍於水軍素未習練，何能使其乘舟？今有一法，可使三軍在洪濤巨浪之中，如履平地，雖王守仁親統大軍渡過湖來，亦不患其不勝。」宸濠道：「先生之言，甚合孤意，但不知好用何法可使三軍不畏風濤？」李自然道：「昔龐士元以連環計獻曹操，孟德雖為周郎赤壁之敗，其咎實在孟德自己不勝，並不能怪龐統所獻之計非善。而且彼時又在冬令，非東南風不能用以火攻，後來為孔明借風，致有赤壁之敗。今某擬仿照龐統連環之法，聯舟為方陣。三軍固無風波之可畏，就便王守仁大兵南渡，也不患不能抵敵。」宸濠道：「善則善矣，若王守仁也效周瑜破曹之計，用火攻之，那時不又居大敗之地麼？」李自然道：「千歲之言差矣！現值秋令，西北風居多。我軍現居西北，敵軍現駐東南，如遇東南風，我軍方才可慮；若是西北風，而敵軍縱火，是自己延燒耳！王守仁斷不為此。且現在也絕無再有個諸葛亮，可以借三日三夜東南風。況乎王守仁就便計及到此，急切又從哪裡得許多船隻，可以裝載引火之物？此事萬萬不必慮得的。」宸濠聽了此話，也頗以為然，因道：「先生既如此說，但不知須船幾何？」自然道：「某早為千歲預備下了。」宸濠大喜，因道：「就煩先生為孤一聯方陣可乎？」自然道：「某敢不遵命！」說罷，即起身而去。

原來李自然當宸濠兵屯樵舍之時，他即早慮到此。是凡沿湖一帶船隻，早已為他雇下，共計六百餘隻。現在奉了宸濠之命，便去將各船招集湖中，大小配搭，用鐵索連環起來。十隻一排，共計六十四排，上用木板鋪蓋，聯為方陣。卻按著六十四卦，往來有巷，起伏有序。船上遍插五色旗幡，中央插著黃旗，以宸濠為水軍統領，居於中央。東方青旗，南方紅旗，西方白旗，北方黑旗。以東方為前軍，卻使雷大春為管帶。南方為後軍，以吉文龍為管帶。西方為左軍，以周世熊為管帶。北方為右軍，以吳雲豹為管帶。俱各調護，便去宸濠帳中覆命，即請宸濠上船觀陣。

宸濠大喜，當即隨同李自然出了大帳，走到岸邊。只見湖心裡的水師，排得如同方城一般，五色旗幡，飄搖蔽日，甚是好看。宸濠極口讚道：「非先生高才，不能計及到此。有此方陣，雖王守仁統帶百萬雄兵前來，孤亦無憂矣！」說罷，狂笑不止。當下便下了馬，與李自然同上了船，就中軍坐了片刻，又往各處看視一回，真個是如履平地。當下便傳出令來，命次日晨初，先行操演。眾水軍得令，預備而去。宸濠又與李自然仍回旱寨。

次日天明，即到了水寨，仍就中軍坐定。一聲令下，起鼓三通，只見左、右、前、後各軍護擁著中軍，各按隊伍分門而出。是日正是西北風大作，各船拽起風帆，衝波激浪，穩如平地。三軍在船中各踴躍施勇，刺槍施刀。前後左右，各軍旗幡不雜。宸濠立於中軍，觀看操練，心下十分喜悅，以為不但可以自保，而且操必勝之權。各軍操演了一會，宸濠命且收住帆幔，各依次序回寨。宸濠又謂眾將曰：「若非天命助我，安得李軍師如此妙計！鐵索連舟，果然涉險風濤，如履平地。」眾將亦深自佩服。

是日宸濠仍回旱寨而去。到了旱寨，升帳已畢，又聚將而言曰：「水軍得軍師妙計，固已萬無一失。但是陸軍雖然即岸為營，仍宜格外小心為要。」鄴天慶道：「末將當率領各將，認真操練，以期共成勁旅。」宸濠道：「操練固屬用兵最要之事，孤看每營尚欠布置。孤意擬每營埋伏弓弩手二百名，計共二十四營。可挑選五千精銳，專充此事。以便敵人前來衝陷旱寨，有此弓弩手抵禦，任他雄兵百萬，也不能衝進營門裡。可再多設擂木炮石，加意預備，不患敵人飛渡而來。」鄴天慶答應而去。

此時卻早有細作報入王守仁大營而去。王守仁當即升帳，聚眾議道：「宸濠現在又聯舟為方陣，準備以禦我軍。但是我軍駐紮此地，不能曠日持久，且賊軍亦斷不容我久紮此地。我不攻他營寨，他也要前來進攻。賊軍固能聯舟為陣，我軍亦可如此辦法，以便渡江而去與他對敵。所慮船隻毫無，不必說聯舟為陣，就便欲要渡河，亦不可得，這便如何是好？」徐鳴皋道：「便是末將亦早慮及此。欲渡江進戰，非船不行。不知這逆賊許多船隻，是從何處得來的？」王守仁道：「光景是他預先雇下，專為此事的。」大家正在憂慮，忽見營兵進來報道：「吉安府伍大老爺由南康來了。」王守仁一聞伍定謀前來，當即請入大帳。

伍定謀行禮已畢，即問王守仁曰：「元帥亦見逆賊結舟為陣乎？」王守仁道：「便是本帥正慮及此。因此間無船可雇，不能渡軍而北，如何是好？」伍定謀道：「逆賊今聯舟為陣，有此一舉，逆賊死期將至了。」王守仁驚道：「貴府何出此言？某正以此為可慮，貴府反說他死期將至，吾甚不解謂何？」伍定謀道：「元帥所慮者又何謂？」王守仁道：「慮他這方陣不易破耳！」伍定謀道：「元帥以為可慮，卑府卻以為可喜。願與元帥言之，即知逆賊不久將死了。」王守仁道：「便請一言，某當聞命。」伍定謀道：「元帥豈不聞赤壁鏖兵之事乎？時雖不同，而事則一律，豈非該賊之自甘就死麼！」王守仁道：「貴府之言雖是，但某有謂不然者。赤壁鏖兵，幸有東風之力。今正逢秋令，西北風當時，逆賊現居上游，正當西北，我若縱火燒之，是自己延燒也。赤壁一役，何可效法？」伍定謀道：「元帥所謀，未始非是，但卑府已慮之熟矣。若由下游潛渡上游，繞伏賊後縱火，賊又何能躲避乎？此事不勞元帥費心，卑府已預募得輕舟百艘，為縱火計矣。來日當潛使六十艘來，為元帥調度人馬；其餘四十艘，卑府為自用。現在縱火之料，仍未備全，一俟齊備，卑府當於前三日使舟前來，並約元帥屆期行事。卑府現在仍須馳回南康，調度一切，故急急前來為元帥送信。請元帥不必過慮，但傳令各軍，屆期預備接戰破賊便了。」

王守仁聽了這番話，真是大喜，當下讓道：「某雖身居統帥，其才智愧不如君，真個慚愧。」伍定謀也要謙道：「卑府不過一得之見，或者僥倖成功，何敢自居才智？總之均為國家公事，義不容辭。元帥又何必如此謙讓，使卑府立身不安了。」王守仁道：「某非過謙，其實慚愧。」伍定謀又道：「卑府就此告辭。一經預備齊全，即遣舟前來，以便元帥督兵西渡。」王守仁道：「某當聽候貴府來信，便即督兵西渡可矣。」伍定謀告辭而去，王守仁相送一回，復又誇讚了一會，這才飭令眾將告退。不知何日渡江去破方陣，且聽下回分解。

第一百六十五回　師成熊羆大隊南征　性本豺狼中宵行刺

話說伍定謀退出大營，當下潛渡南康。原來南康離南昌只三百里，兼程趲趕，不過一日一夜即到。伍定謀到了南康，當下即將預雇的大小船隻一齊招集。挑選了四十艘，內裝乾柴、枯草，上加桐油、松香、硫磺、焰硝之類；每船撥兵二十，各帶火種；令王能統帶，將這四十艘實蒿灌油，暗藏於南康一帶深港之內。其餘即派令卜大武押著各船，陸續渡往北岸，限五日後全行渡過，仍散布於各港內埋伏，聽候調遣。分撥已定，只等縱火殺賊。暫且不表。

且說錢龍、趙虎二人各帶了盤程，離了樵舍，直望荊襄一帶而去，上追御駕。一路探聽，這日到荊紫關，聽說御駕已將次行到，他二人即在荊紫住下等候。不過二日，只見荊紫關一帶的往來行人，皆說武宗聖駕明日即到，於是六街三市，文武大小官員，皆紛紛預備接駕。沿途各家皆張燈結彩，擺設香案，以便聖駕經過，好去跪接。

又隔了一日，果見頭站牌已到。約至午牌時分，只見擁護的人走來說道：「聖駕已離此不遠了。」接著，又有一騎探馬如風馳電掣而來，一路喊道：「爾等各居民聽著：聖駕頃刻就經過此地，均須兩旁跪接，毋得喧譁，致驚聖駕。若有犯者，即交地方官照例懲辦。」一面說，一面跑了過去。不一會，只見許多羽林軍排道前引。兩旁鋪戶居民知道聖駕已到，當即跪列兩旁，以便接駕。但見羽林軍走了好一會，才見一對對龍旗、鳳幟、月斧、金爪，紫袖、昭容、錦衣、太監，又見一班細樂，八對提燈，五百御林軍護駕。王侯世爵，一個個玉帶金冠。御前侍衛，兩旁分走，皆是花衣錦帽。末後有一柄曲柄黃羅傘，下遮著一輛朱輪。朱輪裡面坐著的一位，龍姿鳳目，頭帶九龍盤頂的金冠，身穿五爪盤金黃龍袍，腰圍玉帶，腳踏粉底烏靴，真是鳳目龍顏，不愧帝王之相。朱輪過去，後面又有許多隨駕護衛，簇擁而行，皆是身騎駿馬，隨護朱輪。末後，便是太監張忠、左都督劉暉所帶的雄兵。一路行來，雖則有數萬人馬，卻是肅靜無譁。只聞馬蹄聲響，不聞人語之聲。錢龍、趙虎此時也躲在人叢中瞻仰聖顏。不一刻，武宗進了行宮，所有御林各軍皆紮在行宮四面。又過了一刻，只見有兩個小太監捧著聖旨出了宮門，向各官宣旨道：「聖上旨意，著令地方各官一律退去，所有隨扈各官將著即暫歇一宵，明日天明拔隊趲趕前去。」各官遵旨退下不表。

再說錢龍、趙虎兩人在人叢中聽見這個消息，聖駕明日就要起鑾，當下兩人即走到一個僻靜處所，彼此議道：「今昏王已到，明日就要前去行刺。恐有誤大事，反為不美，不若今夜便去行事。只要將這昏君刺死，你我這場功勞，可真不小。將來寧王身登寶位，你我還怕沒有高官厚祿麼？」錢龍道：「今夜何時前去呢？」趙虎道：「若早去，恐行宮裡未曾睡靜，給他們看出來，反為不美，所謂畫虎不成，反被犬害。莫若今夜三更以後，你我各帶兵器，縱身直入。只要尋到昏君，一刀刺死，那就大功告成了。」錢龍道：「此言甚善。我等當先回客店住下，等到那時再去便了。」於是二人便走出僻靜地方，徑往客店而去。到了客店，便叫店小二打了兩壺酒，拿了兩碟菜，彼此對飲起來。一會兒，飲酒已畢，便去房內歇息，專等三更以後前去行刺。

有話即長，無話即短。兩人睡了一覺，便驚醒過來，聽了聽，才交二鼓，時候尚早，復又去睡。又睡了一會，卻已三更將近，他二人即便起身，將外面衣服脫去，內穿密扣元色緊身短襖，下穿元色紮腳馬褲，腳踏薄底快靴，頭上紮了一塊元色包腦，背插利刃，走到房門口，輕輕的將房門撥開。二人走出房門，復又倒關起來。走到院落，一聳身飛過牆垣，就如兩條烏龍一般騰空而去，出了客店，直望行宮而來。

不一刻，已到行宮。二人先跳上院牆，四面一看，見行宮裡面雖有些燈光，卻是半明不滅；又聽得裡面更鑼之聲不絕於耳。錢龍即與趙虎悄悄說道：「老兄弟，你聽宮裡這一片更鑼之聲，往來不絕，照此如何下去麼？」趙虎道：「這到不妨。這些交更的，哪裡有甚麼本領，不過借此在這裡混一碗飯吃吃而已。我們下去，只要避著他們，不與他們望見，即不妨事了。即使遇著那些更夫，不待聲張，一刀將他殺了也就可以無事的。」錢龍道：「話雖如此，卻要格外小心才好。」二人說著話，再聽一聽，已轉三更，錢龍又道：「老兄弟，我們下去罷，時候可也不早了。」趙虎道：「我們走一條路不行。你在東，我在西，你我分頭而進。」錢龍道：「不是如此辦法，還是一起下去，彼此才有個照應。一被裡面的人看出來，上來動手也得有個幫助。你若在東，我若在西，哪時有了事，怎麼呼應得靈的？」趙虎道：「也好，我便與你同下去罷。」說著，二人將身軀一晃，只見一道黑光飛上正殿。

二人便伏在瓦櫳內望下面一看，見有兩個更夫，一人提著手燈，一人敲著更鑼，由後面繞轉過來，卻好走到正殿下面。錢龍、趙虎怕被更夫看見不妙，因將身伏定在瓦櫳上面，等更夫過去走得遠了，才將身子立起。向後面一看，只見後面還有三進，皆是瓦縫參差，非常堅固。於是二人一縮身，便由正殿屋上竄到後殿屋上，不意將後殿屋上瓦踏翻了一塊，落下來，只聽「拍」的一聲響，那塊瓦跌落下面，打得粉碎。二人嚇了一跳，又伏定身不敢稍動。幸而下面並無人問，也無人出來看視，他二人才算放心。停了一會，又一齊竄到第二進屋上，正要往第三進去，卻又從第三進左側夾巷內來了兩個更夫，敲著鑼經此而過。他二人又不敢動彈，還是等兩個更夫走了過去，他二人這才竄身向第三進而去。

到了第三進屋上，先將身軀伏定，一個在東，一個在西，一齊用了個猿猴墜枝的架落，將兩隻腳踏在屋簷口，身子倒垂下來向裡面觀看，只見正中一間中間豎了一塊匾，是「寢宮」二字。錢龍、趙虎知道武宗一定住在此處了，但又不知住在哪裡房內。當下趙虎說道：「據我看來，一定住在上首這房間內無疑。我們何不先去將那窗格上的紅紗戳破了，先看一看，便知分曉。」錢龍道：「是。」因此二人又將身子由屋簷下蜿蜒而下，靠近紗窗，便用刀在那紅紗上輕輕戳了一個小孔，錢龍即便單覷眼向裡面看去，只見裡間燒著一對雙龍的紅燭，已燒殘了半截。緊靠紗窗，擺著一張海梅嵌大理石的御案，中間設了一把盤龍寶座，兩旁皆用紅綾糊在板壁上面，一色簇簇生新。左右有八把交椅，四張茶几，椅几之上皆用著紅緞子盤金龍的椅披、几袱。上首有一張衣架子，上面掛著一件簇簇新黃緞盤金龍袍，就是日間武宗在龍輿內所穿的那一件。衣架旁側掛著一條盤龍嵌寶的玉帶。上首有一架盔盒，盒蓋上架著一頂盤龍金冠。當中有一張海梅朱漆、上下兩旁盤龍的御榻，掛著一頂黃綾描龍寶帳。近在御榻下面，有八個小太監，分在兩旁，和衣而睡。寢宮門首又有四個護衛，帶刀而立，卻皆靠著寢宮門，立在那裡打盹。

二人看畢，料定武宗睡在那龍榻上面了。因此二人打了個暗號，錢龍即將手中刀輕輕在那紗窗上撥了兩撥，裡間格子❶一轉已離了窩槽。於是又伸進一隻手，輕輕的將裡面格門抽出來，放在一旁。又去將窗格撥下。做了好半會的手腳，並無一毫聲息，也沒有一人知覺。錢龍、趙虎當下好不歡喜，以為武宗必定為其所刺。於是，趙虎在先，錢龍在後，兩人手執鋼刀，一竄身飛身入內，手起刀落，直望御榻上砍下。不知武宗性命如何，且聽下回分解。

❶ 格子：窗戶。

第一百六十六回　焦大鵬行宮救聖駕　明武宗便殿審強徒

卻說錢龍、趙虎手持利刃，竄身進房，直奔御榻而去。走到御榻面前，急將龍幔一掀，哪知用力過猛，一陣風將武宗驚醒。武宗睜眼一看，見榻前立著兩個刺客，渾身緊身衣靠，相貌猙獰，身材高大，手持兩把明晃晃的鋼刀。武宗只嚇得亂抖，心中暗道：「悔不聽楊廷和之諫，致有今日之禍，朕命休矣！」急欲喊人前來救駕，只見那兩個刺客，已要狠狠舉起鋼刀向自己砍到，口中叫道：「昏王，看你尚有何法逃得性命麼？」手中的利刃正要砍下。武宗忽見窗外復又飛進一人，手執寶劍，直奔御榻而來。武宗這一嚇，真也是魂飛天外，暗道：「何其刺客如此之多？這裡現放著兩人，還怕不足，又加上一人，光景欲將朕分為三段了。」正在暗道，忽聽「咕咚」兩聲，接著「當啷」一聲，見先來的那兩個大漢已跌倒在地，後來的那一個跪在床前，口中稱：「萬歲在上，小人焦大鵬奉了王元帥之命，特來保駕。這兩個刺客，已為小人刺倒了。萬歲勿驚，小人在此。」

武宗這一見，真是喜出望外，當下即從龍床上坐起來，喊那些太監護衛拿刺客。那四個帶刀護衛一聽此言，哪敢怠慢，從睡夢中提了刀，大踏步搶走過來。見龍榻前跪著，疑惑他是個刺客，為武宗將他捉住，跪在那裡，便舉起刀來即向焦大鵬砍到。武宗一見，趕忙喝道：「爾等護衛宮中，原所以防不測。今爾等不知小心有刺客前來，你們哪裡如此糊塗，明日即行革去爾等的護衛，再嚴加重辦爾等護衛不力的罪名。朕若非這焦大鵬前來救駕，朕已早為刺客所算了。還不快將那兩個刺客縛起來，明日交荊州府嚴刑審訊。」那四個護衛聽了這番話，隨即跪下，碰頭請罪，道：「臣等罪該萬死，求萬歲暫息雷霆。」武宗又命那四個護衛起來，去捆打倒的那兩個刺客。那四個護衛當時又碰頭謝了恩，這才站起來，走到錢龍、趙虎二人跟前，先將他二人拖了出宮，然後才將他四馬倒攢蹄捆了個結實。

此時裡裡外外，皆得了消息，所有那裡護衛大臣、御前侍衛、隨駕太監，俱紛紛擾擾進了宮房。不一刻，那管帶御林軍侍衛以及太監張忠、左都督劉暉亦皆到宮房請罪。武宗便命張忠、劉暉進了寢宮。先給武宗跪請聖安，然後碰頭說道：「臣等保駕來遲，罪該萬死！現在刺客想已捉住了。」武宗便指著焦大鵬道：「若非他前來救駕，朕之性命，已送於兩個之手了。二卿遠在宮外，卻非卿二人之罪。不過這宮內的所有護衛太監，實屬疏忽已極，毫不防範，著即交二卿明日擬定罪名，以警疏忽之咎。」張忠、劉暉當下即也遵旨。

此時天已明亮，武宗即命張忠、劉暉，將焦大鵬好生帶出宮門，並飭令傳旨各營：今日駐蹕荊州府，便將此案訊明，再行起鑾前進。當下張忠、劉暉將焦大鵬帶出宮房，便留在劉暉營中止歇。又將諭旨傳知各營前隊統帶，令各軍先到荊州駐紮。

武宗此時梳洗已畢，當有小太監呈請早宴。武宗早宴已畢，只聽靜鞭三響，武宗升殿。劉暉、張忠等一班隨駕大臣、侍衛，皆上殿早朝，三呼萬歲。當有領班護衛大臣奏道：「臣啟奏萬歲：夜間所拿的兩名刺客，是否徑交荊州府嚴訊，抑萬歲先行欽審，然後再送交荊州府擬定罪名？」武宗聽奏道：「爾等可即將那兩名刺客先行帶上殿來，俾朕先審問他一番，究為何人指使。然後，再交荊州府擬罪。」領班護衛大臣當即遵旨退下。

不一刻，即將錢龍、趙虎帶上殿來，將他二人推倒，跪在下面。武宗伏在御案上閃開龍目，再將他二人細細一看，只見錢龍、趙虎二人，右臂皆為劍所傷，血流衣襟。你道這是何故？原來他二人當在寢宮行刺時，皆是右手執刀，所以焦大鵬一進來，即將寶劍先傷了他二人的右臂，使他舉刀不來；又不便將他二人殺死，須留活口，為將來審問口供的地步。所以錢龍、趙虎二人右臂皆為所折，血流衣襟。

你道焦大鵬又何以得知錢龍、趙虎前來刺駕，他從南昌奔到此處救駕呢？原來他卻有人使他前來。這日，他在沿湖一帶觀看湖中的水景，只見他師父傀儡生忽然從空中落下，向他說道：「徒兒，徒兒，爾可速速回營與元帥稟明，即日馳赴荊紫關行宮救駕。」焦大鵬當下便問道：「難道聖上有人暗算麼？」傀儡生道：「正為有人前去行刺，所以為師特命你前去幹這一場大功，好讓你討了封贈，將來好成正果。」焦大鵬聽了此話，便請傀儡生一同回營。傀儡生道：「為師尚有要事他往，你可即刻回營，與元帥說明，不可耽擱，務限八月二十三日到荊紫關，三更以後，前往行宮，捉拿刺客。一切勿誤！」焦大鵬聽了此言，卻也不敢強留傀儡生，當即回身奔赴大營，見元帥呈明一切。王元帥見說，吃驚不小，當與焦大鵬說道：「本帥料這刺客，定是宸濠所使。既蒙傀儡老師屬令義士前去救駕，義士可不能遲緩。」即刻出了大營，直奔而來。卻好到了荊紫關，正是八月二十三這日。他卻是日間到的，等至三更將近，便到行宮左右探看。等了一會，果見有兩個黑漢子由院牆上跳過去。那時焦大鵬便要趕上去捉他，復又想道：「我不到那真真危急之時再行拿捉，一來不見我焦大鵬的本領，二來聖上也不知道我這人。」所以一直等到錢龍、趙虎進了寢宮，走到御榻面前，將龍幔掀開，舉刀在手，要望武宗去砍，這個時節，他才飛身進內，將錢、趙二人右臂折傷，救了武宗的聖駕。這就是焦大鵬由南昌起程、直至救駕捉拿刺客的一段原委。

此時錢龍、趙虎二人跪在殿上，並無刑具，因武宗既未帶有御刑，莉紫關又無有司衙門，所以無處去尋刑具。而且錢龍、趙虎業已折傷右臂，已經不能動彈，斷無再會逃走之理。只用了些繩索，將他腿腳捆縛結實，跪在那裡便了。武宗在龍案上向他二人問道：「刺客，你二人姓甚名誰？朕看你二人倒也身材高大，有些本領，為甚麼不做忠臣孝子，偏要前來行刺朕躬？你與朕有何仇隙？究為何人所使？速速招來。」錢龍、趙虎跪在下面，聽武宗問他這一番話，因即怒目圓睜，大聲喝道：「昏君！若問咱的名姓，咱喚錢龍，他喚趙虎，咱們也不知道是何人所使。只知道你這昏君，罪惡貫盈；天下臣民無不切齒痛恨。咱家所以代民伐罪，替天行道，前來刺殺你這昏君，為天下子民除害。今既被捉，也算咱家做事不到，致被妖人前來所擒。要殺就殺，咱家沒有口供。大丈夫一人作事一人當，不知道扳人避己，以圖赦罪之地。而況今日殺了腦袋，二十年後又見一個堂堂的英雄。這腦袋瓜子被一刀又算甚麼大事？昏君！你快些將咱家殺了罷，咱家是沒有口供招來，若要咱家招口供，就是『刺客』這二字。」

當下武宗聽了他二人這一番話，龍顏大怒，因喝令左右即將他二人推出，淩遲處死。當有劉暉奏道：「萬歲且息雷霆之怒。論國家刑法，行刺聖駕，觸忤聖顏，皆是淩遲處死。但是這兩個死囚必非專主前來，定有旁人指使，須得徹底根究，問明指使之人，方好一同治罪。若現在因一怒之下，便將他二人處死，這兩個死囚原知死有餘辜，可便宜了那指使之人幸逃法網。他二人既死，又從何處追問指使的首犯呢？據臣愚見，莫若先將這二個死囚每人重責一千大棍，然後再審問他的確實。又恐上擾聖躬，或即發交荊州府嚴刑審訊，說要將他的實供訊出，究竟是何人指使前來，方好一例治罪。臣一得之見，不知聖意如何？」武宗雖聽此言，還是怒猶未息。畢竟武宗曾否准奏，錢龍、趙虎此時曾否凌遲，且聽下回分解。

第一百六十七回　明武宗移蹕駐荊州　孫知府奉命審刺客

話說武宗因劉暉進奏，當下怒猶未息，便命力士將錢龍、趙虎二人拉下丹墀，各責一千大棍。左右一聲答應，即刻將錢龍、趙虎拉下，每人用力打了一千大棍。哪知他二人毫不畏懼，那棍子打在他二人身上，猶如打在石頭上一般，不必說皮肉未損，連痛也不痛。只聽他二人在下面大笑不止，武宗更加大怒，又命每人再責一千棍。哪知他二人仍然如此，卻把大棍打折了兩根。他二人復又笑道：「昏君！你不必說是拿大棍子打我，就便取把鋼刀來在咱家身上亂剁，看咱家可懼也不懼？」武宗沒法，只得命力士仍將他捆綁定當，發交荊州府嚴刑審問。張忠復又奏道：「奴才看這兩刺客本領既然高強，而且有運功之法。焦大鵬既可制服得住，莫如即將他二人交與焦大鵬，沿途看管，或者尚無逃逸情事。若交別人看管，猶恐不妙。」武宗當下准旨，即發焦大鵬沿途押解該犯，並沿途護駕隨行，以防再有行刺等事。說罷，就命起蹕。當下有人將錢龍、趙虎交與焦大鵬。

這裡武宗也就即刻起蹕，出了行宮，直望荊州趲趕而去。在路行了一日，到了傍晚，已至荊州境界。荊州府孫理文早已得著信，已帶著在城文武各官，出城迎駕。當下跪迎聖駕已畢，即隨著聖駕一齊出城。城內亦早已備下行宮。武宗進了行宮，即刻傳出旨來，命將錢龍、趙虎兩個行刺欽犯，交與荊州府嚴訊，務要連夜訊出口供。若無實在供詞，定即將荊州府革職。

這道旨意一下，荊州府哪敢怠慢，也就立刻將錢龍、趙虎二犯帶入衙門，登時上了刑具，傳三班衙役並各種刑杖、各種嚴刑，又將焦大鵬請到衙門，以資幫助。登時升堂，將錢龍、趙虎二人帶到堂上。只見他二人立而不跪，荊州府喝令跪下，錢龍、趙虎也喝道：「這昏君的殿前，咱爺爺也不過跪倒而已，你這一個小小知府的衙門，咱們不配給你這贓官下跪。」荊州府大怒，喝令將他拉下，先每人重責一千棍，然後再問。左右差役一聲答應，即刻將這兩個死囚拖倒在地，褪下褲子，每人打了一千大板。哪知他二人依然如是，毫無痛楚。

荊州府甚為驚詫，因問道：「似此重刑不畏，刑杖如何問得出口供來？」當有一個老差役上前說道：「這兩個犯人會運地工，若令他放在地下去打，不必說每人一千板，就是每人一萬板，也是無用。只有一法，須將他本身著人抬離了地，然後著力再打，或者可以使他痛。」荊州府聞言，便顧左右那身強力壯的，挑選了八個，四人抬他們一個，將錢龍、趙虎抬離了地約有一尺多高。一面又使將那大板盡力在他二人大腿上結實痛打。打到五百餘板，只見兩腿鮮血直流，皮開肉綻，錢龍、趙虎漸漸支持不住，卻還咬緊牙關，死也不說痛楚二字，也不說願招二字。直打到一千板，荊州府方叫眾差役住手，將錢龍、趙虎推轉過來，叫他跪下。錢龍、趙虎還是立而不跪。

荊州府沒法，只得問焦大鵬道：「該刺客如此倔強，當以何法治之才好？」焦大鵬道：「小人願助大老爺一臂之力，先使他跪下，然後再請大老爺審問便了。」說著，就走到錢龍、趙虎背後，只見他腰一彎，在錢龍、趙虎兩腿彎內用二指輕輕一點，錢龍、趙虎不知不覺登時跪了下去，再也站不起來。原來人身上各處皆有穴道，焦大鵬在他二人腿彎內穴道上點了一下，所以他二人站不住，登時兩腿酸麻，跪了下去。荊州府這才問道：「錢龍、趙虎，你二人為何膽敢前來行刺聖駕？究有何人指使？速速招來，或者本府尚可代你免其死罪；若再不供，免不得皮肉吃苦。」只見錢龍、趙虎大聲罵道：「好個贓官！咱爺爺在昏王面前也不曾將實供招出，你好大一個知府，就想咱爺爺招出實供？除非你作了咱爺爺的兒子，咱爺爺可以告訴於你；如若不然，你休想咱們爺爺招出實供。咱爺爺前來行刺，是有人指使而來，這人可與昏君有切齒之仇，但不便告訴於你。你莫說以嚴刑嚇我，就便將鋼刀架在咱爺爺頸項上，咱爺爺也無實供的。」

荊州府見錢龍如此說法，不禁拍案大怒，便命人抬夾棍將他夾起來再問。差役一聲答應，走上前來將錢龍拖翻倒地，即將夾棍在他小腿上夾起，兩邊的將繩子用力一抽，只聽「隔噔」一聲，夾棍已經兩段，毫無痛楚。荊州府沒法，又命人將點錘取來，在他脛骨上打二十下。諸公可要知道，這點錘，州縣衙門內向來是不常用，因為這刑法最是利害，只要在脛骨上打二十下，這個人的脛骨登時就被打碎，雖再吃些首碎補❶也是不濟，這人從此以後就成殘廢了。所以有司衙門內如是有大案，皆是先用夾棍、鐵索；若再熬供❷，便用天平架；迫不得已，才用這點錘。今日用這點錘如此迫切，一因這兩個行刺聖駕的欽犯，將來總是要淩遲處死的；二來荊州府因聖旨急迫，明日就要復命，錄取實供，好去捉拿那指使之人；三來荊州府被錢龍、趙虎大罵極了，所以才用得這點錘如此急迫。

當下眾人將錢龍拖翻在地，取了點錘，在他兩腿脛骨上，用力敲打。打了二十下，只見錢龍仍然咬

❶ 首碎補：應為骨碎補，中藥，治跌打損傷、骨折。
❷ 熬供：嚴刑逼供。

著牙關，死也不肯供出。荊州府又命再打二十下，下面又打了二十下，仍是不招。荊州府沒法，只得叫將錢龍帶在一旁跪下，復問趙虎道：「趙虎，你可速速給本府招明，不要如錢龍有意熬刑❸，本部堂也要叫你吃這點錘的苦楚了。」只見趙虎在下面大笑，說道：「你若問何人指使，即是王守仁使我等前來行刺昏君，這就是咱家的實供，此外再無實供的可話了。」荊州府更加怒髮衝冠，又命人將趙虎拖下，也打了二十點錘。下面答應，即刻又將趙虎拖翻在地，用力在他兩脛骨又打了二十點錘。哪知趙虎亦復如是。不但荊州府急得沒法，連那些眾差役個個皆代荊州府耽憂。若照此問不出供來，明日前程就難保了。

大家正在那裡暗想，只聽荊州府又叫：「將趙虎拖轉來。」趙虎到了當面，荊州府只得向他騙道：「趙虎，本府看你如此英雄，真算得是天下第一條好漢，可惜你誤為人用，聽人指使前來，使你在這裡受這痛苦。你可知道『率土之濱，莫非王臣』？你今日雖做了刺客，其實在先也是個極安分的良民。在你此時，以為受人之託，必須忠人之事；今事既未辦就，你又為人擒獲，本府料你本意以為作事不成，未能忠人之事，覺得已負人的重託，再將託你的人招了出來，更覺對他不起，所以咬定牙關，不肯將指使的人招出，免得他與罪同科。這是你的血氣，有肝膽的人所謂『一人作事一人當』，不肯帶累別人，你的心定然如此。本府倒也甚為欽佩。但不過本府還代你可惜……」下言尚未說出，只見趙虎說道：「你代咱家可惜甚麼？」荊州府道：「本府代你可惜的既非本領不如人，又非肝膽不如人，只可惜你愚而不明，但知充作好漢，徒以一身枉死。本府試問你，這指使你行刺之人，平時你受過他甚麼恩惠？還是不

❸ 熬刑：忍受刑訊拷問。

以死相報不能報他的大德？若果有這番恩義，竟要以死相酬，一將他招出來便萬分對不起他，而又於自己以死相報之意大相背謬，你就不必實招，好讓你殺身成仁，完一個一死報知己的名節。設若指使你這人，爾並未受他的恩惠，他也不曾有甚麼恩惠施之於你，或以銀錢賄屬，或以官爵允你，你便因他這累累多金、空言官爵就代他奮身行刺，犯這罪大惡極的科條，在先固未嘗深思，現在還不知懊悔，這就未免可惜。你外似英雄，其實心也糊塗，愚而且憨了。」荊州府用了這一番說詞，打算使他自己反悔，可以招出實情。不知趙虎可能從實招來否，且聽下回分解。

第一百六十八回　用騙供刺客承招　上表章知府覆命

話說荊州府用了這一番說詞，隱隱的打動趙虎，使他從實招出究竟指使的是何人。果然，趙虎被荊州府說了這番話，暗暗想道：「這官兒說的這些話倒也不錯。我也不曾受過他甚麼十分恩惠，不過得了他一個虛名的官職，每人攤了二百銀子，我便前來代他行刺。果真把正德君刺死，他將來做了皇帝，我還可以做個官兒。今又不曾將正德君刺死，又被他拿住，我不免又要凌遲❶。在先我在監牢裡，雖然也不能活命，那還是自作自受，到了臨時不過一刀將頭砍下，不致受那凌遲之罪。今日為他前來行刺，反而輕罪又變重了。而況他已敗得那樣，現在御駕又去親征，加上王守仁那裡又放著許多英雄、武士、俠客、劍仙，他如何抵敵得住？眼見得也要身首異處。我縱不將他招出，他也是要死的，倒反代他瞞藏了一款，我卻更加罪大。若將他招出，我雖不能活命，倒底扳出一個人來，也好代我分分罪名，或者我的罪倒反改輕些，也未可料。若一味的咬緊牙關不肯招承，難道這官兒還肯放鬆麼？不但隨後要受那凌遲之苦，就是當下這嚴刑拷問，也就夠受的了，不如還是招出他來，也免得此時受這嚴刑的苦楚。」一個人低著頭沉吟不語。

荊州府在上面看見趙虎低頭不語，若有所思，已猜到他八九分意思了，因又問道：「本府對你說了

❶ 凌遲：即剮刑，古代酷刑，俗稱千刀萬剮。

這許多話，你為何只是沉吟，難道本府所說的非是麼？或是你有甚麼委曲，也不妨與本府說明，本府也可給你剖析。」趙虎便說道：「咱家有句話不明白，你說咱家愚而無智，你怎麼看出咱家沒智呢？」荊州府道：「本府說你無智卻也無不可，你可聽本府一一告訴於你，爾就知本府說的話不錯，爾也就可知不智的道理了。你未受人家的大恩惠，甘為人家指使，來作此大逆無道之事，以致罪犯天條，一不智也。既來行刺，而又不能成事，反至被捉，徒欲以一死報相託之人，反致自家皮肉吃苦，二不智也。既被嚴刑拷問，痛楚交加，就該供出指使之人，不但可免拷打，還可為自家分罪，以重減輕。爾乃計不及此，以為我是個英雄好漢，一人作事一人當，何必將指使之人拖出。不知爾之罪係為他指使而得，爾不將他招出是你因他得罪，那指使的人反得逍遙法外，無罪可名耳，是爾代他甘受淩遲之苦，三不智也。有此三不智，爾尚得謂之英雄好漢麼？夫所謂英雄好漢，第一要恩怨分明，其次要見識廣大，方算得是個英雄好漢。如爾這般行徑，不但不是英雄，不是好漢，真如一個無知的木偶，上了人家當，自己有殺身之禍，還自命是英雄好漢，不肯將指使的這人供招，情願代他一死，怎教本府不可惜你是愚而無智麼？你到仔細想想本府的話，可錯也不錯？」

趙虎聽了這番話，忽然大聲說道：「大老爺，你竟是個好官，咱家被你這番話說得咱佩服倒地。咱雖淩遲處死也要感激你的。你老說是愚而無智，咱這會兒仔細想來，真個是愚而無智。不但咱家愚而無智，連咱這結義哥哥也是愚而無智，全個兒上了那忘八羔子的當！咱家供了罷。」荊州府聽他說這話，又復說道：「爾現在可明白了，這才算是英雄好漢噓。爾可快招上來，好使本府給你錄下口供，明早送呈聖上看過，本府奏明，代你把這淩遲的罪脫卸到指使你行刺的那人身上去，好使你們不受這淩遲之苦，你快招了罷。」

趙虎當下便望錢龍說道：「大哥，咱家招了，你也招出那忘八羔子，好讓他代咱弟兄們分分罷。不然，咱家弟兄受了這許多的苦，將來還要凌遲，他反得逍遙無事，咱們弟兄不算是給他白死了麼？大哥，咱們招罷。」此時錢龍也知追悔，因聞趙虎之言，便說道：「老兄弟，咱與你一樣的口供，一樣被人指使，你招就是了。」

趙虎因供道：「大老爺容稟：小人本是德化縣監內的盜犯。因寧王宸濠兵屯樵舍，當時因糧餉不足，遣派雷大春攻打九江。將九江府攻打開來，雷大春便搜括倉庫，又去劫獄翻監，將小人等放出獄來，與雷大春一齊到了樵舍。又經雷大春保薦，將小人薦在寧王駕下當差。後來寧王見小人武藝高強，就封了小人與錢龍的官，喚作甚麼游擊將軍，專為預備與王守仁對敵。不到數日，有個京城太監，喚作甚麼張銳，差了一個人來，喚作陸寶，並帶張銳的書信，說是萬歲不日親征，分兩枝兵，一枝兵趨南京，一枝兵趨江西。南京的兵是威武副將軍許泰統領，江西的一枝兵是聖上與太監張忠、左都督劉暉統帶。那信上卻是使宸濠遣人半途行刺，將聖上刺死，寧王便可登大寶了，因此寧王就生了這行刺的心。當時便叫小人與錢龍二人比武，那時小人以為這習武本軍中應有之事，不足為怪。哪知到了比武這日，他卻不使小人比試槍棒，卻使小人演試飛簷走壁之能。小人當時也不知他是何用意，即與錢龍二人比了一回，寧王便與小人說道：『現在聖上要來親征，孤家與他有敵國之仇，你今有此本領，能代孤將那昏王刺死，孤隨後登了大寶，當封你為平肩王。』小人與錢龍二人聽了他這一派言語，不期為他所惑，當時就答應他前來，以為把聖上刺死，小人隨後就可得封王位。不料作事不成，反為焦大鵬所捉。這事雖小人作事不慎，然仔細想來，究竟為他所惑，誤信寧王之言，作出這彌天的大禍！這都是小人與錢龍的實在口供，並無半字虛言，大老爺也可據情覆命了。」

荊州府聽了這番話，因道：「還有甚麼別項情節麼？」趙虎道：「再無別項情節了。」荊州府道：「既無別項情節，你可畫了供來。」趙虎答應。當有差役將供單擲下，趙虎先畫了口供；又拿到錢龍面前使錢龍畫過。荊州府便命將他二人分別寄監。忽見焦大鵬走到荊州府面前，向他耳畔說了兩句話，荊州府點頭，立刻著人將錢龍、趙虎拉翻在地，將腿筋挑出，然後上了大刑，分別寄監而去。焦大鵬也就告別，仍回大營。

這裡荊州府連夜修了本章，並將供詞敘入表章之內，等到五更三點，便換了朝服，直奔行宮而來。此時，隨扈各大臣已都在朝房預備早朝，一見荊州府進來，大家向前齊說道：「貴府真是幹員，居然一夜能將那兩個刺客實供問出，又能不辱君命，可敬可敬。」荊州府道：「此皆託各位大人的洪福罷了，卑府哪裡有甚麼才幹，這總是各位大人過獎。」

正議論間，已聽得靜鞭三響，武宗升殿，諸臣便一個個趨赴金階。朝參已畢，分班侍立。當有荊州府知府孫理文出班跪下，手捧表章，口中奏道：「臣荊州府知府孫理文，昨欽奉聖旨，飭令嚴審刺客錢龍、趙虎二人有無指使各情節。臣回署後，當即將該刺客嚴加審問，處以重刑。該刺客始則熬刑不招，堅稱並無指使；復經臣再三開導，以言相誘，後來才供出係寧王宸濠指使前來。該二犯所供如一，又經臣嚴加駁詰，毫無狡展。茲將原供並錄，恭呈聖覽，候旨聖裁。再據焦大鵬聲稱，該二犯本領高強，雖此時監禁，難保無越獄情事，因與臣一再商議，先將該二犯腿筋挑斷，現在分別寄監，候旨定奪。」說著，將表章呈上。當有值殿大臣接過來，擺在御案面上。武宗打開表章，從頭至尾看了一遍，龍顏大怒，道：「原來太監張銳也與他私通，朕如何能容這兩個逆賊幸逃法外！張銳俟朕班師回京後，再行嚴訊他的口供，從重治罪。現在錢龍、趙虎既已審問明白，著即將該二犯淩遲處死。荊州府孫理文辦事迅速，著加一級調用。錢龍、趙虎即著孫理文監斬。」當下孫理文謝恩畢，武宗也就退朝，文官皆散。畢竟後事如何，且聽下回分解。

第一百六十九回　伍定謀遺書約戰　一枝梅奉調進兵

話說荊州府退朝出來，回至衙門，即刻將城內守城營官、兵卒傳齊，升坐大堂，立將錢龍、趙虎二名刺客提出監來，當堂捆縛，押往法場淩遲處死。復將首級帶回，懸竿示眾。當下孫理文又去覆命。武宗知錢龍、趙虎業已如法淩遲處死，也就傳出旨來，令各營拔隊，星夜馳往南昌，自己亦於即日起蹕。這道旨意一下，當時各營哪敢怠慢，也就即刻拔隊起程。隨駕各大臣自然護衛聖駕起蹕，風馳電掣，直望南昌進發，暫且慢表。

再說宸濠兵屯樵舍，既立水師聯為方陣，準備與王守仁抵敵。這日王守仁便聚眾將議道：「現在逆賊結舟為陣，雖經伍定謀前來獻計，但是伍定謀已去了數日，不見回信，本帥心甚盼望。又不知他的渡船何日可到。諸位將軍有何妙策可以攻破逆賊的水寨，儘管說出，大家商議。能早一日將逆賊捉住，即使聖駕到來，亦可就近獻俘，免得再勞聖駕親征了。」諸將皆面面相覷，毫無破敵之策。只見徐鳴皋說道：「元帥勿憂，末將料伍知府既來獻策，他定有奇謀。渡船未即來到者，或尚有應用各物未備，不便先使渡船過來，恐稍有未備，臨時反多掣肘，是以斟酌盡善，必使萬無一失。此亦臨事而懼、好謀而成之道也。元帥請待三日，若三日後仍無消息，末將願潛赴南康一行，促其速成，以便早日進攻。」王元帥聽罷道：「某亦有此意，且俟三日後再作計議便了。」眾將退出，一日無話。

到了次日，又各去大帳議事。正議論間，忽見卜大武走進來。大家一見，驚問道：「卜將軍何以獨自回來，有甚麼要事？」卜大武道：「只因奉了伍大人之命，押渡船過江，現在各渡船已陸續到齊，分布支河汊港，聽候調遣。」大家一聽，喜不自禁。卜大武又問道：「元帥現在哪裡？」徐慶道：「元帥就要升帳了。」卜大武道：「我還有要話與元帥說。」徐鳴臯道：「將軍有甚麼要話麼？」卜大武道：「伍大人臨行時曾屢言諄囑：請元帥不必著急，他在那裡日夜思慮，想那一戰勝齊的妙策，旦暮❶必有書來，務請元帥見書後再行出隊。若其不勝，伍大人說願以軍法從事。」徐鳴臯道：「伍大人謀定後戰，深得古人用兵之法。他既有此說，必定有絕好的奇謀。且俟元帥升帳，某等當附和其說，以堅元帥之志便了。」

少刻，元帥升帳，眾將參見畢，卜大武便上前說道：「伍大人再三上覆元帥，現在預備火攻之船業已齊備，其餘渡船亦著令末將陸續押渡過來，現在分布支河汊港，一來使逆賊毫不防備，二來等各事齊全，即請元帥撥兵飛渡。旦暮伍大人尚有書來，並屬令將情致意元帥：一經書到，務請元帥遣調。若其不勝，伍大人說願甘軍法從事。」王元帥聽罷，道：「本帥亦深知伍定謀謀略勝人，他此次謀定後戰，諒非食言。本帥當等他的書信照辦便了。」

正說之間，外面小軍進來報道：「稟元帥，現在帳外有個漁人，從對岸來的，說是奉伍大人之命，特地呈書到此，並有要話面說。」王守仁道：「將他帶進。」小軍答道，即刻退至帳外，將那個漁人帶進來。那漁人走到王元帥帳前，跪下稟道：「小人特奉伍大人之命，前來下書，務請元帥照書差遣，不

❶ 旦暮：此指短時期內。

可有誤。」王元帥道：「書在哪裡？可呈遞上來。」那漁人即從貼肉將書取出，呈遞上去。王元帥接在手中，拆開來細細看道，只見上面寫著：

知吉安府事伍定謀頓首謹上書於介生大元戎麾下：前者面呈一切，某回營後日夜趕辦，刻❷已齊備。渡江各舟，已派遣卜將軍陸續押解飛渡，近日想已渡岸。所有大略，已請卜將軍先行具告❸，大元戎當已有所聞。邇者探得逆賊劫取九江之糧，悉屯於西山之北。某現定於二十六夜親帥舟師，先攻其屯糧之所；然後即以得勝之兵攻水寨。一面再撥一枝梅所部各軍，截其陸營，使賊兼顧不暇。這兩路皆用火攻。元帥請於先一日率師渡江，攻彼水寨，萬不可勝，略戰即回，所以驕賊之心，使賊解弛，即乘其驕以破之也。二十七日黎明，潛渡上游，乘舟縱火。元帥亦即於黎明飛渡過湖。分兵一半，以助一枝梅攻賊旱寨；一半由下游上駛，以便夾擊。逆賊雖悍，不患其不為我擒也。幸元帥明察勿疑。若其不勝，願以首領❹上獻。某再三籌畫，謹馳書以聞。如蒙賜教，乞付去手為盼。定謀再頓。

王元帥將書看畢，大喜道：「伍太守之謀，誠可謂盡善盡美。」於是便將書中各節，一一告知眾將，諸將亦喜。又重賞來人，並望來人說道：「今本帥有回書一封，付爾謹慎帶去，多多上覆伍大人，就說

❷ 刻：今；現在。
❸ 具告：詳細告知。
❹ 首領：頭和脖子。此指性命。

本帥屆期照辦便了。」來人謝了賞，站在一旁，候王元帥作書回覆。不一刻，元帥作書已畢，交付來人藏好，隨即告辭而去，連夜偷渡過湖。

到了南康，將書呈上。伍定謀看道：

來字諭悉。老謀深算，佩服，佩服。某聞命矣，屆期當遵照調度，以副雅屬。時因去便，不盡所言。介生上覆。

伍定謀看書已畢，立刻備了咨文，飛飭心腹馳往安慶，調取一枝梅，急急潛師，倍道趲趕，務限九月廿六黎明縱火，進攻樵舍逆賊旱寨。此正九月十九日。

不一日，一枝梅接到來文，當即會同周湘帆、李武、羅季芳商議道：「今接伍定謀來文，約某等即日拔隊，潛師倍道趲趕，道出南康，務於廿六黎明進攻樵舍，縱火焚燒賊寨。某意若大隊一齊前往，恐為敵人知覺，不若分兵四路，均間道而行，繞出樵舍之後。約齊廿六黎明四面縱火，焚燒賊寨，較有把握。且可避沿途耳目。」周湘帆道：「在小弟之意，以三路取旱道趲趕而進，以一路由湖口直達鄱陽湖登岸，似更神速。」一枝梅道：「賢弟之言雖善，但取道鄱陽非船不行，且為誰人管帶？」周湘帆道：「小弟願領此任。」一枝梅道：「萬一被逆賊覷破，將如之何？」周湘帆道：「就便取道鄱陽，也非明進。可用漁舟將兵載入，日間不行，夜間偷發，逆賊又何由得知？」一枝梅道：「如此辦法亦好。」當下即暗派心腹，在沿江一帶將漁舟雇定多隻，即日分別四路，直向樵舍進發。又將此等章程，密差心腹先行馳往南康伍定謀營中呈報。

這日伍定謀接到這個信息，好生歡喜，便命王能、徐壽二人，每人分帶舟師二十艘，分兩路進攻西山。一由東路進兵，一由西路進兵。一至西山，即捨舟登陸，各帶火種，務限二十五夜三更登岸。但聽炮聲響處，即便縱火延燒。若使賊兵向北路而逃，不必追趕。可急急回軍，登舟望上游潛渡，繞出逆賊水師之後，出其不意，一齊將大船燒著，撞入賊寨方陣之中，那時自有兵接應。此二日尚不出兵，可先將船放出鄱陽湖迤南，權為習練，不必鳴鼓，以防逆賊知覺。此時王能、徐壽心中十分喜悅，他因為沙場大戰習慣自然，毫不足怪，卻未身經水戰，現在厲令他水戰，他覺得有趣非常，登時答應而去。畢竟後事如何，且看下回分解。

第一百七十回　鄱陽湖輕舟試練　潛谷口黑夜燒糧

話說王能、徐壽奉了伍定謀之令，即各帶輕舟二十隻，掩旗息鼓，放出鄱陽湖操練。初上船時，覺得有些顛簸；歷練了半日，便不覺有顛簸之狀。於是一連二日二夜，皆在湖上習練。到了二十五日傍晚，才將這四十隻快舟收進港口。果然宸濠毫無知覺。因這鄱陽湖東西闊四十里，南北長三百里，湖面寬闊而又掩旗息鼓，所以賊寨毫不知覺。四十艘快舟收入港口，只待夜間三更時分，前去西山燒糧。暫且按下。

再說王元帥到了廿五這日，即將卜大武押運來的船隻，從支河汊港中調出，沿湖岸一字擺開，上插旗幡，中藏金鼓，令徐鳴皋為水師中軍，狄洪道副之；徐慶為水師右軍，包行恭副之；楊小舫為左軍，卜大武副之。各帶輕舟二十隻，分三路去攻他的方陣，不必勝，略戰急回，不可誤事。徐鳴皋等一齊得令，即刻分撥各兵卒上了船隻，每船載兵二百，搖旗吶喊，金鼓齊鳴，兩邊四下一齊輪轉櫓棹，望湖面上飛去。原來樵舍在南昌斜對岸，離南康百二十里，距南昌西岸不過五六十里湖面。不一會，這六十隻快船如飛也似已離賊寨水師不遠，船中金鼓打得聲震蛟龍。

宸濠在陸寨內聽得湖面上有金鼓之聲，知道王守仁率水師前來攻打方陣，即刻傳令水師各營，務要盡力阻禦，不可任他攻進水寨。雷大春、吉文龍、周世熊、吳雲豹四人早已見敵軍飛棹而來，卻也早為預備。看看徐鳴皐等這三路水師衝波逐浪而至，只見敵船上為首一員大將坐在船頭上，大喝道：「吾徐鳴皐是也！誰敢來與吾決戰？」一言未畢，雷大春只將青旗招颭，倏忽間衝出一排船來。徐鳴皐在船頭上看得真切，但見賊船那一排卻用鐵索鎖鏈，兩邊四下鼓動棹槳，真是如履平地，毫不顛簸，直望下游衝撞過來。徐鳴皐見敵船來得凶猛，隨即傳令：「將二十隻快船一齊散開，不使賊船衝撞。」一聲令下，所部的二十隻各各分散四面，只在湖中周轉如飛，團團的圍住了賊船廝殺。雷大春一見如此，也就手執兵器，又飭令撓鉤手，但見敵船附近，便去鉤搭。究竟賊船力量大，在湖中衝波逐浪，毫不搖動。徐鳴皐這二十隻船經不起浪打，只在湖面上顛簸不定。徐鳴皐看見恐怕有失，即命收兵。這二十隻船一齊收住篷腳，直望南昌回去。

那徐慶、楊小舫左右二軍，直衝到賊寨相近。賊將周世熊、吳雲豹也各率左右兩軍衝殺過來。賊隊是排船，我軍是快船，也不能抵敵，只得收兵，仍回南昌而去。賊軍前、左、右三隊見官軍大敗，又追趕了一陣。無如官軍拽起風帆，早已到了對岸，追之不及，只得仍回樵舍。

當下宸濠在岸上看見自家的水師操縱自如，敵軍不能抵當，心中大喜，遙指南昌說道：「王守仁，王守仁，今孤欲聯舟作陣，看你尚有何妙策來破孤家的水軍麼？」因顧左右道：「若非李軍師獻此奇謀，何能使敵軍不戰而退呢？」說罷，策馬回營而去。

不一會，雷大春等收了隊，即捨舟登陸，來到大寨報功。宸濠又誇讚一番，並令他仍小心防守。雷大春道：「軍師以此奇謀聯舟作陣，哪怕敵軍再多，又何能來破麼？真乃萬全之策也。」宸濠聽了雷大春這句話，更覺得意，因與雷大春道：「將軍且緩到船，就在此用過午飯，孤同將軍再將那船隻操練一回，以助今日出兵大勝。」雷大春等便不上船，即在大帳內吃飯。不一會，午飯已畢，宸濠便與雷大春等一同上船，當命各軍拽起風帆，在湖面上往來駕駛。操演了大半日，直至日落西山，方才收隊。這日宸濠就在船中歇宿。水師各軍因日間操演用力甚多，不免大家辛苦，因也放心大膽各去睡臥，只留了二三十人看更。

卻說伍定謀到了初更時分，便與王能、徐壽督率快舟盪出港口，分兩路直望樵舍西山進發。原來這西山離南康只五六十里，距樵舍亦只二十餘里。此山一名夾山，三面背湖，一面是來往樵舍的大道。宸濠屯糧之地，只在西山之下，名曰潛谷。此間只有五百名兵卒、兩員牙將在此看守。這兩員牙將，一喚石時，一喚許肅。此二人最喜飲酒，是日亦飲得酒醉，臥於帳外。伍定謀督率著四十隻快船出了港口，將近三更時分，已到西山。伍定謀叫各軍攜了火種，每人攜帶束草一把，棄舟登岸，每船只留十人看守船隻。各軍隨著伍定謀、徐壽、王能三人暗暗趕到潛谷，一聲吶喊，各軍將火種引著，燒著束草，一齊向潛谷堆糧之處拋去。一霎時，火焰四起，煙迷四空，喊殺之聲，震動天地。時石時、許肅等尚醉臥未醒，從醉夢中驚覺，再一望時，見周圍火光烘天，知道糧草被人燒劫。不顧前去救火，只得急急奔出谷口，欲去逃命。哪知尚未出谷，早被自家兵馬踐踏而死。那五百名賊兵有被燒死的，有被官軍砍傷而死的，也折傷了有一大半。看看火勢將滅，樵舍並無兵前來救應，伍定謀當又傳令各軍，速速回船。各軍答應，不一刻齊上了船，一齊拽起風帆，向上游潛渡。暫且不表。

再說宸濠在船中，是晚亦與雷大春等痛飲，潛谷糧草被人燒劫，他卻絕不知道。李自然在旱寨內，到了三更後，偶然步出帳外小溺，忽見西面一片火光烘天，叫道：「不好！此火逼近在屯糧之所，恐有敵人前來燒糧。」當下進了大帳，即刻去請鄴天慶。一面飛身上馬，馳往水寨中送信。不一刻鄴天慶已到，李自然道：「將軍可速帶人馬前往西山救應，你看西山這一派火光，逼近屯糧之所，定有敵人前來燒糧。千歲前，我已著人去報，將軍可速前去，不能再緩了。好在潛谷離此不遠，趲趕前去，或有可救。不然糧草燒盡，我軍無糧，雖有方陣，無所用矣。」

鄴天慶聞言，哪敢怠慢，也就撥了三千輕騎，即刻飛奔而去。沿途遇見敗回的小軍，聲稱潛谷糧草已被敵人燒著，鄴天慶便問：「守糧官何在？」小軍回道：「恐守糧官亦被燒死。現在敵人尚未退去，還在那裡放火掩殺，將軍如趕得快，即使糧草難救，敵人還可殺他一陣。」鄴天慶聽罷，也不望下追問，只顧趕向前去。不一刻到了潛谷。時已四更將盡，敵人沒有一個；再看屯糧之處，業已燒得空空，只餘剩灰燼而已。當下便尋著兩三個小軍，追問敵人從何處而來，方知潛渡上岸。又問：「守糧官現往何處？」小軍言道：「想已死在火中。」鄴天慶道：「爾等何以知守糧官死在火內？」小軍道：「小的聞得守糧官終日在此飲酒，當敵軍到此之時，恐怕守糧官尚沉醉未醒。因此度之，豈有不死烈火之理？」鄴天慶又往西山之後看視一遍，哪裡見有一個敵軍！只得長歎一聲，收軍回去。

時已天明，方走至半路，忽有一騎馬如飛風跑來。跑到鄴天慶面前，大叫說道：「將軍請速速回樵舍！現在方舟陣與旱寨一齊著火。不料無數敵軍殺到，四路縱火，大殺起來，請將軍速速往救。」鄴天慶聽了此言，只嚇得魂不附體，幾乎墜馬。此時也不便追問，只得趕令各軍飛奔回去，以便救應。走未多遠，忽有一騎馬飛來報道：「請將軍速回水師，旱寨已將延燒殆盡了！」說罷，復又飛奔回去。鄴天慶更加不知所措，只顧催督各軍趲趕前進。未走移時，又有一騎馬飛來報道：「現在水陸兩路全行燒毀，李軍師不知去向，千歲才由水師登岸，雜在亂軍之中，立待將軍回去，便要與將軍一同往逃性命。」鄴天慶不等他說完，又將馬加上一鞭，飛奔望樵舍而去。及至樵舍，那火勢尚未減少；再看那二十餘座營盤，只燒得烈烈烘烘，不可撲滅，只得棄了大營，去尋宸濠。不知鄴天慶果能將宸濠尋得出來，且看下回分解。

第一百七十一回 用奇謀官軍縱火 施奮勇賊將亡身

話說鄴天慶急急由西山奔回樵舍，已見岸上那二十四座營盤，被燒得火焰騰空，不可向邇，只得去尋找宸濠，以便逃遁。

話分兩頭。且說徐鳴皋自二十五日間與宸濠水師略戰了一會，便自收兵。王元帥到了初更時分，又分別渡軍過湖，仍以徐鳴皋、卜大武、徐慶、包行恭、狄洪道等人督隊前往。到了三更以後，將近四更已到，對岸徐慶、包行恭二人即分兵一半，去燒岸上的賊寨。徐鳴皋、卜大武、狄洪道三人仍督著水師快船由下游上駛。

再說伍定謀由西山燒糧之後，隨即駕舟潛渡上游，繞至方陣之後，卻好黎明，又值西北風大作，即將四十艘上裝魚油、束草，上加硫磺、焰硝的快船一字排開，引著火，一齊由方陣背後乘風而下，直撞入方陣之內。登時賊軍水寨方陣全行燒著，一霎時火趁風威，風助火勢，紅光照水，煙焰障天。宸濠的船隻又被鐵鎖鎖住，不能拆開，無處逃避。宸濠正在著急，急望岸上的兵駕船來救。回頭一看，遙見岸上的營寨也是一派通紅，漫天徹地，盡被燒著。宸濠欲逃上岸，卻又被水阻住，不能跳下。此時雷大春已由前隊斬斷一隻小船，飛划而來，高聲叫道：「千歲勿驚，雷大春在此。千歲速速下船上岸。」宸濠見雷大春來救，方才心定，當即逃下小船。雷大春催督水手盡力飛划。

走尚未遠，忽見下游迎面撞近一隻船來，船頭上站著一人，手執大刀，大聲喊道：「逆賊休走，大將徐鳴皐在此！」宸濠一見，心膽俱裂，連忙躲進艙中。雷大春也喝道：「來將休得猖狂，看箭！」說著拈弓搭箭，一箭射去，正中徐鳴皐盔纓。本來這一箭係認定徐鳴皐咽喉而來，不意被風一吹，翻揚上去，卻好將盔纓射落。徐鳴皐這一吃驚，恐怕他又有第二枝箭來，不敢疏忽，便去留神防敵人再有箭射到。有這一息工夫，雷大春即將船舵一轉，那船便走開去，又值風大水急，直望下游溜去。

徐鳴皐正待追下，已是不及，只得望上溜，竭力飛划。再一看時，見上游的方陣已燒得烈焰飛騰，不可向邇，那一片號哭之聲，震天動地。徐鳴皐心中一想：「賊寨水師業已燒完，我何必再往上流？而且宸濠已往下游逃走，他必然上岸躲避，我何不也追上岸？」因即將船攏了岸，捨舟登陸，又去追尋宸濠。卻好遇見一枝梅由賊隊旱寨後面殺到。徐鳴皐一見，大喊道：「慕容賢弟，可看見宸濠麼？」一枝梅聞有人叫他名字，再看看是徐鳴皐，因也答道：「大哥來得卻好，宸濠卻未瞧見，我們可會合一處，去殺他的大隊人馬罷。」徐鳴皐道：「徒殺眾軍，終無濟事，自古道『擒賊必擒王』，只要將賊首擒住，就可解散了。」一枝梅道：「既如此，我便與你尋找逆賊，這裡好在有李武等在此。」徐鳴皐道：「徐慶、包行恭也過來了，況且賊寨也燒著，賊軍已亂，放著他五六人在此，也夠抵敵的了。」說著便與一枝梅二人撇了長兵，拔出利刃，仍拿出飛簷走壁的武藝，直望下游一帶趕去。

順著岸尋了好一會，只是尋不著。卻好遇見周湘帆才由水路趕到，率兵登岸。一枝梅一見，大叫道：「周賢弟，你來遲了。水陸二寨全破了。」周湘帆道：「非是小弟故來遲，適因風頭不順所致。既已水陸二寨俱破，逆賊曾捉住麼？」一枝梅道：「便是愚兄與徐大哥去追尋逆賊。」周湘帆道：「你二位曾見逆賊往何處而去?」徐鳴皐便道:「愚兄見他乘著一隻小船往下游去了。」周湘帆道:「小弟方才來時,見有一隻小船拽著風帆,快似箭發,走到夾湖口,已進了港門,不知可是宸濠的坐船?」徐鳴皐道:「這船是何式樣?」周湘帆道:「是一隻矮篷的飛划。」徐鳴皐道:「一些不錯了。賢弟既見他進了港口,我們就向那裡尋去罷。」說著,即帶了周湘帆所部的兵卒,如旋風般直望夾湖一帶去尋。這且慢表。

再說伍定謀帶著四十艘火船,將賊寨水軍的方陣燒著,正在逢人便殺,忽見雷大春將宸濠救出水寨,即趕緊分撥王能、徐壽追趕下來,哪知被煙焰迷住船路,已經追趕不著。只得將船攏岸,登岸去擒,卻撞著鄴天慶由西山聞警趕回。一見面,更不打話,徐壽、王能即與鄴天慶大殺起來。鄴天慶也是尋找宸濠心急,無心戀戰,且戰且走。徐壽、王能哪裡肯捨,緊緊相追。

正殺之間,忽見一枝兵從對面殺到,軍中齊聲高叫:「莫要放走了這賊呀!」徐壽、王能聽得清爽,知是自家兵馬,更加抖擻精神。原來是徐慶、包行恭二人,帶領所部人馬殺到。徐壽、王能一見,也即喊道:「徐大哥、包賢弟,我們便一塊兒殺呀!」一聲未畢,只見徐慶手一招,那所部的兵馬一齊圍裹上來,將鄴天慶困在中間,如鐵桶相似。鄴天慶此時已把個「死」字放在度外,只是奮力廝殺,左衝右突。但見他一枝方天畫戟,猶如怒龍攪海一般,上下、前後、左右飛舞亂挑。徐慶、包行恭、王能也是奮勇相鬥,不讓分毫,只殺得血濺半空,沙塵撲地。鄴天慶雖然勇猛,究竟寡不敵眾,漸漸的抵敵不住。只聽他一聲大喝,那畫戟一擺,即刻殺了一路血槽,把馬一夾,只望東南上落荒而走。徐慶等四人哪裡肯捨,又復緊緊追來。鄴天慶在前,徐慶等四人在後。鄴天慶被趕得急迫,隨即拈弓搭箭,等徐慶等趕得切近,即認定徐慶,「颼」的一聲放了一箭。徐慶等只顧貪著前去追趕,卻不提防他有箭射到,卻好肩窩上中了一箭。徐慶不敢追趕，只得停住了腳步。包行恭等三人見徐慶停步不發，知道是因中箭，大家也就停了腳步，讓鄴天慶敗逃而去。

哪知鄴天慶在馬上直望東南逃走，去尋宸濠。正走之間，忽見斜刺裡飛出三四個人來，一隊步兵，攔住去路。鄴天慶一見，不是別人，正是徐鳴皋、一枝梅、周湘帆等三人，去尋宸濠不著，復趕回來，正遇鄴天慶。更不打話，各人掄起兵器便殺上來。鄴天慶此時已是殺得精疲力盡。又遇這三個生力軍，可是萬萬抵敵不住。又因攔住去路，不能前進，也只好勉力廝殺。三個步下，一個馬上：徐鳴皋等三人只顧躥上躥下，跳前跳後，團團的只望鄴天慶致命上亂砍亂刺；鄴天慶也就遮攔隔架，閃躲跳躍，顧前顧後，護人護馬，極盡所長。哪裡曉得人雖勇猛，馬力不如，忽見那馬失了前蹄，跪了下去。鄴天慶說聲：「不好！」也就望前一傾，算是從馬頭上翻了一個觔斗，栽倒在地。此時一枝梅、徐鳴皋、周湘帆三人哪敢怠緩，立刻飛跳上前，舉起刀來一陣亂砍，鄴天慶早已動彈不得。徐鳴皋便即上前割了首級。大家說道：「這個匹夫，今日將他殺死，即使宸濠不及捉住，他也無所恃了！」大家大喜，也就帶了首級，回轉而去。

此時天已有巳末午初的時分，回至樵舍，見水陸兩寨火已熄滅，但是一派灰塵並一陣陣的臭味，大家見著也覺傷心慘目。即此一把火，將宸濠所有的兵將殺的殺、燒的燒，都已死亡殆盡，不過逃走了有二三千小卒，各處分散而去。李自然亦死在火窟之中，只有雷大春與宸濠，不知去向。

此時伍定謀已由湖內登岸，大家會合一處，卻是伍定謀、徐鳴皋、徐慶、一枝梅、羅季芳、狄洪道、周湘帆、包行恭、楊小舫、王能、李武、卜大武、徐壽共計十三位，只少了一個焦大鵬，一個伍天熊。

「雖焦大鵬現在沿途保駕，伍天熊未曾渡湖，在大營內與王元帥守營。這十三位聚在一起，大家說道：只逃走宸濠、雷大春二人，有此大獲全勝，也不患宸濠再起勢了。」伍定謀道：「某料宸濠必逃走不遠，哪幾位將軍願去分頭尋覓？」當下徐鳴皋、一枝梅、徐慶、周湘帆四人應聲而道：「某等願往。」伍定謀道：「既是四位將軍願去，可即分頭各守要隘，明查暗訪。我等先報與王元帥知道，請他放心。即請他仍駐紮南昌候駕，我等暫行屯兵於此，以為犄角之勢。或俟聖駕到後，或俟宸濠就擒，再行合兵一處。」說罷，徐鳴皋等四人也就離了樵舍，往各處分尋宸濠、雷大春去了。畢竟宸濠何日就擒，且聽下回分解。

第一百七十二回　覲天顏元帥辭功　奏逆狀妻妃引罪

話說徐鳴皋與一枝梅、徐慶、周湘帆四人分頭尋訪宸濠而去。這裡伍定謀便將各部兵士聚集一處，安下營寨；又派了王能、李武過湖前往南昌報捷。王元帥見他二人回來報捷，好不歡喜，當下便問了火燒水旱二寨的情形。王能、李武細細說了一遍；又說宸濠、雷大春在逃，現在徐鳴皋、徐慶、一枝梅、周湘帆四人分頭往各處尋覓下落以便擒捉。王元帥聽說，不免又懊悔一番，恨未能即時擒獲。當下便命王、李二將出去歇息不提。

再說明武宗自荊州起蹕後，沿途趲趕，這日已離南昌不遠。當有探馬報入南昌。王守仁聽說聖駕已將次行抵，即便派令合營大小將士往南郊迎接；又飛飭差弁往樵舍調回伍定謀所部各軍。

這日聖駕已到，王守仁迎接後即請武宗以寧王府為行宮，武宗也甚願意，一齊隨駕入城。此時寧王府早經重加修飾。武宗進入行宮，百官朝見已畢。武宗便問王守仁道：「現在宸濠究竟擒獲到否？」王守仁奏道：「宸濠與雷大春在逃，臣已飛飭徐鳴皋、周湘帆、一枝梅、徐慶前往各處明查暗訪，務要成擒。現已去了六七日，尚未據報，該游擊等亦未回營。」武宗道：「此次宸濠不但背叛，而且暗派刺客行刺朕躬，實屬罪大惡極，若非卿遣使焦大鵬前去救駕，朕竟為該賊所算。宸濠如此妄為，何能使彼漏網？」王守仁道：「既經臣派令該游擊等四處訪拿，諒也不致漏網。」武宗道：「宸濠家小及宜春王拱櫞，現在還在監禁麼？」王守仁道：「此皆係要犯，臣不敢擅自作主，伏候聖裁。」武宗道：「朕聞得宸濠有個妻妃，這妃子甚賢。卿也曾聞人所言否？」守仁道：「臣也聽說。」武宗道：「妻妃也監禁麼？」王守仁道：「所有寧王府諸人，現在全行分別監禁，等候聖旨定奪。」武宗道：「此次卿很辛苦了。轉戰兩年餘，不曾休息得一刻，朕甚記念。」守仁道：「陛下恩典，此皆臣分內之事。惟臣毫無知識，全賴眾將身先士卒，不辭勞瘁。」武宗道：「雖有士卒勤勞，總賴主將運籌帷幄。卿此次之功，實非淺鮮。」守仁道：「臣不敢自居其功，此次火燒樵舍，能使逆王全軍覆沒，皆吉安府知府伍定謀再三籌畫，謀定後戰，以致一鼓而成。伍定謀誠屬膽略並優，其智謀在臣之上。」武宗道：「據卿所奏，這伍定謀倒是個才智之士了。」王守仁道：「不但才智，而且極有膽略。」武宗道：「伍定謀現在這裡麼？」王守仁道：「現尚屯兵樵舍，臣業已調取前來，尚未行抵。」

武宗道：「眾將之中，如徐鳴皋等這十二人，究以誰人為最？」守仁道：「智謀膽識，忠肝義膽，個個皆然，實為國家的梁棟。」武宗道：「前者卿兵屯吉安時，那個非幻道人與徐鴻儒、余七擺的那非非陣，後來到底是怎樣破的呢？」守仁道：「破那非非陣，固賴七子十三生之力，其實賴一個女子余秀英之力居多。」武宗道：「這余秀英又是何人呢？」守仁道：「這余秀英出身並不正道，即是余七之妹、白蓮教徐鴻儒之徒。只因一念之誠，棄邪歸正。又據玄貞子所言，余秀英係與游擊徐鳴皋有姻緣之分。當徐鳴皋陷陣之時，後來即為余秀英相救，得以保全性命。及至破陣之時，余秀英又送出兩件寶物，非非陣之破，實賴余秀英之力為多。破陣之後，臣見其有功於國，而又據玄貞子一再諄囑，務令臣使徐鳴皋與余秀英二人配為婚姻；將來大破離宮，尚非余秀英不可。臣不敢逆玄貞子之言而又負余秀英之望，因此作權宜之計，即令徐鳴臯草草完姻。後來到了南昌，去破逆王的離宮，皆徐鳴臯、余秀英二人之力。」武宗道：「既然余秀英改邪歸正，有功於國，使他二人成為夫婦，也在人情之中。朕聞離宮內所藏珍寶及貴重器物甚多，卿可曾一一檢視麼？」守仁道：「每件必記簿登明，以備欽核。現在臣已經將離宮門封鎖，另派心腹將士看守，以防失誤。」武宗問了一遍，當命守仁等各官退出，聖駕回宮。

到了午後，傳出諭旨三道：一命王守仁傳旨，著各省、府、州、縣，無論軍民人等，一體捉拿宸濠，如有隱匿不報者同罪。一命各路勤王之師概行即日撤退，各歸職守。一命飛飭許泰所部大軍，即日由南京仍撤回京師。王守仁接到這三道諭旨，也就即刻分別趕辦出去。你道武宗如何才到南昌就知宸濠逃遁？原來王守仁聞樵舍克復，即飛奏報捷，所以武宗在半路就知道了。王守仁將奉旨的各事辦畢，又將焦大鵬傳來問明救駕情形，焦大鵬也細細說了一遍。

次日早朝，王守仁復又進行宮參見。武宗升殿，各官朝見已畢，武宗便望守仁道：「朕午朝審訊宜春王拱樤並妻妃，卿屆時可將拱樤及妻妃押解前來，聽候訊問。」王守仁遵旨，武宗退朝，各官朝散。

到了午後，王守仁即將宜春王拱樤並妻妃二人提出來，先帶入宮門報到。當有黃門官傳奏進去。一會子，武宗升坐便殿，飭令帶宜春王拱樤。王守仁遵旨，將拱樤帶入。拱樤膝行上殿，跪到金階，口稱萬歲，磕頭不已。武宗問道：「爾為親王，不思報國，反縱宸濠謀叛。爾自奏來，該當何罪？」拱樤到了此時，也是無可話說，只得說道：「臣罪該萬死，雖粉身碎骨，不足以蔽其辜。可否仰懇天恩，賜臣速死，這就是陛下格外洪恩了。」武宗道：「你現在知罪了。你可知道背叛朝廷，罪當滅族麼！」拱樤道：「臣知罪不容誅，求恩速賜一死。」武宗命王守仁將拱樤帶下，仍先收禁，候旨行刑。又命王守仁將婁妃帶進。王守仁遵旨，一面將宣春王帶出殿，飭令手下先送入監，一面又將婁妃帶至便殿。

婁妃跪到金階，口請：「待罪臣妃婁氏，願吾皇萬歲，萬萬歲。」武宗問道：「爾既為宸濠王妃，當宸濠有意謀叛之時，爾為甚麼不苦口極諫呢？」婁妃道：「罪臣一言難盡，乞陛下容奏。」武宗道：「爾可從實供來。」婁妃道：「寧王未曾起意之先，彼時不過心存酷虐，臣妃即以仁愛進諫。後來寧王雖未竟聽臣妃之言，也還不致任意酷虐。及至偶遇謀士李自然後，終為李自然所惑，因此便聚集死士，建造離宮。臣妃深處內宮，尚不能深知其實；偶有所聞，便即進諫。寧王只云所招死士為自家護衛起見。臣妃又諫以忠信報國，仁慈愛民，不必聚死士為護衛，自能獲福。不然雖有千軍萬馬，謀士如雲，勇將如雨，亦不足為護衛。所謂自求多福，此一定不易之理。寧王聽臣妃之言，倒也有些悔過之意。不料李自然等這一班逆賊，任意播弄，皆謂『天命攸歸』，熒惑王心。寧王不知自誤，反以這一班逆賊之言為可信。因此日復一日，便視臣妃如同外人。始則進宮，臣妃進諫，寧王不過不悅。後來，臣妃自寧王為那班逆賊熒惑甚深，臣妃早料有今日之禍，因此以死直諫。寧王不但不悔，反以臣妃不明天命，即將臣妃打入冷宮。彼時臣妃即思一死，上報國恩，下盡力諫之道。無奈寧王不容臣妾自死，派令宮女日夜監守，臣妃雖欲自盡不能。此皆臣妃既入冷宮，極諫寧王之實在情形也。既入冷宮後，便與外間隔膜，聲息不通，寧王種種大惡，臣妃毫不知道。至前月南昌已破，宜春王被擒，王師破了離宮，從冷宮內搜出臣妃，此時才知道寧王做出這一件彌天大罪。臣妃彼時又欲一死報國。後因既為欽犯，理應待罪受刑，以重國典，所以臣妃苟延殘喘，以待天威下臨。此事變出意外，雖由寧王聽信妖言，自作之孽，臣妃亦罪該萬死。事前既不能納忠陳善，弭禍無形；事後又不能撥亂反正，挽回王意。臣妃雖粉身碎首，亦復罪無可辭！惟念合宮上下三百餘口，有罪者自罪有應得，其餘各宮娥、使女，以及大小臣工，實係無罪者，亦復不少，而乃同罹國典，未免可憐。此臣妃所代為傷心痛哭者也。但聖明在上，自有權衡。臣妃之罪，尚不可辭，何敢再為無辜上與陛下乞命？」說罷，痛哭不已。不知武宗聽了這番話，說出甚麼話來，下回分解。

第一百七十三回　朱宸濠夜遁小安山　洪廣武安居德興縣

話說武宗聽了婁妃這番話，暗道：「人說婁妃之賢，信非過譽。今朕看他所奏各節，皆是罪歸自己，並無絲毫怨及宸濠。出詞而且仁愛為懷，還要代他無辜乞罪。朕本有此意，但治首惡之罪，其餘一概豁免。今據婁妃如此陳奏，朕豈有不以仁愛為心呢！」因問道：「爾為宸濠打入冷宮幾年了？」婁妃道：「整整八年。」武宗道：「宮中除爾以外，進諫者尚有何人？宜春王平時究竟有何罪惡？爾可一一奏來。」婁妃道：「宜春王所為各節，早在聖明洞鑒之中，臣妃又何敢亂言。而況臣妃自貶入冷宮，其實毫無知覺。總之臣妃不德❶，致累寧王有滅族之禍，願陛下治臣妃以極重之刑，或可藉此上報國恩，下分寧王之罪，雖粉身碎骨，臣妃亦所深願。」武宗道：「爾方才所奏，首惡當誅，其餘無辜者意在求朕豁免。但不知誰為無罪，誰是無辜，爾可細細奏來，朕亦可體上天好生之心，存罪人不孥❷之德。」婁妃道：「有罪無罪，陛下自有神明。臣妃不敢妄指無辜，亦不敢概言有罪。網開三面，悉在聖明。」武宗道：「朕聞爾素有賢聲，今觀爾所奏各情，實與人言悉相符合。只恨宸濠不能聽從爾諫，致有今日之禍。」婁妃道：「臣妃何敢稱賢。若果能賢，也不致寧王有滅族之患。臣妃之罪，罪莫大焉！」

❶ 不德：德行有虧。

❷ 罪人不孥：不懲罰罪人的妻子兒女。

武宗見妻妃如此，卻也十分歎息，因命王守仁道：「卿可先將妻妃仍然帶回，候將宸濠擒後，再行候旨施行便了。」王守仁遵旨，妻妃又磕頭謝恩畢，然後才有太監送出行宮，押往南昌府而去。王守仁也當即退出殿外，眾官各散而回。

話分兩頭。再說宸濠自與雷大春由夾湖口躲入深港以內，四面看了看，並無追兵前來，宸濠歎道：「孤不料今日敗得如此，既無家可歸，又無國可逃，這便如何是好！」雷大春道：「千歲尚宜保重。今已如此，急也無益，不如暫且躲避，再作良圖。」宸濠道：「孤今孑然一身，尚望甚麼良圖麼！」雷大春道：「末將有一親戚，離此不遠。家住饒州府德興縣小安山，姓洪名廣武。家道饒餘，廣有田產，獨霸一方。好結交天下英雄，為人有萬夫不當之勇，卻是末將姑表弟兄。前曾聞末將在千歲處當差，他也欣然樂從，欲令末將代他引見。後因末將姑母尚在，不准他遠離，因此中止。前年末將的姑母已經去世。末將之意，請千歲暫到他處。他一聞千歲駕臨，必然殷勤相待。再與他相商如何報仇，他必肯答應。而且他結識的英雄不少，或者因他引進，再能舉事以報此仇。他又住在山僻之中，無人知覺。即使有人知道，他亦毫不懼人。合村有一二百家，皆是他的佃戶。他家中所有的兵器，亦皆全備。千歲當此進退兩難之間，國亡家破之時，只有此處可去。不然，恐沿途耳目甚眾，尚患不免大禍將臨。千歲不可狐疑，宜自早計為是。」

宸濠道：「雖承將軍多情，萬一令表弟不便相留，孤又當如何是好？」雷大春道：「千歲不去則已，若千歲肯去，末將的表弟未有不願相留的。但是，千歲如此行裝，恐礙沿途耳目，卻須暫作權宜之計，須要改扮而行。」宸濠道：「如何改扮呢？」雷大春道：「也沒有甚麼改扮，但將外面的龍袍脫去，除去頭上金冠，可將末將所穿的襯衣與千歲穿上。又須曉伏夜行，只要到了小安山，就可無事了。」宸濠道：「如此改裝，有何不可。」說罷，即刻將身上所穿的龍袍脫下，掛在樹林以內，又將頭上金冠除下來。雷大春也脫下外面的戰袍，將內裡的襯襖解下來與宸濠罩上。二人等到天黑，便望饒州而去。沿路皆是夜行晝伏，不日已至德興縣界。

這小安山，就在縣東六十里外，卻是一個大村落。這村落就在小安山的山窪子裡，雖有一二百家，皆是洪廣武的佃戶。雷大春與宸濠又走了半夜，卻好天明，已到莊口。雷大春便與宸濠進莊。宸濠見這村莊地勢甚險僻，處山中，四面樹木環蔽，山色撐空，倒映其下，實在好一個所在，羨慕不已。雷大春與宸濠二人便緩步走到洪廣武莊口，只見犬吠狺狺不已，向著宸濠、雷大春二人亂吠。當有莊丁聞見犬吠，便出莊來，看見有二人由莊口而來，便侍立一旁，以便迎接。

不一刻，雷大春先走到那莊丁面前問道：「你家莊主在家麼？」那莊丁道：「我家莊主尚未起來。客人尊姓？從何處而來？與我家莊主有何交誼？有何話說？」雷大春道：「我姓雷，名大春，與你家莊主是姑表兄弟。現由南昌府來，特會你家莊主，有要話面講，煩你進去通報一聲。」那莊丁又問道：「這位客人可是與你老同來的麼？」雷大春道：「正是同來，與你家莊主也有交誼。」那莊丁聽說一個是主人的姑表兄弟，一個與主人有交情，哪敢怠慢，當即跑回去報。

宸濠站在莊口，四面觀看，但見洪廣武家這一所房屋就高大異常。迎莊口一帶，方磚圍牆中間，開著一道大門，左右皆有兩道小門。四面風火牆高聳半空，到後約有五六進的正屋，兩旁尚有群屋。莊口兩旁鱗比櫛次，約有二三十家茅屋，卻皆蓋得極其修潔，光景是莊頭的田佃所居。雞鳴狗吠之聲，達於遠近。宸濠看罷，實在羨慕，暗道：「這洪廣武若將孤留下，並肯為孤出力，再圖大事，就這一處地方，也還藏得許多兵馬。再將這山上收拾起來，亦不亞於南昌宮室。但不知這洪廣武究能如雷大春之言麼？」

不言宸濠暗想胡思，再說那莊丁走到裡面，先與那內宅的丫頭說明，叫丫頭去報。那丫頭道：「我記不得許多的嚕嚕囌囌話，還是你進去說罷。」那莊丁道：「莊主現在尚未起來，我何能進去？」那丫頭道：「我給你去說一聲，就說你有話說，看大爺如何，我給你送信。若叫你進去，你就進去便了。」莊丁答應。那丫頭便轉身進內。

到了房裡，在床面前低低向洪廣武喚了兩聲，廣武醒來，問道：「哪個在此亂叫？」那丫頭道：「是婢子秋霞。」廣武道：「你叫甚麼？」秋霞道：「只因家丁王六說：『有個客人現在莊外，要會大爺。』他進來叫婢子通報大爺知道。他本是要進來的，因為大爺還不曾起身，不敢驚擾，所以叫婢子先喚醒大爺說一聲。」廣武道：「你且將他喚進來，等我問他是誰。」秋霞答應，轉身出了房門，來到宅門口，將手一招，說了一聲：「王老爹，大爺叫你進去呢。」王六答應著，走了進來，站在房門外。秋霞復又進房與廣武說道：「王六進來了。」廣武睡在床上，即問道：「王六，外面是哪個要會我？是熟客是生客？」王六道：「兩個皆不曾見過，總是生客。卻有一個姓雷，名喚大春，說是與大爺姑表兄弟，方從南康而來。那一個不曾說出姓名，據雷大爺說，也與大爺是要好的朋友。因叫小人進來通報。大爺可有這麼個姓雷的表兄弟？還是會他不會？候大爺示下。」洪廣武聽說，想了半刻，說道：「我曉得了，那姓雷的是我表兄，你且請他進來，我去會他。」王六答應，即忙轉身出去。

洪廣武復自暗說道：「雷大春現在南康，隨著那寧王宸濠，已經作了大將，聞得他頗為信任，何以忽到此地？難道他前來因我從前有『要與他同去』的這句話，他此時見我母親已死，他來招我不成？若果有此事，他可將我看錯了。我從前不過是句戲言，豈真有此事！我放著如此家產，不在家守田園之樂，反去投效他做一員將官，跟著他做走狗？而況寧王也不正道，我又何必去到那裡受罪，被他拘束得緊。且等他進來，看他如何說項，我再以言辭他便了。」因又道：「他同來的這個人是誰呢？莫非是他的同伴不成？」自己暗想了一會，也就坐起來穿好衣服。他的妻子方氏因也說道：「你這表兄可算是冒失鬼，怎麼這大早跑來要會人？難道他連夜走來的麼？」洪廣武聽了這句話，忽覺心中一動，暗道：「真個為甚麼如此大早就跑了來，其中必有緣故。」欲知洪廣武能否收留宸濠，且聽下回分解。

第一百七十四回　雷大春誠心投表弟　洪廣武設計絆奸王

話說洪廣武被他妻子一句話提醒，暗道：「這其中定有緣故，為何如此大早就來。」他妻子見他那裡出神，也就說道：「你的表兄既然這絕早到此，你可快些兒出去見他便了，為何在此出神？難道你不願見他麼？」洪廣武道：「有甚麼不願見他，只因他此來頗令我疑惑。」他妻子道：「莫非你怕他前來與你借貸麼？」洪廣武道：「即使前來借貸，況親戚之誼，有甚麼不可？」他妻子又道：「既非如此，又有甚麼疑惑呢？」洪廣武道：「你不知道，且待我見了他，看他說出甚麼話來，我再告訴你便了。」當下又將衣服穿好。有丫頭打進面水，他就在房裡梳洗好，去會雷大春。

再說宸濠與雷大春二人站在莊門外，等了好一會，才見那莊丁從裡面走出，向他二人說道：「有累二位立等了，我家主人現已起來，請二位裡面坐罷。」雷大春當即與宸濠隨著莊丁進去。過了兩重門，是一座院落，上面就是一進明三暗五朝南的大廳。二人步上廳房，分上下首坐定。那莊丁又走進去。一會子，捧出兩碗茶來，給他二人獻上，復又走去。又停了一會，這才引出一個人來，便是洪廣武。宸濠瞥眼看見，但見洪廣武生得身高七尺向開，白淨淨的一副方面孔，兩道濃眉，一雙環眼，大鼻梁，闊口，約有三十歲上下年紀，一表非俗，頗具英雄氣概。

宸濠正在凝神觀看，只聽洪廣武先向雷大春說道：「表兄一別七八年，今日是甚風吹到？為何如此絕早，敢是從南康連夜走來的麼？」雷大春道：「正是愚兄思慕賢弟，久欲前來奉候。只因那裡的事擺脫不開，所及連姑母去世，愚兄也不曾到來祭奠一番，甚是抱愧。如今賢弟應該娶了弟媳了。」洪廣武道：「承兄顧念，小弟於家母未經去世的前兩年，就受室❶了。如今已託庇生了兩個孩子，等一會兒叫兩個孩子出來拜見表伯。」雷大春道：「可喜，可喜。還是賢弟的福氣，不像愚兄，十年來東征西討，到至今還一事無成。」洪廣武道：「這是表兄過謙之處。」一面說，一面兩隻眼睛只管向宸濠這邊溜來。因即問道：「這位尊姓大名，還未請教。」雷大春便向四面一看，見無旁人，因搶著代答道：「賢弟，你怎麼知道，這就是寧王千歲的龍駕！」洪廣武一聞此言，好生驚訝，當下便向宸濠跪下，說道：「山野小民，不知千歲駕到，有失迎迓，死罪，死罪！」宸濠見他如此，恐怕為外人看見，當下急將他扶起，口中稱道：「足下切勿如此。孤今前來特有所求，足下若如此稱呼，恐屬耳垣牆，多有未便。」洪廣武聽了此話，愈加疑惑，因又道：「堂堂千歲，某敢不恪恭❷！今既蒙面諭，某當遵命。不過有褻虎駕，更覺抱罪不安。」說著便讓宸濠升位坐定，自己在下面相陪。

只見雷大春又向廣武道：「愚兄此來一為看視賢弟，二為有事相求。賢弟素稱肝膽英雄，當可從而見允。」廣武道：「不知大哥有何見委？敢請說明。只要小弟才力能到的，未有不先從之理。」雷大春道：「此事若賢弟肯為之助，才力綽乎有餘，特恐賢弟故意推託，那就無可奈何了。」廣武道：「但請說明，好待商議。」大春道：「此事並非愚兄之事。」廣武道：「然則是小弟之事麼？」大春道：「亦

❶ 受室：娶妻。

❷ 恪恭：恭敬。

非賢弟之事。只要賢弟允從之後，卻就是賢弟之事了。」廣武道：「表兄這半吞半吐，好叫人甚不明白。怎麼又非小弟之事，倒底是與小弟有無關切？」雷大春道：「此話甚長，賢弟可有靜室？須到那裡，屏退眾人，密告才好。」廣武道：「此間亦可談得，何須定要靜室，方可說明呢？」大春道：「非靜室不能與談。賢弟從之，則請借靜室一敘，不從，兄從此就走便了。」廣武道：「表兄未免太性急耳！也罷，便請二位到靜室而談。」

當下廣武便命人去開了內書房門，讓宸濠、大春二人走出廳房，向內書房而去。不一刻，轉了幾彎已到，廣武又讓他二人先入內房去。三人到了內書房，廣武仍請宸濠升坑坐定。有莊丁復獻上茶來，便命莊丁退出，並招呼道：「爾等非喚不要進來，我們有要話相商呢。」莊丁唯唯退下。

洪廣武便問道：「表兄有何見諭？」雷大春道：「只因寧王千歲，前者曾聞愚兄說及賢弟英雄，專好結交天下豪傑，當時便擬著令愚兄前來奉約，共圖大事。彼時愚兄以姑母尚在，賢弟固不便遠離膝下，姑母亦未必讓賢弟遠出，所以未及前來。這七八年內，又因千歲方整頓戎師，東征西討，又無暇及此。不意初起大意，已得了幾座城池，眼見得要長驅大進。哪裡知道忽然出了一個王守仁，又收服了徐鳴皋這一班逆賊，竟自率兵前來與千歲作對，把已得城池全行奪去，又將南昌宮室悉數毀滅，弄得千歲已是兵敗將亡，然猶可勉強支持，與王守仁對敵。不意王守仁頓生奸計。十日前千歲兵屯樵舍，又立水師，共計水陸兩營也還有七八萬人馬，將士也有十數員。哪知被王守仁飭令他手下各將，暗暗帶兵分頭攻取，合用火攻，一把火將水陸兩寨燒得乾乾淨淨。千歲正在水師方陣之中，見各處火起，正在無法可想，還是愚兄捨命將千歲爺從船上救出來，逃至岸上，打算收拾敗殘兵卒，還可與守仁支持。哪裡知道，這一仗真算得是全軍覆沒，連一人一騎都不曾逃走出來，只落得千歲與愚兄兩條性命。後來千歲因無處投奔，復又想起賢弟。所以愚兄特奉千歲的大駕，前來相訪。我料賢弟平日那些草莽英雄還與他結識，豈有藩王千歲不殷勤相待之理？賢弟若肯殷勤相待，再能助千歲復圖大舉，將來千歲有日登了寶位，奪取江山，賢弟也是個開國元勳，蔭子封妻，豈不耀榮！而況榮封祖宗，光耀門閭，何等威武，賢弟可樂從否？」洪廣武正欲回答，只見宸濠又復說道：「卿家若能與孤相助為理，復圖大事，孤定不忘卿家之功，將來託天成功，孤當於眾人中更外加封蔭，以酬今日之勞。願卿憐孤子然一身，孤窮無靠，有以助之。」

洪廣武聽了他二人的話，心中暗想道：「你這奸王，國家待你有何壞處？你不思盡忠報國，反思叛背朝廷。今已敗得如此，還不思一死，猶想死灰復燃，豈不可笑！我這表兄也未免糊塗。到底良臣擇主，他全不知道這個大義，反來叫我幫助他復仇。我不知他有何仇可復，眼見有滅族之禍，他還強稱千歲，豈不知羞！我若回他不行，眼見這一件功勞不能到手了。我何不暫且答應，使他住下，然後再如此如此，有何不可？而況亂臣賊子，人人得而誅之，也不算是喪心。」主意想定，便欣然應道：「千歲英明神威，天下共聞。今雖不利，亦時未及耳。此處盡可舉事。倘千歲不以某為鄙陋，某當相助為理，雖毀家不顧也！千歲但請寬心，容一二日，某再親自外出，先將某所有能共生死、久願去投千歲的幾個好朋友約來，與千歲共議報仇一事。但千歲平時萬不可出門，以防耳目要緊。等到大家議定，然後就不怕人之多言了。」宸濠大喜道：「卿能如此仗義，孤定當感激不忘。」洪廣武道：「千歲說哪裡話來。良禽擇木而棲，人臣擇主而事。自古明哲，皆自為之。千歲若不到來，某還思前去報效。難得千歲不棄卑陋，惠然肯來，則是某之大幸也。千歲幸勿稍為客氣，某當竭力圖報便了。」說罷，便問道：「千歲與表兄如此早來，定皆未曾用過早膳的。此間山居市遠，未能兼備盤飧，某當命家丁聊備粗膳，上呈千歲，稍當充飢。不堪適口，尚求勿罪。」宸濠道：「前來打攪，已屬殊難為情，而況後日方長，務望不必過謙。」洪廣武答應，當下便喊了兩個莊丁進來。

此時莊丁見主人呼喚，也就應聲而進。廣武命他前去整備早膳。莊丁答應，即刻退出，去到廚房裡招呼。不一刻，早膳備好，端整出來，送進內書房。原來是三碗雞湯麵。宸濠、雷大春正是腹中飢餓，見了這雞湯麵，登時就大吃起來。頃刻用畢，莊丁撤去空碗，又打了兩把手巾送上來，與他三人擦了臉，這才退出。洪廣武也與宸濠、雷大春說道：「某暫且告退，料理一件正事，少頃就來。」宸濠道：「卿自請便了。」畢竟洪廣武去作何事，且聽下回分解。

第一百七十五回　用反言喁喁試妾婦　明大義侃侃責夫君

話說洪廣武出了內書房，到了裡面，他妻子向他問道：「你那表兄與你究竟有甚麼話說？曾與你談過了不成？那一個究竟是誰？」廣武道：「此事可真也笑話，你道我那表兄為著何事而來？那人是哪一個？打量你再也猜不出。想不到真是出人意外之事。」他妻子道：「有甚麼猜不出？我早猜著了。我從前曾聽你說過，你那表兄不是現在寧王府裡做了官了嗎？他此來光景是約你一同前去，到寧王駕前為官，可是這件事麼？」廣武道：「雖不是這件事，卻猜得有些影響兒。」他妻子又道：「既不是這件事，何如又說我猜得有些影響呢？」廣武道：「這件事是一件極重極大的要事，你是個婦人家，何能使你知道？若被你知道，萬一漏了風聲，不但有殺身之禍，而且還有滅族之患。等到成功之後，卻是一件極好的事，封妻蔭子，顯親揚名，皆在這件事上。」他妻子聽說這話，好不明白，當下追問道：「我與你夫婦，兩人便是一人，你好便是我好，你有殺身之禍，我又豈可能免？你為甚麼不肯對我說？既不肯告訴我，必然是一件極不好的事，不然，又何不來告訴我呢？而況你我平日哪件事不同商量？獨有今日，你表兄前來這件事，就不肯告訴我，這是何意？難道將我不作人看麼？」廣武道：「我非不告訴你，惟恐你漏出風聲，關係甚大，所以不敢相告。」他妻子道：「你儘管告訴我，我絕不說一句的，你放心罷。」廣武道：「你真個不說？」他妻子道：「我又何必騙你呢？」

廣武便附著他妻子耳畔，低低說道：「你道我表兄同來的那人是甚麼人？原來就是寧王。只因他被王守仁帶兵將他打敗，現在正德皇帝又御駕親征，他南昌基業全行敗壞，現在與雷大春逃在我處。因為我平日仗義疏財，專好結交天下英雄好漢，因此他來投我，欲我此後相助，幫他前去報仇。將來他得了江山，登了大寶，允我封個王位。我想寧王雖然叛背朝廷，有心奪取正德的基業，他倒底是個藩王，與別人不同。今雖被王師打敗，我看他一表非俗，真是個帝王之相。我想身居山麓，雖守得些先人餘業，終久是個山野村夫，既不能顯親揚名，又不能封妻蔭子，碌碌一生，不過與草木同腐而已。難得有此機會，寧王到了我家，約我與他共圖大事。將來事成，他還封我一個王位。如此好機會，做夢也想不到。我所以已經答應於他，情願幫他招軍買馬，積草屯糧，共圖大事，奪取正德天下。將來我做他一個開國元勳，何等光輝榮耀！不但我自家榮顯，而且祖有追贈，妻子有封蔭，真是平地封王，顯榮之至。若是稍有不機密，聖駕現在南昌，離此能有多少遠？倘露了風聲，被正德皇帝知道了，立刻派人前來將我捉去，說我藏匿反王，潛謀不軌。那時，不但我有殺身之禍，連你們大家皆不免身首異處。而況王守仁那裡，手下的人個個本領高強，武藝出眾，我一個人豈是他們的對手！若不去做這件事，眼見得王位可封，又不忍將他拋去，過此以往，再沒有這樣的好機會了。所以務要機密，不能為一個人知道。我所以不肯告訴你，怕你們婦人家不知利害，一聽我說有王位可封，你便自命是個王妃，不知不覺洩漏出去，那時畫虎不成反受犬害，豈不可惜？我現在雖然通告訴了你，你若將來要做王妃，卻萬萬不可洩漏。你若要滅族之禍，你便洩漏出來。」

廣武說了這番話，只見他妻子急急走開，搶到房門口，將房門關好，又用門閂閂起來。然後復走到洪廣武面前，雙膝望下一跪，眼中流淚，哀哀哭道：「妾與你做了八九年的夫妻，也給你生下兩個孩兒，妾也算對得起你了。今者妾聞君言，妾如做夢方醒。在平時以為君是識膽兼優之輩，哪裡知道是個不知大義的匹夫。寧王既是反王，而又為王師征討，御駕親征，將他逼得窮無所之，逃遁到此。不必說他惡貫滿盈，罪在不赦；就使他謀臣如雨，猛將如雲，賊子亂臣，人人得有可誅之義。君乃不察此中之理，而反誤為反王所愚，背義貪功，不顧利害。幸而君為妾道出，設若竟背妾而行，不使妾知道，不但妾為君所累，即祖宗也不免為君所累了！而況君上承祖宗之業，雖不能稱家財百萬，就你我一身也斷用不了，在家安居樂業，做一個承平世界的農夫，何等不好？何等不樂？反要去佐助奸王，甘心助逆，不成則家亡族滅，即使可成，亦落得萬世唾罵。雖我輩不能為官作府，碌碌一生，與草木同腐，也還不失為安分良民。君如鑒妾之言，即早回心轉意，速速將他二人放走，任其所之。若固執不從，定要助奸王造反，隨後之封王封侯，妾皆不願過問。妾惟有請君即刻將妾置之死地，妾不忍見將來有滅族之虞。」說罷，痛哭不已，拜伏在地。

洪廣武見他妻子這番話實在可感可敬，暗道：「我哪裡真要佐助反王？不過以言相試，看你究竟能否明白這個大義。今既如此，可真也明白了。」因即將方氏扶起，說道：「卿真不受人騙。我所以如此說者，特試卿之言也。我正因此而來與你商量個善處之法。今奸王既在我家，我想御駕既為他親征，今見他逃走，不曾獲到，必然各處訪拿。我若隱藏，眾目昭彰，又如何瞞得？我若將他放走，外面人雖不認識他是反王，將來必然知道；若不去南昌呈報，我將來仍不免有個隱匿不報的罪名；若將他二人擒獲，送往南昌，我這又何必下此毒手？而況還有我個表兄在內，看母親的面上，仍是不可。我所以各種猶疑，欲報不行，不報不可；放他又不能，不放他又不得。你看還有甚麼主意？我與你商定了，便去行事，免得將他二人留在我家，貽害非淺。」

方氏道：「你果真不助反王，前言實來戲我麼？」廣武道：「若有虛言，神靈共殛！」方氏道：「既如此，真是我家之幸，君之明也！據妾看來，不如還是將他二人放走，也不去呈報。諒這村中所有的人家皆是我們的佃戶，也未必亂說。而況他們也不認識，不如早早將他二人放走，免貽後患。但不知君之意何如？」洪廣武道：「我卻有個主意，照『亂臣賊子，人人得而誅之』之意，就將他縛綁起來，送往南昌，也不為過。若照省事無事的辦法，就將他二人放走，然卻不能保無後患。不如我先去南昌呈報，就說現在已經設法拘住，請他派人來拿。我一面趕回家中，再將他二人放走，這不是兩全其美？我既免了後患；他二人逃走之後，若再被捉住，也不能見怪我了。你道如何呢？」方氏道：「此計雖好，究竟不妙。你去呈報說已被你拘住，請官兵來拿。即至官兵前來，你倒又將他放走，這不是出乎爾反乎爾者麼？若官兵不認他二人逃走的話說，反責成你交人，你那時又到何處將人交出？反致受累無窮，此一不妥也。或者官兵不責成你交人，竟在別處將他二人擒獲，將來拷問出來，他二人說是始則留容，繼且放走，再扳定了你，你又何法與他辨白？那不是還要得個罪名，此又一不妥也。依妾愚見，或者就照『亂臣賊子，人人可誅』之義，當將他二人綁縛到官；或者就將他二人拘禁家中，飛速飭令心腹去往南昌，請官兵前來捉獲。若謂你礙著母親的分上，不忍使你表兄身首異處，我看這件事倒也不必過於拘泥。即使母親尚在，他老人家也未必能容。誰不思顧大義，保全身家？若只圖徇私，終久是個後患。古人所謂『大義滅親』，便是這個道理。妾雖女流，不諳時事，然以理度事，還是這兩層最為妥當。君請擇而行之。」

廣武聽罷這番說話，覺得甚是有理，而且直截爽快。因道：「卿言甚善，我當照你所說的第二層辦理便了。」方氏聽罷，這才把心放下來，不似前者那般驚慌無措了。畢竟後事如何，且聽下回分解。

第一百七十六回　殷勤款待假意留賓　激烈陳辭真心勸主

話說洪廣武與他妻子方氏商議已畢，又向方氏說道：「我可要出去了，免得他們疑心。你可招呼廚房裡，備一桌上等酒肴，中晚要一樣，使他二人毫不疑惑。我晚間回來再與你定計，著何人前去送信。」方氏答應。

洪廣武即便抽身出來，仍到了內書房，向宸濠、雷大春二人說道：「失陪千歲，待臣將些瑣事料理清楚。」雷大春道：「賢弟能者多勞，自是不得不然。」廣武道：「只因秋租登場，各佃戶完納的租米，不得不徹底算一算。有那虧欠的，要使他們補足；有那應賞的，要賞把他們。雖然皆是些佃戶，也要賞罰分明，他們才敬服你，不敢刁頑拖欠。本來這些帳目預備今日飯後再算，只因千歲與表兄到此，趁此會兒將這一件瑣屑事弄畢了，便可與千歲、表兄閒談，或者就論及各事。不然，心中覺得都有件事擺脫不開，而況有數十個佃戶在這裡候著，所以急急將這件事辦完了，也落得清閒。」

少許，雷大春又道：「賢弟，你既添了兩個兒子，愚兄卻不曾見過，可使我那兩個侄兒出來見一見，就是弟媳也得要見見，行個禮兒才好。」廣武道：「這是禮當。但賤內近日偶患風寒，尚未痊癒，不便冒風，請改異日再令他出來拜見。稍停片刻，小弟當率領大小兒出來叩見千歲與表兄便了。二小兒去歲方生，尚在乳抱，片刻不能離娘，偶一離娘，便自哭鬧不已，甚是討厭。」宸濠道：「乳抱之子，大半如斯，這也怪不得他哭鬧。」雷大春又道：「賢弟，我那大侄兒今年幾歲了？」廣武道：「今年六歲，憨鈍異常，而且喜弄槍棒。」雷大春道：「這才是有其父必有其子呢！賢弟，你不記得，你那幼時，也是專喜耍槍舞棒。我那姑母因你頑皮太甚，怕你闖出禍來，不知教訓你多少、責備你多少。哪知你到了十四五歲上，忽然弄起文墨來，也就使你早半日習文，晚半日習武，到如今居然成了個文武全材，愚兄真是慚愧。」廣武道：「這是吾兄過譽。小弟又哪裡能文，又哪裡能武？不過粗識『之乎』，略知槍棒而已。外間那些朋友，以為小弟尚能結識他們，便代小弟布散謠言，說是小弟能武能文，若照小弟這樣文武全材，天下又不知有多少！而況文如千歲，武如表兄，小弟又何敢言及文武兩字。」

三個人談了一會，卻好已有午刻。莊丁已將酒筵擺好了，來請三人到廳上午飯。廣武當下便請宸濠、大春二人出了內書房，來到大廳。讓宸濠居中坐定。雷大春坐在上首，廣武主席相陪。莊丁斟上酒來。廣武又給宸濠送了酒，還要給大春送酒。大春再三攔住，這才各依坐位坐定。廣武舉杯在手，向宸濠說道：「山肴野蔌，簡慢異常，水酒一杯，恐不適千歲之口，尚求千歲包涵。」宸濠又謙讓了一會，於是三人痛飲起來。不一會，午飯已畢，莊丁撤去殘肴，廣武仍將宸濠讓至內書房坐下。廣武又叫莊丁將他的大兒子帶出來，給宸濠與雷大春二人拜見。流光迅速，不覺又是金烏西墜，到了上燈時分，又將夜膳端整出來。三人用過晚膳，廣武即命莊丁鋪好床帳，請他二人安歇；自己便進入裡間，當下有方氏接入。

到了房內，方氏說道：「事宜速辦，不宜遲緩。我看李祥為人精細，或即命他前往南昌。你看此人尚可成得麼？」廣武道：「此人可以差得。我想作封書交他帶去，你看這封書信如何寫法？」方氏道：「在妾之意，可以不必作書，免得留下痕跡，但叫李祥明白呈說便了。」廣武道：「恐他說不清楚。」

方氏道：「這也沒有難說的話，但叫他前去便了。」廣武道：「既如此，即叫他進來，將話告訴他明白。」因即著小丫頭到外面將李祥喊進。

李祥到了裡間，廣武把他領到一所小書房內，低低與他說道：「你可知道今日來的那兩個人？那雷大爺是我表兄，那一個你曉得他是誰呢？」李祥此時見廣武將他領到小書房內，又低低問他這兩人可知道不知道，他心中早有些疑惑，暗道：「為何如此機密？」因答道：「小人卻不知那人是誰。難道那人不是好人麼？」廣武道：「那人到不是壞人，卻是個極尊重的人，現在卻變成一個罪惡滔天的人，連當今皇上都親來捉他。你想想看，他是誰麼？」李祥道：「照主人這般說，莫非就是寧王不成麼？」廣武道：「居然被你猜著了。你知道他前來做甚麼的？」李祥道：「小人可不知道了。」廣武道：「正為此事喊你進來，同你商量。他此來要請我幫助他復仇。他允我將來如果登了大寶，奪得當今皇帝的江山，他便封我一個王位。我看他雖然罪惡滔天，究竟是一家藩王，這件事盡可做得。將來事成，還有王位可封，這好機會，從哪裡得！我已答應下他了，不過這兵馬難籌。我想你也是個極能幹的人，擬將派你出去到各處先將馬匹取回。然後暗暗招集人馬，廣羅天下豪傑，共圖大事，將來你也可得個一官半爵，總比這裡好得多了。卻不可稍露風聲，萬一洩漏出去，定是滅族之禍。因你為人精細，所以才將這件重大事託付於你。我明日先將三千銀子與你，你即日動身出去買馬。」

廣武話猶未完，只見李祥說道：「非是小人觸忤主人，小人卻有句放肆的話要說，主人即掌小人兩個嘴巴，小人也是要說的。」廣武道：「你說甚麼？」李祥道：「主人難道得了瘋癲不成麼？」廣武道：「我怎麼得了瘋癲？」李祥道：「放著如此家產，官不差，民不擾，安居樂業，還不快活？反欲去尋罪惡滔天的事做，要想封甚麼王位，這不是主人得了瘋癲症麼！」廣武道：「你哪裡知道，我雖放著有如此家產，終不過是個田舍翁，無聲無息過了一世，過到一百歲也不過與草木同腐，哪裡能留名萬古，使後世人人知道我這個人很做了一番事業？而況寧王得了天下，我便是個開國元勳，再封我一個王位，上能顯親揚名，下能封妻蔭子，何等不榮耀？何等不光輝？你怎麼說我得了瘋癲的病症，這可也真奇怪了！你平時是個極有幹辦之人，怎麼今日也學著那婦人一派，毫無知識，不明時事呢？」

李祥道：「主人究竟真有此心，還是戲言麼？」廣武道：「我同你有甚麼戲言，你幾曾見我有過戲言麼？自然是真心真意，決計如此。」李祥道：「若是主人定要為此罪惡滔天的大事，小人也無法想。只有保全合家的性命，可不能顧及主人。小人便去首告❶，或尚不致有滅族之患。主人也不想想，但知在利這一邊，將害這一邊全個兒拋撇。不必說寧王是個叛逆的奸王，終久難成大事；就使他成了大事，主人得有王位可封，也要跟著他東戰西征，拿著自己性命去伴，將來才可有王位。還要命長壽大，萬一在半途死了，或是陣亡下來，那還不是個白死嗎？這是在利這邊說。若是在害這邊說，那更可怕。一經敗露，首先主人就有隱匿不報、通同謀為不軌的罪名。還不但在主人一身，定要累及家屬。那時一家大小，就連小人們恐也不免。這可不是因主人一念之動，便連累了這許多人，波及無辜？小人不知主人是何用意，放著福不享，反去尋罪受。若說草木同腐，不能千古留名，在小人看起來，這虛名又有何用？就便留得個萬古留名，當那蓋棺論定的時節，上自君王，下至乞丐，也還不是一抔黃土，白楊衰草，一任他雨打風吹麼？總之兩句話，聽主人擇善而從：主人若有回心，小人當設法將他二人弄去，免貽後患；

❶ 首告：自首。

若竟不然，小人惟有保全合家性命，免得將來同受誅戮之慘。小人言盡於此，願主人自擇便了。」

廣武聽了這番話，暗道：「人說李祥忠直精細，果然不差。但聽他這侃侃數言，已於這四個字不愧。我洪廣武幸而得此賢妻、義僕麼！」暗暗讚歎不已。因又說道：「據你說來，這是害多利少，萬萬做不得的了。」李祥道：「這亂臣賊子之事，雖三尺童子，也知道是做不得的，何況主人是個極明大義、極知忠孝的人呢！在小人看來，實在萬萬做不得。」畢竟洪廣武還說出甚麼話來，且聽下回分解。

第一百七十七回 投機密義僕奔馳 入網羅奸王就擒

話說李祥說了一番話，洪廣武又問道：「據你說來，這件事既做不得，你又有甚麼主意將他二人弄出去呢？」李祥道：「小人別無主意，惟有將他二人捆縛起來，押送到王元帥營裡去，聽王元帥照例懲辦。」洪廣武道：「怎麼？有我表兄在內，如何使得呢？」李祥道：「主人豈不聞『大義滅親』的這句話麼？此時可顧不得主人的表兄了。」廣武道：「我卻另有個主意。這件事既不能做，我想使你去到王元帥營內送個信，請他那裡派幾個人前來捉拿，免得我將他二人綁了送去。如此辦法，也可於我表兄面上稍過得去。但不知擬遣誰人去才好？此事卻也要機密。」李祥道：「主人既決意回心不做此事，若欲往王元帥營內送信，小人願當此任，前去一行。主人仍宜殷勤將他二人藏在這裡，卻不可使他知道消息，讓他二人逃走。萬一被他脫逃，那時主人又要得個放縱的罪名了。」洪廣武聽了他這些話，這才將真話與他說道：「我哪裡是真要與反王共做此事，我豈不知道有滅族之患！只因我欲去王元帥那裡送信，恐怕無人前去，要使你去；又恐你做事不密，反露了風聲。今既據你如此說法，我可放心了。」當下又諄囑了一番。李祥道：「主人無庸諄囑，小人豈不知道利害？包管主人將事辦到。明日一早，便悄悄前去便了。」洪廣武大喜。當下李祥出了書房，洪廣武也就進去。一宿無話。

次日天明，李祥即起來帶了幾兩銀子作盤川，便悄悄的出了莊，直往南昌趲趕前去。不一日，已到南昌，當時問明了王元帥的住處，知道王元帥住在南昌府衙門，便即到了署前。走到大堂，見有兩個親兵站在那裡，李祥便上前問道：「請問今日哪位值日？我有機密話要面禀王元帥，敢煩進去通報一聲。」只見那親兵問道：「你是從哪裡來的？姓甚麼？」李祥道：「我從饒州府德興縣來的，我名喚李祥，要見元帥面禀機密。」那親兵見他口口聲聲說有機密面禀，卻不敢攔阻，只得進去通報。等了一會，見那親兵出來，後面又隨著一個差官模樣，向他說道：「你有甚麼機密，元帥喚你進去。」李祥答應，即刻隨著那差官進了暖閣，到了二堂，差官又將他引入書房，便指他說道：「這就是元帥，你有甚麼機密，向元帥面禀罷。」

李祥當下就向元帥跪下，先磕了一個頭。王元帥也就隨問道：「你喚甚麼？」李祥道：「小人名喚李祥。」王元帥道：「你是哪裡人？有甚麼機密事？」李祥道：「小人的主人姓洪名廣武，家住饒州府德興縣小安山。只因前五日天明時節，小人的主人尚未起來，就有主人的一個表兄名喚雷大春……」王元帥聽說雷大春三字，便作驚道：「雷大春怎樣？」李祥道：「雷大春還同著一個人去尋小人的主人。彼時主人聽說是他的表兄前去，親戚之道，不便不出來會他，當下就將他請進去。哪知雷大春同來的那人也就跟了進去，及至主人出來見了面，問起那人，才知是寧王。」王元帥道：「現在寧王還在你主人家麼？」李祥道：「主人知道寧王是個反王，又知道萬歲與元帥正在各處捉拿他。當時主人就不敢驚動他，便將他留下。及至與他閒話起來，他還說是要報仇雪恨，要使主人幫助他共圖大事。」王元帥道：「你主人曾答應他麼？他又何以去尋你主人呢？」李祥道：「這總是主人的表兄雷大春的主謀，以為小人的家主人家資甚富，又有一身的好武藝，他便將寧王帶了去，打算用甘言去惑主人。哪知主人是個極明大義、極知王法的人，何能為他所惑！而又不便辭絕他，恐防他走了。現在元帥方各路拿獲他二人，豈有見著他二人，反去放他逃走之理？因此就假意允他，答應他共圖大事，將他匿在哪裡，終日殷勤相待，使他毫不疑心。本來擬想將他二人設計擒獲，捆綁起來送往大營，又恐沿途多有不便。因此，主人特差小人星夜到此，與元帥送信，請元帥即速派人去捉，以便亂臣賊子一起就擒。所以小人不敢怠慢，火速至此報與元帥知道。」

王元帥聽罷大喜，當下就道：「你可趕速回去，密告你家主人知悉，就說本帥即刻差人前來捉拿，務使你家主人妥為看守，不可使那兩個奸賊知道消息，再行脫逃。本帥這裡人不過兩日，便可到你莊上了。」李祥道：「既如此，元帥何不就派這裡的將軍與小人同去呢？」王元帥道：「同去未嘗不可，恐防他兩個奸賊知道這裡有人去捉，又要鬧出別樣事來，帶累你家主人，反為不美。你現在先回，與你主人說明，今日是十月十六，定於十八夜三更，本帥這裡有人前到你莊上拿捉，最好叫你家主人於十八夜間設計將他灌醉。我這裡的人一到，他二人便可成擒了。不然，又要大殺一陣方可將他二人捉住，那時你家主人也就因此不安了。」李祥唯唯答應，也就即刻退出，趲趕回莊。這裡王元帥一面派令焦大鵬、伍天熊、王能、徐壽四人前去拿捉，一面進去行宮，奏知武宗。

且說李祥沿途趲趕，星夜兼行，卻好十八這日趕到。當下就將王元帥的話密告了洪廣武，叫他設計灌醉，洪廣武也甚以為然。到了晚間，便殷勤勸酒，居然把宸濠、雷大春灌得酩酊大醉，仍在內書房安歇。又命是夜合家人等概不能睡覺，等候王元帥那裡的人來。看看到了三更，並無人到。洪廣武正在盼望，忽見廳堂院落內一個黑影子由半空中落下來。洪廣武到嚇了一跳，斷不料就是王元帥那裡來的人。

再一細看，見當面已立著一人。洪廣武便問道：「來者何人？」一聲未完，只聽那個人低聲說道：「我乃奉元帥之命，特來捉拿反王並雷大春這兩個賊子的，我即焦大鵬是也。」洪廣武正欲下問，又見半空中一起又落下三個人來。廣武此時也不驚恐，知道是他們一起的了。當下焦大鵬又向廣武問道：「元帥的話想已照辦了麼？」廣武道：「敢不遵辦。」焦大鵬道：「現在哪裡？」廣武道：「現在內書房裡。」因即用手指了所在，又向大鵬說道：「煩將軍將他二人拿住之後，必得還要做作❶：要將小人帶至元帥營內審問，方好遮他二人的眼目，使他二人疑惑不出是小人前去報信。只因小人有個表兄在內，不得不姑事做作，將軍也能曲諒的。」焦大鵬也就答應。

彼此說罷，焦大鵬抽出一口寶劍。伍天熊、徐壽、王能三個人見焦大鵬將寶劍抽出，他們三人也亮出刀來。焦大鵬復又說道：「徐賢弟與伍賢弟仍然上屋，以防他們竄逃，在屋面上好有個接應。」伍天熊、徐壽答應，當即又跳上屋去，以便接應。這裡焦大鵬與王能大踏步直望內書房而去。

頃刻間進了內書房，見桌上還有一盞半明半滅的燈。焦大鵬將燈光剔亮，四面一看，見上首一張鋪睡著宸濠，下首一張鋪卻是雷大春睡在那裡。焦大鵬與王能便一齊上前，先去捉拿雷大春，只要將雷大春捉住，不患宸濠逃走。於是大踏步走到雷大春床前，一聲大喝道：「雷大春，你這賊子助紂為虐，今日看你是惡貫滿盈，本將軍特來捉你。」一聲未完，雷大春已從床上驚覺，一睜眼見床前站著兩人，一執寶劍，一執單刀，惡狠狠便欲動手的光景。他知道不好，一翻身便欲竄下床來。焦大鵬一見，如何肯再放他逃脫？說時遲，那時快，早已手起劍落，向他腿上砍來，接著王能一刀，又向他臂上砍下。任他

❶ 做作：故意做出某種舉動。

雷大春本領高強，此時已中了一刀一劍，再也逃走不脫。當下，焦大鵬說道：「賢弟，這裡交與把我罷，不怕他再逃脫了。你可趕緊去捉奸王罷。」王能答應一聲，一個箭步早跳到宸濠床面前。此時宸濠已早驚醒，只嚇得在床上亂抖，渾身就如冷水澆的一般，再也爬不起來。知道不能逃脫，又見雷大春已被捉住，只得束手就縛。王能當下就拿出一條粗麻繩，將宸濠綁縛起來，拋在鋪上。又到雷大春床前同焦大鵬將雷大春綁好，也拋在那裡。然後便招呼伍天熊、徐壽下來，專等天明，好押往南昌，聽候武宗發落。

欲知後事如何，且聽下回分解。

第一百七十八回　朱宸濠割舌敲牙　明武宗散財發粟

話說焦大鵬、徐壽、伍天熊、王能四人在洪廣武家將宸濠、雷大春二人捉住，等到天明，又將洪廣武一齊帶了押往南昌府而來。不一日，到了南昌，由伍天熊先行到王元帥那裡報知。王元帥聞報，即命將宸濠、雷大春二人先行寄監，一面去行宮奏報。當下武宗聽說逆王與賊將均已就獲，龍顏大悅，即傳旨命王守仁於次日親自率同將士，將宸濠押赴便殿，聽候親審。

王守仁遵旨出來，到了衙門，便將洪廣武傳進，先問他一番。王元帥見洪廣武生得一表非俗，心中甚為喜悅，因問他道：「你是祖居德興縣小安山麼？」洪廣武道：「小人祖居德興縣。」王守仁道：「寧王與賊將雷大春逃遁爾處，爾能不避親誼，心向朝廷，實可嘉之至。本帥明日當面奏聖上，賞你個一官半爵，以酬其勞。」洪廣武道：「小人毫無德能，何敢妄邀上賞！至於奸王、賊將，因小人延留因而就獲，這不過是遵那『叛臣賊子，人人可誅』之義，亦臣下所應為之事。何敢以此等細故，上思朝廷恩澤？而況借此博取功名，亦復心有不忍。請元帥原諒，非小人故為矯情❶，實不敢受朝廷雨露之恩，而甘願為朝廷一個安分的愚民罷了。」王元帥道：「本帥觀爾一表非俗，可為朝廷棟梁之臣。本帥不忍見賢故遺，有負國家尊賢之意。本帥明日定代面奏，且看聖意如何便了。」洪廣武此時也不便再說，只得唯唯

❶ 矯情：故作姿態，掩飾真情。

退下。

到了次日天明，王守仁仍即上朝。武宗升殿之後，各大臣朝參已畢，王守仁便跪奏道：「寧王得以就獲，皆民人洪廣武之力。臣昨日細察洪廣武一表非俗，而且武藝精通，堪為國家棟梁之選，擬請皇恩加獎，以示鼓舞，尚乞聖裁。」武宗道：「據卿所奏的洪廣武，朕隨後再有旨嘉獎便了。午朝後，卿即押解宸濠在便殿，候朕欽審。」王守仁遵旨，武宗退朝，各官皆散。

到了午後，即由王守仁將宸濠換上刑具，帶入行宮。宸濠進了自己的府第，也不免多所感歎，悔也無及，只得在宮外候旨。不一刻，值殿官傳出旨來，命帶寧王聽審。王守仁哪敢怠慢，即將寧王帶赴便殿。王守仁先又向武宗三呼畢，然後跪下奏道：「寧王叛臣，業已帶到，請旨示下。」武宗便命帶上。王守仁退下金階，將寧王帶上便殿。

寧王在階下跪倒，也不稱臣，也不三呼，只有低頭不語。武宗怒問道：「爾受祖宗恩澤，朕又廣加恩賜，復爾父的護衛，爾就應該力圖報效，以固朕之疆宇，才是人臣之分。爾乃不思報效，反要叛背朝廷，蹂躪生靈百姓。及至王師所指，你尚敢聽信妖道邪術，抗拒天兵，奪取城池，劫掠錢糧國課❷。爾以為有那一班狐群狗黨助爾為虐，爾就可以從此得志，縱橫寰區❸，奪取朕之寶位。此等罪惡滔天，不但朕有所不容，即薄海臣民，亦皆切齒痛恨。今你既被獲，你尚有何說？你可實實招來。」只見宸濠亦怒目而視道：「昏王，你今雖將我擒住，這也是我誤中詭計，為我的臣子所誤。雖然如此，我看你亦不

---

❷ 國課：國家的賦稅。

❸ 寰區：天下。

久於人世的。你但知朝歡暮樂，寵嬖閹官；巡幸不時，政事不理。可知變起宮牆，禍生肘腋？你今日在此，尚不知你回京的時節還有命無命！昏王！昏王！我死不足惜，如你這般昏瞶，恐將來尚不能如我這樣收拾結果呢！我只恨王守仁這匹夫，與孤作對。孤又恨不能於半途將你刺死。不然你何能到此，任你作福作威麼！我死之後，陰魂也不容你安富尊榮，總要將今日的仇報復過了，孤方才瞑目。」

武宗被他這一番大罵，天顏不禁，即命左右先將他的舌頭割斷，牙齒敲下，隨後再將他凌遲處死。話猶未畢，早已走過幾個力士，即將宸濠翻轉身軀。一個按著頭，把他仰面朝天；一人將他兩隻膀臂拘定；又一個人將他的嘴撬開來，拿了一把小尖刀，將他舌頭擒住，用刀一割，割了半截；復又取過一個小鐵錘，一把小鐵鑿，就在滿嘴裡將上下牙齒一陣亂敲，早見那滿口的齒牙敲落下來。宸濠至此才算不罵。武宗怒猶未息，即命王守仁率同各將，先將宸濠押赴市曹，凌遲處死。王守仁遵旨，即刻將宸濠押出衙門，一面綁縛起來，一面傳齊眾將士押赴市曹。遵旨凌遲處死後，王守仁便去覆命。

當下武宗又傳出旨來，著令王守仁將宜春王拱樤及雷大春二人照例正法外，所有其餘三百餘口，上自王妃、下自宮女等，著令訊明，分別照例懲辦。其實在無辜並未附和者，一概豁免。妻妃著加恩免死。王守仁奉到這道諭旨，也就遵旨先將那宜春王、雷大春二人正法，其餘訊得實在附從者，得四十二人，亦即分別照例處死，其餘悉予豁免。覆命之後，武宗又命將妻妃好生看待，俟班師時一同帶回京師，再行安置。

過了兩日，武宗忽然想起，南昌各屬在先既遭宸濠苛刻，在後又遇兵災，因此失產拋田，夫離妻散，老弱轉乎溝壑，壯夫逃散四方，蕩產傾家，不可勝數。念彼小民，何堪遇此奇難，因思賑濟窮黎，惠及民庶。這日早朝與王守仁說：「朕憫❹南昌所屬各州縣，自從宸濠起意後，兵戎迭見，民不聊生，朕心甚憫之。卿有何良策賑濟窮民，可即奏來，以便朕酌察施行。」王守仁便跪下奏道：「現在聖恩顧惜窮黎❺，臣甚為斯民感戴。惟兵荒之後，國帑空虛，何有款項施惠窮黎？惟有一法：寧王府內所有查抄的各物，為數甚巨。陛下若欲施惠窮黎，將此項貪婪之物分散百姓，所謂苛斂於民者，仍還至於民間，則百姓不但感戴聖德，而且亦可藉此聊生；再將倉儲發給，百姓更加感戴❻。惟陛下察之。」武宗見奏，當下說道：「卿所見甚合朕意。卿可一面張掛榜文，曉諭百姓，悉令於五日後親赴南昌府，按名給發；一面將查抄各物，開單呈覽。」王守仁又奏道：「臣意以為：先派妥當員弁，先就闔城百姓查明戶口，按戶施發，以冀均平，毫無偏重。外府州縣，可即著本地方官，剋日清查，造冊呈送；再由臣著派委員，分別前往，督同該府州縣，按戶給發。在官既無中飽之弊，在百姓亦可實惠均沾，不知聖意以為然否？」武宗大喜道：「據卿所奏，實屬井井有條，即著卿火速照此辦法，使黎民均沾實惠。一經釐定，便即發給，朕好班師。」王守仁遵旨退下，也回到南昌府，即命伍定謀帶同焦大鵬、伍天熊等人分別在本城城鄉內外挨戶確查。又即發了文書差往九江、南康、安慶等府，飭令該管知府剋日確查；一面將寧王離宮內所有查抄封固各物逐件開單，並將倉儲糧米查明實數，奏報上去。

不一日，伍定謀已將南昌一府所有災黎查明清楚，分別輕重，極貧、次貧兩等，造具清冊，先行呈

❹ 憫：憐憫。

❺ 窮黎：窮苦百姓。

❻ 感戴：感恩戴德。

送王守仁閱看，復由王守仁進呈御覽。武宗覽後，即照災民冊上所著的戶口，仍舊令王守仁將離宮內所抄各物發出一半，並倉儲糧米也發一半，以便按戶施發。王守仁遵旨後，即寫了數十張榜文，曉諭百姓，限期聽候給發。這榜文一出，那城鄉內外的百姓，真個歡聲雷動，只待給發，共沾聖澤。卻好外省各府亦將清冊造送前來，王守仁復又奏明武宗，通盤核算，按戶均分，將所有金銀寶器、倉儲糧米一齊發出，分飭員弁施發。那些百姓前來領賑的，扶老攜幼，個個歡聲雷動，感頌聖明。足足施放了十日，才算將南昌一府給發清楚。又過了有十日光景，方據分委九江、南康、安慶三府的委員來呈報，一律竣事。王守仁又去覆奏。

當下武宗覽奏已畢，即命伍定謀仍回吉安府署，並著賞給爵職。伍定謀奉到諭旨，便即進朝謝恩。武宗又嘉獎兩句。伍定謀即便仍回吉安去了。這裡武宗就預備擇日班師。畢竟聖駕何日回京，且聽下回分解。

第一百七十九回 明武宗西山看劍術 眾英雄黑店滅強人

話說武宗散賑施惠窮黎之後，便思擬往鄱陽湖一遊，借看樵舍火燒賊寨。這日傳出旨來，命大小官員隨駕前往鄱陽湖遊覽。此旨一下，當由地方官雇就大船，以便武宗前往遊覽。這日武宗率領文武百官、大小將士，出了南昌，乘坐龍舟前往鄱陽湖而去。

不一日已到。果然天子聖明，百神護駕，是日湖中風平浪靜。武宗便令各船在湖面上飛盪一回，又往樵舍觀覽一番。見樵舍這個地方果然形勢極好，而且山色撐空，湖光如練，龍心甚悅。飽覽已畢，便捨舟登岸，率同各官，駕幸西山，一盡遠眺之樂。各官遵旨，隨駕前往。

到了西山，武宗步上峰巔，憑高眺遠。正在遠觀之際，忽見半空中有一隊人，個個羽衣翩躚❶，臨風而下。武宗道：「這是何說？難道朕在此山中遇仙不成？」正看之間，已見一隊隊落下，挨次向武宗面前跪下，口中稱道：「臣等乃世外閒民，特來見駕，願吾皇萬歲，萬萬歲！」武宗驚異不已。只見王守仁向前跪下奏道：「陛下勿疑，這就是臣所奏的七子十三生：玄貞子、一塵子、海鷗子、霓裳子、飛雲子、默存子、山中子、凌雲生、御風生、雲陽生、傀儡生、獨孤生、臥雲生、羅浮生、一瓢生、夢覺生、漱石生、鷦寄生、河海生、自全生。這七子十三生，皆是有功社稷、定亂匡時的，願陛下善視之。」

❶ 翩躚：形容飛舞或行動輕快的樣子。

武宗聞奏，這才明白，即將七子十三生逐細問明姓氏，七子十三生也就一一奏明。當下武宗道：「朕聞卿等皆善劍術，此時空山無人，可能一逞妙技，與朕一觀否？」玄貞子道：「臣等當謹遵聖命。」武宗大喜。

於是七子十三生便站起來。先是玄貞子面向西北，將口一張，只見一道白光從口中飛出，迎風飛舞，猶如一條白練盤繞空中。接著一塵子、海鷗子、霓裳子、飛雲子、默存子、山中子、凌雲生、御風生、雲陽生、傀儡生、獨孤生、臥雲生、一瓢生、自全生、河海生、漱石生、羅浮生、夢覺生、鷦寄生一齊吐出劍來，在半空中來擊。只見那二十口飛劍盤旋上下，或高或低，或前或後，真如萬道長虹，橫亙不斷。到了酣鬥之時，結在一起，真有「爗如羿射九日落，矯如群帝驂龍翔。來如雷霆收震怒，罷如江海凝清光」❷之妙。武宗顧覽大喜，正是看得不厭不倦。忽見白光一散，頃刻全無。

武宗方在驚訝，又見七子十三生一齊跪下，奏道：「臣等擊劍已畢，特來覆命。」武宗也就喜道：「卿等劍術高明，可敬可佩。有此奇術，無怪制敵圖功易如反掌了。宸濠顯叛朝廷，妄施妖術，今得以成擒正法，皆卿等相助之力也。俟朕班師後，當再封賞，以酬厥功。」玄貞子道：「臣等野鶴閒雲，無意於功名久矣，何敢妄邀恩賞，封號頻加？」武宗道：「卿等雖不願於功名，縈情泉石，朕豈可不加封號，用錫奇功？」王守仁復又奏道：「臣尚有一事，因軍務倥傯，有疏上奏。前者陛下駕幸荊紫關，偶遇刺客，若非玄貞子法師預先送信，使臣飭令焦大鵬趕往救駕，臣固不知前途有此奇凶，即陛下亦不免

❷ 爗如四句：引自杜甫觀公孫大娘弟子舞劍器行。此以描繪飛劍旋轉翻滾，騰空飛翔，直至劍勢收斂，風平浪靜的情景。

為其所算。是七子十三生不但有功於國，即以玄貞子一人而論，陛下龍體實為玄貞子預保無虞。願陛下勿以固辭，便收成命為幸。」武宗道：「原來朕前遇刺客，還是玄貞子卿家暗暗保護！非卿所言，朕豈可知道？別事休論，即以救駕一事，其功即屬異常。朕定照卿家所言，俟回朝後，即榮加封號便了。」玄貞子聽說，不敢再卻，只得率眾謝恩畢，因又奏道：「臣等尚有一事未辦，暫且乞退。俟聖上班師後，臣等當在午門恭迎聖駕，上沐君恩便了。」武宗道：「卿等何以來去急急？朕頗願與卿等同行。」玄貞子等齊道：「陛下前途安穩，無事過慮。而且臣等不必同行，隨時可以保護。今所以前來者，非為他故，殆欲一仰聖顏，藉申鄙悃❸耳。臣就此請辭，當於出月午門候駕便了。」武宗道：「既是卿等有事，朕亦不便強行。到京後，卿等務來受封，幸勿觀望，有負朕意。」玄貞子道：「臣等當謹遵聖旨，上沐聖恩便了。」說著，就掉轉身來，御風而去。

武宗再一看時，已不見七子十三生的蹤跡，不免讚歎不已。當下也就下山，仍回龍舟渡湖，直望南昌，仍就寧王府住下。這日傳出旨意，諭令各官及大小三軍，於十月十五日由南昌班師。這道旨意傳出，隨扈諸臣、文武各官、三軍將士，皆預備隨駕班師，不表。

再說徐鳴臯、一枝梅等四人，自從樵舍奉命前往，各處尋訪宸濠、雷大春二人的蹤跡，已有多日，並無影響。及至宸濠、雷大春均已就擒伏法之後，這風聲傳至遠近，各處皆知，徐鳴臯等四人也就知道。於是四人會集一處，仍回南昌。

這日徐鳴臯四人走至安徽、江西交界之處，喚作殷家匯。這殷家匯卻是個小小村落，並無許多人家

❸ 藉申鄙悃：借此表示自己的誠摯之心。

居住。此時卻已天黑，徐鳴臯瞥見山凹有個客店，他便與一枝梅等說道：「我們何不就在前面那客店住一宿，明日再走呢？」一枝梅等答應，於是四人直向那客店而來。走進店來，見上坐著一個婦人，約有三十歲上下年紀，生得粗眉大眼，滿臉的凶惡之狀。只見那婦人問道：「客人敢是投宿麼？裡面有極潔淨的房間，請進去歇罷。」徐鳴臯答應著，走了進去，便向那婦人問道：「房間在哪裡？煩你帶我們前去。」只見那婦人一聲應道：「客官且少待，我去喚小二前來伺候。」說著便大聲喊道：「王二，你快出來接客，躲在裡面幹甚麼？有客人來了！」只聽裡面答應道：「來了！」說著，又從裡間走出一個伙來。但見那王二生得兔耳鷹腮，滿臉不正之狀。徐鳴臯正在細看，那王二已走到面前，說道：「就是這四位客人麼？」那婦人道：「就是四位，你趕快兒將後進那間單房收拾乾淨，請這四位客官進去安歇。」王二答應著，即刻轉身進去。不一刻，出來請徐鳴臯等四人到了裡面，果然是一個大房間。四人進了房坐下，王二復走出來，打了面水，送進去。又問徐鳴臯等道：「你老想當未曾用過晚膳，我們這裡有雞、魚、肉、蛋、米飯、餑餑皆有，還有自釀的好酒，你老用甚麼請即吩咐，好使小人去備。」徐鳴臯道：「你只管將現成的送進來便了。」王二答應，轉身出去，一會兒送進一盤餑餑、一盤肥雞、一盤炒蛋、一盤白切肉、兩壺酒、四雙杯箸，擺在桌上。徐鳴臯當下向王二說道：「你不要在此處伺候了，我們要甚麼再喊你。」王二答應著也就走了出去。

這裡徐鳴臯向一枝梅等三人說道：「老弟，你看客店如何呢？」一枝梅道：「恐是那一夥。」徐鳴臯道：「我們可要防備些方好。」一枝梅道：「我們還怕不成麼！」徐鳴臯道：「怕雖不怕他，恐這酒內有藥，我們若被他迷住了，有些不妙。」一枝梅道：「小弟倒有個主意，讓我此時出去，且看一看動靜如何呢？看他們有什麼話講，再作道理。」徐鳴皋道：「我們且先吃些菜，把這酒擺在一旁。把肚子吃飽了，再去看他動靜。若果無事的，我們再來飲酒；若有甚麼可疑之處，先結果了他店內的人，然後我們再來大吃。」一枝梅等答應。當下便不敢飲酒，將一盤肥雞、白切肉夾著餑餑，四人狼吞虎嚥，吃了一飽。

一枝梅便悄悄出了房門，卻不走屋內，反跳上屋面，直至後進，去聽消息。穿房越屋，即刻到了後面，伏身屋上，聽了一回，並不聞有人說話。復又飛身來到前進，只聽那婦人說道：「你去到房裡看看，瞧他們吃完了不成？如果要添酒，給他們添上些好的。時候也不早，讓他們早些兒睡下，我們還要去幹那件事呢！」一枝梅在屋上聽得清楚，暗暗說道：「我到要看你幹出甚麼事來！」畢竟後事如何，且聽下回分解。

第一百八十回　大奸已殛御駕班師　醜虜悉平功臣受賞

話說一枝梅在屋上聽得清楚，又聽一個男子的聲音說道：「奶奶放心罷，不須添酒，已夠那四個肥羊的了。」一枝梅聽了這「肥羊」兩字，早已明白，也就不往下再聽，便一轉身跳下房來，走到自己房內，向徐鳴皋等說明。徐鳴皋道：「我們何不就去結果了他性命呢！」一枝梅道：「依小弟的愚見，我們大家且裝醉倒，各自睡下。他等一會兒必然進來，那時叫他死而無怨。此時就去殺他，他必有所抵賴。好在我們四人皆未飲酒，不曾上了當，還怕他兩個麼？不必說是兩個，就便有十數個，也非我們的對手。」當下徐鳴皋也就答應，於是四人暗藏利刃，一齊假裝睡在鋪上，個個又打起呼來，卻暗暗看著外面動靜。

約有二更過後，只見從房外走進三個人來，兩個便是那婦人、小二，一個卻是彪形大漢，手執板斧。那婦人手中也執著單刀，那小二卻拿著一捆粗麻繩，一齊到了房內。又見那婦人口中說道：「老娘有半個月不做買賣，正是沒有使用，今日也算是好日了。」說著，就喝令小二道：「王二，你還不給老娘綁起來！」又向那彪形大漢道：「當家的，你做這個，我做那個。」說罷，那大漢便向徐鳴皋、那婦人便向一枝梅二人而去。

此時徐鳴皋、一枝梅二人不慌不忙，等到賊人逼近床前，只見一枝梅一個鷂子翻身，直豎起來，一聲大喝道：「好大膽的賊婦！你將老爺們當作何人？敢在此開黑店，傷害來往客商性命。今日合該你惡貫滿盈，遇著老爺了！」一面說，一面飛舞單刀，直向那婦人捌去。賊婦初未防備，一見一枝梅著力來捌，說聲：「不好」，也就持刀迎敵。哪知一枝梅刀法純熟，手法精快，怎容得賊婦還手，早已一刀向賊婦胸膛刺進，趁勢就望下一按，頃刻間將賊婦肚腹劃開，一直劃到那兒為止，只聽「咕咚」一聲，跌倒在地，早已嗚呼哀哉。那裡徐鳴皋等三人也是同一枝梅一般光景，也將那大漢及店小二一齊殺死在地。當下眾人鼓掌大笑道：「這樣經不起殺的，也要開黑店，斷劫客商？」一枝梅道：「我們何不再到後進，搜尋搜尋看。有餘黨，爽性結果個乾淨，好代來往客商除害。」說著四人就同跳出來，直望後面尋找。

正走之間，忽見迎面來了三個人，也執著兵器。徐鳴皋等也不打話，便即上前殺死了兩個，還有一個並不動手，不曾送命，跪下哀求說道：「小人瞎眼，誤犯虎威，求爺爺饒命。」徐鳴皋問道：「你這店內姓甚名誰？還有幾個賊囚？快快言來。」只見那人說道：「小人姓張，名喚張三，是這裡的店伙。店主人姓陸，名喚陸豹，夫妻兩個，他妻子扈氏，用著四個伙計，專在此間打劫客商。」徐鳴皋道：「在此有了幾年，共害客商多少，你可從實說來。」張三道：「前年才到此間，共害客商也不過十數個。」徐鳴皋道：「害了這許多客商的性命，無怪他惡貫滿盈，今日死在老爺們手裡。這東西也不是個安分的，若不將你一起結果了，你後來還要作此勾當。」說著手起一刀，又將張三結果了性命。這店本來只有六個人，如今被徐鳴皋等四人殺了個盡絕。

此時不過三更時分，徐鳴皋等四人復行進房，酒也不吃了，大家睡了一回。將次天明，便即起來，放了一把火，將店房燒毀。所有這被殺的六個賊子，一起葬身火窟。徐鳴皋等也不待火熄，便自大踏步向南昌趕回。在路行程非止一日，這日到了南昌，卻好離班師只一日，正值十月十四，當下去見了王元帥，又將在殷家匯除了黑店的話說了一遍。王元帥便命他四人出去安歇，次日又去奏明武宗說：「徐鳴皋等業已回來，到了十五日天明，各軍均已預備停妥，專待旨意一下，即便拔隊起程。」到了辰牌時分，武宗已傳出旨意，令各營拔隊。當下各營遵旨，放了三聲大炮，一齊拔隊。武宗也乘坐龍輿，文武各官騎馬護送，城中百姓家家排列香案，跪送聖駕。不一會出了南昌，也不耽擱，只見王師遍野，如火如荼，一路上水陸並進，浩浩蕩蕩，真個是：鞭敲金蹬響，人唱凱歌還。在路行程不止一日。閒話休表。

這日已到北通州，那京裡王公大臣、文武百官，早已接著班師的確信，已在通州來接聖駕。武宗也不耽擱，即日進京。不過兩日，已抵京都。各官跪接已畢，王元帥部下即在外城一帶安下營寨，王元帥也隨駕入朝。聖駕到了午門，果見七子十三生已在那裡跪接，武宗大喜，隨即入宮。當日未及登殿，只傳出一道旨意，命隨征文武各官及七子十三生，均於次日五鼓上朝，聽候封賞。

到了次日五鼓，各官皆朝衣朝服上朝。只聽靜鞭三響，武宗登殿；各官趨赴丹墀，三呼已畢，分班站立兩旁。只聽武宗在龍案上望下說道：「江西巡撫兼都察院御史王守仁，督師有功，戡定大亂，著特授武英殿大學士，即日入閣。先鋒徐鳴皋，奉命隨征，身先士卒，不避艱險，卒能匡定大亂，著加提督銜，遇缺即補。慕容貞、徐慶、周湘帆、包行恭、王能、李武、楊小舫、伍天熊、徐壽、狄洪道與羅季芳等，隨征有功，各著勤勞，實屬異常出力，均著賞加總鎮。卜大武能改邪歸正，報效心誠，隨征數年，亦復屢有勞績，著賞加副將。焦大鵬救駕有功，既呈明不願為官，著加恩賞給封號，可為護駕陸地真人。其妻孫大娘、王鳳姑破陣有功，著賞給總兵誥命二軸。余秀英力任破陣，矢志歸誠，既為徐鳴皋之妻，仍加恩著賞給忠武猛勇女將軍之職。伍天熊之妻鮑氏，以產婦而立奇功，陷陣衝鋒，洵屬異常出力，亦著加恩賞給毅勇女將軍之職。吉安府知府伍定謀，曉暢戎機，深知謀略，著傳旨升授江西按察使之職。玄貞子可封為護國神武真人。海鷗子、一塵子、飛雲子、山中子、默存子，可封為保國真人。霓裳子可封為衛國女真人。傀儡生可封為神武大法師。凌雲生、御風生、臥雲生、一瓢生、獨孤生、雲陽生、河海生、自全生、夢覺生、羅浮生、漱石生、鷦寄生，皆封為威武大法師。其餘隨征各員，著就本職均加一級。又著賜宴三日，同慶太平。」面諭已畢，自王元帥以下均各叩頭謝恩。武宗退朝，百官朝散。

到了次日，武宗又傳出旨意，命隨征各官均於武英殿筵宴三日。各官也就遵旨，大宴了三日，這才各就本職。王守仁即日也就入閣辦事。七子十三生並焦大鵬，隔了一日，又上朝面辭了武宗，雲遊而去。

自此以後，真個是：風調雨順，國泰民安。萬邦有協和之休，四海慶昇平之樂。設當日無七子十三生這一班劍仙劍客、徐鳴皋等這一班烈士英雄，嫉惡鋤奸，公忠體國，保護大明的天下，即使武宗英明威武，也說不定故為寧王宸濠所奪。幾府卒為徐鳴皋等克復，以致武宗安然無恙，仍做一個太平天子、有道君王。大功告成，封官錫爵，這也是國體萬不可缺者。

一部七劍十三俠奇奇怪怪之事，至此方終。

中國古典名著

兩岸學者專家精選精注　宋元明清古典名著大觀

三國演義	饒彬校注
水滸傳	繆天華校注
紅樓夢	饒彬校注
西遊記	繆天華校注
金瓶梅	劉本棟校注
儒林外史	繆天華校注
老殘遊記	田素蘭校注
官場現形記	張素貞校注
文明小史	張素貞校注
兒女英雄傳	繆天華校注
鏡花緣	尤信雄校注

拍案驚奇	劉本棟校注
二刻拍案驚奇	徐文助校注
警世通言	徐文助校注
醒世恆言	廖吉郎校注
喻世明言	徐文助校注
今古奇觀	李平校注
三俠五義	張虹校注
七俠五義	楊宗瑩校注
小五義	李宗為校注
東周列國志	劉本棟校注
封神演義	楊宗瑩校注

東西漢演義	朱恒夫校注
萬花樓演義	陳大康校注
隋唐演義	嚴文儒校注
楊家將演義	楊子堅校注
說岳全傳	平慧善校注
大明英烈傳	楊宗瑩校注
濟公傳	楊宗瑩校注
南海觀音全傳　達摩出身　傳燈傳（合刊）	沈傳鳳校注
包公案	顧宏義校注
施公案	黃珅校注

粉妝樓全傳　陳大康校注
海公大紅袍全傳　楊同甫校注
平山冷燕　張國風校注
七劍十三俠　張建一校注
豆棚閒話　照世盃（合刊）　陳大康校注
石點頭　李忠明校注
十二樓　陶恂若校注
何典　斬鬼傳　唐鍾馗
平鬼傳（合刊）　鄔國平校注
游仙窟　玉梨魂（合刊）　黃珅等校注
西湖佳話　陳美林等校注
西湖二集　陳美林校注
品花寶鑑　徐德明校注

綠野仙踪　葉經柱校注
海上花列傳　姜漢椿校注
醒世姻緣傳　袁世碩等校注
花月痕　趙乃增校注
孽海花　葉經柱校注
魯男子　黃珅校注
三門街　嚴文儒校注
野叟曝言　黃珅校注
筆生花　黃明校注
九尾龜　楊子堅校注
琵琶記　江巨榮校注
第六才子書西廂記　張建一校注
桃花扇　陳美林等校注
牡丹亭　邵海清校注

長生殿　樓含松等校注
浮生六記　陶恂若校注

七俠五義

石玉崑／原著　俞樾／改編　楊宗瑩／校注　繆天華／校閱

《七俠五義》一書，以「正義」為主線，敘述包公斷案及俠士們行俠仗義的故事。看北俠歐陽春、南俠展昭等七俠，以及陷空島五義除暴安良，並輔助包公、顏查散等清官，成為法律的守護神，讀來大快人心，是一部不容錯過的公案俠義小說。

萬花樓演義

李雨堂／撰　陳大康／校注

《萬花樓演義》以英雄狄青從出身到發跡的傳奇經歷為主線，穿插包公查明狸貓換太子案、朝廷顯貴圖謀龍馬、龐孫奸黨謀害忠良等精彩故事，人物形象鮮明、情節緊湊、高潮迭起，每每令人欲罷不能、拍案叫絕。

包公案

明．無名氏／撰　顧宏義／校注　謝士楷、繆天華／校閱

《包公案》是部專講宋朝名臣包拯斷獄故事的公案小說，其中樹立起包拯廉潔奉公、明察秋毫的清官形象，大受百姓歡迎，故能廣為流傳，歷久不衰。本書以清代翰寶樓刊本為底本，多所補闕訂正，冷僻詞語、典故並有注釋，便於讀者閱讀理解。

封神演義

陸西星／撰　鍾伯敬／評　楊宗瑩／校注　繆天華／校閱

《封神演義》是一部以周武王伐紂的歷史為架構，天命思想為中心的戰爭神怪小說。作者才華洋溢，想像力豐富。書中人物如姜子牙、妲己、哪吒等，性格的塑造十分傳神。故事曲折離奇，許多令人匪夷所思的仙道妖怪和變幻莫測的法術大戰，可謂集幻想之大成，讀來趣味盎然。本書以善本相校，難懂的詞句並有注釋，加上人名、地名皆畫標線，十分便於閱讀。

三國演義

羅貫中／撰　毛宗崗／批　饒彬／校注

《三國演義》是一本絕佳的歷史通俗小說，將忠、孝、節、義融於生動之敘事筆法中。且看那桃園結義，誓同生死金蘭交；連環妙計，王允智除禍國賊；看諸葛孔明草船借箭、三氣周瑜、七擒孟獲；看趙子龍單騎救主、曹子建七步成詩、關雲長過五關斬六將，在在扣人心弦。本書以毛宗崗所評繡像大字本為底本，保留原有眉批，典故、史實與方言亦擇要加注，帶領讀者盡情遨遊於三國時代的英雄世界中。

隋唐演義

褚人穫／著　嚴文儒／校注　劉本棟／校閱

《隋唐演義》以隋唐歷史為題材，內容繁富，人物眾多，將帝王后妃、達官貴人生活的奢靡與爭權奪利融入歷史事件中，組織巧妙，是部廣受讀者歡迎的歷史演義小說。它以史為經，以人物事件為緯，使一般大眾可以藉小說認識歷史，性格化的語言，則使人物形象鮮明。本書的藝術成就，值得讀者細細品味。